Delnara

Elfenherz

Florence Suarez

Printausgabe, erschienen:
2. Auflage

ISBN: 978-3-7597-8660-9

Copyright ©2024
Florence Juares
c/o Werneburger Internet Marketing und
Publikations-Service
Philipp-Kühner-Straße 2
99817 Eisenach
Texte © Florence Juares
Covergestaltung: Marita Jaekel

Verlag: BoD • Books on Demand GmbH, In de Tarpen 42, 22848 Norderstedt
Druck: Libri Plureos GmbH, Friedensallee 273, 22763 Hamburg

Im wahren Leben bitte: Sex mit Respekt und Kondomen.
Mehr Information unter: www.bzga.de

Danke

Ich möchte all den Menschen danken, die dieses Buch auf eine neue Ebene gehoben haben.

2015 erschien die Erstauflage von » *Delnara Elfenherz* «

Es war mein allererstes Manuskript. Das erste Mal, dass ich einem Verlag meine Arbeit vorlegte. Diese Geschichte war schon immer etwas besonderes für mich.

Dann wechselte ich den Verlag und Delnara musste warten. Andere Projekte standen im Vordergrund. Anschließend entschied ich mich zum Schritt ins Selfpublish.

Nun, nach so langer Zeit kann ich dieses Buch erneut präsentieren. Das aber verdanke ich vor allem:

Meiner Lektorin: Claudia
Danke für die lieben und kritischen Worte
Meiner Coverdesignerin: Riedel
Danke für deine Geduld!
Und meinem Mann:
Danke, dass du mich in der Überarbeitungsphase
ertragen, getröstet und motiviert hast.

Ohne diese Menschen wäre dieses Buch nicht, was es ist.
Danke dafür!

Eins

Weinen beherrschte den dunklen Raum. Das Schluchzen des Kindes hallte von den Wänden wider. »Fremdling«, »Spion« und »Eindringling« hatten sie den kleinen Jungen mit den spitzen Ohren genannt und dann hatte ihn dieser Mann in diesen fensterlosen Raum gesperrt. Wie lange war das jetzt her? Zwei Tage? Oder schon drei? Der Junge wusste es nicht. Er konnte die Hand vor Augen nicht sehen, so finster war es hier. Er wusste nicht, wie groß dieser Raum war und wo die Sonne nun stand. War vielleicht schon der Mond aufgegangen?

Vorsichtig legte er eine Hand an sein Gesicht. Er versuchte, mit den Fingerspitzen zu sehen. Er ertastete die Nase, die bebenden Lippen, die spitzen Ohren, das weiche Haar. Warum hatten sie ihn so beschimpft? Weil er als Elf in diesem Land nichts zu suchen hatte? Weil er hier im Land der Menschen ausgesetzt worden war? Er wusste nicht, was mit ihm passieren würde. Erneut krochen Tränen in seine Augen. Er war ein Findelkind. Er war allein.

»... nara!« Eine Stimme? Wer rief ihn? Der Junge sah sich hektisch um. Er war doch alleine hier, oder?

»Hallo? Ist da wer?«, fragte er mit zitternder Stimme in die Dunkelheit hinein.

»Delnara!« Da war sie wieder. Sie schien aus allen Richtungen zu kommen. Ängstlich sah der Junge sich um, doch da war nur Schwärze. Eiskalt rann die Angst durch seine Glieder. Wer rief ihn?

»Nein! Nicht! Tu mir nichts!«, flehte er. Er traute sich nicht, sich zu bewegen. Und doch wünschte er sich eine Wand im Rücken; für einen kleinen Hauch gefühlter Sicherheit.

»Delnara!«

»Nein! Lass mich in Ruhe!«, rief der Junge. Er presste die kalten Hände an seine Ohren und kniff die Augen zu. Panik überfiel ihn. Es sollte aufhören.

~ * ~

»Delnara!« Er schreckte hoch und rutschte instinktiv in die hinterste Ecke seines Bettes. Panisch sah er sich um. Wo war er? Diese Helligkeit! Er legte sich seine Hand vors Gesicht und versuchte, seine Haut unter den Fingern zu spüren. Seine Wärme. Seinen eigenen Atem. Seinen schnellen Puls in den Fingerspitzen. Langsam begann er etwas zu fühlen. Dieses seltsame, taube Gefühl schwand aus seinem Körper und er begann auch den Rest seines Körpers wahrzunehmen.

»Gott, Delnara. Das war wohl wieder einer von den ganz schlimmen Träumen«, murmelte eine dunkle Stimme besorgt. Delnara öffnete seine Augen. Vor ihm stand ein übermenschlich großer Löwenmensch - sein Freund Marcellus. Seine Mähne hatte er zu einem Zopf gebändigt und der stolze Bart war mit einer Reihe Perlen zusammengefasst.

»Marcellus.« Delnaras Stimme zitterte und seine Glieder bebten, als stünde er seit einer Ewigkeit in winterlicher Kälte.

»Na, wenigstens erkennst du mich schon wieder«, sagte Marcellus, lächelte beruhigt und klopfte ihm auf die linke Schulter, ehe er in das Zimmer nebenan ging.

Wacklig stand Delnara auf. Seine Beine wollten ihm den Dienst versagen, doch er hatte sein Ziel vor Augen: den Spiegel, der über dem Tisch mit der Waschschüssel hing. Er atmete tief durch, als er dort ankam und sich abstützen konnte. So sehr hatte er lange nicht mehr unter einem dieser Träume gelitten. Sein Körper war steif und doch viel zu weich. Delnara schnaufte leise und straffte seine Schultern.

Er wusch sich das Gesicht. Das kalte Wasser regte seine Lebensgeister an und die Erinnerungen an die Nacht begannen langsam, zu verblassen.

Sein Spiegelbild zeigte ihm einen jungen Mann. Delnara seufzte. Er war kein kleiner, hilfloser Junge mehr. Diese Zeiten waren lange vorbei. Er war erwachsen und Hauptmann der kirchlichen Garde von Belevim, Hauptstadt des Landes Zetote.

»Das Land der Menschen«, flüsterte er leise und spürte, wie auch seine Stimme an Festigkeit gewann. Er wusste noch immer nicht, wie er in dieses Land geraten war. Doch er musste sich eingestehen, dass er die Stadt, in der er lebte, mochte. Diese große Stadt, in der er auch als Elf unbehelligt leben konnte. Die Stadt, in der er als Hauptmann einer zweihundert Mann starken Truppe nicht mehr in dunkle Keller eingesperrt wurde. Er schüttelte den Kopf, wollte nicht wieder an diesen Traum, an seine Kindheit zurückdenken. Er ermahnte sich, diese Nacht als vergangen zu akzeptieren und den Tag als Hauptmann zu beginnen.

Er zog sich um und kam mit jedem Kleidungsstück mehr zu seinem jetzigen Ich zurück. Kalter Stoff umfing seine Beine, als er in seine braune Hose stieg. Er zog sein weißes Leinenhemd an, steckte es in die Hose und schnürte diese mit ihren Bändern zu. Mit flinken Bewegungen schlüpfte er in seine Lederstiefel und zog sich gleichzeitig das Wams des Hauptmannes über. Dieses war aus dunkelbraunem Wollstoff und an den Säumen mit goldenen Fäden kunstvoll bestickt. Delnara richtete den Kragen seines Wamses. Den Waffengürtel mit seinem Schwert legte er um seine Hüfte und zog ihn fest. Das Gewicht des Schwertes gab ihm ein vertrautes, sicheres Gefühl.

Noch ein letztes Mal sah er prüfend in den Spiegel. Er strich sich über das Kinn und die Kehle. Seine Finger ertasteten keine harten Stoppeln. Eine Rasur erschien ihm nicht nötig. Ein gepflegtes Aussehen war Delnara wichtig. In seiner Position als Hauptmann hatte er korrekt auszusehen. Er strich sich mit beiden Händen durch die dunkelblonden, schulterlangen Haare und fasste sie mit einem braunen Band zu einem Zopf zusammen.

Er verließ das kleine Haus und zog noch seinen Hut mit der aufgestellten Krempe an. Dieser Sommer schenkte dem Land heiße Winde und eine blendend helle Sonne. Erhobenen Hauptes ging er langsam durch die Straßen und Gassen und besah sich das bunte Treiben. Es war bereits 20 Jahre her, seit die Grenzen von Zetote sich für alle Wesen dieser Welt geöffnet hatten und Delnara sah Löwenmenschen, Elfen, Feen und Menschen Seite an Seite leben und Handel treiben. Noch immer breitete sich ein mulmiges Gefühl in seinem Magen aus, wenn er an die damaligen Reaktionen der anderen Länder dachte. Diese waren zum Teil geschockt und erzürnt über die Öffnung und drohten Zetote mit Abbruch diplomatischer Beziehungen und Krieg.

Er seufzte, denn noch immer lag reichlich Arbeit vor ihm, seiner Truppe und allen Soldaten der kirchlichen Garde. Sie mussten Streitigkeiten schlichten und Überfälle zurückdrängen. Er wusste, dass jeder Hauptmann der kirchlichen Garde ein hervorragender Stratege war und sie zusammen ihr Heimatland bestmöglich verteidigten. Doch echter Frieden wollte sich nicht einstellen. In letzter Zeit waren zwar nur kleinere Uneinigkeiten vorgekommen, die meist von den diplomatischen Vikaren der einzelnen Länder beigelegt worden waren, doch er blieb vorsichtig. Die Stimmung zwischen den Ländern glich noch immer einem Pulverfass.

»Delnara!« Er wurde aus seinen Überlegungen gerissen und sah auf. Es war sein Freund, in Begleitung einer Löwenfrau. Marcellus trug nun ebenfalls seine Uniform. Diese war nicht bestickt, glich aber ansonsten der Delnaras. Auch er trug seinen Hut und schien den Schatten der Krempe zu genießen.

»Guten Morgen, die Dame«, begrüßte er die Löwenfrau. Mit einer geschmeidigen Bewegung zog er seinen Hut, legte ihn vor seine Brust und deutete eine leichte Verbeugung an. Kurz hielt er diese Position, ehe er den Hut wieder aufsetzte, darauf bedacht, dass die Seite der Krempe, die hochgeklappt war, nach rechts zeigte, wie es in der Uniform der Garde schon seit Jahrhunderten üblich war.

»Marcellus, sei so gut und stell uns vor«, bat Delnara mit einem Lächeln. Sein Freund straffte sich sichtlich und der Stolz schien seine Brust platzen lassen zu wollen.

»Das ist Aenlin. Meine Verlobte. Sie ist heute Morgen aus Tekuman angekommen«, berichtete er und ein stolzes Grinsen breitete sich auf seinem Löwengesicht aus. Delnara nickte anerkennend und unterdrückte ein Schmunzeln, als er sich an die Erzählungen und Schwärmereien seines Freundes erinnerte. Dieser war schon immer eine Frohnatur gewesen. Auch damals schon ... als Kinder in diesem Haus. Delnara schob die Erinnerungen weit weg und konzentrierte sich auf die Beiden vor ihm.

»Es freut mich, Sie kennenzulernen«, meinte er. Er spürte den forschenden Blick der Löwenfrau.

»Marcellus, er ist dein Hauptmann? Er ist doch sicher einige Jahre jünger als du?«, fragte Aenlin. Der Löwe nickte.

»Drei Jahre, um genau zu sein«, bestätigte er. Ein spielerischer Blick traf den Löwen und dieser verzog sein Gesicht. Der leichte Spott in der Stimme der Frau war nicht zu überhören, jedoch spürte man, dass es eine liebevolle Neckerei war. Kurz zuckte Delnaras Mundwinkel, als er das Löwenpaar so beobachtete.

»Tekuman? Die Hauptstadt von Balinera? Dem Land der Löwen?«, fragte Delnara nach, um die Unterhaltung in eine andere Richtung zu lenken. Aenlin nickte als Bestätigung und er erntete einen dankbaren Blick seines Löwen.

»Ich bin erstaunt, dass Balinera seine Einwohner so einfach nach Zetote kommen lässt. Sie haben am lautesten gegen die Öffnung der Grenzen protestiert. Noch immer wehren sich die Obersten stark dagegen.« Er stützte sein Kinn nachdenklich in die Faust, während er den anderen Arm vor der Brust verschränkte, keine Antwort erwartend.

Delnara schien die Blicke der Löwen nicht mehr auf sich zu spüren. Zu tief war er in seinen Gedanken versunken. Aenlin flüsterte ihrem Verlobten etwas ins Ohr und er lachte laut, entblößte sein raubtierartiges Gebiss.

»So ist er, unser Hauptmann. Lassen wir ihm seine Grübeleien!« Marcellus lachte erneut. Kurz sah er auf den viel kleineren Elf vor sich und wurde wieder leiser.

»Such du uns schon mal einen Platz. Ich werde versuchen, unseren Denker hier aus seiner Welt zu reißen«, bat er seine Verlobte mit einem warmen Ton. Aenlin nickte nur knapp und verließ die beiden Männer. Noch einige Zeit besah sich Marcellus den versunkenen Hauptmann, ehe er ihm seine prankenartige Hand auf die linke Schulter legte, um ihn in diese Welt zurückzuholen.

»Wenn du noch weiter grübelst, verpasst du die Predigt«, meinte er leise, aber bestimmt. Er beugte sich zu seinem kleineren Freund, der ihm nur bis zur Brust reichte, herunter und sah ihm mit einer Mischung aus Belustigung und ehrlicher Sorge in die Augen. Blau traf auf animalisches Gelb. Marcellus Pupillen waren zu schmalen Schlitzen zusammengezogen - dies war der Helligkeit der Sonne geschuldet.

»Ich gehe nicht in die Kirche, Marcellus. Das weißt du doch.« Delnara setzte einen gelangweilten Blick auf. »Ich habe meinen Platz in der Hölle schon fest. Warum dann noch auf den Himmel hoffen und dafür Lügen heucheln?« Delnara hob Schultern und Arme, um seiner Gleichgültigkeit weiter Ausdruck zu verleihen.

»Sag nicht so etwas. Du bist ein Held. Du verteidigst dein Land und die Unschuldigen darin. Dafür bekommt man einen Freibrief in den Himmel!«, widersprach Marcellus mit breiten Gesten. Seine Lippen umspielte ein Lächeln.

Delnara seufzte. Marcellus Laune war wirklich kaum zu trüben. Nur selten hatte er seinen Freund, der ihm so wichtig wie ein Bruder geworden war, ohne ein Lächeln gesehen.

»Marcellus.« Delnara schnaufte ergeben. Diese Diskussion hatten sie schon so oft geführt. Und jede Woche standen sie wieder vor der Kirche Belevims und schnitten dieses Thema erneut an.

»Wer auch nur ein einziges Leben nimmt, verdient den Himmel nicht. Egal, aus welchen Gründen dieses Leben ausgelöscht wurde. Und du solltest besser als jeder andere wissen, dass ich schon Hunderte getötet habe!« Delnara schloss die Augen und rieb sich die Nasenwurzel. Der mehr als zwei Meter große Löwenmensch schlang seinen kräftigen Arm um die Schultern des schmalen Elfen. Delnara zuckte zusammen und riss erschrocken über diese unerwartete Geste des Löwen die Augen auf. Der Löwe presste ihn fest an sich und rieb ihm über die Haare.

»Jetzt wird keine Trübsal geblasen. Du bekommst schon noch deinen Platz auf einer der weißen Wolken!«, mahnte der Löwe mit Pathos in der Stimme. Lange konnte Marcellus sich jedoch nicht beherrschen und er lachte. Ein Laut, der von einem rauen Knurren aus seiner Kehle umspielt wurde.

Als Delnara den Kopf hob, erblickte er die schneeweißen Reißzähne seines Freundes. Noch nie hatte er Angst vor diesem Löwen gehabt, doch aus dieser Nähe hatten die spitzen Waffen etwas Bedrohliches an sich. Dann ließ er Delnara wieder los.

»Außerdem verpasst du dann die Vorstellung des neuen Vikars«, fügte Marcellus hinzu und wurde schlagartig ernst. Als Hauptmann war Delnara dem Vikar direkt unterstellt und diese Beziehung daher besonders wichtig für die ganze Truppe. Wieder hob Delnara eher gleichgültig die Schultern, richtete seine Haare und hob seinen Hut auf, der auf den Boden gefallen war.

»Ich kann mich nicht mal an den Namen vom alten Vikar erinnern und die Hierarchie funktionierte dennoch«, erklärte er und setze den Hut auf.

»Du kannst dich an Atunaris nicht erinnern? So viel Kuchen, wie der alte Mann verspeisen konnte?« Marcellus seufzte. »Dann merk dir wenigstens den Namen des neuen Vikars. Betham. Hörst du! Betham.«

Delnara schnaubte. Er legte den Kopf schräg und musterte den Löwen. Ihm war bewusst, dass Marcellus nur das Beste für ihn und seine Truppe wollte. Dennoch ... Delnara hatte sich eine gewisse Kühle und Distanz zu seiner Umwelt aufgebaut. Einzig sein Löwe war in der Lage durch die Lücken in seiner Mauer zu blicken. Diese Grenze sollte einfach nicht übertreten werden. Nicht einmal für einen Vikar. Nur kurz überlegte er und nickte dann.

»Gut. Ich werde es mir merken. Atunaris war der alte Vikar und Betham ist der neue. Wir hangeln uns also das Alphabet entlang. Na, hoffentlich lebe ich noch, wenn wir bei den wirklich schwierigen Buchstaben angekommen sind!«

Die Glocke der Kirche riss die beiden Männer aus ihrem Gespräch und Marcellus sah noch einmal fragend zu seinem Hauptmann.

»Nicht einmal, wenn ich in Flammen stünde und da drin das einzige Wasser der Stadt wäre!«, erklärte er und wandte sich zum Gehen. Er würde sich nicht der Heuchelei hingeben, denn er wusste, wie die Welt wirklich war. Diesem weichen Flaum aus Nächstenliebe und Vergebung wollte er sich nicht aussetzen. Er drehte sich um und verließ seinen Freund ohne ein weiteres Wort. Er wollte seine Zeit besser nutzen, als in einer Kirche den Worten eines alten, weltfremden Mannes zu lauschen. Einem Mann, der sicher und wohlbehütet aufgewachsen war und nie etwas mit Hunger, Krieg und Tod zu tun gehabt hatte ... Zumindest stellte Delnara es sich so vor und er hasste es schon jetzt.

Sein Ziel war die Ausbildungsstätte der Anwärter der Garde. Jede Woche sah er sich hier nach vielversprechenden Talenten um, hoffte einen ungeschliffenen Edelstein zu finden und für seine Truppe gewinnen zu können. Der Weg zur Arena führte ihn durch verwinkelte Gassen, die ihm Schutz vor der steigenden Sonne boten. Er war diese Strecke schon so oft entlang marschiert. Sicher würde er sie mit verbundenen Augen zurücklegen können, ohne an die Ecke eines Hauses zu stoßen. Dies gab ihm den Freiraum, tief in seinen Gedanken zu versinken. Er schritt durch das Tor der Arena und suchte sich einen Platz im Schatten. Viele neue Gesichter erweckten seine Aufmerksamkeit und er besah sich jeden einzelnen Anwärter. Ein leichtes Lächeln zog über seine Lippen, als sein Blick an einem jungen Elf mit Pfeil und Bogen hängen blieb. Sein Bruder. Er erinnerte Delnara an seine eigene Zeit als Anwärter. Es war keine leichte Zeit, doch er erinnerte sich gern daran zurück.

~ * ~

»Was machst du so spät noch hier?«, riss eine raue Stimme den jungen Elfen aus seinen Gedanken. Er schreckte zusammen. Vorsichtig lenkte er seinen Blick auf den eindrucksvollen Löwen, der vor ihm stand und seine riesigen Pranken vor der Brust verschränkt hatte.

»General«, murmelte Delnara und versteckte Pfeil und Bogen hinter seinem Rücken. Der Hüne lachte laut und der aufkommende Wind zog an seiner bestickten Kleidung, seinem Hut und den sich daran befindenden Federn.

»Du bist zu klein, um diese große Waffe hinter dir verstecken zu können! Also lass es lieber bleiben!« Das Lachen des Generals mündete in einem überlegenen Grinsen. Delnara zuckte erneut zusammen, biss sich auf die Lippe.

»Aber wenn ich nicht übe, werde ich nie besser«, murrte er und betrachtete den Boden zu seinen Füßen.

»Warum klammerst du dich so an diesen Bogen?«, wollte der Löwe wissen und blickte Delnara ernst an.

»Ich will in die Elfenstaffel der kirchlichen Garde. Dort sind nur Bogenschützen! Die besten Schützen, die es in diesem Land gibt.« Er machte einen Schritt auf den General zu, sah ihm direkt in die Augen.

»Du gefällst mir, Kleiner. Was hältst du davon, wenn ich aus dir etwas Besonderes mache?«, fragte er leiser und beugte sich zu ihm herunter. Die Verwunderung stand Delnara ins Gesicht geschrieben. Er hatte mit Spott oder einer Beleidigung gerechnet, doch nicht mit einem solchen Angebot. Er nickte schnell, fast hektisch. Der General nickte ebenfalls und schickte sich an zu gehen. Delnara folgte ihm. »Eine Frage noch, kleiner Elf. Warum willst du zur kirchlichen Garde?« Delnara blieb stehen. Noch nie hatte jemand seine Gründe hinterfragt. Der Löwe stoppte ebenfalls und drehte sich halb zu ihm um.

»Das ist ganz einfach. Ich will die beschützen, die unschuldig in Kriege verwickelt werden. Niemand soll leiden müssen, der es nicht verdient hat!«, erklärte er und sah dem Löwenmenschen fest in die Augen. Dieser setzte ein breites Grinsen auf.

»Mein Kleiner, du bist ein Edelstein. Ich machte aus dir einen General!« Es klang fast väterlich, fürsorglich. Der General setzte seinen Weg fort und Delnara lief ihm schnell hinterher.

~ * ~

Delnara schluckte kräftig, als er aus seiner Erinnerung erwachte. Langsam stand er auf. Seine Hand lag auf seinem Schwert. Dieses Stück Metall gab ihm Halt. Es war sein wertvollster Besitz.

»Ihr seid der einzig würdige General für mich«, murmelte er leise und sah in den Himmel, beobachtete die Wolken. Wie weiße Schleier strichen sie über das satte Blau des Himmels. Er sammelte sich und ging zum Ausbildungsplatz hinunter. Die Lehrstunde wurde gerade beendet, als er den

Fuß auf den Sandplatz setzte. Mit verschränkten Armen stellte er sich neben den Leiter und besah sich die Anwärter.

»Wie macht er sich?«, fragte er und beobachtete seinen Bruder, wie dieser den Bogen überprüfte.

»Sein Ehrgeiz ist schwer zu befriedigen. Ich glaube, das zeichnet Eure Familie aus«, meinte der Mann und zog die Pfeile aus den Strohballen heraus. »Ich kann immer noch nicht glauben, dass er Euer Bruder sein soll. Er ist gut fünf Jahre jünger. Das müsste schon ein großes Wunder sein, dass Sie beide sich bei dem Altersunterschied gefunden haben sollen. Als Waisenkinder. Beide nach der Geburt in einem fremden Land ausgesetzt«, murmelte er und zuckte dann zusammen. »Entschuldigt, Hauptmann. So war das nicht gemeint. Ich wollte keine Gerüchte sähen«, erklärte er schnell und zog devot seinen Hut. Delnara gab sich unbeeindruckt. Sein Blick war kühl und sein Körper entspannt. Zu einer Antwort würde er sich nicht hinreißen lassen.

»Sagt mir lieber, ob er den Bogen bändigen wird.« Seine Stimme war ruhig und hatte etwas an sich, das sein Gegenüber auf Distanz hielt. Der Leiter setzte seinen Hut wieder auf.

»Schwer zu sagen. Enurahs Ehrgeiz ist groß. Er verbessert sich stetig, doch es wird seine Zeit brauchen.« Delnara hörte nicht mehr, was der Mann noch von sich gab. Er war bereits auf dem Weg aus der Arena. Alle wichtigen Informationen hatte er bekommen.

»Ehrgeizig also?« Er lächelte, öffnete die Pforte und trat auf die Straße hinaus. Das Läuten der Kirchenglocken sagte ihm, dass es Zeit wurde, sich in die Kaserne und an seinen Schreibtisch zu begeben.

»Wie kann man ein Hauptmann der kirchlichen Garde werden, wenn man nicht einen Schritt in eine Kirche setzt?« Delnara warf nur einen flüchtigen Blick auf seinen Bruder, der mit dem Rücken an der Wand lehnte und die Arme hinter dem Kopf liegen hatte. Er genoss die Hitze der Sonne und hielt die Augen geschlossen.

»Sei nicht so frech, Enurah. Du weißt, dass ich durch meine Siege Hauptmann geworden bin und nicht durch das Knien in der Kirche«, meinte Delnara ruhig und ging auf ihn zu. »Und du weißt ganz genau, warum ich nicht in ein Gotteshaus gehe!« Seine Stimme war schärfer geworden. Er ging an Enurah vorbei, der nun die Augen geöffnet hatte.

»Nimmst du mich jetzt in deine Truppe auf?«, wollte Enurah wissen und löste sich von der Wand. Er lief Delnara einige Schritte hinterher. Immer wieder stellte der Kleine ihm diese Frage, wünschte sich, dass er sie bejahte. Bisher hatte er ihn jedes Mal abgewiesen. Doch das Wort Aufgeben gab es nicht in Enurahs Wortschatz. Er wollte in seiner Truppe kämpfen, war sie doch bei allen Anwärtern und Jünglingen berühmt für ihre hervorragend ausgebildeten Männer.

»Ich nehme dich, wenn ich sicher bin, dass du überlebst«, murmelte er ohne Enurah anzusehen und ging weiter. Er hörte den Jungen noch murren, blickte jedoch nicht zurück. Nie im Leben würde er seinen kleinen Bruder in eine Schlacht ziehen lassen, in der sein Überleben nicht sicher war.

Seine Füße trugen ihn zu der großen Kaserne auf dem Hügel, der hinter der Arena lag. Vor dem massiven Gebäude blieb er stehen.

»Vor acht Jahren standest du genauso hier, wie jetzt. Nur deutlich unsicherer als heute«, flüsterte Marcellus, gesellte sich zu ihm. Beide sahen auf das Gebäude und der Löwe stützte seine Hände in die Hüften.

»Ja. Und seit fünf Jahren gehe ich diesen Weg allein. Ohne den General«, murmelte Delnara vermeintlich unhörbar, doch er hatte die guten Ohren seines Löwenfreundes unterschätzt. Eins der Löwenohren zuckte. Marcellus grinste breit und schlug Delnara seine Pranke freundschaftlich auf den Rücken. Dieser stolperte durch den ungestümen Schlag nach vorne, konnte ein Fallen gerade noch verhindern.

»Dafür hast du doch jetzt mich! Du kannst zu mir aufsehen und ich kann dich belehren«, prahlte Marcellus lachend. Delnara schnaubte belustigt, hob seinen Hut auf und klopfte betont langsam den Staub ab.

»Wie sollst du mir etwas beibringen? Du kannst ja nicht mal die Kraft deiner Pranken kontrollieren. Wenn du so weitermachst, brichst du mir irgendwann noch den Hals!«, knurrte er, setzte straff seinen Hut auf und blickte Marcellus trotzig an.

»War die Nacht so schlimm, dass du heute so griesgrämig bist?«, fragte ihn sein Freund, leiser, ernster. Delnara wich dem Blick aus, indem er den Kopf etwas senkte. Gerade so viel, dass er seine Augen unter seinem Hut verstecken konnte. Er wusste, Marcellus konnte ihm alles in den Augen ablesen und gerade jetzt verfluchte er diese Gabe. Er wandte sich zum Gehen.

»Es gab schon schlimmere Nächte«, meinte er nur, wollte weitere Fragen des Löwen nicht hören. Seine Stimme sollte die Belanglosigkeit einer solchen Nacht verdeutlichen, jedoch glaubte er nicht an die Überzeugungskraft seiner Worte. Er kannte den Löwen an seiner Seite zu lange und zu gut. Gleichwohl hieß das im Umkehrschluss, dass sein Freund ihn genauso gut kannte. Er ging los und bedeutete Marcellus, ihm zu folgen. »Komm schon, wir haben zu tun!«

Marcellus knurrte dunkel. Er wusste, dass das gelogen war, kam es doch selten vor, dass Delnara sich bei einem Traum im Bett wälzte. Diese Nacht hatte er jedoch ununterbrochen das Rascheln der Decke vernommen. Er folgte dem Elfen und nahm sich vor, ihn am Abend noch einmal auf den Traum anzusprechen. So einfach würde er ihn nicht davonkommen lassen. Nicht dieses Mal.

Delnara achtete nicht weiter auf das Knurren hinter sich. Er ging in sein Arbeitszimmer und legte seinen Hut auf die Ecke des Tisches, auf der er immer lag. Es gab bei ihm Dinge, die stets an den gleichen Platz gehörten. Dies brachte dem Elfen Ruhe. Sein Blick richtete sich auf den Innenhof vor seinem Fenster. Leise Stimmen drangen durch das geschlossene Fenster an seine Ohren. Männer in Uniform liefen wie in einem Ameisenhaufen scheinbar ziellos, aber geschäftig über den Platz zwischen den vier Seiten dieses massiven Gebäudes. Ohne dass er es hätte verhindern können, versank er bei diesem Anblick ein weiteres Mal in seinen Erinnerungen, kehrte an den Beginn seiner Ausbildung zurück.

~ * ~

»Du musst schneller werden, Kleiner!«, trieb ihn die Stimme des Generals an. Delnara atmete schwer und hob mit Mühen das Schwert in seinen Händen. Es war in den letzten Stunden immer schwerer geworden und nun schienen seine Finger so taub, dass er befürchtete, das Schwert fallen zu lassen.

»Berührt der Griff den Boden, werde ich deine Hände daran festbinden!« Delnara schreckte zusammen. Hatte der Löwe gerade seine Gedanken gelesen?

»Ich sehe die Zweifel in deinem Blick. Wenn du überleben willst, darfst du nicht zweifeln. Du musst deinem Schwert und dir selbst vertrauen. Dieser Stahl in deinen Händen ist ein Werkzeug, das dir das Leben retten kann. Das wird es jedoch nur, wenn du eins mit ihm wirst«, erklärte der Hüne und ging mit seinem eigenen Schwert auf ihn los. Metall traf Metall. Die Wucht des Aufpralls stieß ihn von den Füßen. Er umklammerte den Griff des Schwertes. Er durfte es nicht loslassen. Keuchend richtete er sich auf, sah seinen Lehrmeister wütend an. Er würde die Erniedrigung nicht erdulden, an ein Schwert gebunden zu werden.

»So ist es gut, Kleiner. Vergiss die Schmerzen. Sie machen dich langsam«, murmelte der General. Delnara umfasste den Schwertgriff

fester und er griff nun seinerseits den General an. Sein Schlag ging ins Leere und die Breitseite des feindlichen Schwertes traf ihn hart zwischen die Schultern. Stöhnend fiel er und rutschte ein paar Meter über das Gras.

»Das war es dann wohl? Ich will dir ja nicht noch das Kreuz brechen«, meinte der General und steckte sein Schwert weg.

»Nein!«, presste Delnara keuchend hervor. Er stützte sich wacklig auf seine Arme, brachte sich auf die Beine, schnaufte heftig und funkelte den Löwen an. Dieser sah erstaunt auf. Wieder breitete sich ein Grinsen auf dem Gesicht des Generals aus und er lachte laut, ließ Delnara seine Reißzähne sehen.

»Du hältst viel aus. Eine sehr gute Eigenschaft. Du hast die richtigen Anlagen für ein etwas längeres Leben!«

~ * ~

Es dauerte einige Zeit, ehe Delnara bemerkte, dass seine Finger ein weiteres Mal an sein Schwert geglitten waren. Sein Griff um den Knauf wurde fester. Wenn er diesem Löwen vor acht Jahren nicht gefolgt wäre ...

Seine Zähne mahlten aufeinander. Die Knöchel seiner Finger traten weiß hervor, ein leichtes Zittern begann seine Hand heimzusuchen. Seine Gedanken wurden rüde unterbrochen. Ein Unteroffizier stürmte in sein Zimmer und atmete schwer. Delnara fuhr herum und sein Blick wurde kalt.

»Sprich schnell und deutlich!«, befahl er dem Eindringling und dieser straffte sich augenblicklich.

»Die Löwen belagern seit gestern die südöstliche Küste. Die Räte von Tekuman sind außer sich vor Wut. Es heißt, wir, also Belevim, hätten Schiffe geschickt, um Löwenmenschen auf unsere Seite zu locken. Sie meinen, wir wollten sie in ihrem eigenen Land ausrotten, indem wir ihre Bevölkerung dezimieren! Es grenzt an blinde Raserei!«, berichtete der Unteroffizier und senkte seinen Blick. Es gab nicht viele Männer in dieser Armee, die seinem Blick standhalten konnten. Ein zorniges Murren entfloh Delnaras Kehle. Schnellen Schrittes verließ er das Zimmer.

Was er gehört hatte, erzürnte ihn. Die Räte standen in der Hierarchie noch über den Vikaren. Sie waren es, die die Länder politisch anführten. Dass nun solch realitätsfremde Anschuldigungen von den Räten Tekumans kamen ...

Sein Weg führte ihn durch die Gänge der Kaserne in einen Anbau, der durch eine große Tür abgetrennt war. Er stieß sie ohne Zögern auf und trat ein. Erschrockenes Raunen ging durch die Gruppe geistlicher Mönche, die sich hier an Schreibtischen mit allerhand Papieren beschäftigten. Delnara ignorierte sie völlig, eilte weiter. Eine große Pranke hielt ihn auf.

»Hauptmann, diesen Frevel werde ich Euch nicht gestatten. Vielleicht konntet Ihr dem alten Vikar auf der Nase herumtanzen, weil Sie beide Elfen waren, doch das sehe ich mir nicht ein weiteres Mal an. Ihr werdet hier warten, bis ich dem Vikar berichtet habe.« Delnara kochte vor Wut, dass dieser Mann, der hier als Mönch die Schreibarbeiten für den Vikar erledigte und als Verbindung zwischen Vikar und Kirche fungierte, ihn aufzuhalten wagte, ließ sich jedoch nichts anmerken. Scheinbar gelassen blickte er den Löwen an, warf einen kühlen Blick auf die Pranke auf seiner Schulter und hob dabei eine Braue. Dies reichte aus. Der Mönch zog seine Hand zurück und verschwand in den Räumen des Vikars. Wie albern ein Löwe in einer Kutte aussieht, dachte Delnara zynisch und biss die Zähne fest aufeinander. Während er wartete, dachte er an den Einsatz, der ihm bevorstand. Ein Feuer aus Wut, schneidenden Erinnerungen und einer gewissen Furcht wütete in ihm. Erneut würde er gegen eine Armee aus Löwenmenschen kämpfen, denen falsche Sorgen ins Ohr gesetzt wurden. Delnara war sich sicher, dass dieser Kampf ähnlich hart werden würde wie der, den er vor fünf Jahren schlagen musste - mit sehr schweren Verlusten und Folgen, die sich bis heute bemerkbar machten. Ein eisiger Schauer lief ihm über den Rücken, doch er verbot es sich, sich irgendetwas anmerken zu lassen.

»Ihr dürft jetzt ...«, fing der Mönch an, doch Delnara lief bereits an ihm vorbei. »Reißt Euch zusammen!«, rief der Mönch ihm noch nach, ehe die schwere Tür ins Schloss fiel.

Delnara blieb mitten im Raum stehen. Wie er diesen dunklen, fensterlosen Raum hasste! Er presste die Kiefer fest aufeinander. Er wusste, dass nur er das Knirschen seiner Zähne hören konnte, dennoch schien es ihm unnatürlich laut in den Ohren zu klingen.

»Wie ist Euer Name?«, wurde er von einer ruhigen, dunklen Stimme gefragt. Den Besitzer der Stimme konnte er nicht erkennen. Dessen Gesicht war von den Schatten der Bücherstapel um ihn herum in Dunkelheit gehüllt. Die wenigen Zeremonienkerzen in diesem Raum halfen Delnara nicht über das kalte Schaudern hinweg, das sich einen Weg in seine Glieder suchte. Er musste sich auf den Grund konzentrieren, der ihn hergeführt hatte. Er nahm seinen Hut ab.

»Ich bin Hauptmann Delnara Talath.«, erklärte er nüchtern und ging ein paar Schritte auf den Vikar zu. »Ich habe soeben erfahren, dass einige Truppen Balineras unsere Küste belagern und es vermutlich auf blinde Rache abgesehen haben. Schickt mich und meine Männer. Ich habe die besten und erfahrensten Krieger in meiner Truppe. Es muss kein unnötiges Blut fließen.« Delnaras Stimme blieb ruhig, fast kalt. Sein Herz jedoch schlug hart gegen den Brustkorb. Diese Dunkelheit, der kommende Kampf. Delnaras Nerven waren auf das Äußerste angespannt. Seine Ruhe war nur eine Hülle. Der Vikar erhob sich bedächtig und tauchte als schlanke Gestalt aus den Schatten hervor. Delnara schluckte hart, als er das Gesicht des Mannes sehen konnte. Ein Mensch! Diese Erkenntnis fuhr scharf durch seinen Kopf und er straffte seinen Körper. Er hatte lange für seine undurchdringliche Maske gearbeitet. Er würde sie jetzt nicht fallen lassen. Erst recht nicht vor einem Menschen.

»Ihr seid sehr klein für einen Elf«, stellte der Vikar fest. Er ging um den wuchtigen Tisch herum, lehnte sich vor Delnara an den Tisch und musterte ihn mit prüfenden Blicken.

»Und Ihr überraschend jung für einen Vikar ... Wollt Ihr die Zeit wirklich mit Gerede über meine Körpergröße verschwenden? Es sterben unschuldige Dorfbewohner, während Ihr mich mit anderen meiner Gattung vergleicht. Ich bin nicht wie andere!«, erklärte Delnara ungehalten und ging einen Schritt auf den Vikar zu, um die Dringlichkeit zu untermauern. Für solche Nichtigkeiten war keine Zeit. »Gebt mir endlich den Befehl!«, presste er mühsam beherrscht hervor. Der Vikar sah ihn eindringlich an und nickte dann knapp.

»Man sagte mir schon, dass Ihr vorlaut und unhöflich seid. Dann zeigt mir doch mal, wie gut Eure Fähigkeiten wirklich sind, Hauptmann.« Das reichte Delnara als Genehmigung. Ein letzter, herausfordernder Blick und dann ging er ohne ein weiteres Wort. Erneut ignorierte er die Mönche, die ihm nur, missbilligend den Kopf schüttelnd, hinterhersahen. Auf dem Gang setzte er seinen Hut auf und holte die Handschuhe aus seiner Hosentasche. Er zog sie sich straff über die Finger und ballte ein paar Mal die Fäuste. Er erkannte Marcellus Gestalt, die am Ende des mit Fliesen ausgelegten Flures auf ihn wartete. Nur Hauptmänner und Generäle durften diesen Gang betreten und mit dem Vikar direkt sprechen.

»Es geht los!«, informierte er Marcellus. Dieser nickte, hob den riesigen, reich verzierten Bogen samt Köcher vom Boden und lief mit ihm durch die Korridore zu den Aufenthaltsräumen der Truppe.

Gelächter vermischte sich mit Gesprächen zu einer einladenden, gelassenen Kulisse. Delnara trat mit seinem Freund in den Raum und betrachtete seine Männer. Diese saßen oder standen an den Tischen und das ausgelassene Gerede lockerte die Muskeln in seinen Fäusten.

»Ruhe!«, brüllte Marcellus schließlich in den großen Raum. Sein animalisches Knurren hallte von den Wänden wider und beendete abrupt alle Gespräche. Alle Aufmerksamkeit war auf den Hauptmann und seinen Löwen gerichtet.

Diese Truppe kannte sich aus vielen Kämpfen. Es war eine gewachsene Gemeinschaft. Jeder in diesem Raum kämpfte ohne Widerspruch mit jedem anderen an seiner Seite.

»Wir ziehen in den Kampf. Unsere Gegner sind Löwenmenschen. Sie wurden geschickt, weil die Räte Balineras falschen Informationen Glauben schenkten und sich nun von Belevim unter Druck gesetzt und bedroht fühlen. Rechnet also mit einer außergewöhnlichen Inbrunst der Krieger. Sie kämpfen für den Erhalt ihres Volkes, so wie auch wir für die Bewohner unseres Landes kämpfen. Es wird eine schwere Schlacht. Wer nicht dazu bereit ist, gegen diese wütenden Löwen zu kämpfen, bleibt hier. Von allen anderen erwarte ich die gleiche Überzeugung wie bei unseren Gegnern. Ich akzeptiere keine Zweifel! Und nun nehmt eure Waffen!«, erklärte Delnara mit kraftvoller Stimme.

Die Krieger sanken jeder auf ein Knie. Marcellus sprach laut ein Gebet für den Schutz der Männer und ihre sichere Heimkehr. Ein festes Ritual vor jeder Schlacht.

Delnara blieb stehen. Er umgriff seinen Schwertknauf und schloss bedächtig die Augen. Ein emotional aufgeladener Kampf erwartete sie. Noch einmal würde er nicht zulassen, dass ein Vertrauter vor seinen Augen starb. Er würde nicht noch einen Freund verlieren, nur weil er Zweifel hatte.

Die Truppe erhob sich. Die Männer holten ihre Ausrüstung und gingen zu ihren Pferden, sattelten auf. Sie verstauten Proviant, Ausrüstung und Waffen in den Satteltaschen. Delnara stieg auf seinen Schimmel und sah neben sich, als er einen Schatten im Augenwinkel wahrnahm. Marcellus Löwenpferd überragte den Schimmel deutlich. Er lächelte. Jetzt fühlte er sich neben seinem großen Freund noch kleiner.

»Ist es ein schlechtes Zeichen, wenn du vor einem Kampf mit der Truppe betest?«, flüsterte Marcellus. Delnara setzte einen überlegenen Gesichtsausdruck auf.

»Ich habe nicht gebetet. Ich habe geschworen, in diesem Kampf keinen Freund sterben zu lassen«, gab er ebenso leise zurück, zog an den Zügeln und ritt los. Seine zweihundert Mann starke Truppe folgte ihm im Schritttempo. An der Stadtmauer lockerte er die Zügel und stieß dem Hengst die Fersen in die Seiten. Auch die Pferde seiner Männer verfielen in Galopp.

Das Getrappel der Hufe erschütterte den Boden, kündigte die Truppe mit einem dunklen Grollen kilometerweit an. Fast eine Stunde lang brachten sie Distanz zwischen sich und ihre Heimat, ehe sie langsamer wurden. Den weiteren Weg, durch Dörfer und Wälder, überbrückten sie im Schritttempo, bis sie an dem Dorf im Südosten ankamen.

Bei Einbruch der Dunkelheit schlugen sie ihr Lager auf einer Lichtung auf. Der Wald um sie herum würde sie vor neugierigen Blicken schützen. Delnara teilte die Männer zum Aufbau der Zelte ein und stieg von seinem Pferd, machte es an einem Baum fest. Sein Blick wanderte in den dunkler werdenden Himmel. Sie hatten gerade noch genug Zeit, um alles im Restlicht des Tages aufzubauen.

Marcellus sandte Späher aus, teilte die Männer für die Nachtwachen ein und schickte einige Soldaten, um Fallen aufzustellen und Holz für kleine Feuer zu sammeln. Die letzten Zelte wurden aufgestellt und er richtete seine

Schritte auf das kleinste Zelt, das schon stand und mit dem Licht von Kerzenflammen beleuchtet war.

»Ich hoffe, ich störe dich nicht«, meinte er leise, als er sich nach dem Eintritt in das Zelt wieder aufrichtete. Delnara saß an einem provisorischen Tisch und studierte die Blätter und Karten vor sich mit voller Konzentration.

»Nein, nein. Komm ruhig her«, antwortete der Elf sanft und verglich zwei Papiere. »Wir müssen morgen das Gebirge komplett durchqueren, mit unserer Truppenstärke wird es schwierig, das bis zur Dämmerung zu schaffen. Die Verletzungsgefahr im Dunkeln ist viel zu hoch«, murmelte er vor sich hin und warf einen weiteren Blick auf die Karte. Marcellus nickte zustimmend.

»Dann werde ich den Männern sagen, sie sollen sich gut sättigen und gleich zur Ruhe begeben. Wir werden bei Tagesanbruch die Lichtung verlassen, um die Helligkeit des Tages auszunutzen.« Sein Hauptmann nickte. Marcellus ließ seinen Blick über das angestrengte Gesicht Delnaras gleiten und atmete tief durch. Er musste die Sorgen um seinen Freund zurücknehmen. Diese Gefühle bedeuteten Zweifel und Zweifel waren etwas, das sich in dieser Situation kein Krieger erlauben durfte. Schnell lenkte er seine Gedanken auf ein anderes Thema.

»Delnara«, begann Marcellus und wartete mit dem Weitersprechen, bis er die geforderte Aufmerksamkeit erhielt.

»Könntest du dir vorstellen, ein einziges Mal in eine Kirche zu gehen?«, fragte er verlegen, was Delnara erst einen skeptischen Blick und anschließend ein belustigtes Lachen abrang.

»Keine Sorge. Für die Hochzeit meines Seelen-Bruders werde ich ein einziges Mal in meinem Leben zum Heuchler!«, meinte er mit einem Grinsen auf den Lippen. Eine Pranke schnellte auf Delnaras Kreuz und presste ihm die Luft aus den Lungen. Der Elf stützte sich auf seinen

Tisch und atmete ein paarmal konzentriert und tief durch. Ob nun doch eine Rippe gebrochen war?

»Wer hat dir gesagt, dass es um meine Hochzeit geht?«, fragte Marcellus verlegen lachend und sah dann etwas besorgt auf seinen Freund.

»Ich werde eher durch deine Freundschaft sterben, als im Kampf«, seufzte Delnara und sah zu ihm auf. »Du würdest mich nicht mit diesem ernsten Ton fragen, ob ich es mir vorstellen könnte, wenn es dir nicht so wichtig wäre. Was wäre wichtiger, als die Hochzeit eines Bruders, auch wenn man nur im Herzen verwandt ist«, erklärte er und stand auf. Delnara schien bestrebt, dieses Gespräch auf einen späteren Zeitpunkt zu verlegen. Eigentlich wie immer, wenn es über die Bedeutung der Kirche in ihrem Berufsstand und der Gesellschaft, in der sie lebten, ging. Vielleicht wollte Delnara aber auch nicht an die Konsequenzen einer Eheschließung seines Bruders denken.

»Ich werde noch etwas zu mir nehmen und mich dann auch zur Ruhe begeben«, beendete Delnara das Gespräch. Marcellus griff nach Delnaras Arm.

»Nach der letzten Nacht ... Ich bin als Nachtwache eingeteilt.« Er kannte Delnaras Alpträume schon lange, doch der letzte hatte ihn erschreckt. Er machte sich Sorgen. Sein Freund sollte wissen, dass er für ihn da war. Sein Elf lächelte beruhigend und löste sich aus seinem Griff.

»Ich komme schon zurecht! Ich muss mich langsam daran gewöhnen allein zu schlafen, wenn du bald heiratest!« Dabei klopfte ihm Delnara aufmunternd auf den Oberarm.

Marcellus´ Lachen erhellte kurz den Raum, ehe Delnara das Zelt verließ und sich an eines der Feuer stellte. Er konnte nicht zulassen, dass sein großer Freund sich Sorgen um ihn machte. Ein weiteres Mal versicherte er sich selbst, dass dieser Traum nichts weiter als das gewesen war. Ein Traum. Nichts, worüber er weiter nachdenken musste. Sein Blick wanderte kurz in den Himmel. Diese Nacht war sternenklar. Es würde kühl werden. Seine Aufmerksamkeit widmete er immer wieder dem Waldrand. Er wollte nicht in einen Hinterhalt geraten. Seine Informationen besagten zwar, dass die Löwen das Gebirge noch längst nicht erreicht hatten und Späher waren ausgesandt worden, doch er ging lieber auf Nummer sicher. Delnara schärfte den Soldaten noch einmal Vorsicht ein. Sie mussten aufmerksam sein und durften die Ruhe dieser nächtlichen Stille nicht unterschätzen. Langsam ging er in sein Zelt und setzte sich an den Tisch; gegessen hatte er nichts. Sein Blick wanderte müde und erschöpft durch den Raum und blieb auf seinem Nachtlager hängen. Kalte Schauer auf seiner Haut verhinderten, dass er sich erhob und zur Ruhe legte. Stattdessen schwang er seine Beine auf den Tisch, überkreuzte sie, löschte die Mehrzahl der Kerzen und schloss die Augen. Er wollte ihnen nur etwas Ruhe gönnen und verschränkte die Arme vor der Brust. Seine Erschöpfung war so groß, dass er die kräftigen Arme des Schlafes nicht mehr bemerkte, die ihn tief mit sich zogen.

~ * ~

Delnara ging einen langen Flur entlang. Die Mosaike, auf die er trat, glichen denen im Gang zum Vikar. Verwirrung erfasste ihn. Er griff nach seinem Schwert und erschrak: seine Finger glitten ins Leere. Ein Blick auf die Hüfte bestätigte seine Befürchtung - er war unbewaffnet. Schnell sah er sich nach einer anderen Waffe um und stockte erneut, wich einen Schritt zurück. Er stand in einem fensterlosen Raum. Nur wenige Kerzen erhellten die kargen Wände. Zu dunkel, um die Größe des Raumes ausmachen zu können, doch nicht zu dunkel, um den kauernden, kleinen Jungen zu übersehen.

»Hey, Kleiner!«, sprach er ihn an. Zum einen wollte er seine eigene Angst verdrängen, zum anderen weinte der Junge so bitterlich, dass es ihm ans Herz ging. Der Junge, ein Elf, drehte sich vorsichtig zu ihm um und er schluckte. Er sah in sein kindliches Spiegelbild.

»Wir sind wieder hier eingesperrt«, flüsterte der Kleine und sah sich um, als könnten die Wände ihre Unterhaltung verraten. Delnara spürte, wie seine Brust enger wurde. Der Junge hatte Recht. Es war jener dunkle Raum, in den er als Kind immer wieder eingesperrt worden war. Panik versuchte, sich in seinen Kopf zu drängen, doch das Quietschen einer Metalltür riss seine Aufmerksamkeit auf sich.

»Da ist er«, wisperte der Junge panisch und seine Augen weiteten sich. Delnara sah in das Licht, das in den Raum geworfen wurde. Seine Augen verengten sich. Er hatte kein Schwert als Waffe, doch er würde diesem Kerl mit seinen eigenen Händen den Garaus machen. Er rannte auf den Mann zu, stürzte sich auf ihn. Presste ihn mit all seiner Kraft auf die Fliesen und umklammerte den Hals des Menschen. Rasende Wut überschwemmte ihn.

»Ich bin nicht mehr so schwach, wie ich es als Kind war«, zischte er und hörte das Röcheln des unter ihm Liegenden mit Genugtuung. Hände packten seine Arme und rissen ihn von dem Mann weg, der hektisch nach Luft schnappte und sich von einem Mönch aufhelfen ließ. Delnara war verwirrt. Warum half diesem Menschen ein Mönch eines Vikars?

»Lasst mich los!«, rief er und wehrte sich nach Leibeskräften.

»Man hat mir viel von Euch berichtet, aber ich dachte nicht, dass Ihr einen solchen Hass auf die Menschen habt, dass Ihr auch mich töten wollt«, erklang die Stimme des Vikars. Delnara hielt inne und sah sich um.

»Das Vorzimmer des Vikars«, stellte er verwirrt fest und besah sich die Mönche, die ihn noch immer festhielten. Sein Blick wurde schlagartig auf das Gesicht des neuen Vikars gezwungen. Dessen Hand war eisern um sein Kinn gelegt, seine Augen so dunkel.

»Dass Ihr mich so grundlos angreift, ist der Beweis dafür, dass Ihr Euch an uns Menschen rächen wollt. Ihr habt euch hier eingeschlichen und nun benutzt Ihr die kirchliche Garde. Das ist Hochverrat!« Das Urteil des Vikars war gefallen. Delnara riss die Augen in Panik auf. Erneut versuchte er sich, zu befreien. Er schrie und fluchte.

»Bringt ihn endlich in eine Zelle. Sperrt den Verräter weg!« Mit übertriebenem Schwung wurde er in eine Zelle geworfen. Er stolperte und schlug hart mit dem Kopf gegen die Wand. Keuchend sank er an *dieser herunter und vergrub sein Gesicht in den Händen. Wie konnte das nur geschehen? Er sah sich um. Dunkelheit wollte ihn einhüllen. Er erkannte nur seine blutverschmierten Finger in dem Schein einer einzelnen, heruntergebrannten Kerze. Sie flackerte bedrohlich und Delnara flehte die Flamme innerlich an, nicht zu erlöschen. Sie kam seinem Wunsch nicht nach und überließ ihn der absoluten Dunkelheit.*

~ * ~

Der dumpfe Lärm eines Hornes riss Delnara aus der Dunkelheit seines Traumes und er sprang auf. Es dauerte einen Moment, bis sein Geist in der Realität angekommen war. Er blickte auf seine zitternden Finger. Kein einziger Tropfen Blut klebte an ihnen. Er ergriff sein Schwert und lief aus dem Zelt. Schnell verschaffte er sich einen ersten Überblick. Marcellus erblickte ihn und kam mit großen Schritten auf ihn zu.

»Die Löwen sind in der Nacht durch das Gebirge gekommen. Komplett verrückt! Ihre Verluste müssen enorm gewesen sein. Jetzt ist ihre Truppe zwar kleiner, aber auch schneller!«

Delnara nickte knapp. Er hatte eine solche Möglichkeit in Gedanken durchgespielt.

»Es scheint, als wären sie erzürnter, als wir dachten.« Er legte sich den Waffengürtel um und band ihn fest.

Die Kampfgeräusche näherten sich und er zog sein Schwert. Das polierte Metall glänzte im Schein der Feuer. Aus den Augenwinkeln sah Delnara, wie Marcellus seinen Löwenbogen spannte, bis an sein Kinn. Der Pfeil war gut einen Meter lang und fast so dick wie Delnaras Daumen. Zischend durchschnitt der Pfeil die Luft, verschwand im dunklen Wald. Ein Stöhnen zeigte an, dass er sein Ziel getroffen hatte. Mit animalischem Gebrüll rannte eine Horde Löwen auf das Lager zu. Die Geräusche ihrer Waffen ließen Delnara jeden Muskel anspannen. Schnell entbrannten die ersten Gefechte. Er rannte zu einer Gruppe von

Schwertkämpfern, um sie zu unterstützen. Delnara parierte einen Hieb und schlug hart zurück, drängte seinen Gegner einen Schritt nach hinten. In diesem Moment war ihm egal, was für ein Wesen vor ihm stand. Wer ihn angriff, würde seine Klinge spüren. Im Kampf waren sie alle gleich. Jeder von ihnen war ein Krieger. Jeder von ihnen kämpfte für sein Ziel. Jeder von ihnen war bereit, sein Blut auf dem Schlachtfeld zu vergießen.

Delnara schlug mit zwei weiteren Kriegern geschickt eine Schneise durch die Angreifer, drängte sie zurück. Die Zyklen der Angriffe ließen ihnen kaum Zeit zum Luftholen und sie kämpften sich verbissen durch die Horde. Die übersäuerten Muskeln begannen zu brennen. Immer wieder trat er auf die Körper von Gefallenen, versuchte, nicht zu stolpern. Auf dem Boden liegend wäre er ein leichtes Ziel und Gnade konnte er hier nicht erwarten.

»Runter!«, warnte ihn eine Stimme. Delnara drehte sich nicht um, sondern packte seine Mitkämpfer bei den Kragen und riss sie mit sich auf die Knie. Über ihre Köpfe jagten Pfeile hinweg und trafen drei Löwen in die Brust. Den Luftzug, den die Geschosse verursachten, spürte er an seinem Hinterkopf. Delnara stand auf und sah hinter sich. Noch immer hielt Marcellus seinen Bogen fest in der Hand, nickte seinem Hauptmann kurz zu. Er nickte zurück. Hinter einem Baum erkannte er das Glitzern einer Sehne, die sich spannte. Er rannte auf Marcellus zu, trat auf sein Knie, schnellte empor und sprang über seinen Kopf. Mit einem Schwerthieb wehrte er den Pfeil vom Rücken seines Löwen ab. Er kam auf dem Boden auf und ging tief in die Hocke, um sein Gewicht abzufangen. Sofort richtete er sich wieder auf, rannte auf den Schützen zu und sprang ihn an. Er riss sein Schwert nach oben und stieß mit dem Knauf zu. Schmerzerfüllt stolperte der Schütze einen Schritt zurück. Delnara rammte ihm sein Schwert in die Schulter, brachte ihn zu Fall. Er spürte, wie der scharfe Stahl sich durch das Gewebe drängte. Plötzlich drang Siegesjubel an sein Ohr.

Er atmete schwer, war mit seiner Kraft am Ende. Seine Finger pulsierten am Griff des Schwertes. Er hatte keine Ahnung, wie lange er gekämpft hatte und nur langsam beruhigte sich sein Atem und das Zucken seiner Muskeln ließ nach.

Dann wurde es stiller. Delnara blickte in den Himmel und sah die Sonne, die friedlich durch die Blätter schien. Der Anblick war grotesk. Bis eben wurde gekämpft. Blut vergossen und Leben genommen. Doch die Sonne schien hell und streichelte mit den verspielten Schatten der Blätter über sein Gesicht. Die Ruhe brachte ihn schließlich dazu, sich zu erheben und sein Schwert mit einem Ruck aus der Schulter eines Löwen zu ziehen. Dieser blickte ihn schmerzverzerrt an, hielt sich den Arm.

»Ich hoffe, dass ich den Knochen nicht verletzt habe. Wenn du zu Hause bist, lass dich richtig versorgen und schone dich«, riet er ihm leise und entfernte sich.

Delnara sah sich genauer um. Der Kampf war zu Ende. Fliehende Löwen ließen sie ziehen und ihnen wurde unter Bewachung gestattet, die Leichen ihrer Einheit mit sich zu nehmen. Ruhe kehrte auf der Lichtung ein. Eine Ruhe, die ihm einen eisigen Schauer über den Rücken trieb. Der Tod hatte sie heimgesucht. Er ging zu Marcellus, der die Löwen mit einem Pfeil in seinem Bogen bewachte, bis diese im Wald verschwunden waren. Dann senkte er seine Waffe, sah Delnara prüfend an.

»Hast Du noch mehr abbekommen als das?«, fragte Marcellus und hob das Kinn des Elfen an. Eine lange, jedoch nicht tiefe Wunde zog sich über Delnaras Wange. Das Blut hatte sich seinen Weg über die Haut gesucht und war bereits getrocknet.

»Ich lebe noch. Das wird sicher ohne Narbe verheilen, wenn du mir nicht noch Schmutz in die Wunde reibst«, erklärte er mürrisch und löste die Pranke von seinem Gesicht.

»Verluste?«, fragte er dann nüchterner, um von sich abzulenken und suchte nach Leichen in ihrer Uniform. Auch Marcellus sah sich um, nutzte seine Größe, um sich ein genaueres Bild zu machen. Vereinzelt lagen Körper im Gras.

»So wie es aussieht, haben wir keine Toten zu verzeichnen. Der Angriff ist zurückgeschlagen, wir sollten nach Hause. Die Verletzten brauchen einen Arzt.« Delnara nickte.

»Wir packen zusammen. Alles, was noch zu gebrauchen ist, kommt mit, den Rest lasst hier!«, befahl Delnara laut in die Runde. »Die Verletzten werden mit dem ersten Trupp zurückgebracht!«

»Du solltest auch mit dem ersten Zug mit. Dein Arm sieht aus, als bräuchte er Pflege«, murmelte Marcellus und deutete auf seinen linken Arm. Delnara sah verwundert an sich herunter, entdeckte das rote Rinnsal, das bis zu den Fingerspitzen lief und dort Tropfen bildete. Er nickte und stieg auf seinen Schimmel. Er hatte nicht die Muse, sich mit dem Löwen zu streiten.

»Bleib du beim zweiten Zug und führ ihn nach Hause«, wies er Marcellus an und machte sich auf den Weg an die Spitze. Der Tross setzte sich in Bewegung. Wenn sie die Nacht durchritten, konnten sie morgen im Laufe des Vormittags zu Hause ankommen. Delnara seufzte müde. Er würde noch über Stunden in seiner schmutzigen Kleidung bleiben müssen, die sich an seiner verschwitzten Haut festsaugte und bei jeder Bewegung rieb und mit der Ruhe kam auch der Schmerz in seiner Schulter.

Delnara straffte seine Schultern, als er ein Pferd herantraben hörte. Einer seiner Unteroffiziere schloss zu ihm an die Spitze des Trosses auf.

»Wie geht es den Verletzten?«, erkundigte der Hauptmann sich. »Schaffen sie es, die Nacht durchzureiten?« Der Feenmann nickte.

»Sie sind allesamt stabil. Einige haben starke Schmerzen, doch sie werden durchhalten. Je eher wir nach Hause kommen, desto eher kann man ihnen helfen.« Delnara brummte zustimmend. »Ich habe gesehen, wie Ihr Marcellus gerettet habt. Auf einen Löwen aus dieser Entfernung zuzulaufen ist waghalsig, Hauptmann.« Der mahnende Unterton in der Stimme des Unteroffiziers war nicht zu überhören. Ein lautloses seufzen entfloh Delnara und er hielt sich den linken Arm. Es schmerzte doch mehr, als er gedacht hatte.

»Wir leben alle noch. Das sollte das Wichtigste sein«, murrte er kühl und ritt ein Stück voran. Waghalsig? Er dachte über dieses Wort nach. Es gefiel ihm besser als leichtsinnig. So hatte ihn sein General immer genannt. Leichtsinnig und zu klein für einen richtigen Elfen. Ein Spott, der ihn nur zu neuen Höchstleistungen angetrieben hatte. Delnara sah auf seinen Arm. Sein Kettenhemd musste einen Treffer abgefangen haben. Die Glieder waren verbogen und ein paar hatten sich in sein Fleisch gebohrt. Er legte seinen Arm auf dem Sattel ab und ritt einhändig. Das verminderte die Bewegung im Gewebe ein wenig und verringerte den Schmerz. Sobald sie ihm die Glieder zu Hause aus dem Fleisch zogen, würde der Schmerz nachlassen.

Sie brauchten länger, als gedacht. Erst weit nach Sonnenuntergang kamen die Stadtmauern Belevims in Sicht. Am Stadttor wurden sie von einer aufgeregten und besorgten Menge empfangen. Er sah ängstliche Blicke. Sah suchende Frauen, Kinder, Eltern. Schnell stieg er ab und übergab sein Pferd einem der Reiter des Trosses. Schmerzvoll verzog er das Gesicht und rieb sich über den verletzten Arm.

»Wir haben keine Gefallenen zu betrauern. Wir bringen die Verletzten. Der Großteil des Heeres folgt uns nach und wird in wenigen Stunden bei euch zu Hause sein!«, rief er in die Menge. Immer wieder wiederholte er seine Worte, wollte zu so später Stunde keine Angst in den Gesichtern sehen. Er begleitete den Tross zu Fuß bis zum Lazarett. Als er sicher war, dass seine Männer behandelt wurden, ließ auch er sich versorgen. Kräftig klopfte er seinem Unteroffizier beim Verlassen des Lazarettes auf die Schulter.

»Wir sehen uns morgen. Ich will einen vollständigen Bericht!« Dieser nickte.

Die Sommernacht war kühl. Tief atmete Delnara durch und machte sich auf den Weg zu seiner Unterkunft im Stadtkern. Er wollte sich waschen und schlafen.

»Hauptmann! Hauptmann!« Er drehte sich um und erkannte seinen Bruder, der hektisch auf ihn zulief.

»Enurah. Was willst du denn zu so später Stunde von mir?«, fragte er und hob eine Augenbraue.

»Der Vikar will dich sehen, Bruder!« Ein Murren entfloh Delnara.

»Kann das nicht bis Morgen warten?«, sagte er gereizt und setzte seinen Weg fort.

»Nein! Sobald ich dich sehe, soll ich dich zu ihm bringen.« Enurah verstellte ihm den Weg. Delnara fluchte. So schmutzverkrustet wie er war, wollte er dem Vikar nicht unter die Augen treten. Trotzdem drehte er sich um, machte sich auf den Weg. Seinen Ärger verbarg er hinter einer kühlen Miene.

»Kommst du?«, fragte er. Enurah folgte seinem Bruder mit der gleichen Bewunderung im Blick, mit der die Jünglinge in seiner Gruppe aus Anwärtern Delnara verehrten. Zusammen liefen sie die Gassen zur Kaserne entlang. Vor dem Gang zum Zimmer des Vikars blieben die Brüder stehen. Da Enurah das Betreten verboten war, verabschiedeten sie sich voneinander. Delnara betrat das Vorzimmer.

»Nach mir wurde geschickt!«, erklärte er kühl und kümmerte sich nicht weiter um die Mönche. Er trat in das Zimmer des Vikars. Es war heller erleuchtet als bei ihrem ersten Aufeinandertreffen. Ein Mönch stürmte hinter ihm ins Zimmer.

»Verzeiht Herr, ich konnte ihn nicht aufhalten!«, entschuldigte er sich und fiel auf die Knie. Missbilligend sah Delnara auf den Mönch herab. Er konnte eine solch unterwürfige Haltung nicht ausstehen und war zu erschöpft, um einen Rest Höflichkeit aus sich herauszuholen.

»Schon gut. Ich habe damit gerechnet, dass der Hauptmann euch allesamt überrennt. Ihr könnt gehen!«, meinte der Vikar ruhig und erhob sich von seinem Stuhl. Delnaras Blick folgte dem Mönch, bis er die Tür gänzlich geschlossen hatte und sah dann zum Vikar. Er nutzte das vermehrte Licht, um sich den Mann anzusehen. Groß gewachsen, schlank, dunkle Haare und Augen und ein

Gesicht, das weit weniger bedrohlich wirkte, als das aus seiner Kindheit.

»Euer Ruhm eilt Euch voraus, Hauptmann. Ich hätte wirklich nicht gedacht, dass Ihr ohne einen einzigen Toten zurückkehrt.« Der Vikar kam um den Tisch herum. Delnara knirschte mit den Zähnen. Er hatte das diffuse Gefühl, in eine Falle gelaufen zu sein, aus der er sich nicht würde befreien können.

»Ich würde Euch danken, Vikar, wenn es die Wahrheit wäre. Löwen sind gestorben«, erwiderte er und zog seinen Hut. Wenigstens vor seinem Vorgesetzten sollte er noch ein paar Manieren beweisen. Er sah den Mann vor sich wieder an und dieser lächelte nur freundlich.

»Aber ganz ohne Verluste ist eine Schlacht nicht zu schlagen!«, kam die philosophische Antwort. Ihm wurde immer unwohler im Magen. Was war es, was an dieser Situation nicht stimmte? Er musterte den Mann vor sich genau. War er der Rasse der Menschen gegenüber wirklich so skeptisch eingestellt? Die Worte aus seinem Traum kamen ihm wieder ins Gedächtnis. Wollte er sich an ihnen für sein Leid rächen?

»Kommt. Ich habe einen hervorragenden Wein für einen solchen Sieg.« Delnara erstarrte. Alkohol? Er hatte noch nie einen Tropfen Alkohol getrunken, doch er konnte dem neuen Vikar nicht schon wieder über den Mund fahren. Obwohl er als unhöflich und wild galt, wusste er doch genau, wo seine Grenzen lagen.

»Ja«, war seine leise Antwort und er folgte dem Mann nach nebenan. Auch dieser Raum war fensterlos, doch durch die geringere Größe und die vielen Kerzen wirkte er deutlich behaglicher.

»Setzt Euch«, bat der Vikar. Delnara ließ sich im Schneidersitz an dem kleinen Tisch nieder, der mitten im Raum stand. Er stützte die unversehrte Hand auf sein Knie und sah sich um. In einer Ecke erspähte er viele Kissen und

Decken und sehnte sich ein weiteres Mal nach seinem eigenen Bett.

»Möchtet ihr ein Tuch für Eure Hände und Euer Gesicht?«, fragte der Vikar, als er sich ebenfalls setzte. Delnara stutzte und spürte, wie Röte in seine Wangen stieg und entschloss sich, diese mit Wut zu überspielen.

»Ich wurde zu Euch gerufen, bevor ich mich waschen konnte!«

»Das ist mir bewusst. Aber ich finde dieses Aussehen passender, als die geglättete Uniform bei unserem ersten Treffen. Es entspricht mehr Eurem Charakter.« Die Stimme des Vikars klang erheitert.

»Macht Ihr Euch über mich lustig?«, fragte er scharf. Der Vikar schob eine Schüssel mit einem Tuch über den Tisch zu ihm hin.

»Nein. Über Euch würde ich mich nie lustig machen. Vikar Atunaris hat mir viel von Euch erzählt. Ihr dientet lange unter ihm.« Delnara nahm das Tuch aus der Schüssel. Insgeheim war er sehr dankbar dafür, dass das Wasser warm war. Er strich sich mit dem Tuch über das Gesicht, den Nacken und über die Kehle. Er wusch abschließend seine Hände in der Schüssel und stellte sie mit einem Räuspern weg. Durch den Staub und das Blut war das Wasser so trüb geworden, dass man den Boden der Schüssel nicht mehr erkennen konnte.

»Meine ganze Dienstzeit lang war ich Vikar Atunaris unterstellt. Was erzählte er Euch über mich?« Delnaras Laune war wieder etwas gestiegen. Er fühlte sich nicht mehr ganz so unwohl und war nun auch bereit ein Gespräch zu führen.

»Er berichtete mir, dass Ihr ein Wildfang seid, der seines Gleichen sucht. Ihr seid sehr temperamentvoll und kämpft mit ganzem Herzen«, erzählte der Vikar und goss den roten Wein in zwei Gläser, von denen er eins zu Delnara hinüberschob. »Er sagte mir, es sei schwer, Euch Befehle zu geben, doch wenn man Eure Kette etwas locker ließe, würdet Ihr

Euren Weg schon gehen, auch wenn das nicht immer der Weg der Kirche ist.« Der Vikar erhob sein Glas. Delnara war irritiert.

»Kette?«, echote er und folgte der stummen Aufforderung. Er hob sein Glas und trank, als auch der Vikar das Glas an die Lippen gelegt hatte. Delnara leerte es in einem Zug. Er hatte gar nicht bemerkt, wie durstig er gewesen war.

»Ihr habt einen guten Zug!«, lobte der Vikar und schenkte nach. Der Wein war fruchtig, süß und lockte zum Weitertrinken. Delnara leckte sich über die Lippen. Er nahm einen großen Schluck und sah die rötliche Flüssigkeit durch das Glas an.

»Mein Name ist Betham«, erklang die Stimme des Vikars. Delnara sah fragend auf. Hatte er sich gerade verhört? Bot der Vikar ihm soeben eine engere Beziehung an?

»Delnara«, erwiderte er und sah in das Glas, ehe er es erneut mit wenigen Schlucken leerte. Ob es gut war, sich auf einen Menschen tiefer einzulassen? Er hatte das Gefühl, sein Hirn würde mit den Schultern zucken. Ein Lächeln zog sich über sein Gesicht. Dieser Gedanke war aber auch zu erheiternd. Mit einem Nicken quittierte er, dass sein Glas erneut gefüllt wurde.

»Ihr seid einer der besten Kämpfer unter meinem Befehl. Lasst mich Euch ein Geschäft vorschlagen«, begann Betham. Delnara trank sein Glas mit einem großen Schluck aus. Er hatte wirklich Durst und nickte dankend, als der Vikar erneut nachfüllte. Er hatte auch seit zwei Tagen kaum etwas gegessen. Ob sich sein Kopf deswegen so leicht anfühlte? Delnara stutzte. Der Vikar hatte ihm ein Geschäft vorgeschlagen. Sollte er jetzt etwas antworten? Betham schien auf etwas zu warten. Er straffte die Schultern und atmete tief durch. Er musste sich zusammennehmen.

»Ich höre!«, meinte er nur. Er hatte die Sorge, dass längere Sätze nicht mehr akzentuiert genug aus seiner Kehle kamen, fühlte diese sich doch seltsam entspannt an. Die

Entspannung zog sich durch seinen Körper und wärmte ihn. Seine Müdigkeit schien sich zu steigern, dennoch glaubte er sich hellwach. Noch ehe er sich über diesen Zustand wundern konnte, hatte der Vikar seine Stimme wieder erhoben.

»Ich lasse Euch mit Eurer Vielzahl an Erfahrungen mir beratend zur Seite stehen. Dafür verlange ich von Euch, dass Ihr die Befehle, die ich Euch gebe, ausführt, ohne Euch querzustellen«, erklärte Betham. Delnara versuchte, die Konsequenzen für sich abzuschätzen, doch er kam zu keinem Ergebnis. Seine Gedanken schienen ihm zu entfliehen und er hatte keine Möglichkeit sie zu fassen. Erneut kam ihm das Bild in den Sinn, wie sein Hirn mit den Schultern zuckte. Er nickte zustimmend und trank sein viertes Glas in einem Zug aus.

»Sehr gut!«, meinte Betham erfreut. Er beugte sich zu Delnara und schlug ihm auf die rechte Schulter. Wie ein Blitz durchfuhr Delnara ein unbekanntes Gefühl und er konnte ein Keuchen nicht verhindern. Betham sah überrascht aus und Delnara wandte seinen Blick ab, löste schnell die Hand, die noch immer auf seiner Schulter ruhte.

»Die Wunde ist noch frisch«, erklärte er und hoffte, seine Reaktion so erklären zu können. Er verfluchte sich. Er hatte sich doch sonst besser unter Kontrolle. Was war das für ein seltsames Gefühl gewesen in seiner Schulter? Etwas Ähnliches hatte er bei einer solchen Berührung noch nie gespürt. Betham kam um den Tisch herum, beugte sich zu ihm, zog am verschmutzten Kragen und legte seine rechte Schulter frei. Delnara protestierte nur halbherzig, der Alkohol ließ ihn träger werden. Der Vikar strich über die vernarbte Haut. Erneut war da dieses Gefühl, das durch seinen ganzen Körper schoss, heiß-kalt durch seine Nerven fuhr und alles in ihm auflud. Er biss die Zähne aufeinander, presste die Lider zusammen. Noch einmal würde er sich die Blöße nicht geben aufzustöhnen. Jede Berührung dieser Narbe schickte weitere Wellen durch seinen Körper. Wellen, die ihn aufheizten und ein Prickeln unter der Haut entlang schickten. Warum hörte er das Rauschen seines Blutes? Litt er doch sonst bei solchen Berührungen Höllenqualen. Doch das hier war weit entfernt von Schmerzen. Hitze breitete sich in seiner Schulter aus und zog sich wie ein Geflecht durch seinen ganzen Körper. Der Vikar sah sich die Wunde genau an. Dort, wo ein dicker Pfeil in das muskulöse Fleisch eingedrungen war, strich er über die Vernarbungen. Delnara zuckte zusammen, riss sich von den sanften Fingerspitzen los, sprang auf und torkelte nach hinten. Er hielt beschützend die Narbe zu und sah auf den Boden. In seinem Kopf drehte sich die Welt. War das die Reaktion auf den Alkohol oder war es die Folge dieser Berührungen? Delnara spürte das Brennen in seinen Wangen. Noch eine weitere Berührung und seiner Kehle wäre ein Stöhnen entflohen.

»Diese Narbe ist nicht so jung, wie du mir glauben machen willst«, drangen die Worte des Vikars an sein Ohr. Delnara wunderte sich über die Freundlichkeit, die plötzlich in der Stimme des Menschen lag. Er wagte einen Blick. Sah, wie Betham auf ihn zukam. Warum wohl die Stimme seines Gegenübers mit einem Mal so tief und rau klang? Warum jagte ihm genau diese Stimme neue, seltsam wohlige Schauer über die Haut? Hände griffen in seine Haare, zogen das Band auf, mit denen sie zusammengebunden waren.

»So ein schönes Blond. Es passt so gut zum Blau deiner Augen«, hörte er ganz leise und mit viel Wärme im Unterton. Delnara versuchte, sich zu bewegen, doch er konnte nur seine Augen schließen. Warum waren diese großen Hände nur so zärtlich? Warum fasste ihn der Vikar so sanft an? Warum wehrte er sich nicht energisch gegen diese einfühlsamen Berührungen? Warum tat dieser Mann diese Dinge mit ihm? Warum nur gefiel ihm dieses Treiben so gut? Statt einer Antwort legten sich zwei raue Lippen auf seine und Delnara riss die Augen auf. Er wollte seinen Kopf erschrocken wegziehen, doch Betham hielt ihn fest.

Bestimmt und doch zärtlich ließ er ihm keine andere Wahl, als dieses fremdartige Gefühl erneut zu durchleben. Dieses Gefühl, welches noch intensiver wurde, als Betham erneut über die Narbe an seiner Schulter fuhr.

Delnara keuchte unterdrückt und Betham nutzte die Gelegenheit, strich mit der Zunge über seine Zähne. Der Vikar ließ sich Zeit und berührte sanft seine Zunge. Da war kein Zwang, nichts Aufdringliches. Dennoch versuchte Delnara sich mit der Kraft, die er noch aufbringen konnte, zu lösen. Ohne großen Widerstand ließ Betham sich ein Stück von ihm wegschieben. Delnara sah dem Vikar verwirrt in die Augen. Dieser lächelte weich, wohlwollend.

»Erst so voller Kampfgeist und nun so unsicher und verwirrt«, hauchte Betham und strich ihm erneut durch die Haare. Sie flossen wie Seide durch dessen Finger.

»Du bist so anders als die Elfen, die ich kennengelernt habe. Du bist viel kleiner, eigensinniger und viel stolzer.« Betham schenkte seine ganze Aufmerksamkeit seinen Haaren, die er immer wieder durch seine Finger gleiten ließ. Delnara versuchte, die Situation zu begreifen, in der er sich befand. Sein betrunkener Geist machte es ihm schwer, schnell zu verstehen und angemessen zu reagieren. Er saß auf dem Boden. Wie war er hierher gekommen? Er konnte sich an keinen Sturz erinnern. Der Vikar kniete zwischen seinen Füßen. Noch ehe er weiter darüber nachdenken konnte, küsste ihn Betham erneut. Seine Muskeln wurden weicher. Warum? Wie konnte er sich in einer solchen Situation nur so entspannen? Sollte er nicht aufspringen und toben? Sollte er sich nicht mit allem, was er hatte, zur Wehr setzen? Delnara spürte den warmen, weichen Teppich unter seinem Rücken und ein beträchtliches Gewicht auf seinem Brustkorb.

Er riss die Augen auf. Warum schloss er auch die Augen, wenn er so von Betham berührt wurde? War das, was in seinem Inneren aufkeimte, etwa Verlangen? Warum wollte er genau jetzt auf keinen Fall allein gelassen werden? Warum sollte es nicht enden? Langsam hob Delnara seine Hände. Seine Finger zitterten heftig. Ein Teil in ihm schrie, sich endlich zur Wehr zu setzen und sich nicht der Situation zu ergeben. Doch stattdessen legte er schüchtern seine Arme um Bethams Nacken, zog ihn dichter zu sich heran. Das Ziehen in seinem Magen schickte erneut prickelnde Wellen über seinen Rücken. Bethams Hände suchten sich ihren Weg unter seine Kleidung, zogen ihm langsam Wams und Hemd aus. Wie geschickt er war! Sicher hatte der Vikar das schon öfter getan. Delnara konnte und wollte nicht weiter darüber nachdenken. In seinem Kopf drehte sich alles. Sein Griff wurde enger um Bethams Hals, denn er musste sich an etwas festhalten, um nicht in diesem seltsamen und unbekannten Strudel unterzugehen. Bethams Lippen strichen über seinen Hals. Geschickte Hände streichelten über die straffe Haut seines Körpers, hinterließen brennende Spuren auf ihm. Bethams Stöhnen brachte ihn beinahe endgültig um den Verstand. Delnara hörte sich selbst und konnte es kaum glauben. War das wirklich seine Stimme, die so verlangend nach mehr wisperte? Delnara konnte kaum noch einen klaren Gedanken fassen. So hatte er sich noch nie gehört.

Delnara presste seine Augen fester zusammen. Dieser Moment, diese Empfindungen überforderten ihn, doch er wollte nicht, dass es stoppte. Er wollte diese Hitze in sich weiterhin erleben und sich verbrennen lassen, die unverfälschte Nähe spüren. Ein mal mehr spürte er Bethams Lippen auf seiner Schulter und bäumte sich stöhnend auf. Reflexartig wollte er an seine Narbe fassen, doch gruben sich seine Finger in Bethams dunkles Haar. Wie weich es war. Dieses alles verzehrende Gefühl erschreckte ihn, dennoch presste er Bethams Lippen fester auf seine Wunde. Er verstand sich selbst nicht mehr. Wieso tat er das Eine, wenn er doch sonst von anderem redete? Warum empfand er bei jeder Berührung seiner Narbe Schmerzen, aber genau jetzt nicht? Vorsichtig öffnete er seine Lider, sah in die braunen Augen über ihm. Dieses Verlangen, das in ihnen geschrieben stand, ließ Delnara erschaudern. Langsam wurde er ruhiger. Er fühlte das in sich, was er in Bethams Augen lesen konnte. Verlangen mit etwas Unsicherheit und viel Neugier. Mit zitternden Fingern strich er über die weiche Haut von Bethams Wangen. Dieser Mensch lächelte so zärtlich, dass Delnara automatisch dasselbe tat. Sein Verstand schien sich vollkommen zu verabschieden. Er spürte Bethams Stirn an seiner. Diese warme Haut. Diese weichen Haare. Es hatte etwas Beruhigendes und tat gut nach der Reizüberflutung. Betham ließ ihm Zeit. Delnara glaubte nicht, dass dieser Mensch ihm Schaden zufügen würde. Irgendwo in ihm entstand ein Punkt, der ihm das versicherte. Dieser Mann würde ihm nicht wehtun. Dafür war er einfach zu sanft gewesen. Trotzdem, müsste er nicht skeptischer sein?

Es war egal. Er konnte morgen noch über alle Konsequenzen nachdenken. Er fasste einen Entschluss. Heute Nacht würde er sich einfach hingeben. Er wollte noch einmal die herbe Süße schmecken, die wissenden Hände spüren. Betham. Er würde seinen Stolz einfach über Bord werfen.

Sein heißer Atem strich über das spitze Elfenohr, entlockte Delnara ein tiefes Seufzen. Betham erschauerte, fühlte die Gänsehaut auf seinem Körper.

»Ich möchte mich nicht entschuldigen. Dafür gefällt es mir zu gut. Bitte schenk mir dein Vertrauen. Ich werde dich nicht verletzen«, wisperte Betham in Delnaras Ohr. Seine Stimme war tief und rau. Zärtlich strich Betham mit seiner Zungenspitze über die weiche Haut des ihm dargebotenen Ohres. Delnara krallte sich in seiner Kutte fest. Er keuchte unterdrückt, dumpf. Betham schluckte schwer. Es gab für ihn nur eine Erklärung, warum der Elf unter ihm sich so verhielt. Warum er sich verzweifelt am Hier und Jetzt festhielt. Warum er keinen Blick auf ihn wagte. Er hatte keinerlei Erfahrung. Ein Gefühl der Schuld und der Scham breitete sich in ihm aus. Darüber hätte er eher nachdenken sollen.

Er stemmte sich von Delnara weg, der ihn verwirrt ansah. Das Blau seiner Augen wirkte verschleiert. Wie ein Gemälde lag der Elf auf dem dunklen Teppich, umschlang seinen nackten Oberkörper mit den Armen, um der Kälte zu entkommen. Seine offenen Haare flossen um ihn wie Seide und bildeten einen starken Kontrast zum Boden. Diese vom Alkohol und der Erregung geröteten Wangen! Betham schluckte hart. Er konnte nicht mehr zurück. Er war paralysiert von diesem Mann, der nicht den Hauch einer Ahnung von seiner Ausstrahlung hatte. Er zog sich seine Kutte über den Kopf und ließ sie fallen. Er erlaubte Delnara einen schnellen Blick auf seinen Körper und ließ sich langsam auf ihm nieder. Sanft strich er mit seiner Nasenspitze über das Elfenohr und seufzte sanft hinein. Erneut überliefen Delnara Schauer und Betham spürte, wie seine Selbstbeherrschung sich verabschiedete.

»Du ziehst mich an, wie das licht die Motte«, gestand er leise. Er erwartete keine Antwort. Delnara war sicher zu betrunken, um seine Worte adäquat verarbeiten zu können. Er atmete hektisch und hielt sich an seinem Oberkörper fest. Betham spürte das erregte Beben unter sich. Er küsste sich von Delnaras Hals bis zu seiner Schulter. Diese Narbe bot sich ihm so verführerisch an. Unglaublich, wie empfindlich der Elf dort reagierte! Der Stolz des Elfen war verflogen, er würde ihn zärtlich vereinnahmen und ihnen beiden dabei größtmögliche Lust verschaffen. Seine Fingerspitzen wanderten über die helle Haut und ließen Delnara aufstöhnen. Er wand sich unter seinen Händen, als er ihn vollständig auszog. Gleich würden sie sich ganz nahe sein.

Delnaras Empfindungen verschwammen. Sein Verstand hatte längst aufgehört zu arbeiten. Er traute sich nicht, seine Augen zu öffnen. Betham schien überall an seinem Körper zu sein. Seine Hände strichen über jeden Zentimeter seines Leibes. Seine Lippen, seine Zunge versengten ihm die Haut und ließen ihn unkontrollierte, flehende Laute von sich geben. Er spürte die Bewegung auf sich und hielt sich an dem anderen Mann fest. Er glaubte, Betham in jeder Faser seines Körpers zu spüren. Ein Feuerwerk tobte durch seinen Körper und seine Sinne verließen ihn endgültig. Er wollte mehr von diesem Feuerwerk.

Drei

Die Sonne weckte Delnara. Er blinzelte und zog sich mit einem Murren die Decke über den Kopf. Er dachte nicht daran, seine Augen noch einmal zu öffnen.

»Na, dass du heute überhaupt noch wach wirst, grenzt an ein echtes Wunder!« Marcellus lachte, wie nur ein Löwenmensch es konnte: tief und vibrierend. Entgegen seiner Vorsätze blinzelte Delnara nun doch unter der Decke hervor.

»Warum ist das so hell?«, fluchte er und vergrub sich wieder.

»Du hast einen dicken Kater, mein Freund. Der Vikar musste dich nach Hause tragen. Du hast wohl deinen enormen Durst mit Wein gelöscht und das auf fast nüchternen Magen.« Delnara musste nicht unter der Decke hervorsehen. Er konnte das breite und hämische Grinsen seines Freundes regelrecht spüren. »Er meinte, du solltest dich und deine Wunde heute noch schonen und bat mich, auf dich betrunkenes Etwas aufzupassen.« Delnara krümmte sich.

»Marcellus«, sagte er leise. Er hörte, wie sein großer Freund näher an das Bett trat. »Ja?«

»Sei einfach leise!«

Ein Kichern konnte sich Marcellus nicht verkneifen. Er ging aus dem Zimmer und schloss die Tür so leise wie möglich hinter sich. Seine Verlobte, Aenlin, saß an dem großen Tisch, schälte Kartoffeln.

»Er ist aufgewacht?«, fragte sie leise und verengte ihre Augen, als sie Marcellus breites Lächeln sah. »Machst du dich etwa über deinen besten Freund und Bruder lustig?« Sie drohte ihm mit dem Gemüsemesser.

Er lachte leise, setzte sich zu ihr und stützte sein Kinn in eine Hand. Er sah sinnierend auf die hölzerne Tür, hinter der sich Delnara befand.

»Er riecht nach dem Vikar!« Sein Grinsen wurde breiter. Ohne seinen Kopf zu bewegen, schielte er aus den Augenwinkeln zu seiner Verlobten.

»Das ist doch normal! Der Vikar hat ihn ja auch hergetragen!«, erklärte die Löwin nüchtern und schälte ihre Kartoffeln weiter. Marcellus amüsierte sich prächtig, als er seine ganze Aufmerksamkeit auf die Löwin richtete. Ihre Röte, die sie auf den Wangen trug, verriet Aenlin. Marcellus sah, dass sie genauso gut wusste, was passiert sein musste, wie auch er es wusste. Es war nicht nur Delnaras Kleidung, die intensiv nach dem Vikar gerochen hatte. Intensiver, als es normal war. Nein, auch seine Haut roch nach dem Mann. Sie roch nach frischem Schweiß und dem Vikar. Marcellus beschloss zu schweigen. Das war ein Thema, das sein Freund anschneiden musste. Vielleicht hatte er auch alles vergessen, so betrunken wie er gewesen war.

»Ich werde in meiner Abteilung vorbei sehen und Del entschuldigen«, erklärte er in Gedanken versunken und blickte erneut auf die Tür.

»Del?« Marcellus schmunzelte.

»Sag ihm bloß nicht, dass ich ihn vor dir so genannt habe. Der kleine Elf da drin bringt mich sonst mit bloßen Händen um!« Aenlin lachte.

»Ihr seid wirklich Brüder!« Er sonnte sich in ihrem liebevollen Blick. »Ich verspreche, dass ich mich um Delnara kümmern werde. Ich werde ihn umsorgen, als wäre er mein eigener Bruder«, versprach sie und Marcellus küsste sie über den Tisch hinweg.

»Das ist der Grund, warum ich dich liebe. Du weißt, was mir wichtig ist, ohne mich fragen zu müssen!« Marcellus erhob sich, um zur Kaserne zu gehen. Er würde sich nur einen kurzen Überblick verschaffen. Für intensivere Arbeit war morgen wieder Zeit, wenn er sicher war, dass Delnara wieder auf seinen eigenen Beinen stehen konnte.

~ * ~

Aenlin bereitete eine Suppe aus verschiedenem Gemüse zu. Sie setzte sich an den Tisch und wartete etliche Stunden, bis sie sich erneut erhob und eine Schüssel mit Suppe füllte. Delnara musste etwas essen, um wieder auf die Beine zu kommen. Ihre Gedanken schweiften zu der letzten Nacht ab, doch sie verbot sich, irgendwelche Schlüsse zu ziehen. Sie füllte eine kleine Schüssel und trug sie leise in das angrenzende Zimmer. Sie sah sich um. Der Raum war recht klein, besaß nur ein Fenster. Unter diesem standen an der Wand zwei Betten. Links lag der kleine Elf und schlief. Sein Gesicht hatte er zum Raum gewandt. Sie stellte die Schüssel auf den Nachtschrank und lächelte. Schlafend sah der Hauptmann vor ihr noch so jung aus. Er glich mehr einem Knaben als einem Mann. Sein Gesicht war halb im Kissen vergraben und seine Haare lagen wild um ihn herum. Allein durch diesen Anblick verstand sie, warum Marcellus den Kleinen beschützen wollte.

»Delnara«, flüsterte sie und griff nach seiner Schulter, schüttelte ihn leicht, um ihn zu wecken. Der Elf riss panisch die Augen auf.

»Fass mich nicht an!« Er schlug ihre Hand weg und presste sich in die Ecke des Bettes. Mit der linken Hand hielt er sich die Schulter. Mit der Rechten verbarg er sein Gesicht. Er atmete hektisch, zog die Beine an seinen Körper. Aenlin erschrak heftig. Diese Reaktion überforderte sie. Dieser bebende Elf überforderte sie. Sie machte einige Schritte rückwärts und verließ den Raum. Was war gerade passiert? Sie wollte Delnara nur wecken. Was hatte sie getan, dass diesen Mann so auffahren ließ?

»Was ist los?«, holte Marcellus Stimme sie in die Welt zurück. Erst jetzt bemerkte sie, dass sie die Klinke der Tür noch immer in der Hand hielt. Sie hatte die Tür zugezogen und dann nicht losgelassen. Sie war einfach stehen geblieben. Marcellus schien zu erahnen, was passiert sein musste.

»Warte hier!«, bat er sie und betrat das Zimmer. Aenlin blieb im Türrahmen stehen und beobachtete die Szene, die sich ihr bot aus der Entfernung. Sie wollte verstehen, was passiert war. Delnara saß noch immer in der Ecke, wie sie ihn verlassen hatte. Vorsichtig zog Marcellus die Hand von seinem Gesicht.

»Es tut mir leid. Sie weiß es nicht!«, begann er mit leiser Stimme. Delnara sah auf und blickte zwischen seinen Augen hin und her. Die Verzweiflung war tief in das Elfengesicht geschrieben und Marcellus zog seine Brauen zusammen. Seinen kleinen Bruder so zu sehen schmerzte ihn.

»Hab ich sie verletzt?«, fragte Delnara leise nach. Offensichtlich quälte ihn das schlechte Gewissen. Marcellus schüttelte den Kopf.

»Sie hat sich nur erschrocken«, beruhigte er ihn. Delnara schloss die Augen und lehnte seinen Hinterkopf an die Wand.

»Ich muss ausziehen«, murmelte er. Marcellus ging vor dem Bett in die Hocke.

»Was erzählst du da nur?«, fragte er und lehnte seinen Ellbogen auf das Nachtlager. »So wie du zur Zeit schläfst, kann ich dich doch nachts nicht allein lassen«, widersprach er. Delnara sah ihn an und lächelte dankbar. Sein Gesicht zeigte deutlich die emotionale Erschöpfung. Seine Haare hingen ihm wild um die Schultern. In diesem Moment sah er nicht aus wie ein starker, unabhängiger Hauptmann. In diesem Moment glich er einem hilflosen Jungen, der nicht wusste, was der nächste Tag bringen würde.

»Du passt jetzt auf mich auf, seit ich sieben bin. Denkst du nicht, dass ich mit meinen mittlerweile 26 Jahren zu alt bin, um mich beschützen zu lassen?« Marcellus schluckte hart. Delnaras Worte klangen ihm zu sehr nach Abschied.

»Ich habe dir im Waisenhaus geschworen, dass ich dich bis an mein Lebensende beschütze. Dich und den Kurzen!« Delnara legte die Hand auf seinen Kopf. Allzu oft konnte er ihn nicht überragen und genoss es anscheinend ihm jetzt seine Mähne zu zerwühlen.

»Enurah ist auch fast erwachsen. Sind wir drei nicht langsam alt genug, um uns vom Leben als Waisen zu lösen?«, fragte Delnara leise.

»Wir sind für immer Brüder. Auch über den Tod hinaus werden wir verbunden sein.« Marcellus sah auf den hölzernen Fußboden, um den Schmerz in seinem Blick zu verbergen.

»Bist du sicher, dass du zurechtkommst? Wo willst du denn überhaupt hin?« Der Gedanke, seinen Hauptmann aus seinem Schutzkreis lassen zu müssen, verengte ihm die Brust.

»Ich werde in die Kaserne ziehen. Du weißt, sie hat in den Zimmern große Fenster!« Delnara lächelte und zwinkerte ihn an.

Aenlin zog sich zurück. Sie schloss leise die Tür. Sie beneidete Marcellus. Nie hatte sie eine so enge Bindung zu ihrem Bruder aufbauen können. Er war zu früh gestorben, damals im Krieg. Sie schüttelte den Gedanken ab und ging aus dem Haus. Sie würde Delnara ein Abschiedsgeschenk machen. So war es bei ihrem Volk Brauch.

~ * ~

»Das ist Marcellus. Er hat seine Eltern im Krieg verloren«, erklärte der alte Mann eher geschäftig, als wäre ihm all das hier lästig, und stellte den versammelten Kindern den kleinen Löwen vor.

Er schob das Kind zu den anderen und verließ den Raum. Marcellus sah sich neugierig um. Hier saßen Menschen-, Löwen- und Feenkinder. Die versammelten Kinder beäugten den Neuankömmling nur kurz, keiner sprach ein Wort. Dann wandte sich jeder wieder seiner Tätigkeit zu. Viel zu spielen gab es nicht, darum spielte ein Kind mit zwei Stöcken, ein anderes mit einer kaputten Puppe und ein drittes baute mit Büchern Häuser. Jeder schien nur in ein eigenes Spiel vertieft und offenbar wollte keiner miteinander spielen. Diese Ruhe in einem Raum voller Kinder fühlte sich falsch an. Marcellus Ohr zuckte. Hörte er da jemanden weinen? Er legte seinen Kopf auf den Boden und lauschte. Das Weinen kam ganz eindeutig von unten. Der Löwe sah auf, sah, dass die anderen Kinder ihn schon nicht mehr beachteten und nickte. Er folgte den Geräuschen und landete in einem dunklen Keller. An einer metallenen Tür hielt er inne.

»Hallo?«, fragte er leise, hörte, wie das Weinen stockte und sich in ein Schluchzen verwandelte. »Ich heiße Marcellus. Wie heißt du?«, fragte er weiter. Er war zu neugierig, um einfach wieder zu gehen.

»Delnara«, kam es nur ganz leise und verunsichert aus dem Raum. Er grinste.

»Hallo! Darf ich dich Del nennen? Das klingt niedlich! Du klingst, als wärst du jünger als ich.« Er lachte, setzte sich auf den Boden, mit dem Rücken an die Tür. Lange war nichts zu hören und Marcellus fürchtete schon, erneut ignoriert zu werden.

»Wirst du auch bestraft?«, kam vorsichtig die Stimme wieder aus dem Raum, doch dieses Mal schien das Kind direkt an der Tür zu sein.

»Bestraft?«, fragte er nach. »Was hast du denn gemacht, dass du bestraft wirst?« Wieder herrschte Schweigen. Marcellus wartete geduldig. Er würde den anderen nicht zwingen ihm etwas zu sagen. Das mochte er nicht.

»Ich ... Weil ich bin, was ich bin!«, kam die kryptische Antwort und Marcellus› Ohr zuckte erneut, als das Weinen leise wieder begann und überlegte kurz.

»Bist du ein Elf?«, fragte er vorsichtig nach. Er hatte schon davon gehört, dass es Menschen gab, die einen Groll gegen Elfen hegten. Warum wusste er aber nicht. Er sah keinen Grund, weshalb man einer ganzen Gattung grollen sollte.

»Ja«, kam die Antwort, begleitet von einem Schluchzen.

»Del?«, fing er an und überlegte erneut. »Darf ich dich beschützen? Ich will nicht, dass du eingesperrt wirst, weil du ein Elf bist! Meine Mama hat mich herbringen lassen, um mich vor dem Krieg zu beschützen. Da wäre es doch nur gerecht, wenn ich jemanden beschütze, oder?« Marcellus konnte hören, wie das Weinen nachließ.

»Das würdest du machen?«, fragte Delnara und er klang hoffnungsvoll. Marcellus nickte und grinste.

»Natürlich! Wir sind doch jetzt Freunde!«

~ * ~

»Was denkst du?«, fragte Aenlin ihren Verlobten, der mit einer Kralle seiner Pranke nachdenklich auf dem Holztisch kratzte. Ein Lächeln zog sich über seine Lippen.

»Ich hätte damals nicht gedacht, dass diese Freundschaft so eng wird. Hat doch alles in einem feuchten, dunklen Keller begonnen.« Marcellus dachte nach. Er hatte Aenlin erzählt, dass Delnara und er in einem Waisenhaus aufgewachsen waren. Von den schlimmen Erlebnissen dort hatte er ihr jedoch nichts erzählt. Er hatte sie nicht belasten wollen. Nun fragte er sich, ob es die richtige Entscheidung gewesen war. Vielleicht hätte sie sich dann auch nicht so erschreckt.

Die Tür zum Nachbarzimmer öffnete sich und Delnara trat heraus. Er trug sein Leinenhemd, seine braune Hose und seine Stiefel. Seine Haare hatte er wie immer mit seinem Band zusammengefasst. In seiner Hand trug er einen großen Sack.

»Setz dich«, bat Aenlin und deutete auf einen leeren Stuhl. Delnara folgte der Aufforderung, stellte zuvor den Sack an der Tür ab. Es war ihm anzusehen, dass ihm sein

Ausrutscher am Nachmittag ihr gegenüber noch immer unangenehm war.

»Hier ist unser Abschiedsgeschenk, wie es bei den Löwen in Balinea Brauch ist!«, erklärte sie mit einem Lächeln auf den Lippen und stellte viele gefüllte Teller auf den Tisch. »Alles für dich!« Der Hauptmann sah beinahe geschockt auf das reiche Mahl. Das war ein angemessenes Geschenk für einen Löwen, doch der kleine Elf schien sich zu fragen, wie er das schaffen sollte.

»Da müsst ihr mir aber helfen!«, sagte er dann auch. Marcellus grinste seinen Freund an.

»Ich hatte gehofft, dass du das sagst!«, meinte er und griff beherzt zu. Aenlin murrte und tadelte ihren Verlobten. Sollte doch der Beschenkte das Recht auf den ersten Bissen haben. Marcellus zwinkerte ihr lediglich zu und schob sich ein Häppchen in den Mund. Delnara lächelte verlegen. Was ihm wohl durch den Kopf gehen mochte? Sie und Marcellus hatten zueinandergefunden. Delnara hatte niemanden und jetzt auch noch der Auszug. Musste er sich nicht einsam fühlen? Marcellus seufzte etwas und verwarf die trüben Gedanken. Jetzt war nicht der Zeitpunkt zu grübeln, sondern zu feiern und zu essen.

Als es dämmerte, brach Delnara auf. Er umarmte seinen Freund, der ihn so fest an sich presste, dass es ihm die Luft raubte. Er ächzte und atmete tief durch, als Marcellus ihn wieder freigab. Aenlin reichte ihm die Hand und er schüttelte sie mit einem Lächeln auf den Lippen.

»Pass mir gut auf dieses riesige Kleinkind auf«, bat er sie und erntete ein dunkles Knurren von Marcellus. Er schwang sich seinen Sack über die Schulter und verließ das Haus. Sein Blick war starr auf den Weg vor ihm gerichtet. Er drehte sich nicht mehr um. Sein Weg führte ihn ohne Umwege in die Kaserne. Nur eine kleine Pause gönnte er sich, als er eine Brücke überquerte.

Er blickte auf den Fluss, der seine Heimatstadt in zwei Teile schnitt. Das Rauschen des Wassers unter seinen Füßen wirkte beruhigend. Ein Sinnbild für den Fluss der Zeit. Es wurde Zeit für ihn. Er musste auf seinen eigenen Beinen stehen. Er konnte nicht sein ganzes Leben das Haus mit einem Löwen teilen und darauf hoffen, dass sie Junggesellen blieben. Delnara seufzte über seine kindliche Vorstellung und trat den restlichen Weg an. Enurah empfing seinen Bruder erstaunt am Kasernentor und er rieb ihm über den Kopf.

»Was machst du denn hier?«, fragte der Kleine.

»Ich werde ab heute in der Kaserne übernachten.« Nähere Erklärungen gab er dazu nicht ab, schien sein Bruder aber auch nicht zu verlangen. Dieser grinste nur und sagte:

»Dann kann ich dir jetzt noch besser auf die Nerven gehen, Bruder!« Enurah lief los und Delnara folgte ihm zu einem Tisch in der Vorhalle. Dort schilderte Delnara, dass er ab jetzt ein Zimmer in der Kaserne beziehen würde und der Feenmann nickte sofort.

»Wir werden ein Zimmer vorbereiten, wie es Euch zusteht, Hauptmann.« Damit ging er und als er einige Minuten später wieder kam, bat er Delnara, sich am großen Kamin noch etwas zu gedulden. Dieser nickte und zusammen mit Enurah setzte er sich in die Sessel vor dem Kamin.

Sie redeten über alltägliches, über Enurahs tägliche Übungs- und Lehrstunden. Dabei war der junge Elf sehr ambitioniert, stellte sich in Pose, spannte dabei einen unsichtbaren Bogen und trug Luftkämpfe aus, was Delnara mit Amüsement verfolgte.

Irgendwann trat der Feenmann an sie heran, erklärte, dass das Zimmer bereit sei und wünschte eine gute Nacht. Enurah bestand darauf, Delnara noch zu begleiten. Zusammen gingen sie die Treppe hinauf, einen Gang entlang, bis sie an einer Tür anhielten.

»Ein Hauptmannszimmer, wie du es verdienst, Bruder!«, erklärte Enurah stolz und Delnara schluckte. Zweifel keimten ihn ihm auf. Er fragte sich, ob er die richtige Entscheidung getroffen hatte, doch gleichzeitig wurde ihm bewusst, dass es nun kein Zurück mehr für ihn gab. Er öffnete die Tür und trat ein.

Der Raum war groß und hatte zwei Fenster, mit Ausblick auf die Stadt. Delnara atmete durch. Das war ihm das Wichtigste. Er ließ seinen Blick weiter durch den Raum schweifen. Sein Bett stand in der linken Ecke des Zimmers, neben dem Fenster, gegenüber ein Tisch mit zwei Stühlen. Drei Kerzen dienten als Beleuchtung. Delnara nickte zufrieden. Er stellte seinen Sack ab, entdeckte dabei den Schrank, der sich neben der Tür befand und von dieser verdeckt worden war.

»Ich danke dir für die Gesellschaft und die Begleitung!«, sagte er zu seinem Bruder und dieser nickte.

»Schlaf gut!«, verabschiedete sich Enurah und schloss die Tür beim Gehen. Delnara seufzte und räumte seine Kleidung in den Schrank, ebenso den leeren Sack. Danach stellte er sich ans Fenster. Die Lichter der Stadt strahlten hell in das Zimmer. Das gefiel ihm. Er ließ seinen Blick über die Seitenflügel der Kaserne wandern und blieb am Anbau des Gebäudes hängen. Dort waren die fensterlosen Räume des Vikars. Er griff sich an die rechte Schulter.

Bethams weiche Worte hatte er noch genau im Ohr. Er war nicht betrunken genug gewesen, um zu vergessen, was passiert war. Er schloss die Augen. Leider war er nicht verwirrt genug, um sich einzureden, dass es ihm nicht gefallen hatte, dass er sich nicht nach einer Erneuerung dieses Zustands sehnte. Nach dieser Wärme. Nach dem Gefühl, der Welt entrückt zu sein. Nach dieser einmaligen Nähe zu einer anderen Person. Etwas nagte in ihm, kratzte in ihm, als wollte es sich aus seinem Käfig befreien.

Als könnte er damit die Gedanken vertreiben, schüttelte er den Kopf und ging auf die zweite Tür in seinem Zimmer zu. Er öffnete sie, seine Augen weiteten sich erstaunt. In dem kleineren Raum stand ein Badebottich, ein Tisch mit einer Waschschüssel und einem Spiegel darüber. Auch hier standen Kerzen. Er stutzte. In der hintersten Ecke befand sich auch ein Ort für die dringendsten Bedürfnisse. Delnara fühlte sich fehl am Platz, er war eine solche große Behausung für sich allein nicht gewöhnt. Er goss sich etwas Wasser in die Waschschüssel und wusch sich das Gesicht. Das Wasser war kalt und tat ihm gut. Er legte sein Rasiermesser neben das Becken und betrachtete sich im Spiegel. Er fuhr mit den Fingern über Kinn und Kehle, spürte ein leichtes Kratzen. Sein karger Bartwuchs machte ihm die Gesichtspflege recht einfach. Mit etwas Seife rieb er über Kinn und Hals, fuhr mit der Klinge des Messers bedächtig über die Haut. Immer wieder wusch er die Klinge im Wasser ab. Delnara konzentrierte sich auf seine Tätigkeit. Sie lenkte ihn von seinen wirren Gedanken, von seinem Verlangen ab. Sich zu rasieren war eine Tätigkeit, in die Delnara versinken konnte. So wurden auch seine Gedanken ruhiger und leiser.

Er kontrollierte das Resultat der Rasur. Den nächsten Morgen würde er für andere, wichtigere Dinge nutzen können. So ging er zufrieden zurück in das große Zimmer und zog das Hemd aus. Sein Blick fiel auf den Verband an seinem Oberarm. Er warf das Hemd über die Lehne eines Stuhles und setzte sich auf das Bett. Vorsichtig wickelte er die Binde ab. Die letzten Runden musste er den klebenden Stoff von der Wunde zupfen. Delnara besah sich das wunde Fleisch und strich über die Ränder. Er war den Anblick von Wunden gewöhnt. Blut und rohes Fleisch trieben ihm schon seit Jahren keine Übelkeit mehr in den Magen. Es würde nur eine kleine Narbe bleiben und tat schon nicht mehr wirklich weh. Eine Narbe von Vielen. Er beschloss, auf einen neuen Verband zu verzichten und erhob sich, legte die Binde auf den Tisch. Aus dem Schrank holte er ein frisches Hemd für die Nacht und schlüpfte hinein. Er zog seine Stiefel und die Hose aus, trat an den Stuhl heran und legte seine Kleidung ordentlich über die Lehne. Seine Stiefel stellte er akkurat daneben. Er bettete sich in seinem neuen Nachtlager zur Ruhe und sah nachdenklich an die Decke, bis ihn der Schlaf zu sich zog.

~ * ~

»Nein! Lass mich los!«, flehte Delnara und wehrte sich nach Leibeskräften gegen die Bestrafung. Der Mann hatte ihn sich unter den Arm geklemmt und lief mit wütenden Schritten in Richtung Kellertreppe. Marcellus kam hinzu. Er stellte sich dem Mann in den Weg und knurrte dunkel.

»Er hat nichts gemacht. Ich habe den Jungen gebissen! Delnara hat mich von ihm wegziehen wollen!«, rief er. Der Mann war kurz erstaunt und Marcellus nutzte die Verwirrung, um ihm Delnara zu entreißen und ihn hinter seinen Rücken zu schieben. Der junge Löwe sah den Mann kämpferisch an. Der Mann murrte, gab ein abfälliges Geräusch von sich und drehte den Kindern den Rücken zu, ging, die Kinder verfluchend.

»Danke«, flüsterte Delnara und fand sich prompt in einer festen Umarmung wieder.

»Ist doch klar! Ich habe dir doch geschworen dich zu beschützen!«, sagte Marcellus und lachte laut, schlug auf seine Schulter. Er keuchte und rieb sich die schmerzende Stelle.

»Du hast ganz schön Kraft!«, stellte er fest. Marcellus baute sich vor seinem Freund auf.

»Das muss ich auch. Ich will später zur kirchlichen Garde! Da muss ich stark sein!«, prahlte er und blickte mit einem überlegenen Grinsen auf ihn herab. Die Augen des Löwen begannen zu leuchten. Diese Überzeugung beeindruckte Delnara schwer.

»Nimmst du mich dann mit?«, fragte er fast schüchtern und Marcellus lachte laut. »Ich hatte gehofft, dass du fragst.«

~ * ~

Marcellus schlug die Augen auf. Er seufzte schwer, setzte sich auf und rieb sich die Augen. Sein Geist wurde nur langsam wach. Er hatte von seiner Kindheit geträumt. Wie Delnara sonst immer. Er erhob sich von seinem Nachtlager und strich sich durch die verwilderte Mähne. Sein Blick wanderte auf das leere Bett im Raum.

»Ich bin melancholisch!«, schimpfte er mit sich selbst. Seine Gedanken waren den ganzen Abend über bei Delnara gewesen. Er fragte sich, ob es dem Kleinen gut ginge. Dies war die erste Nacht seit ihrem Kennenlernen gewesen, die sie nicht im selben Raum verbracht hatten.

~ * ~

Delnara öffnete träge die Augen, sah sich um. Er lag in dem Bett im Zimmer der Kaserne, spürte, wie seine Glieder bebten. Ein müdes, trauriges Lächeln stahl sich auf seine Lippen.

»Eine bessere Nacht«, murmelte er und erhob sich. Die Sonne ließ die Nacht langsam grau werden und erste Strahlen strichen über den Kamm des südlichen Gebirges. Er zog sich seine Uniform an und strich sie glatt. Er schob den Traum der letzten Nacht von sich. Delnara schüttelte den Kopf. Er durfte nicht daran zweifeln, dass die Welt war, wie sie war. Es würde sich nichts ändern, wenn man nicht kämpfte. Gute Dinge flogen einem nicht einfach zu und sie hatten immer ihren Preis. Ganz sicher würde auch dieses gute Gefühl seinen Preis haben. Er hoffte nur, er konnte ihn auch bezahlen.

Als er zu seinem Arbeitszimmer ging, musste er sich durch gefüllte Gänge zwängen. Seufzend setzte er sich an seinen Tisch und sah die Papiere durch, sortierte sie. Er fand den Bericht seines Unteroffiziers und las ihn gründlich durch, nickte zufrieden. Keiner seiner Soldaten war seinen Verletzungen erlegen. Einige würden noch ein paar Tage im Lazarett verbringen müssen, doch auch sie würden wieder auf die Beine kommen und kämpfen können. Er legte den Bericht auf einen kleinen Stapel. Diesen würde er zur Aufbewahrung in den Keller bringen müssen. Eine Arbeit, die er gern vor sich herschob. Anschließend las er sich die Materiallisten durch. Er erhob sich und nahm die Aufstellung mit, auf der vermerkt war, welches Material und welche Waffen erneuert werden mussten. Seinen Hut ließ er auf dem Tisch liegen. Innerhalb der Kaserne wollte er diesen nicht immer auf- und absetzen.

Er las die Liste im Gehen erneut durch, überlegte, wo er vielleicht sparen konnte. Er kannte die Flure der Kaserne auswendig und musste nur einen geringen Teil seiner Aufmerksamkeit auf den Weg und die Wesen vor sich richten. Als er vor der großen Tür zum Vorraum des Vikars stand, machte sich ein eigenartiges Gefühl in seinem Magen breit. Delnara griff nach der Klinke, zuckte jedoch vor der Berührung zurück.

Wut breitete sich in ihm aus. Warum stellte er sich so an? Er schalt sich einen Dummkopf und straffte sich. Bestimmt drückte er die Tür auf. Wie immer schritt er durch den Raum, ohne auf die Geistlichen zu achten. Ihre mahnenden Worte strichen an seinen Ohren vorbei. Delnara klopfte, trat ein, drückte die Tür hinter sich ins Schloss. Das Atmen fiel ihm zunehmend schwerer. Er würde Betham das erste Mal nach dieser Nacht wiedersehen. Erneut bekämpfte er das seltsam aufgeregte Gefühl in sich und ging zum Tisch. Dieser war unbesetzt. Delnara sah sich um. Er war allein. Erleichterung durchflutete seinen Körper. Er ging um den Tisch herum und legte die Materialliste auf den Tisch zu den anderen Papieren. Er wollte sich schon abwenden und gehen, als sein Blick auf eine Karte Belevims fiel. Einige Punkte der Stadt waren markiert. Seine Neugier siegte und er zog das Blatt unter den Anderen hervor, studierte es eingehend.

»Spionierst du mich aus?«, klang Bethams dunkle Stimme durch den Raum. Delnara zuckte zusammen und ließ das Blatt auf den Tisch zurücksinken. Der Vikar stand einige Meter vor ihm, hielt verschiedene Papiere in seiner Hand. Delnaras Haut begann zu prickeln und er erschauderte. Betham umrundete den Tisch, stellte sich dicht vor ihn. Als er die Papiere auf den Tisch legte, kam er noch näher. Delnara konnte den warmen Atem des Vikars auf seinem Gesicht spüren. Er atmete flach, sein Herz schlug heftig gegen die Rippen und seine Glieder wurden starr und doch irgendwie weich.

»Du erinnerst dich also. Wie schön«, stellte Betham freudig überrascht fest und Delnara schluckte hart. Diese weiche, tiefe Stimme! Er brachte kein Wort heraus. Warum fühlte er sich schon wieder so weich? Heiße Schauer rannen ihm über den Rücken.

»Du bist nicht ärgerlich?«, fragte Betham leiser nach, fasste vorsichtig an seine Wangen. Delnaras Nägel gruben sich in das Holz des Tisches. Sein Puls raste und er war unfähig sich zu bewegen. Seine Gedanken überschlugen sich und wurden mit einem Schlag weggewischt. Raue Lippen lagen auf seinen, ein warmer Körper presste sich an ihn. Diese Wärme und Sanftheit lockerten Delnaras Anspannung, gaben diesem flehenden Gefühl in ihm Raum. Der Vikar machte keine Anstalten, mehr zu verlangen. Erneut war da wieder keinerlei Zwang. Nur diese Wärme und Zärtlichkeit. Zitternd hob Delnara seine Hände, hielt sich an der Kutte fest.

»Herr!«, erklang eine Stimme. Betham trat abrupt zurück, streifte seine Hände ab. Der kurze Blick aus seinen braunen Augen brannte sich in Delnaras Bewusstsein. Betham ging um den Tisch herum und sprach mit dem Mönch. Hatte er sie gesehen? Hatte er gesehen, dass sie beide ... sich küssten? Schamhafte Panik kroch in Delnara hoch; er wollte nur noch hier weg. Eilig lief er an den beiden Männern vorbei, würdigte sie keines Blickes.

»Ich habe Euch die Materialliste auf den Tisch gelegt!«, erklärte er schnell und flüchtete regelrecht aus dem Raum und durch die Gänge. Als er endlich die Tür zu seinem Arbeitszimmer öffnen konnte, um sich zu verstecken, erblickte er Marcellus. Dieser sah auf und musterte ihn durchdringend.

Delnara war nie ein Mann vieler Worte gewesen und Marcellus hatte schnell gelernt seine Körpersprache, seine Blicke zu deuten. Deshalb sah er sofort, dass der Elf sehr aufgewühlt war. Marcellus ging zur Tür, drückte sie ins Schloss und lehnte sich an sie an. Er verschränkte seine starken Arme vor der breiten Brust. Wut war in ihm aufgestiegen über die Hilflosigkeit und Verunsicherung in Delnaras Blick.

»Hat er dir was angetan?«, fragte er und knurrte dunkel. Der Elf ging zu seinem Tisch und stützte seine Hände auf. Es war ihm sichtlich unangenehm, dass Marcellus ihn in so einem schwachen Moment sah, doch diesmal würde er sich nicht abspeisen lassen. Er wollte Antworten.

»Er?«, fragte Delnara, versuchte, ruhig zu klingen. Doch der Löwe kannte seinen Freund besser.

»Der Vikar. Betham«, erklärte er knapp. Delnara schloss kurz die Augen. Dieser Name trieb ihm anscheinend die Nervosität in die Knochen. Er drehte sich und lehnte sich an den Tisch, starrte ihn nachdenklich an. Anscheinend brauchte er Zeit, um seine Gedanken zu ordnen.

»Du ... weißt davon?«, fragte der Elf schließlich. Marcellus Schweif peitschte bedrohlich auf und ab. Seinen Blick richtete er auf die Wand neben Delnara und knurrte erneut. Er konnte seinem Freund jetzt nicht in die Augen sehen. Zu sehr erinnerte er ihn an den hilflosen kleinen Jungen aus dem Waisenhaus. Die Wut stieg erneut in ihm auf, bei dem Gedanken, dass dieser Mann, dieser Mensch dem kleinen Elf Leid angetan haben könnte.

»Als er dich zu mir gebracht hat, dachte ich erst, du riechst nach ihm, weil er dich getragen hat«, fing er an, sah im Augenwinkel, wie die Schultern des Elfen resignierend absackten, er noch kleiner wirkte. »Ich habe dir deine dreckige Kleidung ausgezogen und als sein Geruch stärker statt schwächer wurde, wusste ich Bescheid«, murmelte er und sah Delnara nun doch an. Er konnte sich nicht erklären, warum er jetzt mit so viel Wut über diese Nacht nachdachte. War er doch fast erleichtert gewesen, dass sein kühler Elf überhaupt fähig war, jemanden so nahe an sich heranzulassen. Er hatte gehofft, Delnara könnte endlich zur Ruhe kommen. Für seine Seele Frieden finden und seinen Argwohn den Menschen gegenüber etwas auflösen.

Delnara wusste zwar, dass diese Nacht keine Einbildung gewesen war, doch es auf diese Art noch einmal bestätigt zu bekommen, dass Marcellus es auch wusste, wollte ihm den Boden unter den Füßen wegreißen. Er spürte, wie das Blut aus seinem Kopf wich und drehte sein Gesicht zur Seite.

»Was ist heute vorgefallen?«, fragte der Löwe ungeduldig und sah ihn durchdringend an. Als er keine Antwort gab, ließ Marcellus seinen Schweif bedrohlich aufpeitschen. Delnara strich sich gedankenverloren über die Lippen. Marcellus sah diese Geste und zog in Kombination mit seinem Gesichtsausdruck Rückschlüsse, die der Wahrheit wohl ziemlich nahekamen. Nämlich, dass sie sich geküsst hatten.

Jedenfalls sagte er: »Und das war dir zu viel?« Der Löwe grinste dreckig, seine Wut war wie weggewischt und er machte große Gesten. »Ich wusste schon immer, dass du begehrt wirst! Aber dass du es schaffst, einen Mann Gottes zu einer solch süßen Sünde zu treiben ...« Delnara warf seinem Freund einen bösen Blick zu.

»Mach dich nicht über mich lustig!« Dann seufzte er. »Ich verstehe das einfach nicht.« Sein Freund lehnte sich neben ihn an den Tisch.

»Liebe muss man nicht verstehen, Del«, sagte der Löwe leise. Delnara lachte auf.

»Liebe? Was hat das mit Liebe zu tun?« Er schnaubte. »Es war, wie ein Rausch. Nichts romantisches. Vielleicht war es auch ein Spiel oder ein Test, wie schwach ich eigentlich bin. Und er hat recht ... Das heute hat es bewiesen. Ich war schwach. Mehr nicht.« Wut flammte in ihm auf. Er richtete sich auf und strich seine Uniform glatt.

Marcellus sah seinen Freund nachdenklich an. Er wusste nicht, was er ihm sagen sollte. Delnaras Körperhaltung schien ihm sagen zu wollen, dass dieses Thema jetzt beendet war. Also stieß Marcellus sich vom Tisch ab und ging zur Tür, stoppte jedoch, ehe er die Klinke herabdrückte. Sein Blick war auf das Holz vor ihm gerichtet, doch seine Gedanken galten seinem Hauptmann, seinem Freund, seinem Bruder. »Wenn da etwas sein sollte, Del ... Dann tu mir den Gefallen und ersticke es nicht im Keim. Lass zu, dass auch dir etwas Glück widerfährt«, erklärte er und verließ dann das Zimmer.

Delnara sah auf die Tür und atmete tief durch.

»Glück?«, echote er leise und lachte bitter auf. »Glück widerfährt einem nicht einfach!« Er beschloss, Betham aus dem Weg zu gehen. Seine verwirrten Gedanken machten ihn schwach. Erneut wanderten seine Finger über die Lippen. Er dachte an die braunen Augen, die rauen Lippen und die warmen, zärtlichen Hände. Bilder ihrer gemeinsamen Nacht schlichen sich in seinen Geist und die Sehnsucht nach Wärme keimte in ihm auf. Delnara schlug mit der Faust auf den Tisch, um sich selbst Einhalt zu gebieten.

Er musste den Vikar aus seinem Kopf vertreiben. Er musste stark bleiben. Ein Mann der Armee mit einer Schwäche würde nicht lange überleben. Delnara biss die Zähne aufeinander. Er musste leben. Er hatte ein Versprechen gegeben. Dies durfte er nicht brechen, indem er wie ein kopfloses Huhn durch die Welt lief. Er konnte sich eine solche Ablenkung nicht gestatten. Immerhin war er auch für seinen kleinen Bruder und dessen Wohlergehen verantwortlich. Delnara musste seine Pflichten als Bruder und Hauptmann erfüllen. Für nichts anderes hatte er Zeit. Seine Truppe verließ sich darauf, dass er einen kühlen Kopf bewahrte und sie zum Sieg führte. Verwirrende Gefühle waren nur hinderlich.

Ärgerlich widmete er sich den Papieren auf seinem Tisch. Ablenkung hieß das Zauberwort. Er ging die Bewerbungen der Anwärter durch und sortierte sie in Gruppen. Die angehängten Berichte des Ausbildungsleiters studierte er genau. Seine Auswahlkriterien waren hart, das wusste Delnara, denn er wollte niemanden in unnötige Gefahr bringen. Niemand sollte mit seiner Truppe in einen Kampf ziehen, wenn er es nicht auch überleben konnte. In seiner Einheit waren nur hochspezialisierte Krieger. Ein Anfänger gefährdete unter Umständen das Leben seiner anderen Männer. Ein solches Risiko war er nicht bereit einzugehen. Auch, wenn andere deswegen über ihn den Kopf schüttelten. Er würde die Truppe so erhalten, wie sie sein General aufgestellt hatte. Seufzend lehnte er sich in seinem Stuhl zurück und warf die Papiere auf den Tisch. In jeder Einheit war Bewegung, das wusste er. Männer schieden aus und Anwärter wurden aufgenommen. Nur bei ihm änderte sich nichts. Einmal mehr überlegte Delnara, ob dies der richtige Weg war. Der Weg seines Generals. Doch er brachte es nicht übers Herz, etwas an dieser Aufstellung zu ändern. Sie waren eine eingespielte Einheit. Ein verschworener Haufen. War in einer solchen Gemeinschaft überhaupt Platz für neue

Mitglieder? War in einer so erfahrenen Truppe Platz für einen unerfahrenen Frischling?

Müde strich er sich über das Gesicht. War er selbst nicht einmal ein neues Mitglied in dieser Einheit gewesen? Erneut beugte er sich über die Bewerbungen und las sie noch einmal durch. Zwei Anwärter hatten es in die engere Wahl geschafft.

Die Dunkelheit der Nacht erschwerte ihm das Lesen und er beschloss, Feierabend zu machen. Er würde sich die beiden Berichte morgen noch einmal durchlesen und dann entscheiden.

Delnara erhob sich von seinem Stuhl und streckte sich ausgiebig. Sein Körper war dieses lange Sitzen nicht gewohnt. Delnara nahm seinen Hut und trat auf den Gang hinaus. Stille schlug ihm entgegen und ihm wurde bewusst, dass er wohl der letzte auf diesem Flur war, der noch gearbeitet hatte. Er hatte Hunger. Das Glockenspiel der Kirchturmuhr verriet ihm jedoch, dass der Speisesaal längst geschlossen hatte. Trotzdem lief er zur Küche, in der Hoffnung, noch etwas Essbares zu bekommen. Eine Frau trat aus der Küchentür, als er dort ankam. Delnara lächelte höflich und entschuldigte sich für die späte Störung. Er wusste sehr wohl um seine Ausstrahlung und nutze sie nun aus. Charmant fragte er nach einem Rest. Die Frau lächelte nachsichtig und machte kehrt. Sie bereitete ihm ein warmes Abendmahl zu, das er gleich in der Küche zu essen begann. Die Frau verabschiedete sich und ließ ihn allein zurück. Nachdem sein Hunger gestillt war, schritt er langsam zu seinem Zimmer. Er wollte nur noch ins Bett. Dieser Tag war anstrengend gewesen und hatte ihn viel Kraft gekostet.

Vier

$\mathscr{E}$s war die Sonne, die Delnara sanft weckte. Er erhob sich und ging mit noch geschlossenen Augen in sein Badezimmer, um sich für diesen wichtigen Tag frisch zu machen. Seit neun Wochen schlief er nun in der Kaserne und er staunte, wie gut er sich in sein neues Zuhause hatte einleben können. Er warf sich mit beiden Händen Wasser ins Gesicht. Sein Blick heftete sich auf sein Spiegelbild. Dunkle Ränder lagen unter seinen Augen. Jede Nacht quälten ihn die Träume aus seiner Kindheit.

»So schlimm war es schon lange nicht mehr«, murmelte er resignierend und wusch sich erneut das Gesicht, hoffte, damit die Müdigkeit wenigstens etwas tilgen zu können. Nur diesen einen Tag musste er tauglich aussehen. Er strich sich mit den Fingern durch die Haare und fasste sie zusammen. Er zog das Band besonders ordentlich und akkurat um seinen Zopf, dann ging er in das große Zimmer zurück. Seine Uniform hatte er reinigen lassen und ein neues Hemd gekauft. Er zog sich an und schlüpfte in seine Stiefel, die er noch einmal kontrollierte und nachpolierte. Dann nahm er seinen Hut und verließ das Zimmer. Auf dem Gang zog er seinen Waffengürtel an und richtete sein Schwert.

»Hauptmann!« Delnara stockte. Diese Stimme. Sein Blick war noch immer auf das Schwert gerichtet.

»Vikar.« Er versuchte, sich seinen inneren Aufruhr nicht anmerken zu lassen. Allein der Gedanke an den Namen dieses Mannes schickte prickelnde Schauer über seinen Rücken. Er sah auf, ermahnte sich selbst, reserviert aufzutreten. Einige Zeit sahen sie sich an, bis Delnara seinen Blick abwandte, ihn unter seiner Hutkrempe verbarg. Er konnte diesen seltsamen Ausdruck in Bethams Blick nicht länger ertragen.

»Ich sehe Euch dann in der Kirche«, murmelte er und ging schnellen Schrittes an dem Geistlichen vorbei. Innerlich fluchte er, hielt seine ruhige Fassade jedoch aufrecht. Rasch verließ er die Kaserne und überwand zügig die wenigen hundert Meter bis vor die Kirchentüren. Er hatte auch außerhalb der Kaserne nicht gewagt langsamer zu gehen. Nicht, dass er noch einen Rückzieher machte. Immerhin hatte er ein Versprechen gegeben.

Er trat in das Gotteshaus ein. Ein seltsames Gefühl überkam ihn und er schluckte trocken. Sein Blick glitt über die bunten Bleiglasfenster, die das einfallende Licht in mystisch anmutenden Farben in den Raum warfen. Er besah sich die detailreichen Steinfiguren, die an den Wänden Spalier standen. Sein Staunen wurde noch größer, als er die Deckenmalerei bemerkte. Er war begeistert von dieser Schönheit. Die Musik einer Orgel tat ihr Übriges, um ihn in den Bann zu ziehen und seine Umwelt vergessen zu machen.

»Du bist selbst schuld, dass du das alles erst jetzt siehst«, meinte Marcellus, als er neben ihn trat.

»Es ist wirklich sehr schön«, bestätigte er ganz leise und sah sich weiter um, unfähig seine Blicke von den Verzierungen zu nehmen.

Ein Raunen ging durch die Kirche. Der Vikar trat vor die Gemeinde. Er trug eine feierliche Robe und hielt ein altes Buch in der Hand. Sein Blick blieb an Delnara hängen, doch dieser sah, wie so oft in letzter Zeit, wenn sie sich begegneten, sofort weg. Marcellus knurrte leise, drehte ihn zu sich und so mit dem Rücken zu Betham.

»Wenn in dir auch nur der kleinste Funke Anstand brennt, dann wirst du mit dem Vikar reden und das zwischen euch klären. Ich sehe das jetzt seit Wochen mit an, wie ihr euch ausweicht und euch wie kleine Kinder verhaltet«, zischte Marcellus. Delnara löste den Griff um seinen Arm. Sein Inneres zog sich zusammen. Mit Vorwürfen von seinem Freund hatte er nicht gerechnet. Er war verletzt.

»Denkst du etwa, dass mir die Situation nicht auch auf die Nerven geht? Ich kann mit ihm nicht ordentlich arbeiten. Ich kann mich ja nicht mal mehr richtig konzentrieren, wenn ich in seiner Nähe bin. Immerzu muss ich befürchten, dass etwas passiert und das macht mich nervös! Aber ich meine ... Ich bin doch ... Und er doch auch«, geriet er ins Stottern. Marcellus hob eine Augenbraue.

»Wirklich?«, begann er fassungslos. »Das ist es, was dir zu schaffen macht? Sonst nichts?«, fragte er spöttisch nach.

»Mir ist es völlig egal und dir sollte es auch egal sein.« Marcellus seufzte und fasste ihn sanfter an den Oberarmen, beugte sich zu ihm herunter.

»So wie du aussiehst, plagen dich deine Alpträume immer noch jede Nacht. Und dass du allein in einem Raum schläfst, macht es sicher nicht besser. Ich habe nur eine Nacht erlebt, in der du traumlos geschlafen hast und an dessen Morgen du trotz Kater entspannt warst und gleich wusstest, wo du bist. Ich muss dir nicht sagen, welche Nacht ich meine ... Also, selbst wenn er dir nur genug bedeutet, um deine Träume von dir fernhalten zu lassen, dann ist das genug, um ihm nicht so aus dem Weg zu gehen«, redete der Hüne eindringlich auf ihn ein und ließ ihn los.

Marcellus rieb sich mit den Fingerspitzen der einen Hand über die Stirn und die Schläfen. Die andere Hand war in seine Hüfte gestützt.

»Ich dachte nicht, dass ich derjenige von uns beiden bin, der das mal sagt, aber ... Werd endlich erwachsen. Du kannst nicht immer alleine gegen alles kämpfen. Du musst dich hin und wieder auf andere einlassen. So wie auf mich«, meinte der Löwe und umfasste erneut Delnaras Arme. Dieser wurde verlegen und spannte sich an. Die Richtung, in die dieses Gespräch zielte, war ihm nicht geheuer.

»Das ist nicht dasselbe«, zischte er.

»Doch ist es!« Delnara sah seinen Freund unsicher an. So ernst hatte der Löwe noch nie mit ihm gesprochen. Die Pranken lösten sich von seinen Armen und ein gewohnt breites Grinsen legte sich auf die Lippen des Löwen.

»Und nun sei ein guter Freund und hol mir meine Braut!« Marcellus lachte leise, drehte sich und ging vor zum Vikar.

~ * ~

Die Gemeinde erhob sich, als die Braut an Delnaras Arm die Kirche betrat. Langsam schritten sie zum Altar und Delnara übergab Aenlin ihrem Zukünftigen. Anschließend stellte er sich an Marcellus Seite. So viel Ruhe und Zufriedenheit hatte er noch nie in den gelben Augen seines Bruders gesehen. Er erinnerte sich an dessen Worte. Ob es Marcellus auch egal wäre, wenn seine Braut keine Frau wäre? Seine Aufmerksamkeit richtete sich auf Betham.

»Liebe Gemeinde, dass heute die Zeugen dieser Schließung so zahlreich erschienen sind, zeigt ein weiteres Mal, wie stark die Liebe zweier Wesen nicht nur sie selbst, sondern auch eine ganze Gemeinde zusammenhält, sie vereint und verbindet. Ganz gleich welcher Herkunft oder welchen Standes. Durch die Liebe finden Herzen zusammen und wenn dieses Band stark genug ist, wird es ein Leben lang und darüber hinaus bestehen. Um dieses Band zu bekunden und für jeden erkenntlich zu machen, sind diese beiden heute hier und haben ihre Zeugen mitgebracht. Gemeinsam werden wir mit ihnen dieses Ereignis feiern.« Delnara sah auf das Brautpaar. Der Ringträger, der Schmied der Stadt, kam, kniete sich vor das Brautpaar, welches ihre Schweife miteinander umschlangen. Gebannt sah Delnara diesem Ritual zu. Es war Aenlins Wunsch gewesen, die Ringe nach der Tradition der Löwen zu tauschen.

Zwei goldene Ringe wurden vom Schmied der Stadt aufgebogen und über die Quasten der beiden Löwen gesetzt, dann wurde das kleine Metall mit einer verzierten und glänzend polierten Zange wieder fest zusammen- gedrückt. Für einen Moment hatte Delnara Sorge, dass das Metall zu eng werden könnte, doch als die beiden Löwen ihre Schweife lösten, konnte der Ring sich vor der Quaste gut bewegen. Marcellus sah so stolz und glücklich aus und küsste seine Frau voller Gefühl. Delnara schluckte bei diesem Anblick.

Ob es wirklich so einfach sein sollte? War es denn tatsächlich möglich einer Person auf der Straße zu begegnen und mit ihr ein Band für die Ewigkeit zu knüpfen? Er konnte es noch immer nicht glauben. Eine derart romantische Vorstellung passte nicht in sein Weltbild.

Langsam zog er sich zurück, als Betham das Brautpaar noch ein paar wohlwollende Segen sprach. Er schlich zur Tür heraus und gab seiner Truppe, die bereits wartete, Anweisungen. Sie stellten sich in zwei gegenüberliegende Reihen zum Spalier auf. Die Tür der Kirche wurde geöffnet und das frisch getraute Ehepaar blieb erfreut stehen.

»Achtung!«, rief Delnara und die Soldaten zogen ihre Waffen. Marcellus und Aenlin schritten an ihnen vorbei und bestiegen ihre Pferde. Zusammen begingen sie den symbolischen Ritt in die Ehe. Delnara ließ sein Schwert sinken und verwahrte es sicher in der Scheide. Sein Blick stahl sich zu dem Vikar, der den Löwen noch nachsah und sich anschließend mit einigen Mitgliedern der Gemeinde unterhielt. Er wandte sich ab, ging an seiner Truppe vorbei und folgte der Straße in Richtung Kaserne. Er ertrug diesen Anblick, dieses schmerzende Gefühl in seiner Brust nicht.

~ * ~

Als er den Fluss überquerte, blieb er stehen und sah dem Lauf des Wassers zu. Es umspülte unentwegt Steine, schliff sie rund. Doch immer neue kantige Steine würden auftauchen, ein Ende war nicht in Sicht. Genauso fühlte sich sein Leben an. Jedes Leben war so, das war seine Überzeugung. Ein steter Kampf mit nur kurzen Pausen, um Luft zu holen und nicht gänzlich unterzugehen. Eine Definition, die nicht jedem gefallen würde. Aber damit konnte er leben. Aber die Sache mit Betham ... Delnara strich sich über das Gesicht. Sein Kopf begann zu schmerzen. Er war müde und erschöpft. Seine Gedanken drehten sich im Kreis, kamen jedoch zu keinem befriedigendem Ende. Er beschloss, nach Hause zu gehen. Tiefe Erschöpfung machte sich in ihm breit. Vielleicht konnte er im Schlaf seinen Gedanken entfliehen. Wenn es ihm denn gelang, einzuschlafen. Zumindest sehnte er sich nach seinem weichen und kühlen Nachtlager.

Er betrat sein Zimmer, lehnte sich mit dem Rücken an die Tür und atmete durch. Er setzte seinen Hut ab, warf ihn auf sein Bett. Geschickt trat er sich seine Stiefel von den Füßen und schob sie an den Schrank. Sein Körper fühlte sich träge und schwer an. Die schlaflosen Nächte zehrten an seinen Kräften und an seiner Laune.

»Morgen ist mein freier Tag!« Er sprach es laut aus, in der Hoffnung, dass es ihn aufmuntern würde. Tat es nur leider nicht. Sein Blick fiel in das angrenzende Zimmer. Ob er den Badebottich ausprobieren sollte? Bisher hatte er sich diesen Luxus nicht gegönnt. Vielleicht hob ein warmes Bad seine Laune. Ein wenig beflügelt von diesem Gedanken, trottete Delnara zu dem Bottich, stützte sich auf dem Rand ab und sah hinein.

»Wo bekomme ich denn so viel Wasser her?« Ratlos sah er sich im Raum um. Ob er hier eine Feuerstelle hatte, auf der er Wasser erhitzen konnte? Seine Suche blieb erfolglos und er rieb sich nachdenklich den Nacken. Obwohl er nun schon mehrere Wochen hier wohnte, hatte er sich nie dafür interessiert. Ob der Strick, der in der Wand verschwand, etwas damit zu tun hatte? Er griff danach und zog vorsichtig. Nach wenigen Zentimetern traf er auf einen Widerstand und ließ los. Nichts passierte. Er suchte erfolglos weiter und wollte sein Unterfangen schon aufgeben, als er von einem kräftigen Klopfen abgelenkt wurde. Er öffnete die Tür und blickte erstaunt auf zwei Feenmädchen, die je zwei große Eimer dampfenden Wassers trugen.

»Ihr habt Wasser bestellt!« Das Mädchen lächelte und trat an Delnara vorbei in das Zimmer. Das zweite Mädchen folgte still. Ihre durchscheinenden Flügel wippten leicht bei jedem Schritt. Delnara verfolgte das Geschehen mit versteckter Neugier. Er hatte bisher nie die Annehmlichkeiten genutzt, die einem Hauptmann zustanden. Er hatte noch nicht einmal gewusst, wie diese aussahen. Vermutlich ließ ihn das ziemlich naiv erscheinen, aber sein Fokus war ein anderer.

Zusammen gossen die Mädchen das Wasser in den Bottich und verließen ohne ein weiteres Wort das Zimmer, schlossen die Tür leise beim Gehen. Delnara richtete seinen Blick auf den halb vollen Bottich, aus dem dampfende Schwaden emporstiegen. Ein Lächeln stahl sich auf seine Lippen. Im großen Zimmer entkleidete er sich und holte aus dem Schrank ein großes Handtuch. Am Bottich strich er mit einem Arm durch das Wasser, genoss die Gänsehaut auf seiner kühlen Haut. Die Vorfreude stieg weiter an und ließ die Kopfschmerzen in den Hintergrund treten.

Langsam ließ er einen Fuß in das Wasser gleiten, seufzte angetan. So etwas hatte er noch nie genossen. Er spürte, wie das Wasser sich um seine Wade schmiegte und hoch zu seinem Knie stieg. Sein zweiter Fuß folgte und er ließ sich so tief wie möglich in das warme Nass sinken. Entspannt stellte er die Beine an und rutschte mit dem Rücken und den Schultern tief ins Wasser. Sein Kinn wurde von weichen Wellen umspült und er genoss die Schauer, die über seine

Haut strichen. Dass seine Knie, die aus dem Wasser ragten, langsam kühler wurden, störte ihn dabei nicht. Er schloss die Augen und entspannte sich, spürte, wie Strähnen seiner Haare auf dem Wasser um ihn herum trieben, seine Haut immer wieder sanft berührten. Delnara neigte den Kopf nach hinten, benetzte sein gesamtes Haar mit dem warmen Nass und ließ seine Ohren unter Wasser gleiten. Er konnte seinen eigenen Herzschlag hören, spürte, wie ihn dieses Geräusch immer weiter beruhigte. Nach einer herrlichen Ewigkeit setzte er sich wieder aufrecht in den Bottich und strich sich die nassen Haare streng nach hinten, trieb ihnen so das Wasser aus. Er seufzte wohlig und hielt seine Augen weiter geschlossen. Es schien ihm, als würden seine Gedanken allmählich zur Ruhe kommen. Die letzten Wochen hatten ihm doch mehr zugesetzt, als er gedacht hatte und Marcellus Worte klangen ihm immer wieder in den Ohren. Wieso hatte sein Freund aber auch dieses Talent ihn sofort zu durchschauen? Er war für den Löwen ein offenes Buch und er schämte sich dafür.

Delnara zog die Beine an und stützte seine Ellenbogen auf die Knie. Von seiner Nase, seinem Kinn und seinen Haaren fielen kleine Wassertropfen in den Bottich, unterbrachen unregelmäßig die Stille. Schon wieder quälten ihn seine Gedanken. Die Ablenkung durch das Baden hatte nicht lange angedauert. Letztendlich musste er sich eingestehen, dass sein Freund Recht hatte. Er sehnte sich nach traumlosen Nächten und ihm war noch sehr deutlich im Gedächtnis, welche seine einzige ruhige Nacht gewesen war. Unangenehm kroch ihm die Schamesröte in die Wangen und schienen diese verbrennen zu wollen.

»Wie kann ihm das nur egal sein?«, flüsterte er. In seinem Inneren tobte ein Sturm. Es konnte doch niemandem einfach egal sein, wenn beide ... Delnara vergrub sein Gesicht in den Händen, wollte den Rest dieses Satzes nicht einmal mehr denken. Nicht heute! Vielleicht kam irgendwann der passende Zeitpunkt. Jetzt wollte er einfach noch das warme Wasser genießen und dann schlafen. Er versuchte, an nichts mehr zu denken, wurde nur langsam wieder ruhiger und ließ sich vom Wasser wärmen.

Ein Klopfen riss ihn aus seiner Trance. Er überlegte, das Geräusch einfach zu ignorieren.

»Delnara! Ich weiß, dass du da bist, Bruder!« Delnara stutzte und setzte sich auf. Hatte er sich auch nicht verhört?

»Du schläfst doch noch nicht!« Enurahs Stimme klang resolut. Delnara stieg verwundert aus dem Wasser, rieb sich schnell die Haare ein wenig trocken und band sich im Gehen das Handtuch um die Hüften. Er öffnete die Tür, runzelte dabei die Augenbrauen.

»Enurah? Was machst du hier?« Doch Enurah war nicht allein. »Vikar«, flüsterte Delnara erschrocken. Auch Betham wirkte überrascht, trotzdem ließ er seinen Blick an Delnaras Gestalt herunter gleiten.

»Danke Enurah«, sagte der Geistliche leise und entließ ihn damit. Enurah ging langsam den Gang entlang, sah sich noch einmal um, betrachtete verwundert das Geschehen.

Betham stand noch einige Sekunden im Gang, ehe er an Delnara vorbei in sein Zimmer trat, was dieser mit einem unzufriedenen Laut quittierte. Wurde er denn heute Abend gar nicht mehr gefragt, ob man sein Zimmer betreten durfte?

»Ich ziehe mir schnell etwas an.« Vor Ärger war seine Stimme ganz tief. Er schloss sich im Bad ein und schlüpfte in seine Leinenhose und ein Hemd. Er wollte diesem Mann, der ihn so verwirrte, nicht halbnackt gegenübertreten.

»Ihr nutzt also meinen Bruder als Boten?«, fragte er, als er in sein Zimmer zurückkehrte. Energisch zog er dabei die dünne Schnur an seinem Kragen fester. Seine Finger gingen grob mit dem Stoff um. Es brachte ihn in Rage, dass, in Delnaras Fantasie, der Vikar seinen Bruder als Laufburschen missbrauchte.

Schlanke Finger strichen langsam über Delnaras Hals und fanden ihr Ziel in seinen Fingern. Er spürte erneut das lähmende Gefühl in seinen Muskeln, sobald Betham ihn berührte. Dieses Prickeln stieg in seiner Haut auf und seine Atmung geriet leicht aus dem Takt. Die fremden, warmen Finger schoben sich langsam jedoch bestimmt unter Delnaras Hände, unterbrachen sein Tun und machten seine Arbeit zunichte, was dieser erneut mit einem unwilligen Laut quittierte.

»Du bist zu schön, um dich zu verstecken«, hauchte Betham mit seiner verführerischen, dunklen Stimme an seinem Ohr und er spürte, wie der beschützende Stoff von seiner Schulter glitt. Delnara schloss die Augen, begann leicht zu zittern und war unfähig sich gegen diese Berührungen zu wehren. Gleichzeitig stieg in ihm diese tiefe Sehnsucht nach Wärme und Nähe auf. Delnara war verwirrt. Sollte er dieses Gefühl wirklich zulassen und genießen? Sollte er erneut diese Schwäche zeigen? Oder sollte er nicht besser das Verlangen unterdrücken, seinen Stolz nicht brechen lassen? Er öffnete entschlossen die Augen.

»Wenn es nichts Wichtiges ist, kann es sicher auch bis zu meinem nächsten Dienst warten!« Delnara entzog sich den weichen Fingerspitzen, machte einen Schritt zur Seite und bemühte sich kühl zu klingen. Er zog das Hemd wieder über seine Schulter. Innerlich verfluchte er Marcellus, da dessen Worte seine momentane Gefühlslage nur noch mehr verwirrten. Etwas in ihm hoffte auf eine traumlose Nacht und war enttäuscht, dass die Wärme wieder weg war. Dieses Etwas hoffte auf dieses weltfremde Gefühl, das ihm schon einmal geschenkt worden war. Doch sein Stolz mahnte ihn, keine Schwäche zuzulassen.

~ * ~

Betham drehte den Elfen schnell und geschickt zu sich herum und drückt ihn gegen die Kante des Tisches. Er wollte ihm in die Augen sehen.

»Sei ruhig. Du würdest uns beide belügen, wenn du weiter so redest. Ich sehe die gleiche Sehnsucht in deinen Augen, wie ich sie selbst verspüre«, flüsterte er und legte seine Lippen auf die Delnaras. Dieser zuckte kurz zusammen. Warum hielt dieser sture Elf bloß derart an seiner kühlen Fassade fest? Die Distanz, die er zwischen ihnen aufrecht hielt, machte ihn wütend. Er wollte Delnara nahe sein, wollte ihm seine eigene Nähe schenken. Er löste sich und strich dem Elf zärtlich über die Wange, ließ seine Finger über den Hals wandern, zum Stoff, der seine Schulter verdeckte.

»Du zitterst. Aber sicher nicht nur, weil diese Situation so neu für dich ist«, flüsterte er, sah dem Hauptmann forschend in die Augen. Er erkannte, wie dessen Selbstbeherrschung langsam zu schwinden begann, sah die Verwirrung in dessen Blick. Eine Spur von Zweifel durchzog das reine Blau und schien es zu trüben. Diese Zweifel wollte Betham tilgen. Delnara sollte nicht zweifeln. Er befreite die helle Haut vom Stoff und küsste Delnaras Halsbeuge. Dieser legte seinen Kopf zur Seite, seufzte wohlig.

»Es gefällt dir. Warum wehrst du dich so sehr dagegen?«, fragte er und sah Delnara an. Er erkannte in seinem Gesicht sowohl Verlangen als auch Reserviertheit.

~ * ~

»Hast du eine Liebste?«, fragte Betham mit leiser Stimme. Lag Reue in ihr? Delnara sah den Menschen prüfend an und schluckte. Er könnte sich mit einer einfachen Lüge aus der Situation befreien. Doch wollte er das überhaupt? Betham war zärtlich zu ihm gewesen, war er sanft gewesen und hatte ihm diese wohlige Wärme und eine traumlose Nacht geschenkt. Er hatte ihn jedoch nicht angelogen; zu keiner Zeit.

Wollte Delnara dann jetzt derjenige sein, der mit einer Lüge begann?

»Nein«, flüsterte er und spürte, wie seine Stimme vibrierte. »Nein. Ich habe keine Liebste«, bestätigte er noch einmal. Er hatte versucht, mehr Kraft in seine zittrige Stimme zu legen, doch es war ihm misslungen. Das Zittern breitete sich wie eine Welle in seinem Körper aus. Seine Kehle wurde eng. Hatte er sich mit dieser Antwort nun endgültig als Freiwild bekannt?

Betham blickte sanft auf ihn und seine Augen schienen noch tiefer und wärmer zu werden. Er beugte sich zu Delnara und küsste ihn zärtlich. Die rauen Lippen des Menschen strichen sanft über seine. Innerlich verfluchte eine Teil in Delnara sich erneut für seine Schwäche, doch nach weiteren sanften Berührungen begann er, diesen Teil zu vergessen. Zu wohlig war das Gefühl in seinem Magen. Er schloss seine Augen. Bethams Wärme hüllte ihn ein, seine Finger strichen ihm spielerisch durch das nasse Haar. Seine Lippen wanderten über den Hals zu der empfindlichen Schulter. Sanft strich Betham über das narbige Gewebe.

Delnara schlug sich eine Hand vor den Mund, als das heiße Geflecht sich, wie in der ersten Nacht, in seinem Körper ausbreitete und ihn zu verbrennen drohte. Er unterdrückte ein Keuchen. Immer heißer loderten die Flammen in seinem Inneren. Woher nahm dieses Brennen nur seine Kraft? Bethams Berührungen glichen der einer Feder und doch war es, als gieße er Öl ins Feuer. Bei jeder einzelnen Berührung züngelten die Flammen in ihm auf und wurden größer, heißer. Erneut unterdrückte er einen Laut. Er presste seine Augen fest zusammen. Er musste den Weg zu sich zurückfinden. Er hatte Angst, sich zu verlieren.

»Lass mich dich hören«, bat Betham mit dunkler Stimme, die wie warmer Honig in Delnaras Ohren floss. Der Mensch nahm seine Hand, berührte die Handfläche mit dem Mund. Delnara riss die Augen auf. Betham sah ihn genau an, als er mit seiner Nasenspitze über die Hand strich und sie dann mit Küssen überschüttete. Obwohl es ihn verlegen machte, zwang der Elf sich, seine Augen offen zu halten.

Betham hörte auf, seine Hand zu küssen, ließ sie aber nicht los. So als befürchtete er, dass er die Flucht ergreifen könnte. Langsam ließ Betham seine Zungenspitze über die Innenseite seines Handgelenkes streichen, küsste die hauchzarte Haut. Ob der Mann seinen Puls an den Lippen fühlte? Erneut senkte Betham seine Lippen auf die Narbe an der Schulter und strich über sie. Obwohl er die Lippen aufeinanderpresste, entschlüpfte Delnara ein Keuchen, mündete in verzweifeltem Schnaufen.

»Ich werde dir keinen Schaden zufügen! Niemand wird hiervon erfahren«, hauchte Betham versichernd und streichelte über Delnaras Rücken. »Lass es einfach geschehen, genieß es«, raunte er und ließ seinen erhitzten Atem über das Narbengeflecht streichen. Delnara seufzte ergeben. Ihm fehlte die Kraft und der Wille, sich zu wehren.

»Du bist der Teufel«, murmelte er. Ein nutzloses, verbales Aufbäumen gegen das anbrandende Verlangen in ihm. Er schloss die Augen, legte seinen Kopf in den Nacken. Sein Verstand wurde von Flammen verzehrt.

~ * ~

Betham lachte leise auf, strich mit seinen Lippen über die straffe Haut des Halses, genoss das Vibrieren in Delnaras Kehle. Er konnte sich an diesen Geräuschen kaum satthören. Noch immer war der Elf angespannt, doch er wehrte sich nicht mehr gegen seine Berührungen und Liebkosungen. Er wollte, dass dieser Mann sich ein weiteres Mal in seinen Armen lustvoll wand. Langsam dirigierte er den

Elfen zu dessen Nachtlager, ließ dabei nicht von seiner weichen Haut ab. Betham würde sich alle Zeit nehmen, würde Delnara Halt geben und sich mit ihm fallen lassen. Immer wieder strichen seine Lippen über den bebenden Hals. Er sehnte sich nach Delnaras zittrigen Fingern, wollte von ihm berührt werden. Er wollte diesen Elfen.

~ * ~

Delnara hatte die Augen geschlossen, versuchte, ruhig zu bleiben. Er sehnte sich nach diesem wunderbaren Gefühl, das ihm den freien Fall und anschließend die Dunkelheit tiefer Traumlosigkeit schenkte. Und doch durchzog ihn auch die kalte Maserung der Furcht. Er spürte einen Widerstand in seinen Kniekehlen, doch Betham drückt ihn sachte weiter, so dass er auf seinem weichen Bett landete. Vorsichtig öffnete Delnara die Augen, als er Bethams Gewicht auf sich spürte. Sie beide sahen sich an. Unter Bethams tiefem, ruhigen Blick wurde der Elf erneut nervös. Er hatte den Eindruck, als würde dieser Mensch ihm bis in seine Seele blicken. Ein Ort, an dem niemand sein durfte. Erinnerungsfetzen von ihrer letzten gemeinsamen Nacht stiegen in ihm hoch und trieben Delnara ein Schamgefühl in die Brust. Zu viel hatte er von seinem Inneren preisgegeben, sich zu sehr gehen lassen. Fragend blickte er zwischen Bethams Augen hin und her, der offensichtlich auf seine Entscheidung wartete. Fest biss Delnara sich auf die Zunge und verfluchte sich. Zu sehr sehnte er sich nach einer traumlosen Nacht, nach Ruhe, nach diesem alles verzehrenden Feuer, als dass er Vernunft walten lassen wollte. Kaum merklich nickte er.

~ * ~

Betham folgte der Einladung nur zu gern. Er stützte sich auf Hände und Knie auf, um Delnara genauer betrachten zu können. Noch immer konnte er die Zweifel und den inneren Kampf in den blauen Augen erkennen.

»Habe ich dir beim letzten Mal Schmerzen bereitet?« Er wollte wissen, was den Elfen noch immer so zurückhaltend sein ließ. Er sah, wie die Verlegenheit in Delnaras hellen Wangen stieg und er fast bockig wegsah.

»Es muss dir nicht unangenehm sein«, versuchte Betham sanft zu klingen, doch konnte er sein Amüsement über Delnaras Verhalten nicht ganz verbergen.

»Mach dich nicht über mich lustig!« Noch immer war sein Blick auf den Boden gerichtet. Nun konnte sich Betham ein Grinsen nicht mehr verkneifen. Sanft senkte er seine Lippen auf die heiße Wange des Hauptmanns und erkundete dessen Reaktion. Delnara schloss halb die Augen, seine Miene wurde weicher und er ließ ihn ein unterdrücktes Seufzen hören. Noch immer versuchte Delnara, in dieser Welt zu bleiben. Es war ihm deutlich anzusehen.

»Warum tust du das mit mir?«, seufzte er und ließ sich gänzlich in die Kissen fallen, entkam so seinen Lippen, die ihm das Denken anscheinend schwer machten. Er vergrub das Gesicht in den Händen und war eindeutig bemüht seine Fassung wiederzufinden. Neugierig ließ Betham sich auf den Elfen sinken, verschränkte die Arme auf dessen Brust. Unter seinen Fingern konnte er den schnellen Herzschlag spüren.

»Sollte ein Vikar nicht eigentlich keusch und zölibatär sein?«, murmelte Delnara. »Wie konntet Ihr nur so weit aufsteigen, wenn Ihr doch so niedere Gelüste verfolgt?«, hörte er und war amüsiert, dass Delnara versuchte, Abstand zu gewinnen, indem er Betham siezte. Dann aber wurde er nachdenklich. Er hatte geahnt, dass Delnara nicht so kühl war, wie er auftrat, doch er hatte nicht damit gerechnet, dass dieser seine abweisende Art als Schutzschild benutzte, um sein wahres Ich vor der Welt zu verstecken.

»Du hast Recht«, erklärte Betham leise und brachte Delnara erneut aus der Fassung.

Dieser sah verwirrt zwischen seinen Fingern hindurch und suchte die Lüge oder den Spott in Bethams Augen. Doch seine Suche blieb erfolglos. Er fand Wärme.

»Ich bin kein sehr guter Vikar, doch ich konnte meine Gelüste, wie du sagst, immer gut im Zaum halten.« Delnara spürte den anderen Mann auf sich und konnte noch immer die Hitze der Flammen in seinem Magen ausmachen.

»Nennt Ihr das hier im Zaum halten?«, fragte er. Der Vikar seufzte und schob sich an Delnara hinauf. Er senkte die Lippen auf seine und strich mit den Händen über seinen Nacken. Er spürte, wie er weicher wurde, entspannter.

»Noch nie hat mich jemand so neugierig gemacht. Lass mich hinter deine Fassade«, hauchte Betham sanft an seine Lippen und verschloss sie erneut sehnsüchtig, ohne eine Antwort abzuwarten. Delnara wehrte sich nicht gegen diesen weichen Kuss, diese geschickten Hände, die sich auf Wanderschaft unter sein Hemd begaben. Doch er erwiderte auch nichts davon. Noch immer war er in seiner Starre zwischen Genuss und Vorsicht gefangen. Er verstand Betham nicht. Warum nur tat er das hier mit ihm? Warum war er so sanft und zärtlich? Warum er?

Seine Gedanken stockten, als diese rauen Lippen erneut über die empfindliche Narbe an seiner Schulter strichen und er keuchte auf, presste seine Hand auf den Mund. Delnara fiel es immer schwerer, bei sich zu bleiben. Das Feuer flammte mit enormer Kraft in ihm auf und wollte ihn in diesem Strom aus Lust und Feuer mitreißen. Es war so angenehm warm in seinem Magen, doch er hatte Angst zu fallen. Unsicher griff er nach Bethams Kutte, zog an ihr. Er brauchte Halt.

»Hab keine Angst. Ich passe auf dich auf«, hauchte ihm diese weiche Stimme vertrauensvoll ins Ohr. Noch einmal wollte er protestieren, wollte sich beweisen, nicht kampflos untergegangen zu sein, doch sein Kampfeswille ließ ihn los.

Er fiel in dieses verzehrende Gefühl und die heißen Wellen schlugen endgültig über ihm zusammen.

~ * ~

Träge öffnete Delnara die Augen. Er fühlte sich kraftlos und wohlig schwer. Er rieb seine Wange an der glatten und warmen Fläche unter ihm. Seine Augen fielen ihm wieder zu und er atmete den herben Duft tief ein, der seine Nase umschmeichelte. Der sanfte Rhythmus des Herzens unter der Haut gab ihm Ruhe. Arme schlangen sich fester um ihn und Fingerspitzen begannen ihm bedächtig über den Rücken zu streichen. Entspannt seufzte Delnara und kuschelte sich eng an den unter ihm Liegenden. Er genoss diese einzigartige Wärme. Es schien, als würde sie ihn einfach durchdringen.

Es brauchte seine Zeit, bis seine Gedanken in geordneten Bahnen verliefen und er begriff, in welcher Situation er sich befand, wer ihn so sanft liebkoste und ihm zarte Küsse auf die Haare hauchte. Delnaras Körper spannte sich augenblicklich an und er schob sich schnell von dem warmen Körper herunter. Sein Herz raste und eine unangenehme Kälte durchzog seinen nackten Körper. Mehrmals verfluchte er sich für sein anschmiegsames Verhalten. Delnara bewegte sich nicht. Er atmete ganz flach. Er hoffte, Betham würde einfach aufstehen und gehen. Dieser Gedanke verursachte ihm ein Stechen in der Brust. Vielleicht sollte Betham einfach weiterschlafen? Ein Gedanke, der ihm besser gefiel.

Die Zeit verstrich, doch neben ihm regte sich nichts und Delnara wollte Gewissheit haben, ob der Schlaf den Vikar wieder in seine Arme gezogen hatte. Er wandte seinen Kopf zur Seite und blickte in die müden Augen des Geistlichen.

»Kannst du nicht mehr schlafen?«, fragte dieser leise. Das Chaos in Delnaras Kopf meldete sich mit einem Paukenschlag zurück. Er antwortete nicht und setzte sich gehetzt an den Rand des Bettes, zog sich grob seine Hose an.

»Du solltest langsam aufstehen!«, begann der Vikar, doch Delnara erhob sich bereits.

Wacklig sackte er vor seinem Nachtlager zusammen. Ihm fehlte jegliche Kraft. Seine Beine wollten ihm nicht mehr gehorchen. Sein Herz raste und Delnara bekam den Eindruck, dass es hin und wieder stolperte. Alles in ihm rief ihn zur Flucht. Doch ein kleiner Teil fragte, ob er vor dem, was passiert war, wirklich fliehen konnte.

Betham ließ sich müde und kraftlos in die Kissen sinken, schloss noch einmal seine Augen.

»Komm doch wieder zurück«, bat er leise, erntete jedoch nur ein kaltes, abweisendes Schnauben. Betham wusste, Delnara hatte sich wieder hinter seiner Fassade verschanzt. Es schmerzte ihn, doch er konnte den Mann auf dem Boden auch verstehen. Also setzte er sich auch auf und kleidete sich im Sitzen an, ehe er sich vom Nachtlager erhob und auf den Elf zu seinen Füßen hinabsah. Dessen Blick war hart und hing an der gegenüberliegenden Wand fest. Es war ein Blick, der kein Gespräch erlauben würde.

Die Tür zu seinem Zimmer öffnete sich und Delnara sah auf. Betham hatte die Klinke noch in der Hand und stand starr im Türrahmen. Eine unangenehme Stille beherrschte den Raum. Er hatte das Gefühl, etwas sagen zu müssen, sich erheben zu müssen. Doch er konnte nicht. Ihm fehlten die Kraft und vor allem der Mut. So schluckte schwer, starrte auf den Rücken des Vikars und erlag einmal mehr dem Chaos seiner Gedanken. Betham machte einen Schritt zur Seite, ließ Enurah eintreten und begann seine Kutte zu richten, die er nur übergezogen hatte.

»Bruder! Ich habe mir Sorgen gemacht! Du bist nicht zur Nachtwache erschienen und warst weder in deinem Arbeitszimmer noch im Speisesaal«, sagte Enurah und stockte, als er Delnara halbnackt auf dem Boden sitzen sah. Dieser Anblick schien so unwirklich. Nie hatte er Delnara mit zerzausten Haaren und unordentlicher Kleidung gesehen. Ein Schauer lief ihm über den Rücken, als er an die Kutte des Vikars dachte. Er konnte sich nicht entscheiden, ob es Wut oder Angst in ihm auslösen sollte.

»Sorgen? Ich muss ein wirkliches Monster sein, wenn selbst dein Bruder sich um dich sorgt«, murmelte Betham verletzte.

Delnara stand auf. Erneut wollten seine Beine wegknicken, doch er schaffte es, stehen zu bleiben. Die Anstrengung machte sich in seinem Gesicht bemerkbar, gesellte sich zur Wut, die deutlich sichtbar in ihm brodelte. Enurah sah zwischen den beiden Männern hin und her, musterte ihre dürftig übergeworfene Kleidung noch einmal und stockte.

»Nun komm schon rein!«, fuhr Delnara seinen Bruder an. Betham ließ Enurah eintreten und schloss die Tür. Er sah zu Delnara, der noch immer vor Wut bebte. Er hatte vorgehabt zu gehen, doch nun musste er wissen, was weiter passieren würde. Die Situation war ihm zu angespannt.

Delnara wankte zum Fenster und öffnete es. Er sog die frische Luft tief in die Lungen und hoffte, dass irgendjemand das Wort ergriff, denn diese Stille legte sich unangenehm auf seine angespannten Nerven. Noch einmal atmete er die Nachtluft ein, um sich abzukühlen. Er wollte nichts sagen, was er später bereuen musste. Mit dem Rücken lehnte er sich an das Fensterbrett und massierte seine Nasenwurzel. Warum nur war er so angespannt? Er wusste, dass er Enurah vertrauen konnte und waren es nicht Bethams Worte, die ihn erst so in Rage gebracht hatte?

»Ist das ...«, begann Enurah leise und zeigte mit einer kreisenden Handbewegung, dass er nach den richtigen Worten suchte, aber nicht fand. »Was geht hier vor?«, fragte er stattdessen. Beide, Enurah und Betham, hatten ihre Augen auf ihn geheftet. Er seufzte. Es war ihm so unangenehm, von seinem Bruder in einem solch schwachen Moment erwischt worden zu sein und er ärgerte sich, dass dieses schöne warme Gefühl in seinem Inneren zu einem kalten schweren Stein in seinem Magen geworden war. Sollte er ehrlich sein? Oder sollte er lügen und damit einen der beiden enttäuschen? Die Stille begann ihn zu einer Antwort zu drängen. Er musste jetzt etwas sagen, andernfalls würde jede Erklärung unglaubwürdig werden.

»Ich ...«, begann er und sah in zwei aufmerksame Gesichter. Sein Herz zog sich zusammen und die Luft wurde ihm knapp. Er wusste nicht, was hier vor sich ging.

»Ich ... ich muss hier raus«, stieß er hervor. Er schnappte sich sein Hemd, drängte sich zwischen den beiden Männern hindurch und verließ das Zimmer. Im Gehen zog er sich fahrig an und verließ eilig das Gebäude. Endlich hatte er das Gefühl wieder durchatmen zu können. Die Enge in seiner Brust begann sich zu lockern. Er schritt langsamer voran. Sein Herz schlug weniger schmerzhaft und wurde zunehmend ruhiger. Er ging zum Ufer des Flusses, der Belevim in zwei Teile schnitt. Schon als Jüngling und Anwärter war er oft hier gewesen, um seinen Gedanken nachzuhängen. Dieser Ort gab ihm Ruhe. Er setzte sich auf einen der großen Steine und ließ seine Füße in das kalte Wasser hängen.

»Nicht einmal Schuhe habe ich an. Wenn mich Marcellus so sehen würde«, sprach er mit sich selbst und lächelte beschämt. Die wenigen Lichter der Stadt erreichten ihn nicht und er konnte den mit Sternen übersäten Nachthimmel ungestört betrachten. Delnara legte sich nach hinten auf den kalten Stein. Er faltete die Hände auf seinem Bauch, spürte, wie der sich bei jedem Atemzug hob und senkte und allmählich kamen auch seine Gedanken etwas zur Ruhe. Oft hatte er sie mit den funkelnden Lichtern am Firmament geteilt. Die Sterne hörten ihm bedingungslos zu und hüteten seine Geheimnisse.

Plötzlich kam er sich unglaublich kindisch vor und lachte über sich selbst.

»Wie albern ich mich benehme! Ich fliehe sogar aus meinem eigenen Zuhause.« Seine Stimme war leise, nur ein Flüstern. Nur er sollte sie hören. Er und die Sterne. Seufzend strich er sich durch die Haare, ließ sie langsam und mit Bedacht durch seine Finger gleiten. Erneut wanderten seine Gedanken zu dem Menschen, unter dessen Händen sich seine Kopfhaut mit wohligen Schauern überzogen hatte. Er seufzte schwer. Das konnte nicht sein. Er war ein angesehener Hauptmann. Er war ein Krieger. Ein Mann. Delnara setzte sich auf und sah ins Wasser, das sich am Stein brach.

»Ob sie sauer sind?«, fragte er sich, um seinen kreisenden Gedanken einhalt zu gebieten und spürte doch wieder dieses quälende Gefühl, das ihn so wütend werden ließ. Er wollte niemanden enttäuschen und doch hatte er es so oft in seinem Leben getan. Er hatte seinen General enttäuscht, enttäuschte seinen kleinen Bruder immer wieder, wenn er die Frage nach seiner Aufnahme stellte. Er wollte nicht noch mehr Wesen in seiner Nähe enttäuschen. Schwach ließ er die Schultern und den Rücken hängen und legte seinen Kopf in den Nacken, schloss die Augen.

»Ich dachte mir, dass ich dich hier finde.« Delnara hörte die Stimme, die Schritte, die bedächtig auf ihn zukamen. Aus den Augenwinkeln beobachtete er, wie sich sein Bruder neben ihn setzte. Die Stimme von Enurah war leise, vorsichtig gewesen und sickerte nur langsam in Delnaras Verstand. Er richtete seinen Blick weiter auf den Fluss und sein Körper spannte sich an. Er wusste nicht, was er sagen sollte. Enurah legte ihm die Hand auf den Rücken, um seine Aufmerksamkeit zu erhaschen.

»Der Vikar sah irgendwie gekränkt aus, als er ging«, begann er. Delnaras Gedanken stockten. Gekränkt? Warum? Er wusste nicht, welche Bedeutung Betham der ganzen Angelegenheit beimaß. Wie sollte ihre weitere Zusammenarbeit aussehen? Konnten sie nach diesen zwei Nächten überhaupt noch zusammen arbeiten?

»Ich dachte, du solltest es wissen«, erklärte Enurah weiter. Was er wohl in seinem sonst so kontrollierten Gesicht sah? Verzweiflung, Müdigkeit, Resignation?

»Wenn ich es niemandem verrate, sagst du mir dann, was vorhin passiert ist?« Delnara hob eine Braue und sah ihn skeptisch an.

»Du konntest noch nie etwas für dich behalten!«, stellte er fest. Delnara war sich sicher, er gab ein jämmerliches Bild ab, wie er hier saß. Seine Kleidung war nur dürftig gerichtet, seine Füße waren nackt und seine Sohlen schwarz. Seine Haare hingen ihm in wilden Strähnen um die Schultern. Als er seinen Körper straffte, wurde er jedoch um etliche Zentimeter größer.

»Betham hat meine schwachen Momente ausgenutzt. Das ist alles«, erklärte er dann oberflächlich und erhob sich. So sollte Enurah seinen Bruder sehen: unnahbar, sich niemals eine Blöße gebend, unangreifbar. Delnara strich ihm über den Kopf und ging an ihm vorbei.

»Du solltest versuchen noch etwas zu schlafen!« Nach diesem Ratschlag lief Delnara langsam Richtung Kaserne. Er ließ seine Füße durch das weiche, nasse Gras streifen, vermied die gepflasterten Wege, wenn es ging. Er war froh, dass Betham nicht mehr in seinem Zimmer war, als er dort ankam, hätte er doch nicht gewusst, was er sagen oder wie er reagieren sollte. Er musste den Vikar aus seinem Kopf bekommen. Dennoch verspürte er Sehnsucht. Ein Teil des Feuers loderte noch immer in seiner Seele. Delnara schüttelte den Kopf. Er musste zur Ruhe finden. So schritt

er bestimmt ins Bad, wusch sich seine Füße und trocknete
sie. Nur langsam heftete sich sein Blick auf sein Spiegelbild.

»Ich bin ein Narr. Oder?«, fragte er sich. Natürlich erhielt
er keine Antwort. »Ich lasse mich auf so etwas ein und weiß
nicht einmal genau warum.« Inständig hoffte er auf eine
Erkenntnis, die ihm weiterhalf, doch nichts geschah. Nur
kurz ertrug er seinen seltsam flehenden Blick, dann wandte
er sich ab. Wie lange hatte er gebraucht, um diese weichen,
kindlichen Augen aus seinem Gesicht zu tilgen? Er wollte
nicht, dass man ihm so tief in die Seele blicken konnte.
Jahrelang hatte man ihn immer wieder verletzen können,
weil er wie ein offenes Buch zu lesen war. Das durfte nie
wieder geschehen. Er wollte nie wieder in diesen dunklen,
fensterlosen Keller.

Müde erinnerte er sich an Bruchstücke seiner Kindheit.
Dieser Mann im Waisenhaus hatte ihm immer wieder in die
Augen gesehen, bevor er ihn in diesen kalten Raum warf.
Delnara war sich sicher, dass der Mensch sich an seinem
Leid und seinem hilflosen und flehenden Blick ergötzt
hatte. Schnell schüttelte Delnara den Kopf, nie wieder sollte
diese Panik in seine Glieder kriechen. Das war lange vorbei.

Ebenso bestimmt, wie er das Badezimmer betreten hatte,
verließ er es wieder und stapfte durch den Raum, bis er vor
seinem Bett stehen blieb. Er war müde, aber unsicher, ob er
sich hier zur Ruhe betten sollte, lief er doch Gefahr,
Bethams Geruch in den Laken zu finden. Sein Blick wanderte zu den Stühlen und seinem Tisch. Doch auch sie
stellten keine Alternative dar. Vielleicht sollte er noch die
letzten Stunden seines nächtlichen Dienstes wahrnehmen.
Doch gerade jetzt wollte er niemanden sehen, der ihm
womöglich irgendwelche Fragen stellte, weil er so aussah,
wie er aussah. Wieder sah er auf die Stühle. Sie waren
wirklich zu hart, um darauf zu nächtigen. Versteckend legte
er eine Hand an sein Gesicht und atmete ein paar Mal tief
durch. Er konnte es nicht unterdrücken. Er ärgerte sich!
Ärgerte sich, dass er in dieser Lage war, ärgerte sich, dass er

schwach geworden war, ärgerte sich darüber, dass er sich überhaupt ärgerte. Ein wenig ärgerte er sich bereits jetzt über den nächsten Tag, an dem er Betham unter die Augen treten musste.

Mit mehr Schwung als notwendig warf er sich auf sein Bett. Wo käme er denn hin, wenn er jetzt schon vor Gerüchen flüchten würde? Mit der Zeit würde die seltsame Wirkung, die der Vikar auf ihn hatte, schon abflachen, davon war Delnara in einer trotzigen Stimmung überzeugt. Doch ein winziger Zweifel strich für den Buchteil eines Augenblickes durch ihn hindurch.

»Hoffentlich hat diese Schwäche wenigstens noch ihren Sinn«, murmelte er und sank allmählich in den Schlaf, hoffte auf eine ruhige Nacht.

~ * ~

»Nicht! Bitte!«, flehte der kleine Elf und wich an die Wand hinter ihm zurück. Er sah nur die Umrisse des Mannes, doch diese genügten, um ihm pure Angst in die Knochen zu treiben. »Ich werde es nie wieder tun!«, flehte er mit bebender Stimme. Er machte sich kleiner, hoffte, noch weiter zurückweichen zu können, doch die Wand blieb unerbittlich. Delnara wusste nicht, was er verbrochen hatte, doch er versprach immer wieder, sich zu bessern. Der Mann schritt auf ihn zu und löse den Gürtel seines Mantels. Delnaras Augen weiteten sich panisch. Er hatte Angst. Nicht vor den kommenden Schlägen, nicht vor den brennenden Schmerzen. Doch er würde so lange im dunklen Keller bleiben müssen, bis alles verheilt war.

»Bitte nicht!«, wimmerte er, doch der Mann holte schon aus. »Nein!«, schrie der Junge noch, dann wurde alles um ihn herum dunkel.

~ * ~

Erschrocken riss Delnara die Augen auf und sah sich panisch um. Er war steif vor Angst und seine Finger hatten sich in das Bettlaken gekrallt. Sein Atem ging stockend, seine Brust brannte und sein Blick trübte sich.

»Nein!«, knurrte er. Er würde keine Träne vergießen. Nicht deswegen. Nicht heute. Nie wieder! Er hatte als Kind genug geweint. Diese Sätze wiederholte er in Gedanken gebetsmühlenartig, bis seine ängstliche Starre sich langsam löste. Er stand mit wackligen Beinen auf und sah durch das Fenster auf den Innenhof der Kaserne, um den Traum abzuschütteln. Personen in Uniformen und Kutten eilten geschäftig über den Hof. Delnara fragte sich, wie lange er wohl geschlafen und mit seinem Traum gekämpft hatte. Sein Blick wanderte zur großen Uhr an der Kirche. Eine ganze Weile starrte er auf die schwarzen, verzierten Zeiger, bis er erstaunt die Luft einsog. Schon so spät! Er riss sich von seinem Platz los und zog Hemd und Hose an, setzte seinen Hut auf. Einzig sein Wams und sein Schwert ließ er im Zimmer zurück. Das wütende Murren in seinem Inneren ignorierte er und lief schnellen Schrittes zu der Arena, wo die Anwärter übten und ausgebildet wurden. Obwohl heute sein freier Tag war, wollte er die Gelegenheit nicht verstreichen lassen nach seinem Edelstein zu suchen. Die Anwärter trainierten in verschiedenen Gruppen. Einige erlernten die Grundkenntnisse, andere erste Stategien und wieder andere übten an den Waffen. Bei den frisch Angekommenen wechselten die Gesichter jedoch häufig. Einige von ihnen sah er nicht mehr als einmal, da sie eine der strengen Prüfungen nicht bestanden oder sie sich dem Training nicht gewachsen fühlten. Die meisten der jungen Männer hatten noch nicht die Volljährigkeit erreicht und doch übten sie sich bereits im Kampf mit Waffen. Er wusste, viele waren hier, um ihre Familien auf dem Land mit dem Lohn zu unterstützen. Sie gaben sich Mühe ihre Waffe zu beherrschen, doch für seine Truppe, die oft in heikle Schlachten geschickt wurde, war keiner von ihnen gut genug. Nicht entschlossen genug. Sein Blick wanderte zu Enurah, der versuchte seinen Bogen zu bändigen. Delnara sah die verbissene Verzweiflung in dem sonst so glatten Gesicht. Schon seit Monaten versuchte er, Herr über den Bogen zu werden, nachdem er sich von Delnara die Erlaubnis erbettelt hatte, Anwärter zu werden. Delnara lächelte und erhob sich. Unbemerkt verschwand er wieder aus der Arena.

»Ich werde der erste Elf sein, der einen Löwenbogen beherrscht!«, hatte Enurah gesagt, als er der Einführungs-zeremonie für die neuen Soldaten beiwohnen durfte. Trotz der Bewunderung für seinen großen Bruder und dem Schwert als seiner Waffe, zog ihn Marcellus Bogen in den Bann. Er hatte gesehen, wie Marcellus ihn mit einem Taschenmesser bearbeitet hatte. Dieser riesig wirkende, fein verzierte Bogen ließ die Augen des kleinen Elfen heller leuchten. Eine solch schöne Waffe wollte er auch besitzen und beherrschen. Marcellus hatte gelächelt und ihm erklärt, dass er dafür sehr stark sein musste, da der Bogen ein hohes Zuggewicht habe. Doch Enurah ließ sich nicht mehr umstimmen und bettelte fortan immer wieder bei seinem Bruder, er solle ihm die Erlaubnis geben, Anwärter der kirchlichen Garde werden zu dürfen. Immer wieder hatte er über Marcellus Löwenbogen gestrichen und ihn andächtig und ehrfürchtig angeblickt. Delnara hatte schließlich zu-gestimmt, als er erkannte, dass Enurah mit Eintreten seiner Volljährigkeit vor den Toren der Kaserne stehen würde. Er wusste, dass sein kleiner Bruder stur genug war, für seine Wünsche auch vor dem Gebäude zu kampieren.

Mit einem Lächeln auf den Lippen lief Delnara durch die Straßen und Gassen. Enurahs Entschlossenheit machte ihn stolz. Sie erinnerte ihn an seine Anfänge. Delnara war sich sicher, dass sein kleiner Bruder zu einem wahrhaft großen Krieger werden würde und er freute sich auf den Tag, an dem er zugeben würde, dass Enurah ihm überlegen war.

Delnaras Ziel war das Getümmel des Marktes. Er mochte das rege Treiben und war froh, alle Rassen vertreten zu sehen. So sah für ihn eine heile Welt aus. Tief sog er den Geruch, wie er nur hier entstand, in sich ein. Die geschäftige Hektik verschaffte ihm Ruhe. Ein Stoß an seinem Bein riss ihn aus seinen Gedanken. Ein kleiner Feenjunge blickte erschrocken und mit Tränen in den Augen zu ihm hoch. Angst stand in seinem Gesicht. Delnara lächelte sanft und hockte sich vor den Jungen, nahm die kleinen Hände in seine, damit der Junge nicht aus lauter Angst flüchten konnte.

»Na, mein Kleiner. Bist du ganz allein?«, fragte er ruhig und sanft. Der Junge nickte zögerlich. Tränen rannen ihm über die Wangen, doch er sprach kein Wort. Nur ein Schniefen ließ er verlauten. Schnell sah sich Delnara um. Er schätzte den Jungen auf zwei bis drei Jahre. Sicher war er nicht ohne seine Eltern auf dem Markt.

»Du suchst sicher deine Mama und deinen Papa?«, fragte er und der Junge nickte. Kurzerhand hob Delnara den Jungen auf seine Schultern. So konnte er ihn nicht verlieren und dessen kleine Flügel blieben nirgends hängen. Er wollte nicht, dass dieses verängstigte Kind sich auch noch verletzte.

»Dann helfe ich dir, deine Eltern zu finden!«, erklärte er entschlossen und lief los. Er ging langsam über den Markt und sah sich genau um. Der Kleine schluchzte immer noch. Er spürte immer wieder das Beben, das den kleinen Körper durchzog. Delnara blieb stehen und versuchte den Kleinen auf seinen Schultern anzusehen.

»Keine Angst. Wir finden sie schon!«, versuchte er, beruhigend zu wirken und tätschelte den Fuß des Jungen. Nur langsam kehrte Ruhe in den kleinen Körper ein. Immer wieder sprach Delnara Feen an, wenn sie seinen Weg kreuzten, doch keiner von ihnen kannte den Jungen. Ein Rumoren aus dem Bauch des Jungen drang an seine Ohren. Er steuerte den nächsten Stand an. Hunger würde das Kind nur noch mehr quälen, als es die ungewollte Einsamkeit schon tat.

Delnara besorgte etwas zu Essen. Danach suchte er weiter, ließ den Kleinen auf seinen Schultern in Ruhe die Spieße essen. Gegen Abend setzte Delnara sich auf einen großen Stein. Er hatte die Eltern des Kleinen nicht finden können und nun war der Markt so gut wie leer. Ein letzter Händler zog seinen geleerten Karren in eine Gasse und eine Frau trug ihre Einkäufe davon. Es war still auf Delnaras Schultern geworden und er vermutete, dass der Junge irgendwann eingeschlafen war. So konnte sich das Kind wenigstens etwas ausruhen und wurde vielleicht von schönen Träumen abgelenkt. Doch was sollte er nun machen? Missmutig erhob er sich und lief los. Ihm fiel nur eine Person ein, die er nach Rat fragen konnte, doch diesen Menschen wollte er jetzt am allerwenigsten sehen.

Delnara hatte keine Wahl. Er lief zur Kaserne. Er durchschritt den Vorraum des Vikars und löste irritiertes Gemurmel bei den Mönchen aus. Innerlich verdrehte er die Augen. Er verstand dieses Verhalten der Männer nicht. Inzwischen müssten sie sich doch an ihn gewöhnt haben. Er als Hauptmann durfte sich hier aufhalten und der Junge auf seinen Schultern stellte sicher keine Gefahr für das Leben Bethams dar. Er trat in das fensterlose Zimmer ein und blieb mit einigem Abstand vor dem großen Tisch stehen.

Noch immer zog sich ihre letzte Begegnung wie ein eisiges Rinnsal durch sein Innerstes und ließ ihn erschaudern. Er sah sich um und blickte in den hinteren Teil des Zimmers, als er Bethams Stimme aus dem Neben-zimmer hörte. Etwas in ihm zog sich schmerzvoll zusammen und kurz überlegte er, ob er einfach wieder gehen sollte. Delnara schüttelte über sich selbst den Kopf und ging auf die Stimmen zu. Er straffte seinen Körper und versuchte gefasst zu klingen.

»Vikar?«, fragte er. Die Stimmen brachen ab, die Tür öffnete sich und er sah in die braunen Augen Bethams. Er bemerkte die Veränderung in ihnen, Vorsicht und Rückzug symbolisierten sie. Er musste sich ablenken. Den Schmerz, der plötzlich aufkeimte, unterdrücken.

»Der Junge hat sich auf dem Markt verlaufen, aber ich konnte seine Eltern nicht finden«, erklärte er leiser und verwirrter, als er klingen wollte. Betham betrachtete den schlafenden Jungen auf seinen Schultern und lächelte liebevoll. Delnara biss die Zähne aufeinander. Betham sollte nicht so lächeln. Er sollte nicht diesen weichen Blick verschenken. Es machte Delnara nervös.

»Der Herr hat dich sehr gern, kleiner Mann!«, sagte der Vikar ganz sanft und weckte den Jungen. Dieser bewegte sich erst leicht auf Delnara und fing dann glücklich an nach seiner Mama und seinem Papa zu quietschen und zu zappeln. Er ließ den Kleinen von seinen Schultern und dieser lief eilig an Betham vorbei. Über dessen Schulter hinweg sah Delnara, wie sich das Kind in die Arme seiner Eltern warf und er lächelte weich. Dieser Anblick war wie Balsam auf seiner Seele. Die Eltern des Jungen bedankten sich ausgiebig bei den beiden Männern und verließen die Räumlichkeiten, ohne ihren Sohn aus den Armen zu entlassen. Delnara winkte dem Jungen lächelnd hinterher.

Als Delnara gehen wollte, stellte sich Betham vor ihn, hielt ihn mit einer einzigen Berührung seiner Fingerspitzen an Delnaras Brust auf. Dies reichte, um ihn zum Stehenbleiben zu zwingen. Forschend erkundeten braune Augen die seinen und eine Stille entstand, die immer wieder zwischen wohlig und unangenehm schwankte. Delnara schluckte hart. Bethams Atem und seiner schienen in einen Gleichklang zu verfallen. Sie waren sich so nahe und doch war eine Entfernung zwischen ihnen, die den Elfen seltsam schmerzte.

Für eine gefühlte Ewigkeit standen sie sich regungslos gegenüber. Bethams Blick kühlte sich plötzlich ab und er trat schließlich zur Seite, ließ ihn ziehen. Delnara durchschritt die Räume des Vikars wortlos und ließ sie straffen

Schrittes hinter sich. Er lief den Gang entlang und strich über seine Brust. Bethams Fingerspitzen waren die einzige Berührung gewesen, noch dazu auf seiner Kleidung und doch brannte sie unter seiner Haut, wie glühende Kohlen. Erneut strich er über diese Stelle. Warum konnte er nicht so souverän vor Betham sein, wie er es gern wäre, wie er es sich über die vielen Jahre hinweg angewöhnt hatte? Warum ging ihm dieser Mann nur so nahe an seinen innersten Kern? Delnara knurrte und verfluchte diese Situation. Verfluchte den Wunsch nach innerer Ruhe.

Delnara lief an diesem Nachmittag in seinem Arbeitszimmer auf und ab, wie er es in den letzten Tagen so oft getan hatte. Er konnte sich nicht konzentrieren und ließ sich immer wieder von dem Unwetter ablenken, das vor seinem Fenster tobte. Es regnete nun schon seit Tagen ohne Unterbrechung. Die Flüße und Bäche schwollen an und die Bürger waren langsam verunsichert. Schließlich blieb er stehen und strich sich über die Brust. An jenem Abend, als Betham ihn berührte, hatte es zu regnen begonnen. Sollte das ein Zeichen sein? Er sah ungläubig an seine Zimmerdecke.

»Guter Scherz«, murrte er und sah erneut aus dem Fenster. Sorge machte sich in ihm breit. Der größte Fluss der Stadt hatte mittlerweile einen bedrohlichen Pegel erreicht. Sollte er übertreten, würde er die ganze untere Hälfte Belevims und somit auch den Marktplatz überschwemmen. Delnara überlegte angestrengt, dann verließ sein Zimmer, um seinen Löwen aufzusuchen, und dieser sah auf, als Delnara sein Arbeitszimmer betrat.

»Sag mir, wie viele starke Männer sind heute im Dienst?«, fragte er und Marcellus sah sofort einige Blätter durch.

»Etliche«, erklang die doch recht verwirrte Antwort des Löwen. »Was hast du vor?« Delnara durchwühlte Marcellus‹ Papiere, bis er eine Karte der Stadt gefunden hatte.

»Wenn wir aus dem oberen Wald Baumstämme in das Ufer treiben und eine Wand aus kleineren Stämmen und Sand aufbauen, könnten wir ein paar Tage mehr Regen ertragen, ohne den unteren Teil der Stadt überschwemmen zu lassen«, erklärte er und deutete dabei auf die entsprechenden Stellen der Karte.

»Bist du verrückt? Wir können doch nicht den ganzen Fluss entlang eine Mauer ziehen!«

»Das müssen wir auch nicht! Diese Stellen hier ...«, begann er und richtete sich auf, tippte auf die Karte.

»Bet ... Ich meine der Vikar hatte letztens eine Karte auf seinem Tisch liegen. Diese drei Stellen entlang des Flusses waren darauf markiert. Das sind die Stellen, an denen das Wasser am ehesten übertritt.« Er nahm die Karte mit, als er das Zimmer verlassen wollte, stoppte seine Schritte in der Tür, und drehte sich noch einmal um.

»Du besorgst Männer, Hämmer und Äxte!«, befahl er und ging zielgerichtet los. Er lief schnell zu den Räumen des Vikars, trat ohne eine Ankündigung ein.

»Vikar, ich brauche Eure ...«, begann Delnara und stockte. Das Zimmer war leer und ein aufgeregter Mönch kam hinter ihm zum Stehen.

»Ihr lernt es wohl nie!«, schimpfte dieser, doch Delnara ignorierte ihn, sah sich suchend um.

»Wo ist er?«, fragte er und der Mönch kam zu Atem.

»Der Vikar ist in seinem Garten und sucht Ruhe«, erklärte der Mönch und deutete in eine Richtung.

»Dieser Garten ist heilig! Er darf dort von niemandem gestört werden!«, mahnte er, doch Delnara war schon an der Tür zu besagtem Garten und trat hinaus auf die Wiese.

»Vikar!«, machte er sich bemerkbar und sah, wie Betham, der in der Mitte des Gartens auf der Wiese saß, zusammenzuckte.

»Ich brauche Eure Erlaubnis«, flüsterte Delnara nun. Die Stille im Garten wirkte beklemmend, ebenso, wie die hohen Mauern, die um dieses kleine Stück Land gezogen waren. Seine Organe zogen sich fest zusammen, als Betham aufstand und sich zu ihm umdrehte. Beide waren sie vom strömenden Regen bereits bis auf die Haut durchweicht.

Delnara sah die braunen Augen des Vikars und schlagartig wurde ihm klar, warum sich alles in ihm verknotete. Dieser neue Ausdruck in Bethams Blick machte ihm zu schaffen. Am liebsten hätte er den Abstand zwischen ihnen eingehalten, doch sein Anliegen duldete keinen Aufschub. Langsam ging er auf Betham zu und senkte seinen Blick. Er wollte aus dieser geringen Entfernung nicht in die Augen des anderen blicken müssen. Zu sehr betraf ihn, was er dort sah. Kühle und Abstand.

»Der Regen droht die untere Stadt zu überschwemmen. Wir könnten das mit einem Wall oder einer provisorischen Mauer hinauszögern oder gar abwenden. Ich habe bei Euch eine Karte Belevims gesehen. Ihr hattet Stellen entlang des Flusses markiert, an denen ein solcher Wall Sinn hätte. Ich brauche Eure Erlaubnis, um dieses Vorhaben umzusetzen«, erklärte er.

»Sieh mich an!«, meinte Betham bestimmt. Delnara sah verwundert auf. Mit einem solchen Befehlston hatte er nicht gerechnet. Er knirschte mit den Zähnen.

»Du kannst tun, was auch immer du vorhast. Unter einer einzigen Bedingung.« Noch immer war die Stimme des Vikars kühl und herrisch und doch schwang eine gewisse Ruhe in ihr mit. Delnara musterte ihn abschätzend, suchte die versteckte Gefahr.

»Welche?«, fragte er skeptisch nach, zog seinen Kopf unbewusst zurück.

»Ein Kuss!«, war die Antwort und Delnara hob verwundert eine Braue. War das sein Ernst? Er sah sich hilfesuchend um. Er war ganz allein mit Betham und dieser strich ihm mit der Hand über die Wange, zog Delnaras Gesicht wieder in seine Richtung.

»Nur ein Kuss. Mehr nicht«, kam die Erklärung in einem sanfteren, fast sehnsüchtigen Ton. Er schluckte. Sollte er sich darauf einlassen? Doch Betham näherte sich schon seinem Gesicht. Delnara schloss wie im Reflex die Augen. Da war es wieder. Dieses lähmende Gefühl und dieses

Brennen in seinem Magen. Warum musste der Vikar so etwas von ihm verlangen? Warum berührten ihn diese rauen Lippen nicht endlich? Er öffnete vorsichtig seine Augen und stockte. Betham war ihm so nahe, dass er dessen Atem auf seinen Lippen spüren konnte. Doch kam er ihm nun weder näher noch entfernte er sich. Seine braunen Augen sahen ihn forschend an, schienen abzuwarten. Delnara schluckte trocken, verfluchte diese Situation. Sollte er etwa beginnen?

Ärger sammelte sich in seinem Bauch und sein Blick wurde sturer, kämpferischer. So etwas würde sich ein Hauptmann der kirchlichen Garde nicht gefallen lassen, dafür war er schlichtweg zu stolz. Seine Gedanken schienen sich überschlagen zu wollen. Doch ohne einen Kuss würde er nicht weiterkommen. Er würde die benötigte Erlaubnis nicht erhalten. Noch einmal schluckte er trocken. Er musste sich entscheiden.

Schnell überwand er die letzten Zentimeter und streifte Bethams Lippen nur für den Bruchteil eines Augenblickes mit seinen eigenen. Dennoch schloss er dabei wieder die Augen. Er löste sich sofort danach aus dem Griff des Vikars und verließ ohne ein weiteres Wort den Garten. Innerlich verfluchte er sich für seine Reaktion, doch er konnte sich auch noch später zerfleischen. Nun war die Stadt wichtiger als sein rumorender Geist. Zielgericht trat er aus der Kaserne und schritt auf Marcellus und seine Männer zu. Er musste sich mit Arbeit ablenken.

»Wir können beginnen. Ich zeige euch die Stellen. Wir müssen uns beeilen!«, erklärte er mit lauter, fester Stimme. Der Regen schien ohrenbetäubend und die Tropfen schlugen auf sie ein wie kleine Steine. Kurz erklärte er den Männern seinen Plan, verdeutlichte es mit der durchweichten Karte in seinen Händen und teilte die Soldaten ein. Marcellus blieb bei ihm und half an der ersten Markierung die dicken Stämme mit einem großen Hammer in die Erde zu treiben. Wieder einmal beeindruckte ihn die

Kraft des Löwen und er war erneut froh, ihn auf seiner Seite zu haben.

Immer wieder blinzelte Delnara gegen die Tropfen an, die an seinen Brauen hingen und in seine Augen fielen. Der Regen war nicht sonderlich kalt, doch der Wind sorgte auf seinem Körper für eine Gänsehaut. Er musste sich bewegen, sonst würde er zu frieren beginnen. Also griff er mit einem der Soldaten nach einem der schmaleren Stämme, um ihn an den dicken Stämmen aufzustapeln und mit Seilen festzuziehen. Immer wieder rutschten seine Hände mit den Handschuhen am Seil ab. Vom Regen war es ganz glatt geworden. Er wickelte sich das Seil um sein Handgelenk, um den Zug zu verstärken. Stunden später schaufelten sie den nassen, schweren Sand vor die Stämme, schlugen ihn mit den Schaufeln fest. Nun war er beinahe froh über den Wind, der seine heißen Muskeln kühlte.

Der Tag neigte sich bereits dem Ende. Marcellus war zur nächsten Stelle vorgegangen, um dort zu helfen, als ein Blitz ihn zusammenfahren ließ. Er war so nah und der folgende Donner schmerzte in seinen Ohren. Sein Blick wanderte in die Wolken und er rieb sich die Ohren. Der Donner hatte ein unangenehmes Pfeifen in ihnen hinterlassen. Schnell sah er sich um und winkte mit seinen Armen über dem Kopf, um die Aufmerksamkeit der Männer zu gewinnen.

»Wir sind hier fertig! Macht, dass ihr wegkommt!«, rief er, so laut er konnte, gegen das Unwetter an. Die Männer nahmen ihr Werkzeug und rannten in Richtung der Kaserne. Delnara lief eilig zu der nächsten Stelle. Er fand Marcellus, der sich prüfend umsah.

»Wie weit seid ihr?«, rief er zu dem Löwen hoch und dieser nickte nur. Marcellus hatte also seine Arbeit beendet. Auch Delnara nickte und begab sich zur letzten Baustelle des Flusses. Immer wieder blieb sein Blick am Pegel des Wassers hängen und er sah sich in seiner Entscheidung bestätigt. Inständig hoffte er, der Wall würde halten und die untere Stadt würde von einer Überschwemmung verschont bleiben. Auch hier waren die Arbeiten beendet und er erfragte einen kurzen Bericht. Der Unteroffizier deutete flussaufwärts und erklärte, dass sie den Wall etwas länger gemacht hätten, als es geplant war. Delnara nickte zufrieden und schickte die Männer zurück ins Trockene. Er selbst trat an das Ufer und besah sich das wütend schäumende Wasser. Sie hatten etwas Zeit gewonnen.

Langsam lief er durch das Unwetter in Richtung der Kaserne. Er musste nicht rennen, war er doch schon vollkommen durchnässt. Auch hatte er keinen großen Antrieb dem Vikar Bericht zu erstatten. Delnara lehnte sich an die Wand der Arena. Hier war er ein wenig vor dem Regen geschützt und konnte seinen Gedanken nachhängen. Er schloss die Augen und atmete tief durch. Wieso nur hingen seine Gedanken immer wieder bei dem Vikar? Resignierend ließ er den Kopf hängen und lauschte dem Rauschen des Regens. Es hatte etwas Beruhigendes. Etwas Beständiges.

»Hier versteckst du dich also!« Die Stimme des Vikars. Delnara sah auf und straffte sich. Er spürte, wie die bekannte Anspannung in ihn zurückkehrte. Dieses brennende Gefühl, das sein Temperament anheizte. War es Wut? Ärger? Er konnte es kaum erfassen.

»Ich dachte immer, Vikare dürfen nicht unbewacht aus ihren kleinen Kerkern!« Delnara wusste, dass er so nicht mit seinem Vorgesetzten reden durfte. Der Hohn war ihm wie automatisch herausgerutscht. Betham ignorierte die Frechheit und kam weiter auf ihn zu.

»Ich habe dich gesucht. Du bist deinem Teil der Abmachung nicht ganz nachgekommen!« Delnara presste die Kiefer aufeinander. Diese tiefe Stimme und schon wieder war ihm dieser Mann so nahe.

»Ich verstehe nicht«, murrte er und spannte sich immer weiter an. »Ich habe getan, was Ihr verlangt habt!« Betham lachte auf und sein Blick wurde sanfter. Delnara bekam das Gefühl, dass man sich über ihn lustig machte. Er verstand es wirklich nicht, hatte er den Mann vor sich doch geküsst, wie dieser verlangt hatte.

»Oh. Du hast das vorhin wirklich für einen Kuss gehalten?«, stellte der Vikar fast etwas spöttisch fest. Wut und Verlegenheit kroch Delnaras Wangen empor und er wusste, dass sie dadurch rot wurden.

»Ich werde mich wohl in Zukunft genauer ausdrücken müssen!«, erklärte Betham und schritt noch näher auf ihn zu, umfasste seine Wangen und lehnte sich an ihn, hielt ihn dabei gegen die Wand gedrückt. Delnara begann, zu zittern und das hatte nichts mit der Kälte des Regens zu tun. Bethams Lippen legten sich sanft auf seine und Delnara schloss Augen. Er war wie gebannt. Diese rauen Lippen, die sich an seinen bewegten. Diese warmen, großen Hände an seinen Wangen. Er spürte, wie Bethams Finger tiefer in seinen Nacken glitten, die Daumen seinen angespannten Kiefer streichelten, massierten. Und langsam wurde der Elf ruhiger, entspannter. Warum in seiner Nähe?

Bethams Zunge strich warm über seine Lippen und entlockte ihm ein tiefes Seufzen. Zittrig griff er nach Bethams Handgelenken. Doch er hatte nicht vor sich zu lösen, wollte sich nicht befreien, suchte Halt, brauchte etwas, woran er sich festhalten konnte, um nicht zu fallen. Er wollte nicht in diesen Gefühlen, in dieser Verwirrung versinken. Delnara spürte diese weiche Zunge an seiner, spürte die stumme Aufforderung und folgte ihr zögerlich. Seine Hände hielten sich fester an denen Bethams. Dieser ließ seine Wangen los, griff sanft nach seinen Händen und legte sie sich in den eigenen Nacken. Nur kurz löste er seine rauen Lippen.

»Ich lass dich nicht fallen«, hauchte der Mensch an die noch leicht geöffneten Lippen, ehe er sie ein weiteres Mal verschloss, seine stille Aufforderung wiederholte und Delnaras Zunge umgarnte. Betham lehnte sich fester an ihn, streichelte erneut die feine Haut seiner Wangen und sein

Geist ließ ihn immer mehr los, ließ seine Zweifel immer leiser und diese wärmenden Gefühle in seinem Inneren immer größer werden. Delnara wusste nicht, wie lange sie so beieinanderstanden, ihre Lippen sich sanft streichelten und ihre Zungen um den Sieg fochten. Betham löste sich langsam und er zog seine Hände von Bethams Nacken zurück. Er sah auf den Boden zwischen ihnen, wusste nicht, wie er sich jetzt verhalten sollte.

»Das war ein Kuss«, flüsterte Betham und machte einen Schritt zurück. Delnara regte sich nicht, sagte nichts, hatte das Gefühl nicht einmal blinzeln zu können, war wie erstarrt. Erst als er hörte, wie sich die Schritte des Vikars entfernten, löste sich die Anspannung und er schloss die Augen. Erneut suchte ihn die Mischung aus einem schweren, kalten Stein in seinem Magen und dem wohligen Gefühl auf seinen Lippen heim. Murrend stieß er sich von der Wand der Arena ab, lief zur Kaserne. Die Nacht war schon längst über die Stadt hereingebrochen und Delnara war froh, sich bald in der warmen Decke seines Bettes verstecken zu können. Er wollte sich vor dem Regen verstecken, vor diesem Prickeln in seinem Körper und auf seiner Haut. Er wollte sich vor Betham verstecken.

~ * ~

Er kam in sein Zimmer und zog die nasse Kleidung aus. Fahrig rieb er sich Haut und Haare trocken und schlüpfte in ein frisches Hemd für die Nacht. Er legte sich in sein Bett und zog sich die Decke über die Ohren. Seine Finger glitten über seine Wangen. Bethams Hände waren so warm auf seiner kalten Haut gewesen. Rasch schüttelte er den Kopf und schloss die Augen. Er wollte nicht mehr daran denken. Er wollte sich in dieser Sehnsucht nach Wärme nicht verlieren.

~ * ~

Delnara schloss den Waffengürtel um seine Hüften, hielt sich am Griff des Schwertes fest. Entschlossen sah er zu seinem Löwen auf.

»Bist du sicher, dass du gegen Löwen kämpfen kannst?«, fragte er und Marcellus nickte.

»Mir ist es gleich, wer sich mir entgegenstellt!«, erklärte er knapp und füllte seinen Köcher mit Pfeilen. Eine aufreibende Stimmung lag in der Luft und Delnara wippte nervös mit dem Fuß.

»Unsere erste gemeinsame Schlacht!«, betonte er und hielt sein Schwert fester in der Hand. Der General betrat den Raum und brüllte. Alle Augen richteten sich auf ihn. Delnara starrte gespannt nach vorn. Er bewunderte den General für seine Präsenz und seine Kraft. Er lauschte den Worten, mit denen er seine Truppe auf die Schlacht einschwor und danach auf ein Knie ging. Die Truppe folgte seinem Vorbild und auch Delnara fiel auf ein Knie. Er hielt sein Schwert fest im Griff. Es würde seine Gelegenheit sein, mit seinem General und seinem besten Freund in einen Kampf zu ziehen. Er würde an ihrer Seite stehen und Blut und Schweiß mit ihnen teilen. Dies würde sie für alle Zeiten zu Brüdern machen. Er schloss die Augen, stieß einen Dank an den Himmel aus und betete für Erfolg in der Schlacht. Er erhob sich und folgte mit den Soldaten und Unteroffizieren dem General zu den Pferden. Delnara stieg auf seinen Schimmel und ließ das Tier loslaufen, neben seinen General.

»Ihr freut Euch, General?«, fragte er vorsichtig. Der Löwe sah zu ihm herunter und lächelte breit.

»Nicht auf den Kampf aber wenn wir zurückkommen, wirst du zum Hauptmann!«, war die knappe Antwort und ließ Delnara die Gesichtszüge entgleiten. Er würde Hauptmann werden? Hatte er sich schon genug bewiesen, um diesen Posten auszufüllen? Stolz machte sich in seiner Brust breit. Er würde dann direkt unter seinem General dienen dürfen. Delnara lächelte stolz.

»Keine Zweifel?«, fragte der General und sah ihn eindringlich an.

»Nicht den Kleinsten!«, war die sichere Antwort. Ein kurzes Nicken des Generals folgte und sie ritten still weiter. Ihr Weg würde

sie in eine der größten Schlachten bis dato in der Geschichte Belevims führen. Auf einer Lichtung, die auf einer Anhöhe lag, schlug die Truppe ihr Nachtlager auf. Sie würden hier ruhen und am Morgen in die Schlacht im Tal ziehen. Delnara half die Zelte auszustellen und teilte die Nachtwachen ein. Er entzündete ein Feuer und schritt zum Zelt des Generals, trat ein.

»General«, begann er leise und wurde nähergewunken. »Die Zelte stehen, die Feuer sind entzündet, die Nachtwachen sind eingeteilt und die Männer stärken sich!«, erteilte er zügig Bericht. Der Löwe nickte. Mit einer angedeuteten Verbeugung, wollte Delnara schon das Zelt verlassen.

»Kleiner!«, wurde er aufgehalten und sah über die Schulter. Der ernste Blick seines Generals ließ auch ihn ernster werden. Er wandte sich ganz um und schritt wieder auf den Hünen zu.

»Um Hauptmann zu werden, musst du das hier überleben!«, begann er.

»Ich verspreche es!«, gelobte er und der General nickte, entließ ihn dann aus dem Gespräch. Delnara stellte sich zu Marcellus an eins der Feuer und nahm sich ein Stück Brot, auf dem er nachdenklich herumkaute. Die Worte seines Generals ließen ihn erschaudern. Hatte der General Zweifel daran, Delnara könnte diesen Kampf überleben? Er schubste Marcellus an und zusammen marschierten sie ihre Runde als Nachtwache. Sie blieben still, lauschten auf die Geräusche der Nacht. Delnara stoppte und bremste auch Marcellus. Er war sich sicher etwas gehört zu haben. Er schritt an die Kante der felsigen Anhöhe und schob seinen Kopf langsam darüber. Ein Pfeil schoss nur Zentimeter neben seinem Kopf in den Himmel. Er zuckte zurück. Sie rannten zum Lager und Marcellus betätigte das Horn, weckte die Krieger. Hinter sich wusste Delnara eine Armee von Löwenmenschen. Eilig zog er sein Schwert, drehte sich um, als er etwas hörte und parierte den ersten Hieb eines Löwen. Aus dem Augenwinkel erkannte er den General, der in seine Richtung lief. Er stellte sich mit dem Rücken zum General und schlug mit seinem Schwert auf seinen Gegner ein. Dieser fing den Schlag ab und beide drückten sie ihre Klingen fester gegeneinander. Jeder wollte den anderen von sich stoßen. Geschickt nutzte Delnara den Körper eines Toten aus und mit einem

Stoß brachte er seinen Gegner zu Fall. Dabei machte er einen kleinen Schritt auf ihn zu.

Begleitet von einem zischenden Geräusch machte sich schlagartig ein unerträglicher Schmerz in seiner Schulter breit und er schrie laut auf. Er spürte den breiten Rücken seines Generals an seinem und keuchte wimmernd. Sein Blick wanderte auf den dicken Pfeilschaft, der aus seiner Schulter ragte. Benommen vom Schmerz hörte er dennoch ein gurgelndes Geräusch hinter sich und wusste sofort, der Pfeil hatte auch seinen General schwer verletzt. Er drehte seinen Kopf und alle Farbe wich ihm aus dem Gesicht. Sein General sah ihn mit müden Augen an, Blut lief aus seinem Mundwinkel. Keuchend presste sich die Luft aus seinen Lungen und er sackte auf die Knie. Durch den dicken Pfeil riss der General ihn mit sich zu Boden. Erneut schrie der Elf schmerzerfüllt auf. Der Zug an dem Pfeil in seiner Schulter wurde größer, das Holz weiter durch sein Fleisch getrieben. Trotz der alles übertönenden Schmerzen flehte er den General an, bei Bewusstsein zu bleiben. Tränen sammelten sich in seinen Augen und er glaubte sich der Besinnungslosigkeit nahe.

»... nara!«, rief ihn jemand. »Delnara! Komm schon, werd wach!« Unter großen Schwierigkeiten öffnete er seine Augen.

»Marcellus«, sagte er, doch es war nicht mehr als ein Wispern.

»Du musst wach bleiben!«, ermahnte ihn sein Freund, doch er fühlte sich so schwach. Seine Augen drohten ihm erneut zuzufallen. Marcellus Stimme rief ihn immer wieder zurück. Zwar verstand er die Worte nicht, die sein Freund zu ihm sprach, nickte aber dennoch. Was der Löwe auch immer mit ihm vorhatte, er würde zustimmen. Doch die Besinnungslosigkeit holte ihn wieder ein.

Träge öffnete er die Augen, wurde erneut von Marcellus gerufen. Was war das? Wurde er getragen? Lief er? Seine Füße berührten doch gar nicht den Boden. Ihm war so warm und er war so müde. Durfte er sich denn nicht einfach gesund schlafen? Warum rief ihn Marcellus immer wieder wach? Wo war denn nur der General, dessen Rücken er gerade noch an seinem gespürt hatte? Ob er es war, der Delnara trug? Er war zu müde, um darüber nachzudenken, wollte nur noch schlafen. Er fühlte sich so unendlich schwer. Als Delnara das nächste Mal seine

Augen öffnete, sah er ein Feuer. Ein Feuer bedeutete Wärme, doch warum war ihm dann so bitterkalt? Er spürte, wie kleine Tropfen über seine Stirn rannen und auf den harten Boden fielen, hörte, wie seine Zähne vor Kälte klapperten. Was war nur mit ihm los? Er erinnerte sich an den General. Dieser hatte ihn angesehen und war dann zusammengesackt. Ob er tot war? Oh bitten ein, dachte er verzweifelt und es schmerzte.

Delnara zwang sich die Augen zu öffnen und gleich darauf war sein Freund bei ihm. Eine Pranke legte sich auf seine Wange und Delnara zuckte zurück. Keuchte schmerzvoll. Warum war diese sonst so warme Pranke jetzt so verdammt kalt? Er fror schon genug. Schnaufend sah er wieder auf und erhaschte den sorgenvollen Blick seines Löwen.

»Du bist schwer verletzt. Ein Pfeil hat deine Schulter durchbort und den General getroffen. Der General ist tot. Du hast schweres Fieber!«

Wie durch Watte kamen die Worte mal besser mal schlechter zu verstehen an. Der stechende Schmerz des Verlustes übermannte ihn und er drohte erneut bewusstlos zu werden. Der General war tot. Sein General war gestorben. Wegen dem Pfeil, den ihn getroffen hatte.

Vorsichtig öffnete er die Lider und blickte in die gelben Augen von Marcellus, sah, wie sich dessen Lippen bewegten. Was wollte er ihm sagen? Warum war er so besorgt? Eine Frau trat neben den Löwen. Eine Fee. Auch sie bewegte ihre Lippen. Ob sie eine schöne Stimme hat? Sie war eine schöne Frau. Zwar konnte Delnara sie nicht hören, doch er stellte sich vor, dass diese Fee eine schöne Stimme haben musste. Die Beiden schienen unendlich weit weg.

Erst die neu auflodernden Schmerzen in seiner Schulter rissen ihn in die Realität zurück. Er schrie auf und krallte sich fest an seinen Oberarm, wimmerte gequält und blickte flehend zu seinem Löwen, der einen blutigen Pfeil in der Hand hielt und verzeihend auf ihn sah. Augenblicklich wurde wieder alles dunkel um Delnara.

~ * ~

Panisch schreckte Delnara in seinem Bett auf, keuchte schmerzerfüllt und hielt sich seinen rechten Arm. Diesen einen Traum verfluchte er mehr als die anderen Albträume aus seiner Kindheit. Jedes Mal danach schmerzte seine Schulter, als wäre sie gerade erst von diesem Löwenpfeil durchbohrt worden. Sein ganzer Arm schien dann taub zu sein und die Schmerzen und die Schuld, die er empfand, pressten ihm heiße Tränen in die Augen. Er hasste diese Schuld, verfluchte die Unachtsamkeit von damals.

Bevor er zu weit in seine Schuldgefühle versinken konnte, ließ ein Klopfen an der Tür ihn aufsehen. Inständig hoffte er, dass niemand unaufgefordert eintrat. Nicht heute. Nicht jetzt! Sein Atem ging stoßweise und er konnte nicht einmal die Kraft aufbringen, um zu sagen, dass er niemanden sehen wollte. Die Tür öffnete sich trotz seines Stoßgebetes und Marcellus sah herein.

Der Löwe stockte, sah sich vorsorglich auf dem Gang um und trat schnell ein, schloss die Tür hinter sich. Mit schnellen Schritten ging er auf Delnara zu und kniete sich vor dessen Nachtlager. Dieser konnte die Sorge in den gelben Augen gerade nicht ertragen. Lieber starrte er auf seine Decke. Zu sehr erinnerte es ihn an seinen Traum. Vorsichtig löste Marcellus Delnaras verkrampfte Hand von dessen Oberarm.

»Das ist schon Jahre her. Deine Wunde ist verheilt!« Innerlich wiederholte Delnara diese Worte immer wieder und langsam wurde ein Atem ruhiger, gleichmäßiger. Sein Körper begann, zu entspannen und schließlich konnte er seinen Löwen dankbar ansehen, ehe er seinen Kopf an die Wand hinter sich lehnte, sein linkes Bein anwinkelte und seinen Unterarm auf das Knie bettete.

»Ich werde wohl heute kaum arbeiten können«, murmelte er und erntete ein Auflachen.

»Sieh bitte auf die große Uhr an der Kirche. Der Tag ist schon fast wieder um.« Delnara folgte der Aufforderung und seufzte schwer. Der Regen, der noch immer auf die

Stadt fiel, verbesserte sein Gemüt nicht gerade. Leise fluchte er und strich sich mit der linken Hand durch die Haare.

»Danke, dass du nach mir gesehen hast«, murmelte er, sah erneut auf die Decke über seinen Beinen.

Marcellus nickte leicht und erhob sich zum Gehen. Er wusste, er konnte seinem Freund die Schmerzen und die Schuld nicht abnehmen.

»Ruh dich einfach noch etwas aus. Bei dem Wetter ist eh nicht viel zu tun«, meinte er gutmütig und öffnete die Tür. Kurz stoppte er noch einmal und sah über die Schulter zu Delnara. Es schmerzte ihn, seinen kleinen Bruder so zu sehen. So isoliert. So einsam.

»Vielleicht wäre das hier die richtige Gelegenheit, um in Erfahrung zu bringen, wann du besser schläfst?« Delnara sah ihn schockiert an, griff nach einem seiner Kissen und warf es dem Löwen in den Rücken. Der lachte nur amüsiert, verließ das Zimmer und zog die Tür hinter sich ins Schloss.

Delnara ließ sich noch etwas Zeit. Dann erhob er sich und zog sich mühsam Hose und Hemd über. Er verfluchte sich für die umständlichen Bewegungen. Doch er wusste, dass sein Arm und seine Schulter nicht mehr an Bewegungsfreiheit hergaben. Er vertraute seinem Körper, wenn dieser Schmerzen hatte und musste sich dann schonen, doch trotz dieses Wissens nervte ihn seine Verletzlichkeit. Mit seinem Schwert in der Hand lief er langsam zur Arena. Die Sonne ging hinter den dicken Regenwolken bereits unter und tauchte Belevim in Dunkelheit.

Der andauernde Regen durchnässte Delnaras Kleidung innerhalb weniger Augenblicke, kühlte ihn aus. Sein Griff um das Schwert jedoch wurde fester. Wut, Schuld und Machtlosigkeit trieben ihn durch das Unwetter. Durch das Prasseln des Regens lautlos, trat in die Arena ein und atmete tief durch. Hier war er ganz für sich.

Bedächtig zog er das Schwert mit der linken Hand aus der Scheide und ließ diese achtlos in den Schlamm fallen. Dann schloss er die Augen, schwang das Schwert langsam um seinen Körper. Er wollte wieder ein Gefühl für seine Waffe bekommen, öffnete nur langsam die Augen wieder. Allmählich schritt er auf eine Strohpuppe zu, wog das Gewicht des Schwertes mit der Hand ab. So lange hatte er es nicht mehr mit der Linken geschwungen.

Mit langsamen Bewegungen strich er mit dem Schwert an der Puppe entlang, versuchte, das Gefühl für die Bewegungen und die Kräfte der Waffe zurückzubekommen. Seine Schläge wurden schneller, härter und schon bald erinnerte sich sein Körper an seine Übungen und er hatte seine gewohnte Geschwindigkeit zurück. Immer fester, schneller schlug und stach auf die Puppe ein. Die Geräusche seiner Klinge und seines schnellen Atems hallten leise von den Wänden der Arena wider, wurden teilweise vom Regen verschluckt.

Über etliche Minuten hinweg ließ er die Puppe seine Kraft und seine Wut spüren, ehe er das Schwert unter einem verzweifelten Aufschrei in den Schlamm rammte. Hart presste er die Luft aus seinen Lungen und ließ sich vor dem Schwert auf die Knie fallen, hielt den Griff des Schwertes eisern und verzweifelt fest. Der Regen lief an seinen Wangen entlang, wusch die salzigen Tropfen ungesehen mit sich. Gleichzeitig biss Delnara so fest die Zähne aufeinander, dass er glaubte, es knirschen zu hören. Diese Schmerzen in seinem Herzen wollten ihn zerreißen, ließen ihn beben. Fest griff er sich an den Arm, grub die Nägel durch den Stoff in das Fleisch. Warum war er nur so leichtsinnig gewesen? Er hätte es sehen müssen. Er hätte es verhindern müssen.

»Es tut mir leid«, flüsterte er erstickt. »Es tut mir so leid!« Mit zitternden Fingern umfasste er den Griff des Schwertes erneut. Er hatte versagt. Er hatte gezweifelt. Dies war seine Strafe. Die Strafe für sein Fehlverhalten und für den

Hochmut, dem er erlegen war, hatte er doch geglaubt, ihm würde nichts geschehen mit seinem General an der Seite.

Die Stille und seine Unbeweglichkeit ließen den Druck in ihm erneut steigen. Er musste sich bewegen, musst aus dieser Lethargie herauskommen. Er durfte nie wieder zweifeln. Er musste aufstehen!

Schlapp lief er die Straßen zur Kaserne entlang. Sein Blick fiel auf den Anbau ohne Fenster. Kurz fragte er sich, ob er dem Rat seines Freundes Folge leisten sollte, entschied sich nach einigen Augenblicken jedoch dagegen. Erschöpft kam er in sein Zimmer und trat sich die Stiefel aus. Im Nebenzimmer reinigte er sein Schwert und trocknete sich umständlich ab. Seine Aufmerksamkeit wurde erneut durch das Fenster auf die Räume des Vikars gezogen.

Ergeben seufzte Delnara. Eine Stimme in ihm flüsterte ihm, dass es einen Versuch wert zu sein schien. Also zog er sich trockene Kleidung an, schlüpfte erneut in seine Stiefel und nahm sein Schwert mit. Nur zur Sicherheit. Würde ihm der Vikar zu nahe kommen, könnte er sich vielleicht damit zur Wehr setzen.

Delnara schlich sich an den Mönchen vorbei und trat fast lautlos in das Arbeitszimmer Bethams ein. Vorsichtig sah er sich um, fand den Vikar jedoch nicht und langsam klang die Stimme in ihm etwas unsicher, fragte ihn, was er hier eigentlich tat. Augenblicklich wollte er kehrtmachen, doch ballte er seine Hände zu Fäusten. Ganz sicher würde er jetzt nicht kneifen! So schritt er voran, klopfte an die Tür zu dem kleineren Raum und öffnete sie vorsichtig.

Betham saß an dem niedrigen Tisch und hatte ein Glas Wein vor sich stehen. Erstaunt sah er auf und die Überraschung wurde größer, als er den Elfen im Türrahmen erkannte. Stille herrschte kurz zwischen ihnen.

»Kann ich mittrinken?«, fragte der Hauptmann ruhig und deutete auf das Glas auf dem Tisch. Betham sah ihn eine Zeit lang abschätzend an, winkte ihn dann näher. Der Elf setzte sich in einem halben Schneidersitz an den Tisch, stellte ein Bein auf und lehnte seine Elle auf das Knie. Seinen rechten Arm legte er vorsichtig in seinen Schoß, beobachtete dabei, wie Betham ein weiteres Glas füllte und ihm reichte. Delnara griff danach, doch Betham entzog es ihm, bevor er es nehmen konnte.

»Hast du genug gegessen?«, fragte Betham. Der Hauptmann sah ihn mürrisch an.

»Bist du meine Mutter?«, knurrte er und nahm das Glas.

Delnara trank einen Schluck und stellte das Glas auf den Tisch. Auch der Vikar trank, beobachtete ihn genau. Vorsichtig strich er sich über den rechten Arm, versuchte, seine Schmerzen nicht zu zeigen.

»Phantomschmerzen?«, murmelte der Vikar und Delnara sah ertappt auf den Boden. Er wusste nicht, was er sagen sollte, wollte sich nicht noch verletzlicher machen, als er es ohnehin schon war. Doch er wollte sich auch nicht mit einer Lüge belasten.

»Kann sein!«, wich er aus und spürte sofort Bethams prüfenden Blicke auf sich. Dieser schien zu überlegen und Delnara verfluchte sich schon jetzt dafür, hierhergekommen zu sein.

»Die Narbe? ... Eine Erinnerung?«, mutmaßte der Geistliche. Delnara trank sein Glas aus und erhob sich bestimmt, wollte sich nicht in die Karten sehen lassen. Er hatte Jahre gebraucht, diese kühle Wand um sich zu errichten. Sie sollte nicht innerhalb der kurzen Zeitspanne, die es brauchte, ein Glas Wein zu trinken, durchbrochen werden.

»Ich werde dann mal gehen. Danke für den Wein«, murmelte er.

»Warte!« Bethams Stimme war wieder so dunkel und weich. Delnara schloss die Augen und fluchte lautlos. Er stand mit dem Rücken zum Vikar, hatte jedoch das Gefühl, mit dem Rücken zur Wand zu stehen. Nicht schon wieder wollte er in diese Starre verfallen. Der Elf hörte, wie Betham sich bewegte und sah ihn aus dem Augenwinkel an seine Seite treten, sah, spürte, wie er eindringlich gemustert wurde.

»Du hast Alpträume? Aber nicht jede Nacht, oder?«, stellte Betham fest. Delnara war wütend, so einfach durchschaut worden zu sein. Er wollte fluchen, sich herausreden und patzig den Raum verlassen, doch sein Körper regte sich nicht.

»Nicht jede Nacht«, echote er. Was sagte er da? Warum log er nicht? Betham war ein Mensch! Nein. Seine Gedanken stockten. Das war nicht der Grund, der ihn störte. Da war etwas anderes, das ihn ärgerte.

»Welche?« Er sah fragend zwischen den braunen Augen hin und her, fand in ihnen jedoch nichts außer Neugierde und eine Spur Sorge. Machte sich der Vikar wirklich Sorgen um ihn? Warum?

»Welche Nächte sind ruhig?«, fragte der Geistliche noch einmal und Delnara senkte seinen Blick. Wut und Scham krochen ihm in die Wangen. Diese helle Elfenhaut war eindeutig nicht für starke Gefühle gemacht.

»Zwing mich nicht, das auszusprechen«, murmelte er und setzte sich langsam in Bewegung. Er würde nun wirklich gehen!

Sein linker Arm wurde festgehalten und er stockte. Bethams Griff war nicht hart, nicht einmal fest, nur bestimmt. Sein Temperament kochte immer höher. Zu gern hätte er sich losgerissen, den Vikar angeschrien, doch er schluckte seinen Ärger hinunter. Dieser Mann war immer noch sein Vorgesetzter. Vorsichtig blickte Delnara über die Schulter und bekam einen sanften Blick geschenkt.

»Du musst es nicht aussprechen«, erklang die Stimme Bethams leise, zog Delnara dabei langsam zurück, drehte ihn zu sich. Sanft strich Betham über Delnaras rechten Unterarm und beobachtete ihn.

»Bleib heute Nacht einfach bei mir. Ich nehme dir deinen Schmerz!«, bot er an. Delnara biss die Zähne aufeinander. Er hatte es gewusst und alles in ihm schrie auf. Er wollte nicht, dass es darauf hinauslief.

»Nein, danke!«, knurrte er ungehalten, drehte sich zum Gehen.

»Das meine ich nicht!«, hielt Betham ihn mit einer Ruhe und Bestimmtheit auf, die keinen Zweifel an der Ehrlichkeit ließ. »Ich meinte, bleib heute Nacht einfach in meiner Nähe. Vielleicht schläfst du dann ruhiger!« Delnara knirschte mit den Zähnen. Dieses Angebot kam ihm einer Beleidigung gleich. Etwas in ihm flehte, stark genug zu sein und einfach zu gehen, doch der größte Teil von ihm wollte sich in Bethams Nähe zur Ruhe betten. Ergeben drehte sich er um und sah den Vikar ernst an.

»Du hältst mindestens eine Armlänge Abstand von mir!«, befahl er und Betham nickte.

»Du kannst dich dort zur Ruhe betten. Ich bleibe hier am Tisch!«, erklärte er. Delnara folgte mit den Augen dem ausgestreckten Arm und entdeckte in der hinteren Ecke des Raumes Kissen und Decken, die von einem durch-scheinenden Vorhang vom restlichen Raum abgetrennt waren. Dieser Abstand gefiel ihm. Er nickte und ging an Betham vorbei, setzte sich erneut in einem halben Schneidersitz in die Kissen und stellte ein Bein auf. Demonstrativ zog er sein Schwert in seinen gesunden Arm und legte den schmerzenden daneben auf seinen Schoß. Etwas entspannter lehnte den Kopf an die Wand und schloss langsam die Augen. Die Schmerzen in seinem Arm zogen an seiner Kraft und er sank schnell in eine erschöpfte Dunkelheit. Er würde diese Nacht nicht allein mit seinen Träumen sein.

~ * ~

Betham sah dem Elf einige Zeit beim Schlafen zu und erhob sich dann lautlos. Etwas schräg setzte er sich neben den Hauptmann in die Ecke des Bettes. Mit Bedacht entzog er Delnara dessen Schwert, legte es leise auf den Boden. Auf keinen Fall wollte er ihn jetzt wecken.

Vorsichtig griff er nach Delnara und zog seine linke Seite an seine Brust, bettete den blonden Schopf behutsam auf seine Schulter. Sein Blick hing dabei auf dem entspannten, schlafenden Gesicht vor ihm. Mit einer der Decken schützte er sie beide vor der Kühle der Nacht und schuf um sie etwas, das einem Kokon gleichkam. So gern wollte er dem Elfen in seinen Armen nahe sein. So nahe, wie er es nur irgendwie konnte. So nahe, wie dieser es zulassen würde.

Betham wusste, welches Gefühl in seiner Brust auf-flammte und er hatte die kleinen Anzeichen auch an Delnara gesehen. Doch so, wie dieser sich verhielt, hatte er selbst wohl keine Ahnung, was in ihm vorging.

»Dummer Elf«, hauchte er sanft und doch amüsiert in die blonden Haare, vergrub seine Nase in ihnen. Genießend zog er den Geruch in seine Lungen und ergab sich dem angenehmen Gefühl, das ihn dabei überkam. Vorsichtig schloss er seine Arme um den Brustkorb des Hauptmanns und schloss die Augen, sank in einen tiefen, zufriedenen Schlaf.

~ * ~

Der Schlaf verließ Delnara nur langsam. Er wollte die Augen noch nicht öffnen, zu wohl fühlte er sich unter der weichen, warmen Decke. Leise Geräusche drangen an sein Ohr. Sprach da jemand über ihn? Hatte er gerade seinen Namen gehört? Träge öffnete er ein Auge, bewegte sich sonst jedoch nicht. Er wollte nicht bemerkt werden, wenn er lauschte. Erst schemenhaft, dann deutlicher erkannte er den Vikar am kleinen Tisch stehen. Zu seiner Überraschung hatte Betham anscheinend wirklich Wort gehalten. Ein Mönch brachte dem Vikar etwas zum Frühstück. Lautlos strich Delnara sich unter der Decke über den Bauch. Der aufwallende Hunger ließ ihm das Wasser im Mund zusammenlaufen, als er frisches Brot roch. Sein Magen zog sich zusammen. Einen Moment wartete er noch, bis der Mönch wieder gegangen war, ehe er sich etwas aufrichtete. Er streckte seine Arme in die Luft, machte seinen Rücken lang. Sein Nachtlager war warm und weich gewesen, doch seine Schlafposition hatte seine Muskeln verspannt und nun spürte er, wie die Sehnen und Muskeln wieder an ihren Platz sprangen und stand anschließend langsam auf.

»Guten Morgen!«, grüßte Betham und trank einen Schluck aus der dampfenden Tasse. Delnara gesellte sich zu dem Geistlichen und setzte sich ihm gegenüber.

»Morgen«, murmelte er und sah auf den reich gedeckten Tisch.

»Ich wusste nicht, was du bevorzugst!«, kam die schnelle Erklärung.

Kurz nickte der Elf und begann dann zu überlegen. Ein Ruck ging durch seinen Geist. Sollte das heißen, jemand wusste, dass er hier die Nacht verbracht hatte? Nun war er vollends wach und bemerkte, wie ein weiteres Mal die Wut über sich in ihm aufkeimte. Wäre er nur gegangen, steckte er nicht in dieser unangenehmen Situation. Allerdings hätte er dann auch keine so gute Nacht verbracht, musste er ehrlicherweise zugeben. Mürrisch darüber, nahm er sich einen Kanten des Brotes und kaute darauf herum. Seinen Blick richtete er stur auf die Wand zu seiner Rechten. Er würde sich nicht die Blöße geben zu fragen, ob jemand von Bethams Schlafgast wusste.

»Schmerzt dein Arm noch?«, drang es an Delnaras Ohr und er schüttelte schnell den Kopf, wollte keine langen Erklärungen abgeben. Ganz sicher wollte er nicht noch mehr Schwäche zeigen. Vorsichtig sah er aus dem Augenwinkel zu Betham.

»Du warst die ganze Nacht hier am Tisch?«, fragte er skeptisch nach und der Vikar nickte nur, sah in seine Tasse.

»Du ... lügst«, flüsterte Delnara und war überrascht, dass sich kein ungutes Gefühl in ihm breitmachte.

»Wie komme ich denn hier ungesehen raus?«, wechselte er schnell das Thema. Ganz bestimmt wollte er nicht am frühen Morgen von den Mönchen gesehen werden, wenn er aus Bethams Arbeitszimmer kam. Diese würden sich nur fragen, wie er in die Räumlichkeiten des Vikars gekommen war. Betham sah mit einem vielsagenden Lächeln auf.

»So wie auch ich immer aus meinem Kerker ausbreche!« Er betonte das Wort Kerker und Delnara fühlte sich sofort schuldig. Er hätte ein solches Wort nicht benutzen dürfen.

»Verzeih mir«, murmelte er. Betham schüttelte den Kopf.

»So unrecht hast du damit ja nicht. Ich weiß, es soll meinem Schutz dienen, jedoch kann es hier auch sehr einsam sein.« Stille überspannte das gemeinsame Essen und Delnara erhob sich, sobald er fertig war, nahm sein Schwert als Zeichen des Aufbruchs. Es war ihm unangenehm, länger als nötig in diesen Räumen bleiben zu müssen. Allerdings musste er sich auch eingestehen, dass es nicht Bethams Anwesenheit war, die ihm eiskalte Schauer über den Rücken jagte und ihm einen Stein in den Magen legte. Es waren diese Räume ohne Fenster. Dieses Gefängnis, das dem kalten Keller aus seiner Kindheit gleichkam, das ihn erschaudern ließ.

»Hier entlang«, meinte Betham leise, als er sich ebenfalls erhoben hatte und deutete auf einen alten Teppich an der Wand.

»Dahinter ist ein Fluchttunnel. Er führt direkt zur Arena. Atunaris zeigte ihn mir, als ich mein Amt hier übernommen habe«, erklärte er. Delnara stoppte in seiner Bewegung und sah zu dem Geistlichen. Er hatte den Menschen nie nach seinem Amt gefragt, hatte nie Interesse an dessen Leben gezeigt. Er wurde sich mit einem Mal schmerzlich bewusst, dass Betham mehr über ihn wusste, als er über ihn. Beschämt kaute auf der Zunge herum und überlegte.

»Vielleicht ...«, begann er und schluckte den aufkeimenden Stolz, der ihn schweigen hieß, herunter. »Vielleicht kannst du mir irgendwann einmal etwas von dir erzählen. Du weißt so viel über mich.« Delnara wurde immer leiser. Es fiel ihm schon in seinem Kopf schwer, diese Worte zu formulieren, doch sie nun auch noch auszusprechen, schien ihm fast unmöglich.

»Ich schleiche mich einmal die Woche hinaus und gehe in ein Teehaus am Rande der Stadt. Es ist abgelegen und verschwiegen«, sagte Betham in seiner ruhigen, weichen Stimme. »Vielleicht sehen wir uns dort und können uns in Ruhe über alles unterhalten?«, schlug er vor und sah forschend in Delnaras Augen. Er wollte ihn augenscheinlich mit dieser Einladung nicht überfahren und Delnara überlegte, nickte dann vorsichtig. Ganz wohl war ihm nicht bei dem Gedanken, er könnte mit dem Vikar nachts, draußen auf den Straßen gesehen werden, doch auch diese Zweifel vertagte er auf einen späteren Zeitpunkt. Delnara verabschiedete sich von Betham. Ihm wurde das betretene Schweigen zu unangenehm.

»In der Mitte der Woche bin ich dort anzutreffen«, murmelte der Geistliche und bekam ein kurzes Nicken als Antwort von Delnara, ehe er im Dunkel des Ganges verschwand.

Er schlich durch den Fluchttunnel und war sichtlich überrascht, als er tatsächlich unweit der Arena aus einer mit Efeu verdeckten Höhle ans Tageslicht trat. Delnara stockte.

Tageslicht? Er sah sich um und ein Lächeln zog sich über seine Lippen. Die Wolken am Himmel waren dünner geworden und einzelne Sonnenstrahlen durchbrachen das graue Einerlei. Kurz gab er sich dem Genuss der warmen Sonnenstrahlen auf seinem Gesicht hin und schloss für einen Moment die Augen. Licht. Licht und Wärme. Dies war es, was er jetzt brauchte, um zu sich zu finden.

Sechs

Eiligen Schrittes lief Delnara zum Fluss und stellte zufrieden fest, dass die erbauten Wälle ihren Zweck erfüllten und das Wasser zurückhielten. Nur vereinzelt sickerte es durch die Barriere und verlief sich im Gras des Ufers. Delnaras Laune stieg und er kehrte zur Kaserne zurück. An Marcellus Bürotür klopfte er und trat ein. Kurz sah er sich um, doch sein Freund war nicht im Raum. Delnara hielt einen Soldaten auf und fragte nach dem Hünen. Dieser erklärte ihm, dass der Löwe heute seinen freien Tag habe und ging weiter seiner Wege. Delnara nickte und verließ die Kaserne wieder. In seinem Kopf rechnete er die Tage der Woche zusammen und stellte etwas erschrocken fest, dass auch er heute seinen freien Tag hatte. Wie hatte er diesen nur vergessen können? Er gönnte sich nur wenige dieser freien Tage und genoss diese dann in vollen Zügen. Wie also konnte er diesen besonderen Tag vergessen?

Ein weiteres Mal durchschlich Betham seine Gedanken und er fand den Grund. Er hatte in letzter Zeit so oft und viel über den Vikar nachgedacht. Dieser Mann brachte ihn ganz und gar aus dem Konzept. Schnell schob Delnara diese Gedanken von sich und machte sich auf den Weg zu seiner alten Heimstätte. Seit er in die Kaserne gezogen war, hatte er keinen Fuß mehr in dieses Haus gesetzt. Nun ging er die vertrauten Wege und Straßen, ging über den Markt und nur wenig später stand er wieder vor der Tür, die einmal die Pforte zu seinem Heim war.

Bedächtig klopfte an die Tür und hörte kurz darauf schwere Schritte. Eindeutig Marcellus. Zu vertraut war ihm diese Art zu Gehen. Sein Freund öffnete ihm und blickte ihn erst überrascht an, dann strahlte er über das ganze Löwengesicht.

»Du kommst wie gerufen!«, rief der Löwe, lachte laut und deutete ihm einzutreten. Dieser Aufforderung kam Delnara gern nach.

»Wie das?«, fragte er, als er auf den reich gedeckten Tisch vor sich sah. »Erneut ein Abschied?« Delnara war verwirrt. Marcellus schüttelte den Kopf.

»Eine Feier«, flüsterte er geheimnisvoll und ging auf den Tisch zu, setzte sich und bot auch ihm einen Platz an. Auch dieser Bitte kam der Elf nach und setzte sich, sah dann fragend zu Aenlin, die ein ebensolches Lächeln auf den Lippen trug wie ihr Mann.

»Wir bekommen ein Kind«, verriet sie ihm leise und wurde etwas verlegen. Delnara sah zwischen den beiden Löwen hin und her. Dieser Gedanke brauchte seine Zeit, um in seinem Geist anzukommen, zauberte dann ein erfreutes Lächeln auf seine Lippen.

»Herzlichen Glückwunsch!« Marcellus lachte glücklich. Eine Pranke landete auf Delnaras Kreuz, ließ ihn keuchen. Er beherrschte jedoch seine Zunge, würde jetzt keine Bemerkung fallen lassen. Nicht in einer solch freudigen Situation. Marcellus und seine Frau setzten sich zu Delnara an den Tisch. Sie begannen zu essen und eine angenehme Stille lag in der Luft. Delnara beugte sich zu seinem Bruder.

»Ihr seid doch erst seit kurzem verheiratet. Ich dachte, es dauert etwas, bis man weiß, dass man ein Kind bekommt. Wie kann es dann sein, dass ihr es schon jetzt wisst?«, fragte er unsicher. Mit der Ehe kannte Delnara sich ausschließlich durch Hörensagen aus. Aber was er gehört hatte, dauerte es immer gut ein paar Monate, bis die Ankündigung kam, dass ein Kind erwartet wurde. Die beiden Löwen waren jedoch erst seit wenigen Wochen verheiratet. Marcellus unterbrach seine Gedanken mit einem breiten, verheißungsvollen Grinsen.

»Alles deine Schuld!«, meinte er süffisant. »Du bist ausgezogen und niemand konnte wissen, dass wir nicht auf die Eheschließung gewartet haben!« Schweigend aßen sie weiter, doch Delnara blickte immer wieder zu dem Löwen. Für einen solchen Mann hatte er ihn nicht gehalten, doch zuckte ein Lächeln über seine Lippen. Hatte er sich denn für einen solchen Mann gehalten?

»Gut. Ich werde es nicht weitersagen. Stattdessen freue ich mich einfach für euch«, sagte er erheitert und zwinkerte seinem Freund zu, der wieder so schön breit grinste. Aenlin lächelte etwas verspielt mahnend zu ihrem Mann und aß dann amüsiert weiter. Delnara genoss, wie glücklich die beiden zusammen waren.

~ * ~

Mit schweren Beinen lief Delnara in Richtung Kaserne. So viel hatte er seit langem nicht gegessen. Er rieb sich den schmerzenden Bauch. Es wäre aber auch unhöflich gewesen, den Nachschlag abzulehnen.

»Ein Kind«, sinnierte er und blieb auf der Brücke stehen, die er schon so oft überschritten hatte. Bedächtig stützte er sich auf die Brüstung und sah dem Spiel des Wassers zu. Der Pegel des Flusses sank langsam, aber stetig. Delnara war froh, dass die untere Stadt nicht überflutet worden war. Dort befand sich das Haus seines Löwen und gerade jetzt sollte sich Aenlin nicht unnötige Sorgen machen müssen. Ein schweres Seufzen ging durch ihn und rieb sich die Nasenwurzel, rechnete in Gedanken die Wochen zusammen, die seit der Hochzeit vergangen waren und murrte leise. Warum nur rannte die Zeit so an ihm vorbei? Er hatte das Gefühl, dieser Welt nicht mehr hinterher zu kommen. Immer wieder hingen seine Gedanken bei diesem Vikar fest und konnten sich der verstreichenden Zeit nicht mehr anpassen. Für eine Weile überlegte er, zu Betham zu gehen und ihm zu sagen, was für ein Chaos in ihm herrschte, in der Hoffnung, dass dieser Knoten in seinem Kopf sich lösen würde. Doch sein Stolz schalt ihn einen Idioten.

Träge lief der Elf zu seiner Heimstätte. Er war müde von seinen Gedanken und von dem reichlichen Essen und musste sich eingestehen, dass die Zeit in ihrer eigenen Geschwindigkeit verging und er sich ihr anpassen musste. Einmal mehr bemerkte er, wie präsent der Vikar in seinem Kopf gewesen war und nahm sich streng vor, die nächsten Wochen Betham, so weit wie es ging, aus seinem Kopf zu schieben. Er durfte sich von diesem Mann nicht so einnehmen lassen, sich nicht nach dieser sanften Stimme sehnen. Die nächsten Wochen, das schwor er sich, würde er sich ausschließlich um seinen Dienst und seine Übungen kümmern. So entschlossen, ging er zur Kaserne zurück und in sein Zimmer. Er musste jetzt schlafen und morgen die Arbeit, welche liegengeblieben war, aufholen.

~ * ~

Der erste Sonnenstrahl des neuen Tages ließ Delnara vorsichtig die Augen öffnen. Auch in dieser Nacht hatte er Alpträume gehabt, doch war er in den letzten Wochen nicht mehr so panisch erwacht. Er streckte sich in seinem Bett, richtete sich müde auf. Sein Blick fiel aus dem Fenster und ein freudloses Lächeln schlich sich in sein Gesicht. Die Sicht durch das Glas war getrübt. Delnara stand auf und öffnete das Fenster. Kalter Wind schlug ihm entgegen und ließ ihn erschaudern. Tief sog er die eisige Luft in seine Lungen. Der Winter war gekommen und kleine weiße Flocken schwebten lautlos zu Boden, bedeckten die Stadt mit ihrem kalten Hauch. Routiniert zog Delnara sich Hemd und Hose an, legte das dicke Wams an und zog seinen Hut auf. Dann stieg er in seine Stiefel und schloss das Fenster, ehe er ging. Die Zeit drängte ihn. Auf dem Gang in der Kaserne wurden

Tannenwedel mit bunten Bändern an den Wänden ange-
bracht und mit winterharten Früchten und Beeren geschmückt. Er zog seine Handschuhe über und schritt eilig
zur Arena.

Der frische Schnee unter seinen Schuhen knirschte und
sein Atem schlug kleine Nebelwolken vor seinem Gesicht.
Frierend rieb er die Hände aneinander. Der Winter war
nicht gerade Delnaras bevorzugte Jahreszeit, doch hatte er
nun endlich wieder zu sich selbst gefunden und konnte dem
Fluss der Zeit folgen. Dieses Jahr kam ihm der Winter
gerade recht, um den Rest seiner verworrenen Gedanken
abzukühlen. Entschlossen ging er zum Leiter der heutigen
Lehrstunde, der ihn bereits erwartete. Es waren einige vielversprechende Talente im Schwertkampf unter den momen-
tanen Anwärtern. Delnara hatte sich daher angeboten, diese
Talente in einer Stunde selbst zu prüfen. Dass er fester denn
je hoffte, unter ihnen seinen Edelstein zu finden, behielt er
für sich.

Die Anwärter sahen ihn bewundernd an. Delnara zog
den Gürtel mit seinem Schwert noch einmal fest um seine
Hüfte, als er sein kurzes Gespräch mit dem Unteroffizier
beendet hatte und schritt in die Mitte der sich teilenden
Gruppe. Geübt zog er sein Schwert, wog sein Gewicht in
der rechten Hand und sah in die Runde.

»Kommt nur!«, meinte er, wollte keine Zeit verlieren und
die Fähigkeiten jedes Einzelnen im Kampf erfahren. Die
Anwärter zogen zögerlich ihre Schwerter. Der Respekt in
ihren Augen war groß und hemmte ihre Körper, sich auf
den Hauptmann zuzubewegen. Delnara seufzte und steckte
sein Schwert wieder zurück, trat auf den Leiter zu und legte
seinen Hut ab, reichte ihn dem Mann.

»Ihr müsst eure Zweifel ablegen. Wer zweifelt, stirbt«,
erklärte er kühl und zog sein Wams aus, legte es auf seinen
Hut, in die Arme des Kollegen. Die Kälte zog durch sein
Hemd und ließ ihn leicht schaudern.

»Nun bin ich einer von euch!«, meinte er und stellte sich wieder in die Gruppe. Sie alle trugen dicke Hemden und Leinenhosen. Delnara fiel unter ihnen nur durch seine stolze Haltung auf. Erneut zog er sein Schwert.

»In einem echten Kampf ist es eurem Gegner egal, welchen Rang ihr bekleidet. Also greift an, sonst tu ich es!« Seine Stimme wurde ruhiger und er sah, wie es den Anwärtern Schauer durch die Glieder jagte. Er wusste nur zu gut um seine Wirkung auf die Jugendlichen vor ihm.

Ein junger Mann trat aus der Gruppe hervor. Seine Finger lagen zitternd um den Griff seines Schwertes.

»Gut!«, lobte Delnara. Er war erfreut, dass wenigstens einer von ihnen den Mut ergriff, sich ihm in einem Kampf entgegenzustellen. Er hob sein Schwert und wartete auf den Angriff des Menschen vor ihm.

»Nur Mut!«, ermutigte Delnara weiter. Der junge Mann umgriff sein Schwert fester und schlug grob auf ihn ein. Er machte einen Schritt zur Seite und schlug mit der Breitseite seines Schwertes zwischen die Schulterblätter des Anwärters. Dieser stolperte kurz und drehte sich dann um.

»Versuch es noch einmal!«, meinte Delnara, schwang sein Schwert in seiner Hand, ehe er den Griff wieder festigte. Erneut lief der junge Mann auf ihn zu und schlug von unten auf ihn ein. Mit einer Drehung wich Delnara auch diesem Schlag aus und traf mit der Seite seines Schwertes erneut den Rücken des Anwärters.

»Zu langsam. Zu grob. Zu viele unnötige Bewegungen. Man sieht jeden Schlag voraus und kann ihm ausweichen«, belehrte er und der junge Mann schnaufte wütend.

»Ich bin der Schnellste hier. Schneller geht es nicht!«, rief er aufgebracht.

Delnara steckte sein Schwert in den gefrorenen Boden, ging zum Leiter der Anwärter und zog sich Wams und Hut an. Er blieb still, als er zu dem jungen Mann schritt und ihm das Schwert aus der Hand nahm. Er wog das Gewicht und warf es in einer kurzen Bewegung zum Ausbildungsleiter.

Dieser fing das Schwert und ging augenblicklich auf ihn los. Delnara duckte sich blitzschnell unter dem ersten Hieb weg, zog sein Schwert aus dem Boden und parierte schon den nächsten Schlag. Beide Kämpfer stießen sich voneinander weg und Delnara schwang sein Schwert um sich herum. Die Anwärter machten erstaunt einige Schritte zurück.

»Verzeiht. Ich hatte noch keine Zeit mich aufzuwärmen, aber im Kampf gibt es diese Möglichkeit auch nicht«, entschuldige Delnara sich. Schon im nächsten Augenblick wurde er erneut angegriffen. Er parierte den Schlag, drehte sich um den Menschen und schlug hart auf dessen Rücken zu. Eine Breitseite des Schwertes verhinderte einen Treffer. Der Leiter duckte sich, schlug mit seinem Bein nach denen Delnaras. Dann sprang er hoch und trat dem Leiter an die Brust, als dieser sich ihm zuwandte. Delnara hielt ihn mit seinem Stiefel am Boden und seine Klinge stoppte kurz vor der Kehle des Mannes.

Der Hauptmann zog sein Schwert zurück, steckte es weg und half dem Unteroffizier auf die Beine. Der klopfte sich die Kleidung ab und Delnara hob das fremde Schwert auf, reichte es dem Anwärter, der mit offenem Mund vor ihm stand. Der ganze Kampf hatte nur wenige Augenblicke gedauert.

»Wenn du der Schnellste bist, seid ihr alle zu langsam, um zu überleben!«, gab er kühl von sich und verließ den Ausbildungsplatz. Er hoffte, in den Anwärtern den Ehrgeiz geweckt zu haben. Auch wenn der eine oder andere ihm nun mit Groll gegenübertrat, sollte ihm das Recht sein, solange es sie anspornte schneller und besser zu werden. Er wollte die Hoffnung auf seinen gesuchten Edelstein nicht aufgeben.

In der Kaserne angekommen zog er seine Handschuhe aus und klopfte den Schnee von seinen Schuhen.

»Gut, dass ich dich finde!«, drang eine Stimme an sein Ohr und er sah auf.

»Was ist denn, Marcellus?«, fragte er leise und öffnete seine Tür, trat ein.

»Man munkelt, deine Truppe soll verkleinert werden«, meinte der Hüne leiser und schloss hinter sich die Tür. Delnara sah wütend auf.

»Was?« Das wäre ein Umstand, den er nicht so einfach hinnehmen könnte. Es war die Truppe seines Generals. Diese würde er nicht ohne Weiteres beschneiden lassen. »Wie ernst kann man dieses Gerücht nehmen?«, fragte er.

»Es ist die größte Truppe dieser Garde. Sie soll mindestens halbiert werden, damit man die Männer flexibler einsetzen kann, außerdem ...« Der Löwe brach ab, als er aufkeimende Wut in seinen Augen sah.

»Wird erneut gemunkelt, ich würde mir alle Talente unter den Nagel reißen?«, fragte Delnara zähneknirschend. Ein Nicken des Löwen reichte, um seine Wut noch zu steigern.

»Bitte versteh das jetzt nicht falsch, aber du hast die bessere Quelle in deiner Nähe. Meinst du, du könntest sie einmal für dich nutzen?«, fragte der Löwe vorsichtig. Delnara sah seinen Freund fassungslos an.

»Ich reize meine Autorität beim Vikar schon sehr aus, meinst du nicht?«, stellte er die Gegenfrage und der Löwe seufzte schwer.

»So habe ich das nicht gemeint«, begann er, wusste jedoch nicht, wie er seinen Satz vollenden sollte. Delnara verengte die Augen. Ihm kamen einige Ideen, was der Hüne noch sagen könnte und keine davon gefiel ihm sonderlich.

»Ich werde mit dem Vikar reden. Das ist alles, was ich tun kann!« Er musste eine Grenze ziehen. Er wusste, dass sein Löwe ihn nur auf sein vermeintliches Glück stoßen wollte, doch hier musste er ihn auf seinen Platz verweisen. Betretenes Schweigen lag zwischen den Freunden und wurde erst durch ein Schnaufen Delnaras unterbrochen, der sich angestrengt die Nasenwurzel massierte.

»Es ist spät. Du solltest zu deiner Frau heimkehren. Ich werde deinen Rat befolgen. Wenn mir das sogenannte Glück über den Weg läuft, werde ich es nicht von mir stoßen!«, meinte er ergeben. Ein breites Lächeln zog sich über Marcellus Lippen. Er kam zu ihm und schlug mit der Pranke auf seinen Rücken.

»Du wirst es schon noch begreifen!«, lachte der Hüne. Delnara keuchte hart.

»Oh, wie hatte ich das vermisst!«, sagte er mit Sarkasmus in der Stimme und hielt sich die Brust. Eines schönen Tages würden die Knochen in seinem Leib sicher bersten. Mit einem vielsagenden Ausdruck verließ der Löwe das Zimmer. Delnara widmete sich seiner Arbeit und teilte seine Truppe als Unterstützung zur Befestigung der Stadtgrenzen ein, um sich von dem Gerücht abzulenken. Er nahm Spekulationen dieser Art für gewöhnlich nicht ernst, doch in letzter Zeit wusste er nicht mehr, was mit seiner Welt passierte. Er traute diesem speziellen Gerücht zu, dass es zu einer Tatsache werden könnte.

~ * ~

Die Dunkelheit des jungen Winters rief ihn dazu, für heute die Arbeit niederzulegen. Er erhob sich und setzte seinen Hut auf, zog seine Handschuhe an. Er nahm noch einige Papiere mit und steckte sie unter sein Wams, damit sie vom Schnee nicht durchnässt wurden. Seine Schritte führten ihn aus der Kaserne und durch stille Gassen zum Rand der Stadt. Einmal mehr lag Schnee, wie eine Decke über der Stadt und dem Land. Sie hatten ein lange Zeit so etwas wie Frieden in der Welt, stellte Delnara zufrieden fest, doch wirklich entspannen konnte er deswegen noch lange nicht. Noch immer kochte und brodelte es in einigen kleinen

Herden, die jedoch immer wieder aufflammten, besonders im Westen des Landes, an der Grenze zum Land der Elfen.

Er kam an dem vereinbarten Teehaus an und sah sich um. Die Teehäuser in der Stadtmitte machten auf ihn nicht so einen heruntergekommenen Eindruck wie dieses. Entschlossen trat er durch die Tür und schluckte hart, denn augenblicklich wurde er von einer Schar junger Frauen empfangen, die ihn anlächelten und ihm vielversprechende Blicke zuwarfen. Eilig zog Delnara seinen Hut tiefer in das Gesicht und durchlief die Menschentraube. Unwohlsein machte sich in ihm breit und er hoffte sehr, sich im Haus geirrt zu haben.

»Einen Hauptmann sieht man hier viel zu selten.« Delnara hob seinen Hut nur etwas an und blickte unter ihm zu der Frau, die ihn angesprochen hatte. Eine rundliche Person mit zu viel Farbe im Gesicht musterte ihn eindringlich.

»Was treibt einen Jungen wie dich in ein solches Haus?«, fragte sie gespielt verführerisch. Delnara nahm seinen Hut ab und zwang sich zur Ruhe. Ein Junge war er ganz sicher nicht mehr.

»Ich suche jemanden!«, begann er. Die runde Frau setzte zu einer Bemerkung an, doch eine Hand auf Delnaras linker Schulter unterbrach sie.

»Lass den Hauptmann aus deinen Fängen, Muri! Er ist hier, um seine Arbeit zu erledigen«, erklang Bethams ruhige Stimme. Die Frau lachte und nickte, sah zu den Frauen am Eingang.

»Der Hauptmann ist uns aus dem Netz gesprungen!«, sagte sie und deutete anschließend auf einen Tisch, auf dem eine angebrochene Karaffe Wein und ein Glas standen. Das enttäuschte Geräusch der Damen war Delnara zu tiefst unangenehm. Von solchen Kreisen hatte er bisher einzig und allein gehört.

»Ich bringe ein zweites Glas!«, meinte Muri und ließ die Männer stehen. Betham zog seine Hand zurück, ging zu dem Tisch und setzte sich auf einen der beiden Ottomanen. Delnara folgte ihm schweigend und setzte sich auf den anderen, sah sich vorsichtig um. Um den Tisch und die Ottomanen standen vier hölzerne Säulen, an denen dunkler, schwerer Samt herunterhing. Nur vor ihm war eine Bahn des Samtes an einer Säule angebunden, sodass man ohne Schwierigkeiten in dieses Séparée eintreten konnte. Erneut durchliefen Delnara kalte Schauer. Auch dieses Séparée hatte keine Fenster und wurde nur von zwei Kerzen spärlich erhellt. Muri kam zu ihnen, stellte ein zweites Glas sowie zwei weitere Kerzen auf den Tisch und verließ die Männer. Betham nahm sich die Kerze, die auf einem schmalen Tisch zwischen den Ottomanen stand, und entzündete die beiden zusätzlichen Kerzen. Delnara verlor langsam seine Anspannung, je heller es wurde. Betham goss den Wein in die Gläser und nahm sich das seine. Delnara jedoch konnte die Verwunderung nicht aus seinem Gesicht verbannen. Zu unwirklich schien ihm der Gedanke, den Vikar in einem solchen Haus anzutreffen.

»Muri ist eine alte Freundin. Dieses Haus entspricht nicht meiner Auffassung eines Teehauses, doch hier kann ich eintreten, ohne verraten zu werden«, beantwortete Betham die unausgesprochene Frage. Delnara nahm seinen Hut ab und legte ihn neben sich auf den Ottomanen.

»Dabei war ich kurz davor dir ein solches Haus zuzutrauen«, murmelte er und griff unter sein Wams, holte die wenigen Blätter hervor. Mit einem prüfenden Blick strich er sie glatt und legte sie dem Vikar vor.

»Es heißt, meine Truppe soll dezimiert werden.« Seine Stimme behielt seine Kühle, blieb ruhig. Doch arbeitete dieses Gerücht noch immer in ihm. Dazu dieses angebliche Teehaus und der Vikar darin. Betham blieb eine Antwort schuldig, nahm die Blätter an sich und las sie sich durch. Nebenbei trank er einen Schluck Wein. Immer wieder wanderte der Blick des Menschen zu ihm.

»Du siehst müde aus. Ruh dich doch etwas aus, während ich mir das hier ansehe«, bot der Geistliche an. Delnara ergriff das Glas und leerte es mit einem Zug. Danach lehnte er sich zurück und war froh, Mauerwerk statt weiteren Samtes hinter sich zu haben. Fast lautlos goss Betham ihm nach und widmete sich den Papieren und langsam schloss Delnara die Augen. Er wollte nur etwas ruhen, solange der Vikar die Blätter las und sich seine Meinung bildete. Den Dämmerschlaf spürte er nicht mehr über sich kommen.

~ * ~

Raue Lippen strichen über seinen Hals und Delnara schreckte zusammen. Er verspürte den Drang aufzuspringen, doch sein Körper verwehrte ihm den Dienst. Langsam schob er seinen Kopf zu Betham, der nun neben ihm saß, wollte ihn mit seiner Stirn von seinem Hals wegschieben. Der Widerstand des Geistlichen löste sich auf und er strich mit der Nasenspitze sanft über seine helle Elfenhaut. Ein Kuss auf die Lippen folgte und Delnara schloss die Augen und spürte, wie einmal mehr dieses prickelnde Gefühl in seinem Magen entfacht wurde. Hatte er sich in der ganzen Zeit, die er den Vikar kannte, an diese rauen Lippen auf seinen gewöhnt? Delnara riss erschrocken die Augen auf und sorgte für Abstand zwischen ihnen, presste seine Lider aufeinander. Er braucht jetzt etwas Zeit, um zur Ruhe zu kommen.

»Ist meine Berührung dir noch immer so unangenehm, dass du mir mit deinem Herzen so fern bist?«, fragte Betham ganz leise in sein Ohr, strich ihm besorgt über die Wange. Delnara öffnete langsam seine Augen und fuhr mit zitternden Fingern in Bethams Nacken. Sein ganzer Körper geriet in Anspannung. Er hielt seinen Blick von Bethams Augen fern. Quälend langsam überwand er sich, den Abstand zwischen ihnen zu verringern doch ein kraftloses Seufzen ließ ihn zusammenfahren. Erschrocken sah er in die braunen Augen vor ihm und schluckte trocken. In ihnen stand Enttäuschung und Verletzung. Der Vikar löste sich von den Händen in seinem Nacken, ehe er sich erhob und sich auf seinen Platz zurückzog. Schnell trank Delnara sein Glas mit einem Zug aus. Hoffte auf ein Abnehmen des Zitterns.

»Ich werde mir Eure Papiere bis morgen angesehen haben, Hauptmann«, erklärte Betham kühl und würdigte Delnara keines Blickes mehr. Ein Stich ging durch ihn hindurch und er erhob sich wie in Trance. Betham rief nach Muri.

»Ich bitte um neuen Wein und ...«, er stockte, »... und um neue Hände.« Die letzten Worte flüsterte er nur. Kurz weiteten sich Delnaras Augen. Dieser letzte Satz traf ihn hart, dennoch nahm er still seinen Hut und verließ mit gesenktem Blick das Séparée.

Seine Schritte waren langsam, zu mehr war er nicht fähig. Sie führten ihn aus dem Teehaus. Als die Tür in ihr Schloss gefallen war, atmete Delnara tief ein. Hatte er die ganze Zeit über die Luft angehalten? Noch ein paar Mal zog er die kalte Winterluft in seine Lungen. Sein Bewusstsein schien schwinden zu wollen. Was war gerade passiert? Warum waren diese letzten Worte Bethams wie scharfe Schnitte in seinem Körper gewesen? Er hielt sich an der Hauswand fest, lehnte sich mit dem Rücken gegen sie, um der Schwäche in seinen Beinen nicht nachgeben zu müssen und schloss die Augen. In seinem Inneren tauchte das Bild der jungen Frauen auf, die zu Betham kamen. Erneut spürte er das Stechen in sich und er vergrub das Gesicht in seiner Hand. Alles in ihm wand sich bei diesen Bildern in seinem Kopf und seine innere Stimme schalt ihn lautstark einen Dummkopf. Das Chaos in seinen Gedanken erreichte einen neuen Höchststand.

»Was habe ich getan?«, fragte er sich selbst und schluckte hart. Er wusste nur einen, der seinen Stolz in die Schranken weisen und ihn zum Nachdenken bringen konnte. Seine Schritte führten ihn in die untere Stadt.

~ * ~

Betham hatte dem Elfen bis zuletzt nachgesehen. Eine Elfenfrau setzte sich neben ihn und strich ihm ein verirrtes Haar aus den Augen.

»Lass es gut sein, mein Kind«, murmelte er sanft und erhob sich langsam. Delnaras Reaktion schmerzte ihn sehr. Sein Blick fiel auf seine Hand, die vor wenigen Augenblicken noch die helle Elfenhaut kosten durfte schloss sie zu einer Faust. Wut und Schmerz zogen durch seinen Körper. Über ein Jahr schon hatten sie diese seltsame Beziehung zu einander. In Nächten, in denen es dem Elfen schlecht ging, durfte er bei ihm sein, ihn vor seinen Albträumen bewahren. Doch bereits am nächsten Tag hielt Delnara dann Abstand, als hätte Betham ihn geschlagen. Ein Gefühl, dass allmählich an Bethams Beherrschung zerrte. Sein Blick heftete sich auf die geschlossene Tür und seine Gedanken hingen noch immer bei Delnara.

~ * ~

Langsam schritt Delnara durch die Straßen. Er hatte nicht den Hauch einer Vorstellung, wie er Marcellus von dieser Situation erzählen sollte. Was sollte er überhaupt alles erzählen? Sollte er von den traumlosen Nächten berichten? Von den verbotenen Küssen? Von dieser einen Nacht, in der er in Bethams privaten Räumen übernachtet hatte? Hilflos seufzte er auf und sah in den Himmel. Ob ihn sein General nun sehen konnte? Ob er enttäuscht von seinem Schüler war? Hätte er sich nun von ihm abgewandt, wenn er noch am Leben wäre? Delnara war sich in seiner Laufbahn bei der kirchlichen Garde immer sicher gewesen, wohin sein Weg ihn führen sollte und nun stand er inmitten fallenden

Schnees und fühlte sich verloren und einsam. Er hatte das Gefühl, verletzlich wie ein Kind zu sein und er legte all seine Hoffnung darauf, dass sein Bruder, sein Löwe, sein Vertrauter ihn wieder in seinen Schutzkreis zog und ihn vor diesen schmerzlichen Gefühlen versteckte. Fluchend setzte er seinen Weg fort. Ihm war kalt. Seine Gedanken kreisten, kamen jedoch zu keinem befriedigenden Ergebnis. So hörte er die Stimmen um ihn herum erst sehr spät. Vorsichtig sah er sich um und erblickte eine Schar Neugieriger vor dem Haus seines Löwen. Das Flüstern und Tuscheln der Menge ließ ihn Schlimmes befürchten. Seine Schritte beschleunigten sich, bis er mit aller Kraft auf das Haus zu rannte. Mühsam drängt er sich durch die Menge und stahl sich hinein. Delnara drückte die Tür hinter sich ins Schloss und erblickte Marcellus, der am Tisch saß und nervös mit den Krallen seiner Pranke auf dem Holz herumkratzte. Langsam ging er zu seinem Freund.

»Was ist passiert?«, fragte er atemlos. Ein Schrei riss Marcellus aus seiner Starre und Delnara zuckte zusammen. Dies war nicht das Schreien einer Frau oder eines Mannes. Delnaras Beine wurden weicher. Es war ein Kind, das schrie. Eine Feenfrau kam aus dem Nachbarzimmer und reichte dem Löwen ein kleines, weinendes Bündel.

»Eine Tochter!«, war die freudige Ankündigung der Frau, ehe sie sich umwandte und wieder im Zimmer verschwand, um sich um die Mutter zu kümmern.

»Eine Tochter!«, echote Marcellus und blickte Delnara an.

»Du bist Vater!«, bestätigte dieser überwältigt. Noch immer waren seine Knie weich und er konnte seinen Blick nicht von diesem neuen Leben nehmen. Winzig wirkende Hände reckten sich dem Gesicht des Löwen entgegen. Die Minuten der Starre wurden zu einer gefühlten Ewigkeit der Freude.

Irgendwann löste sich der Tumult vor dem Haus langsam auf und die jungen Eltern und ihr Gast waren wieder ungestört.

»Ich werde dann gehen. Du solltest dich um deine Familie kümmern«, meinte Delnara leise, um das eingeschlafene Kind und die junge Mutter im Nachbarzimmer nicht zu wecken. Allmählich erhob Marcellus sich, schloss die Tür zum anderen Zimmer und schüttelte den Kopf.

»Die beiden schlafen sich aus.« Er setzte sich zu seinem Elfen und bedachte ihn mit einem prüfenden Blick. »Du hast doch was auf dem Herzen. Das sehe ich dir an!«, mahnte er und Delnara blickte ertappt auf den Tisch, setzte sich wieder.

»Ich glaube nicht, dass dies hier der richtige Ort oder Moment ist«, murmelte er, strich nervös über den zerkratzten Tisch.

Marcellus erhob sich erneut und warf sich ein wärmendes Wams über. »Dann lass uns gehen!«, beschloss er und ging zur Tür. Seine Worte duldeten keinen Widerspruch und Delnara folgte ihm betreten. Es war ihm unangenehm, sich seinem Freund so aufzudrängen. Gerade jetzt, wo er Vater geworden war und sich doch lieber um seine Frau und sein Kind kümmern sollte. Stille herrschte zwischen ihnen auf dem Weg zu einem ungestörten Platz. Delnara überholte seinen Löwen, führte ihn zu dem großen Stein am Ufer des Flusses.

»Was liegt dir so schwer auf der Seele?«, fragte der Löwe.

»Ich bin erstaunt, dass du wirklich schneller erwachsen geworden bist, als ich«, murmelte Delnara leise, sah auf das Wasser, das gegen das erste Eis kämpfte.

»Es ist der Vikar, oder?« Marcellus Stimme war angespannt. Sein Schweif mit dem Ehering peitschte hin und her. Delnara wusste diesen Beschützerinstinkt des Löwen sehr zu schätzen. Kurz nickte er.

»Ich weiß wirklich nicht, was da zwischen uns ist. Ich weiß nur, dass in ... na ja, diesen Nächten ich endlich mal

ruhig schlafe und keine Alpträume habe«, erklärte er. »Ich
weiß nicht, ob ich mich beginne danach zu sehnen.« Stille
beherrschte die Brüder. Einzig das Wasser des Flusses flüsterte in der Nacht. Marcellus seufzte schwer.

»Del. Ich habe es dir versucht vorsichtig zu sagen, doch
offensichtlich bringt es nicht viel«, begann er und schritt auf
ihn zu, packte ihn an seinen Oberarmen und sah ihm ernst
in die Augen.

»Wann willst du endlich einsehen, dass du dich verliebt
hast?« Delnara stockte. Seine Augen wurden zu engen
Schlitzen.

»Das hat doch nichts mit Liebe zu tun!«, rief er ungewollt
laut, wurde jedoch von einem schroffen Knurren unterbrochen und war sofort still.

»Du bist der Einzige, der es nicht sieht. Du bist der, der
es nicht wahrhaben will und du solltest dich lieber fragen,
warum das so ist.« Marcellus ließ ihn los, sah ihn jedoch
weiter ernst an. »Immer wenn es um den Vikar geht,
versteckst du dich mal nicht hinter deiner kalten Maske. Du
zeigst dein wahres Ich. Und ich vermute, das ist es, was dir
nicht gefällt. Hast du nicht selbst gesagt, wir sollten das
Leben als Waisen langsam hinter uns lassen? Warum kannst
du dann nicht deine Alpträume loslassen und es genießen,
wenn du sie in seiner Nähe nicht erleiden musst? Warum
quälst du dich selbst so?« Der Löwe war laut geworden und
Delnara sah schweigend auf das Wasser.

»Wenn ich in seiner Nähe bin, beginne ich zu zweifeln«,
erklärte er leise. »Wenn er in meiner Nähe ist, weiß ich nicht
mehr, auf welches Gefühl ich mich verlassen soll. Auf den
kalten Stein in meinem Magen oder das brennende
Temperament in meiner Seele.« Delnara seufzte schwer. Je
mehr er hoffte, von Marcellus eine einfache Antwort zu
bekommen, desto klarer wurde ihm, dass es in seiner
Verantwortung lag, diese zu finden.

»Ich bin ganz starr in seiner Nähe. Das macht mir Angst.
Ob es daran liegt, dass er ein Mensch ist? Ich weiß nichts

über ihn, aber ich schaffe es auch nicht, eine einzige Frage zu stellen.« Er legte sich zurück auf den kalten Stein, ließ die Schneeflocken auf sich fallen.

»Ich habe mich dem General anvertraut. Er ist wegen mir gestorben. Ich habe mich auf dich eingelassen und nun lasse ich dich los, damit du eine Familie haben kannst, dich nicht mehr um mich kümmern musst. Was, wenn ich nicht genug Mut habe, auch noch ihn an mich heranzulassen?« Delnaras Stimme wurde immer leiser. Der Löwe sah ihn fragend an.

»Ich hoffe aber, dir ist bewusst, dass er auch etwas für dich empfindet!«, meinte er vorsichtig. Delnara zuckte zusammen und setzte sich ganz langsam und mit einem misstrauischen Blick auf. Hatte er sich gerade verhört? Marcellus massierte sich die Stirn, seufzte fast schon theatralisch.

»Das gibt es doch nicht. Ich habe es bereits auf meiner Hochzeit gesehen und dachte, du hättest es auch bemerkt«, murmelte er eher für sich. »Nachdem er dich zu mir ge-bracht hatte, war ich verwundert, dass er dich bis zu unserer Heimstätte getragen hat. Dachte mir dann aber, er hätte dich in deinem Rausch nicht wach bekommen. Dennoch hätte er jemanden befehligen können, dich wenigstens aus seinen Räumlichkeiten zu bringen. Erst dachte ich, er wäre einer von denen, die sich nehmen, was ihnen gut gefällt und dann einen Strich drunter ziehen. Doch als du dann wegen eines Kusses so aufgelöst warst ...« Der Löwe seufzte er-neut. Er sah Delnara an, der angestrengt nachdachte.

»Wäre es dir egal gewesen, wenn deine Frau ein Mann wäre?« Marcellus biss die Zähne aufeinander. Der Ton Delnaras war so verzweifelt, so müde.

»Ich hätte sie auch geheiratet, wenn sie ein Mann wäre. Auch wenn sie nicht mal ein Löwe wäre. Die Liebe macht da keine Unterschiede, Delnara«, kam es besänftigend von Marcellus. »Vielleicht solltest du dir etwas Zeit nehmen und darüber nachdenken, wie der Vikar mit dir umgegangen ist, was er dir für Blicke und kleine Gesten geschenkt hat. Und vielleicht findest du darin dann den Mut, mit ihm zu sprechen. Es geht nicht darum, nur ein einziges Wesen an dich zu lassen, sondern darum, mit wie viel Herzblut du die in deiner Nähe liebst.« Marcellus umarmte ihn plötzlich. »Du siehst immer so niedlich bockig aus, wenn du etwas ganz genau weißt, es jedoch nicht akzeptieren willst. Du weißt, dass mein Schutzkreis dich für immer umspannen wird. Sei mutig. Ich stehe immer hinter dir und wenn du fällst, fange ich dich. Das habe ich dir versprochen. Ich werde immer dein Bruder sein«, murmelte der Löwe und löste sich langsam, trat den Heimweg an. »Sei nicht so dumm und lass dir etwas so Gutes entgehen.«

Delnara sah ihm nach, wie der Löwe in dem dichter werdenden Schnee verschwand. Er jedoch saß noch minutenlang unbeweglich auf dem Stein und sah dem Wasser bei seinem Kampf gegen das Eis zu. Dann erhob er sich und lief langsam durch die Straßen. Er dachte über Marcellus Worte nach.

Der Vikar hatte im Teehaus zwei weitere Kerzen entzündet. Wusste er etwas von Delnaras Furcht vor dunklen Räumen? Woher nur sollte er so etwas wissen? Er hob den Blick und fand sich vor dem mit Efeu behangenen Eingang neben der Arena. Seine Zähne knirschten laut und er straffte sich nach einer gefühlten Ewigkeit. Er sah sich um und trat in den Gang ein, lief ihn leise entlang. Er kam an dem schweren Teppich an, strich darüber. Hinter dem Stoffstück herrschte Stille. Er wollte nicht ungefragt eintreten, also setzte er sich auf den steinernen Boden, lehnte sich an die Wand und wartete, lauschte einem Mönch, der kam und brachte dem Vikar etwas zu trinken. Eilig verabschiedete er sich anschließend für diese Nacht. Delnara schloss die Augen. Er konnte jede Bewegung des Vikars hören und in seinen Gedanken entstanden Bilder. Schritte ertönten im Raum und ein Lächeln legte sich auf seine Lippen.

»Willst du mich noch lange belauschen? Für den Rest der Nacht sind wir allein, also komm lieber raus!«, kam es herrisch durch den Teppich und Betham hob eine Ecke an, musterte ihn kühl. Delnara erhob sich und folgte der Aufforderung. Sein Atem ging schwerer, als er an Betham vorbeitrat. Die Vorstellung, ihn mit einer der Frauen zusammen zu wissen, zog ihm die Brust zusammen.

»Ich wollte dich nicht belauschen«, erklärte er sich und setzte sich an den kleinen Tisch im Raum.

»Warum tust du es dann?« Delnara sah verwirrt auf. Der Vikar wirkte härter auf ihn. Hatte er den Mann vor sich wirklich so verletzt? Er richtete seinen Blick auf den Boden.

»Ich ... ich hätte«, begann er, doch er wusste nicht weiter. Was hätte er alles anders machen können, als er es getan hatte? Was hätte er vielleicht auch nicht tun dürfen? Der Elf seufzte schwer. »Können wir miteinander reden?« Noch immer stand Betham und hatte seine Arme vor der Brust verschränkt.

»Worüber sollen wir reden?« Delnara biss sich hart auf die Zunge. Er schmeckte Blut im Mund. Die Kälte in Bethams Stimme brachte ihn in Rage. Beherrscht stand er auf und legte sein Schwert ab, lehnte es an die Wand, wollte dem Vikar nicht mit einer Waffe entgegentreten. Nicht in einer solch aufgeladenen Situation. Delnara nahm seinen Hut ab und ließ ihn auf den Boden fallen, ging langsam zu Betham, sah ihm in die Augen. Erst jetzt fiel ihm auf, dass sein Gegenüber nur einen halben Kopf größer war. Er nahm sich Zeit und sah Betham genauer an. Seine braunen Augen, seine dunklen Haare, die kleinen Falten um seine Augen.

»Ich weiß nichts über dich«, stellte Delnara leise fest und hob eine Hand, wollte über Bethams Wange streichen. Kurz davor hielt er inne und zog seine Hand zurück. »Tut mir leid«, murmelte er, senkte seinen Blick auf seine Hand und trat einen Schritt zurück.

»Bitte nicht!«, kam es flüsternd an sein Ohr. Eine Hand legte sich um seine und zog sie an Bethams Wange.

»Berühre mich, wenn du es möchtest. Ich mag deine warmen Hände! Entschuldige dich nicht dafür«, meinte er leise und sah ihm in die Augen. »Ich müsste mich dafür entschuldigen, dass ich so gern von dir berührt werden will«, murmelte Betham und senkte seinerseits den Blick.

Delnara schluckte hart, spürte erneut dieses lähmende Gefühl aufsteigen. Sich verfluchend musste er dennoch zugeben, dass die Haut unter seinen Fingern ihm ein feines Schaudern durch den Arm trieb. Dennoch entzog er seine Hand, sah sie an. Seine Blicke hefteten sich an seine Fingerspitzen. Sollte Marcellus Recht gehabt haben? Hatte er sich in den Vikar verliebt? Innerlich schüttelte er den Kopf. Liebe hatte er sich immer anders vorgestellt. Er dachte, er würde es merken, wenn er sich verliebte. Delnara schob all seinen Stolz zur Seite und blickte den Vikar fragend an.

»Kannst du mit mir reden, ohne mich anzufassen? Das verwirrt mich«, erklärte er, wurde zum Ende hin immer leiser, verschluckte die letzten Worte fast. Betham lachte leise und nickte. Die Weichheit kehrte in den Mann zurück. Zusammen setzten sie sich an den kleinen Tisch.

»Erzählst du mir, wie die Narbe auf deine Haut kam?«, wollte der Vikar neugierig wissen, schenkte Wein ein. Er bot Delnara die Flasche an, doch dieser lehnte mit einer Handbewegung ab.

»Ich wollte ja eigentlich mehr über dich erfahren, aber gut!«, gab er sich geschlagen und setzte sich. »In meiner ersten großen Schlacht wurde ich von einem Löwenpfeil getroffen. Er ging durch meine Schulter und tötete den General, der mir den Rücken freihalten wollte. Ich kann mich nur noch schemenhaft an die Zeit danach erinnern, doch Marcellus erzählte mir, ich hätte diesen Pfeil ganze drei Tage im Fleisch getragen. Dadurch bekam ich Fieber, wäre daran um ein Haar gestorben. Nach drei Tagen fand Marcellus eine Heilerin. Er zog mir den Pfeil aus der Schulter und sie versorgte mich. Seitdem habe ich diese Narbe. Man sagte mir, dass die Nerven verletzt worden sind und

Berührungen deshalb diesen Schmerz auslösen, als steckte der Pfeil noch in meinem Körper.« Automatisch strich er sich über den Arm.

»Nun zu dir. Ich weiß, dass du kein Bilderbuch-Vikar bist. Erzähl mir etwas, was ich noch nicht weiß!«, forderte er Betham auf. Dieser nahm einen Schluck von seinem Wein und überlegte.

»Ich weiß nicht, was ich dir erzählen soll. Mein Leben war nicht so spannend, wie es das deine ist«, begann er. »Ich bin in einem Kloster aufgewachsen. Meine Mutter verstarb bei meiner Geburt und mein Vater leitete das Kloster. So war mir schnell bewusst, dass ich der Kirche dienen wollte, die mich großzog«, fing er an und schwang sein Glas in der Hand, sah dem Wein zu.

»Ich war nicht der Herumtreiber, wie du vielleicht vermutest.« Ein Lächeln zog über das Gesicht des Geistlichen. »Ich hatte mich jung verliebt.«

Delnara schluckte trocken. Betham erschien ihm auf einmal so verletzlich. Er wusste nicht, ob es gut war, nach der Vergangenheit zu fragen. Ob Betham diese Person noch immer liebte? Er schalt sich einen Idioten und mahnte sich zur Aufmerksamkeit.

»Ich verliebte mich in eine Novizin aus dem Kloster neben unserem. Es war Liebe auf den ersten Blick. Ich machte ihr heimlich Geschenke und stahl ihr Blumen aus unserem Garten.« Betham trank sein Glas aus und seufzte schwer. »Jahre später eröffnete sie ein fragwürdiges Teehaus«, murmelte er schnell und sah ihn an. Delnara verstand und sah Betham schockiert an. Der Vikar nickte nur zustimmend. Er richtete sich auf, goss sich nach und blickte in das Glas.

»Nun wieder du. Wie kommen zwei Elfen und ein Löwe zusammen?«, wollte er wissen. Delnara strich sich über die Haare und schnaufte.

»Das ist kompliziert ...« Betham schüttelte den Kopf.

»Rede dich nicht raus. Sag es mir!«, befahl er und stützte sich neugierig auf den Tisch. Lange überlegte Delnara, wie er diese Geschichte beginnen sollte, ohne sich ganz zu offenbaren.

»Wir waren alle im selben Waisenhaus«, erklärte er kurz. Erneut schüttelte der Vikar den Kopf.

»Mehr!«, meinte er nur und sah ihn durchdringend an.

»Ich war in diesem Waisenhaus, seit ich denken kann. Als ich sieben Jahre alt war, kam ein Löwenjunge zu uns. Marcellus Leontou. Wir freundeten uns an. Er ...« Delnara brach kopfschüttelnd ab. Das würde er nicht aussprechen. »Er war drei Jahre älter als ich und so nahm ich ihn bald als meinen älteren Bruder wahr«, meinte er schnell. Sein Blick sank auf den Boden und ein Lächeln umspielte seine Mundwinkel. »Als ich zehn Jahre alt war, kam ein weiterer Elf zu uns. Ich war endlich nicht mehr der Einzige. Er wurde mir anvertraut, weil er an demselben Weisenhaus, in denselben Stoffen wie auch ich ausgesetzt wurde. Das legt den Verdacht nahe, dass wir vielleicht verwandt waren. Er war damals erst fünf Jahre alt und unsere Eltern hatten uns bei Nacht in einem fremden Land ausgesetzt.« Delnara schnaufte leise.

»Als Marcellus zur kirchlichen Garde gegangen ist, sind wir einfach mit ihm gegangen. Ich habe mich als Jüngling anstellen lassen und wir haben uns um Enurahs Bildung gekümmert. Nun ist der Kurze auch bald 21 und somit volljährig!« Betham sah überrascht aus.

»Der Kurze?«, fragte er nach. Delnara lächelte verlegen.

»Ja ...«, meinte er gedehnt und strich sich verlegen über seinen Stiefel. »Marcellus hat ihn immer so genannt, als wir klein waren. Das hat sich bis heute gehalten.« Delnara rückte etwas von dem Tisch ab und rutschte an die Wand hinter ihm. Er lehnte seinen Kopf nach hinten, schloss kurz die Augen.

»Bist du müde?« Er lächelte weich. Betham sprach wieder mit dieser sanften Stimme mit ihm.

»Vielleicht ein wenig«, gab er zu, bewegte sich nicht. Er hörte, wie der Vikar aufstand, spürte nur Momente später eine angenehme Wärme neben sich und eine Decke über seinen Beinen. Er schielte vorsichtig zur Seite und erblickte Betham neben sich sitzend, an die Wand gelehnt.

»Schlaf dich aus. Vielleicht bleibt diese Nacht für dich eine Nacht ohne Alpträume«, flüsterte er. Delnara schloss seine Augen erneut. Inständig hoffte er auf eine ruhige Nacht.

»Gute Nacht!«, flüsterte er und sank wenig später in einen erholsamen Schlaf.

~ * ~

Delnara wachte mitten in der Nacht auf. Müde sah er sich um, ließ seinen Blick auf das Bett seines Bruders fallen. Mit einem Ruck setzte er sich auf. Enurahs Bett war leer. Er sprang von seinem Nachtlager und lief durch den großen Saal zu seinem Löwen.

»Marcellus! Enurah ist weg!«, zischte er. Dieser war sofort wach und stand auf. Zusammen liefen sie vorsichtig durch das Haus, wollten sie doch nicht vom Leiter erwischt werden.

»Wenn dieser Kerl …«, murmelte Delnara ängstlich. Er wollte sich nicht ausmalen, was der Leiter dieses Hauses mit seinem kleinen Bruder anstellte. Seine Hände ballten sich zu Fäusten. Das Knurren neben ihm gab ihm zu verstehen, dass sein Löwe ihn wohl nicht zurückhalten würde.

Marcellus hielt ihn an der Schulter und deutete auf den Lichtschein, der unter der Tür zum Lesesaal hervorschimmerte. Langsam öffneten sie die Tür und steckten ihre Köpfe durch den Spalt.

»Es ist euch doch verboten aufzustehen, wenn das Licht gelöscht wurde!«, drang die Stimme des Leiters an ihre Ohren. Delnara biss die Zähne aufeinander und trat in das Zimmer. Er wusste seinen Freund in seinem Rücken. Der Mann ließ das dicke Buch sinken und dem Elfen entglitt alle Farbe aus dem Gesicht. Sein kleiner Bruder lag mit dem Kopf entspannt auf den Beinen des Mannes und schlief seelenruhig.

»Was haben sie mit ihm gemacht?«, zischte Delnara wütend. Das breiter werdende Lächeln auf den Lippen des Menschen ließ ihn eiskalt er schaudern.

»Ich behandele deinen kleinen Bruder gut. Keine Sorge«, meinte er, ohne den Hohn in seiner Stimme zu unterdrücken. »Ich weiß, wie sehr du an dem Kleinen hier hängst. Du würdest nicht ohne ihn gehen und er hat keinen Grund, von hier wegzugehen.« Delnara erstarrte. Demonstrativ strich der Leiter Enurah über das weiche Haar, zog die Decke über seinen Beinen höher.

»Marcellus wird nicht ewig bei dir bleiben. Enurah werde ich jedoch für immer an mich binden.« Das unheilvolle Lächeln auf seinen Lippen wurde dunkler, als Delnara einen Schritt zurückwich. Seine Beine waren steif vor Angst. Er knickte mit dem Fuß um und fiel in Marcellus Arme. Flehend sah er auf und sah die gefletschten Zähne.

»Ich denke, der Kurze sollte wieder ins Bett!«, knurrte er, stellte Delnara auf die Beine und ging an ihm vorbei. Ohne seinen Blick abzuwenden, nahm er Enurah auf die Arme und trug ihn aus dem Raum. Delnara folgte ihnen auf dem Fuße. Er war seinem Freund mehr als dankbar.

Sie kamen zusammen im Schlafsaal an. Marcellus legte Enurah auf sein Nachtlager und sah ihn an. Er war noch immer nicht bei sich.

»Ich lasse nicht zu, dass er dich mit dem Kurzen erpresst!«, knurrte Marcellus und fasste Delnara fest an der Schulter, bis dieser ihn ansah. »Verstehst du mich? Ich nehme euch morgen mit!«, versprach er. Delnara lächelte dankbar. Er sah den Löwen nur noch kurz an, bis seine Sicht verschwamm und er sich in einer warmen Umarmung wiederfand.

»Niemand wird dir je wieder etwas anhaben!«, versprach Marcellus und umarmte das weinende Bündel in seinen Armen noch fester.

~ * ~

Delnara öffnete die Augen. Er war umhüllt von Wärme und innerer Ruhe.

»Was für ein schöner Morgen«, hauchte er leise, schloss seine Augen genießend.

»Das freut mich!« Diese Stimme war tief und nah. Delnara erschauderte. Eine Hand strich ihm vorsichtig über die Wange, ließ ihn zufrieden seufzen.

»Nicht aufhören«, bat er, schreckte jedoch im nächsten Moment auf. Sofort war die gewohnte Anspannung in seinen Körper zurückgekehrt und der kalte Stein in seinem Magen begann sich zu bilden. Nervös stand er auf, sah dann erst auf den Vikar hinunter. Er konnte nicht glauben, dass er so leichtsinnig seine Worte hatte durch den Raum fliegen lassen. Betham erhob sich, machte jedoch keine Anstalten ihn erneut zu berühren.

»Verzeih mir, wenn ich dich erschreckt habe. Du sahst so friedlich aus«, erklärte er sich, griff nach der Decke auf dem Boden. Gern hätte Delnara die Situation erklärt, doch seine Kehle war so trocken. Kein Ton kam ihm über die Lippen. Er ging hinter dem Geistlichen vorbei, strich ihm dabei mit den Fingern von einer Schulter zur anderen und verschwand ohne ein Wort hinter dem Teppich.

Er musste sich eingestehen, dass es nicht Betham war, vor dem er sich erschreckt hatte. Er erschrak vor seinen eigenen Empfindungen. Er hatte es genossen, berührt zu werden. Erneut erschauderte er. Er fühlte sich wohl.

Sieben

Die Tage reihten sich aneinander. Delnara ging seiner Arbeit nach. Er würde seine Truppe wohl wirklich dezimieren müssen. Seufzend saß er an seinem Tisch, rieb sich über die Stirn. Jeden Mann wollte er behalten. Jeder von ihnen war vom General selbst ausgewählt worden.

»Wie soll ausgerechnet ich diese Entscheidung treffen?«, fragte er sich und schloss die Augen, lehnte seinen Kopf in den Nacken. Minutenlang schob er seine Gedanken hin und her, beschloss dann, an der kalten Luft weiter zu denken. Er erhob sich und schritt aus seinem Zimmer. Seinen Hut ließ er liegen. Die kalte Winterluft schlug ihm ins Gesicht und er schnaufte, verschränkte seine Arme vor der Brust. Langsam ging er durch den Schnee, der unter seinen Schuhen knirschte und sein Blick heftete sich an die hellgrauen Wolken über der Stadt. Kleine weiße Flocken legten sich auf sein Gesicht und seine Kleidung. Der Winter hatte etwas Friedliches an sich, dachte Delnara und sah auf die Kirche, die alle anderen Gebäude mit ihrem hohen Glockenturm überragte. Er hob seine Hand und kaute auf seinem Daumennagel, ehe er sich straffte. Seine Schritte führten ihn an der Kirche vorbei auf den angrenzenden Friedhof. Zielsicher fand er das gewünschte Grab. Etliche Minuten starrte er regungslos auf den Stein, dann atmete er durch und ging auf ein Knie, stützte seinen Unterarm auf das aufragende Knie. Mit der anderen Hand strich er den feinen Schnee vom kalten Stein, befreite den Namen von den Flocken.

»General«, flüsterte er und lehnte sich zurück. »Verzeiht mir, dass ich Euch erst jetzt verabschiede«, raunte er und senkte etwas den Kopf. Erinnerungen, Worte, Gesten und unzählige Entschuldigungen, rauschten, flüsterten und schrien in Delnaras Gedanken, doch kein Wort kam über seine Lippen. So erhob er sich, nach langen Minuten des Schweigens, schwerfällig. Die Kälte hatte seine Knie steif werden lassen. Fahrig klopfte er sich den Schnee von der Kleidung und richtete sich zu seiner vollen Größe auf. So unbeobachtet, wie er gekommen war, verschwand er wieder.

An der Kaserne angekommen stockte er und fluchte leise. In der Entscheidung über seine Truppe war er keinen Schritt weitergekommen. Er würde sich erneut in seinen Papieren vergraben müssen. Schicksalsergeben ging er in sein Arbeitszimmer zurück und setzte sich an seinen Tisch, auf dem die Listen mit den Namen seiner Männer lagen. Delnara kannte sie alle. Jede Fähigkeit, jede Schwäche. Er wollte mit dieser Truppe das Vermächtnis des Generals weiterführen. Er wollte sie so belassen, wie sein General es vorgesehen hatte. Er stützte seinen Ellenbogen auf den Tisch und seinen Kopf auf die Faust. Mit der anderen Hand ließ er einen Stift auf das Papier klopfen.

»Vielleicht sollte ich nach Waffengattungen sortieren?«, überlegte er laut und begann, kleine Symbole neben die Namen zu malen. Nach nur 30 Namen stoppte er sein Tun und strich sich genervt über die Nasenwurzel.

»So geht das doch nicht«, murmelte er und erhob sich erneut von seinem Stuhl. Mürrisch schritt er durch sein Zimmer, doch auch so fand er keine Methode für eine brauchbare Aufteilung seiner Männer. Sein Blick fiel auf den Innenhof und auf den fensterlosen Anbau. Vielleicht konnte er den Vikar überreden, seine Truppe doch so bestehen zu lassen.

Ein Klopfen riss ihn aus seinen Überlegungen und er bat den Besucher herein und sah über die Schulter, als dieser eintrat.

»Marcellus«, meinte er überrascht. »Warum klopfst du?«

»Du bist auf dem Gang an mir vorbeigegangen und warst tief in Gedanken, da wollte ich nicht einfach in deine Überlegung hereinplatzen«, erklärte der Löwe. »Ich wollte eigentlich nur nach dir sehen.« Delnara drehte sich gänzlich zu seinem Freund und lehnte sich an das Fensterbrett, stützte sich mit den Armen ab.

»Danke«, meinte er kurz und beobachtete den Löwen genauer. »Da ist aber noch etwas«, stellte er fest.

Marcellus fuhr sich mit seiner Pranke über die Mähne und blickte auf den Boden. Delnara schluckte trocken. Eine solche Geste hatte er bei seinem Freund noch nie gesehen. Unwohlsein flammte in ihm auf.

»Rede schon!«, verlangte er nervös, doch weitere Stille herrschte zwischen ihnen. Nur flach atmete Delnara, wollte dieses unbestimmte Gefühl in ihm nicht noch anheizen. »Marcellus«, bat er leise, vorsichtig, fast tonlos. Der Löwe blickte weiter auf den Boden. Er schien sich innerlich zu winden, doch sein Körper blieb vollkommen ruhig.

»Ich weiß nicht, wie ich es dir sagen soll. Bis zu deiner Tür wusste ich es noch aber jetzt hat mich der Mut verlassen«, murmelte er. Delnara stieß sich vom Fensterbrett ab, ging zu seinem Freund, blieb vor ihm stehen und versuchte ihm in die Augen zu sehen.

»Rede mit mir«, flüsterte er, hob seine Hände. Kurz bevor er ihn berührte, seufzte Marcellus und sah ihn an.

»Wenn die Truppe aufgeteilt wird und wir dann nicht mehr zusammenarbeiten, werde ich den Dienst quittieren. Lieber werde ich Bauer auf einem Feld.« Delnara stockte. Er sah in die gelben Augen, unfähig einen Gedanken zu bilden.

»Was?«, fragte er fassungslos.

»Wenn die Truppe aufgeteilt wird, werde ich meinen Dienst quittieren«, wiederholte Marcellus. Delnara ging rückwärts, bis er an seinen Tisch stieß, an dem er sich festhielt.

»Das kann nicht dein Ernst sein!« Noch immer war er nicht in der Lage sich zu fangen. Sein Löwe würde ihn verlassen? War das möglich?

»Ich kämpfe nur mit dir. Nur an deiner Seite!«, beschied Marcellus. Delnara schüttelte den Kopf. Das konnte doch nicht wirklich passieren.

»Das ... ich ...« Er konnte seine Gedanken nicht formulieren. Sie überschlugen sich. Hart schluckte er und straffte sich dann. Das konnte nicht der Wirklichkeit entsprechen. Krampfhaft versuchte er, eine Lösung zu finden. Was konnte er tun, damit sein Löwe ihn nicht verließ?

»Du machst nichts, bis ich wieder da bin. Warte zu Hause auf mich!«, befahl er und lief dann eilig an Marcellus vorbei.

Delnaras Schritte führten ihn in drängendem Tempo zum Vikar. Er ignorierte die Mönche und ging in das Arbeitszimmer. Einer der Männer folgte ihm erzürnt.

»Das wird Folgen haben, Hauptmann!«, schimpfte er, wurde von dem Elf jedoch weiter ignoriert. Betham sah überrascht von den Papieren vor sich auf.

»Wir müssen reden! ... Bitte!«, erklärte Delnara und biss sich auf die Zunge. Der Mönch sah ihn mehr als verwundert an. Noch nie hatte einer der Mönche eine Bitte aus seinem Mund gehört. Betham schickte den erstaunten Mann weg und kam zu Delnara, als die Tür ganz geschlossen war.

»Was ist passiert?«, fragte Betham beunruhigt.

»Lass mir meine Truppe ... Ich bitte dich.« Betham sah ihn verzeihend an.

»Das kann ich nicht. Die Räte haben es so entschieden und ich muss ihren Entscheidungen folgen.« Delnara stockte.

»Die Räte?«, echote er. Betham nickte.

»Es gab einen, der dafür gestimmt hat, doch die anderen Beiden waren dagegen, dass ein Hauptmann eine solch große Truppe anführt«, erklärte er. Delnara dachte nach. Niemand wusste, wer die Räte waren, dafür traten sie zu selten in Erscheinung. Delnara stockte.

»Woher weißt du, dass einer von ihnen dafür war?«, fragte er skeptisch nach und hielt inne. Dann begriff er. »Du bist einer von ihnen!« Betham hob beschwichtigend die Hände.

»Nein! Sei ruhig!«, murrte er und deutete dem Hauptmann, ihm zu folgen. Zusammen gingen sie in das kleinere Zimmer, wo Betham noch einmal durchatmete.

»Nein. Ich bin keiner von ihnen. Ich kenne jedoch ein Ratsmitglied«, erklärte Betham knapp und ließ sich am Tisch nieder. Delnara blieb stehen, lehnte sich an die Wand.

»Darum bist du hier so eingekerkert. Du versteckst dich. Du gehst zu deiner Jugendliebe, weil du die Innenstadt meiden willst. Du ...« Er brach seine weiteren Überlegungen ab und musterte den Vikar. Mit einem Mal sah er ihn mit anderen Augen. Er setzte sich zu ihm.

»Wenn man einen der Räte entführen könnte, würde man sicher auch die Namen der anderen beiden erfahren. Man könnte die wichtigsten Entscheidungen im Land mitbe- stimmen«, resümierte Delnara und sah auf den Tisch. »Du willst das Ratsmitglied schützen. Aber dafür musst du dich schützen«, kam er zum Schluss. Augenblicklich kam ihm eine Idee, wer dieses Mitglied sein könnte. Schnell schüttelte er den Kopf. Es ging ihn nichts an. Nicht ohne Grund waren die Namen geheim.

»Als General könntest du meine Leibwache sein«, begann Betham leise nach einer Weile des Schweigens. Seine Stimme hatte einen sehnsüchtigen Unterton bekommen und Del- nara sah zu dem Geistlichen, schüttelte jedoch den Kopf.

»Du wurdest schon drei Mal für den Rang als General vorgeschlagen. Alle drei Male hast du es abgelehnt. Willst du das jetzt auch noch ein viertes Mal ausschlagen?«, fragte Betham unruhig und erntete ein Nicken von ihm.

»Ich kann kein General werden, versteh das bitte. Irgendwann erkläre ich es dir.« Eine unangenehme Stille beherrschte den Raum. Jeder von ihnen hing seinen eigenen Gedanken nach.

»Aber Marcellus könnte«, begann Delnara nach einer Weile und sah Betham fragend an. Dieser riss sich aus seinen Gedanken, Neugier spiegelte sich in seinem Blick.

»Wenn Marcellus General werden würde, würde meine Truppe ihm unterstellt werden und er dürfte eine solch große Truppe anführen. Er könnte aber auch deine Leibwache werden und könnte so für seine Familie da sein«, erklärte der Hauptmann und stand auf. Auch Betham erhob sich. Ein fragender Blick lag auf seinem Gesicht. Delnara straffte seine Schulter und ein kämpferisches Lächeln überzog seine Lippen.

»Ich lehne auch ein viertes Mal ab. Lass Marcellus General werden.« Betham lehnte sich an die Wand neben Delnara, hörte der Rede des Elfen weiter zu.

»Ich weiß, dass er dafür erst Hauptmann werden müsste. Aber du könntest ihm einen Ehrentitel geben und ihn durch seine heldenhaften Leistungen in den Schlachten zum General machen. Ich könnte diese Taten bezeugen.«

Betham sah ihn eindringlich an und Delnara stockte. Er sah in die ernsten Augen des Vikars. Hatte er seine Grenzen nun übertreten? Das Schweigen Bethams ließ ihn trocken schlucken. War er wirklich zu forsch gewesen?

»Einverstanden. Aber dafür habe ich was gut bei dir!«, meinte Betham dann und ein Lächeln stahl sich auf sein Gesicht. Delnara nickte. Er wandte sich zum Gehen, stoppte jedoch vor der Tür. Angespannt drehte er sich um, nahm Bethams Wangen in die Hände und küsste ihn beinahe grob. Dieser legte seine Arme um Delnaras Körper, zog ihn enger an sich.

Delnara hörte, wie ein Mönch eintrat und löste sich mit einem Ruck von Betham.

»Das muss erst mal reichen«, bestimmte er flüsternd und ging zur Tür. Dabei zog er tief die Luft in seine Lungen. Ein Teil von ihm schimpfte ihn einen Dummkopf. Nun war er wirklich Freiwild für den Vikar. Er hatte den Mann geküsst. Seine Finger glitten an die Lippen. Sie prickelten noch immer. Blind setzte er seinen Weg fort. Seine Schritte führten ihn zielstrebig zu Marcellus Haus, wo er klopfte und der Hüne ihm die Tür öffnete.

»Wollen wir was trinken gehen?«, fragte er und lächelte, als er die Verwirrung in den gelben Augen bemerkte. Aber er musste jetzt mit seinem besten Freund reden. Dringend!

~ * ~

Er klemmte seine Finger unter die Achseln, als er auf den Löwen wartete. Er hatte seine Handschuhe und seinen Hut in seinem Arbeitszimmer liegen lassen, hatte seinem Freund gleich Bescheid geben wollen, um dessen Entscheidung abzuwenden und hatte die Kälte vergessen, die vor der Tür auf ihn wartete.

Zusammen gingen die Männer in ein Gasthaus in der Nähe und setzten sich nahe an den Kamin. Delnara spürte die Hitze in seinem Rücken und war froh, im Warmen zu sein. Schaudernd rieb er sich die Hände, hoffte, dass sie schnell warm wurden.

»Was gibt es denn so Wichtiges, dass ausgerechnet du etwas mit mir trinken gehen willst?«, fragte der Löwe und bestellte durch ein Handzeichen zwei Getränke. Delnara rieb sich noch immer die Hände und hauchte sich in die kalten Fäuste.

»Du wirst befördert!«, meinte er und sah seinen Freund munter an. Der jedoch ließ die Schultern entkräftet hängen und neigte den Kopf.

»Aber Del«, seufzte der Hüne enttäuscht. »Das bringt mir doch nichts, wenn die Truppe aufgeteilt wird!« Er schüttelte den Kopf, ließ sich tiefer in seinen Stuhl gleiten.

Ihre Getränke kamen und Delnara sah fragend auf das Bier vor ihm. Er nahm einen Schluck davon, stockte und schob den Becher dann von sich. Sein Gesicht verzog sich und er wischte sich über die Lippen, um den Geschmack loszuwerden.

»Das ist ja ...«, begann er murrend und sah zu seinem Löwen, der sich dem Genuss hingab. Delnara beschloss, nicht auszusprechen, was er von diesem Getränk hielt.

»Du wirst General!«, erklärte er stattdessen und Marcellus verschluckte sich augenblicklich, hustete einige Male, ehe er wieder Luft fand. Anschließend verfiel der Löwenmensch in ein lautes Lachen.

»Ein guter Scherz, mein Freund!« Delnara stützte einen Ellbogen auf den Tisch, nahm eine Hand an den Mund und strich sich mit zwei Fingern über die Lippen. Ein verheißungsvolles Lächeln stahl sich in sein Gesicht. Marcellus Ungläubigkeit begann ihn zu amüsieren.

»Kein Scherz«, meinte er ruhig, lächelte weiterhin in seine Finger. Marcellus stellte seinen Becher ab und beugte sich zu seinem Freund herüber.

»Kein Scherz?«, fragte er misstrauisch nach und der Elf schüttelte leicht den Kopf. Das Lächeln auf seinen Lippen wurde breiter. Er musste zugeben, er hatte Freude daran, Marcellus so überrascht zu sehen.

»General also?« Delnara nickte. »Ich? Sicher?« Erneut ein Nicken. »Na dann. Darauf noch ein Bier!« Marcellus lachte. Mit einer ruhigen Bewegung schob ihm Delnara seinen Becher hin und beobachte ihn beim Trinken. Eine Welle des Wohlgefallens durchlief seinen Körper. Belevim hatte wieder einen General, der diesem Titel würdig war. Seine Truppe würde unter Marcellus weiterbestehen und er selbst konnte weiterhin Hauptmann sein. Er war zufrieden.

»Als General musst du auch nicht mehr zwingend in jeden Kampf ziehen. Du könntest als Leibwache des Vikars arbeiten«, meinte Delnara und bestellte sich bei der Herrin des Hauses einen Wein.

»Das würde Aenlin sicher freuen.« Marcellus sah ihm neugierig zu, wie er das Glas entgegennahm und einen großen Schluck daraus trank. Er hatte ihn vor Alkohol gewarnt. Nach seinem Rausch musste er sich darin bestätigt sehen, dass er keinen Alkohol vertrug.

»Wein?«, fragte Marcellus nach und entblößte seine Reißzähne beim Lächeln. Delnara nickt nur kurz, sah in das Glas.

»Du hörst also auf mich?«, fragte der Löwe nach.

»In Bezug auf den Alkohol offensichtlich nicht.«

»Du weißt genau, dass ich das nicht meine. Also?« Delnara lehnte sich zurück, drehte das Glas in seinen Fingern und sah der Flüssigkeit zu. Sie spiegelte die Flammen des Kamins in einem betörend dunklem Rot. Befolgte er Marcellus Rat? Sicher, er hatte mit Betham geredet. Doch würde er sich auf den Vikar wirklich einlassen können? Er sah seinen Freund nachdenklich an.

»Ich weiß nicht. Vielleicht befolge ich einen Teil von deinem Rat«, mutmaßte er für sich und setzte sich aufrechter hin. Er hatte in Marcellus Nähe vergessen, dass sie in einem Gasthaus waren. Sofort straffte er sich und seine Miene wurde kühler. Hier war sicher nicht der richtige Ort, um dieses Gesprächsthema erneut aufzugreifen. Tief atmete er durch.

»Kann ich also dem Vikar berichten, dass du annimmst?«, fragte er sachlicher nach und der Löwe nickte. Dieser beugte sich, nach einem weiteren Schluck, zu Delnara herüber, stützte sich auf den Tisch und sah forschend in die dessen Augen.

»Sag seinen Namen!«, forderte er und Delnara hob eine Braue.

»Was?«

»Sag seinen Namen!«, wiederholte Marcellus. Ein breites Grinsen überzog seine animalischen Lippen. Delnara bog seinen Kopf etwas zurück und blickte nervös zwischen den starren, gelben Augen hin und her.

»Betham?«, meinte er vorsichtig, zog seinen Kopf noch weiter zurück. Das Grinsen auf Marcellus Lippen wurde breiter und eine Pranke schnellte triumphierend auf den Tisch.

»Ich wusste es«, begann er und leerte seinen Becher mit einem großen Schluck, stellte ihn lautstark ab. Delnara sah Marcellus wohl ähnlich verwirrt, wie die restlichen Wesen in diesem Gasthaus an. Was war gerade passiert? Seine Gedanken kamen zu keinem logischen Schluss und er beschloss, aus dieser Situation entkommen zu wollen.

So standen sie auf, bezahlten und gingen langsam zu Marcellus Haus. Die Dunkelheit war bereits über die Stadt hereingebrochen.

»Was sollte das?«, fragte er irgendwann nach und sah hoch. Sein Löwe lächelte breit und schüttelte den Kopf.

»Nur so«, log der, bemühte sich jedoch nicht, diese Lüge zu verpacken. Es ärgerte Delnara, dass er im Unklaren gelassen wurde und er zog seine Schultern nach oben, rollte den Rücken, wegen der Kälte. Erneut klemmte er seine Hände unter die Achseln. Dieser Winter war besonders kalt.

»Sag schon!«, murrte er nun drängender. Die Kälte und die Neugier rieben an seinen Nerven und seine Laune sank merklich. Vor dem Haus des Löwen blieben sie stehen.

»Du erfährst es schon noch früh genug, glaub mir«, meinte Marcellus beinahe etwas zu fröhlich und klopfte ihm sanft auf die linke Schulter. »Geh nach Hause, Del. Es ist kalt!« Erneut murrte Delnara. Seine Laune hatte den Tiefpunkt erreicht. Für einen Moment war er geneigt, seinem Freund, wie ein kleines Kind, die Zunge rauszustrecken aber er ließ es, wollte den Rest seiner Würde nicht verlieren. Sicher sah er eh schon kläglich aus, so wie er fror.

»Dir ja offensichtlich nicht«, beschwerte er sich nur und erntete ein Lachen.

»Ich habe ja auch ein dickes Fell!« Damit verabschiedeten sich die Freunde und Delnara ging eilig in Richtung der Kaserne.

Auf der Brücke zur Kaserne blieb er stehen und sah ins Wasser, das noch immer gegen das Eis kämpfte. Was wusste sein Löwe? Was würde er noch früh genug erfahren? Diese Ungewissheit nagte an ihm. Immer wieder fragte er sich, was er übersah. Delnara schnaubte in die kalte Luft, um seine wirren Gedanken zu vertreiben und setzte seinen Weg fort. Er beschloss, als Erstes zum Vikar zu gehen und sich anschließend ein heißes Bad zu gönnen. Die Arbeit konnte warten. Er nahm sich ohnehin zu wenig freie Tage.

Betham saß an seinem Schreibtisch und sah auf, als sich die Tür öffnete und ein schimpfender Mönch zu hören war. Ein kurzes Zucken ging über seinen Mundwinkel, ehe Delnara eintrat und die Tür hinter sich schloss. Sich kurz schauderns kam der Elf auf ihn zu. Betham schenkte ihm seine volle Aufmerksamkeit und lehnte sich etwas in seinem Stuhl zurück, deutete mit seinem Stift auf die Tür.

»Ist dir bewusst, dass ich weiß, dass du es bist, bevor du durch diese Tür trittst?«, fragte er spöttisch und Delnara drehte sich zur Tür, sah dann wieder zu seinem Gegenüber.

»Ist das so?«, fragte er leise nach. Betham nickte und erhob sich langsam von seinem Stuhl. Er streckte seinen Rücken durch und legte den Stift auf die Papiere vor ihm.

»Du bist der Einzige, der nicht ordnungsgemäß angekündigt wird!«, erklärte er mit einem amüsierten Lächeln und lief um den Tisch herum.

»Hast du heute noch viel Arbeit zu erledigen?«, fragte er, aus einem schnellen Gedanken heraus, mit tiefer Stimme und trat nahe an den Elfen heran. Delnara senkte den Blick. Augenblicklich war das warme Gefühl in seinem Magen entfacht.

Tief atmete Delnara durch, wollte dieser Stimme nicht erliegen, wollte nicht, dass sein Herz so schnell an fing, zu rasen und konzentrierte sich auf den Grund, der ihn hergebracht hatte.

»Nein. Ich wollte dir nur sagen, dass Marcellus annimmt«, erklärte er leise. Sein Atem wurde schwer. Er spürte den Vikar so nah an seiner Haut, dass er die Augen schließen musste. Etwas in ihm hoffte auf raue Lippen an seiner Haut. Er wartete, war aufgeregt. Sein Stolz hielt ihn jedoch zurück, sich ihm entgegenzubeugen.

Langsam öffnete er seine Lider, sah in tiefbraune Augen und schluckte hart, war wie gefangen von diesem Blick. Seine Kehle wurde langsam trocken und sein Blut rauschte in den Ohren. Schnell schüttelte er den Kopf und trat einen Schritt zurück, atmete einmal tief durch. Warum passierte ihm das nur immer wieder, wenn Betham ihm so nahe war?

»Möchtest du noch etwas trinken?«, fragte Betham leise und ruhig und deutete auf den kleinen Raum. Lange sah Delnara auf den Boden, versuchte sich zu beruhigen, dann schüttelte er den Kopf.

»Nein. Danke. Ich ... werde mich lieber zur Ruhe begeben. Morgen beginnt das Fest zur Wintersonnenwende. Ein wichtiger Tag«, meinte er leise. Der Vikar nickte nur leicht.

»Das ist wahr. Es werden viele Wesen in die Hauptstadt kommen. Kann ich morgen in der Eröffnungsmesse mit dir rechnen?«

»Sicher nicht!« Ein überhebliches Lächeln legte sich auf Delnaras Lippen. Hinter seiner kühlen Mauer fühlte er sich einfach am wohlsten. Seine Hand legte sich auf den Griff seines Schwertes.

»Ich habe mich mit der Hölle abgefunden. Das Hoffen auf den Himmel überlasse ich lieber dir«, meinte er fast spöttisch und deutete eine Verbeugung an. Ohne ein weiteres Wort verließ er den Vikar und schritt durch die Gänge der Kaserne. Ein letztes Mal atmete er durch. Das Chaos in seinem Kopf wurde in das Unterbewusstsein geschoben, sein Herz gezwungen, sich zu beruhigen. Er wollte sich damit jetzt nicht auseinandersetzen.

In seinem Zimmer angekommen trat er sich die Stiefel von den Füßen und legte seinen Waffengürtel mit dem Schwert ab. Er ging in das Nebenzimmer und zog vorsichtig an dem Seil in der Wand. Gespannt wartete er auf das Klopfen an der Tür und ein wenig später erklang das gewünschte Geräusch. Zufrieden öffnete Delnara die Tür und sah dann überrascht auf das blutjunge Elfenmädchen, das vor ihm stand.

Noch immer waren Elfen in diesem Land eher eine Seltenheit. Zwar war Belevim eine sehr lieberale Stadt und auch im Osten des Landes herrschte Akzeptanz unter den Wesen. Doch je weiter man in den Westen kam, an die Landesgrenze zum Land der Elfen, desto rauer wurde der Unterton Elfen gegenüber. Kein Wunder also, dass so wenige sich auf den Weg nach Zetote machten.

Freundlich bat er sie herein. Ein Feenmädchen folgte ihr stumm mit einem zweiten Eimer. Zusammen gossen sie das heiße Wasser in den Bottich und verließen die Räume so schnell, wie sie gekommen waren.

Delnara trat vor den Bottich und sah in das klare Nass. Er zog sich aus und tauchte den ersten Fuß ins Wasser und zischte erschrocken auf, als er feststellte, wie kalt seine Füße doch waren. Eilig zog er das Bein zurück und band sich ein Handtuch um die Hüfte.

Mit der Waschschüssel, die er vom kleinen Tisch nahm, schöpfte er sich Wasser aus dem Bottich, tunkte ein Tuch ein und wusch sich das Gesicht. Er seufzte entspannt, strich sich über Arme und Beine, wärmte so seine Haut. Den Lappen ließ er anschließend einfach in der Schüssel liegen und nahm das Handtuch von der Hüfte. Erneut tauchte er einen Fuß in das heiße Nass. Zufrieden stieg er in den Bottich und sank entspannt zurück.

»Schön warm«, murmelte er und spürte, wie die Wärme durch seine Haut an seine Knochen drang.

~ * ~

Sanfte Hände strichen ihm über den Bauch. Jemand hielt ihn fest umarmt. Wärme floss durch seinen Körper. Entspannt seufzte er, lehnte sich an den, der ihn hielt. Sein Geist war zu erschöpft, um gegen die Sehnsucht in sich anzukämpfen. Langsam öffnete er die Augen. Dunkelheit umschloss ihn. Nur kurz spannte er sich an und wurde augenblicklich beschützend näher an den warmen Körper hinter ihm gezogen. Tief sog er den Geruch des anderen ein. Nur zu gut kannte er den Geruch. Es waren Bethams Arme, die sich zärtlich enger um ihn schlangen.

Etwas sah Delnara über seine Schulter, fand Gewissheit in den braunen Augen. Er spürte Bethams Nase in seinen Haaren, seinen Atem auf seiner Kopfhaut. Vertrauensvoll schloss Delnara seine Augen, genoss die Ruhe in seiner Seele und die Wärme an seinem Körper. Fingerspitzen strichen ihm über die Wange, den Hals und erzeugten eine wohlige Gänsehaut. Er wollte so gern mehr. Mehr von dieser Wärme. Mehr von diesen zarten Berührungen. Wollte sich nicht mehr in der kalten Einsamkeit verstecken, wenn er hier so viel Wärme empfangen konnte. Wie in Trance drehte er sich in Bethams Umarmung, schlang seine Arme um den Nacken des Dunkelhaarigen und suchte seine Nähe. Betham zog ihn fest an sich, senkte seine rauen Lippen auf Delnaras, der zufrieden seufzte. Er spürte Bethams Haut so deutlich an seiner, dass ein Schauer durch ihn hindurch lief. Es tat so gut!

»Mehr«, flüsterte er gegen die begehrten Lippen und Betham zog ihn noch fester an sich, fing seine Lippen erneut ein, strich mit der Zungenspitze darüber.

~ * ~

Erschrocken setzte sich Delnara auf und sah sich hektisch um. Wasser schwappte in großen Wellen aus dem Bottich und benetzte den Boden.

»Ein Traum«, murmelte er, als er sich bewusst wurde, wo er war. Die entspannende Ruhe war dahin.

»Ein Traum!«, versicherte er sich und begann zu überlegen. »Ein Alptraum?« Genervt strich er sich über das Gesicht. In dieser Nacht würde er wohl keine Ruhe finden. Er stieg aus dem Bottich und sah sich um. Er warf Handtücher auf den Boden, um das Wasser aufzufangen. Seine Kleidung hängte er über die beiden Stühle und breitete sein Hemd auf dem Tisch aus. Er hoffte, dass bis zum nächsten Tag alles getrocknet sein würde. Er wollte sich von diesem Traum ablenken, zog sich sein Hemd für die Nacht über und legte sich auf sein Lager. Auch wenn er keine Ruhe und Entspannung finden würde, wollte er sich dennoch weich betten und wenigstens seinem Körper etwas Erholung gönnen.

Der Morgen kam zu früh. Die Glocken der endenden Messe rissen ihn aus dem Schlaf. Stöhnend erhob Delnara sich von seinem Nachtlager. Er wollte nicht Gefahr laufen erneut einzuschlafen. Langsam zog er seine Kleidung über. Zu seinem Leidwesen war das Hemd nicht vollständig getrocknet. Als er in seine Stiefel stieg, beschloss er, dass sein Hemd den Tag über an seinem Körper würde trocknen müssen. Er nahm seinen Hut und trat aus seinem Zimmer. Die Aufregung auf dem Gang erfasste ihn und er sah sich neugieriger um. Die Gänge der Kaserne waren reich mit Tannenwedeln und Früchten geschmückt. Bunte Bänder hingen an dem Grün und gaben ihm etwas Festliches. Delnara ging in die große Eingangshalle der Kaserne und sah sich erneut um.

»Bruder!«, wurde er angesprochen und drehte sich in die Richtung, aus der die Stimme kam. Er erblickte Enurah, der eine Kiste trug. Delnara ging zu ihm und half beim Tragen.

»Ich bin jedes Jahr erstaunt, wie reich die Kaserne zum Fest der Wintersonnenwende geschmückt wird«, erklärte er, als sie die Kiste abstellten. Der Kleinere lächelte fröhlich.

»Eine Woche wird gefeiert. Das gefällt mir. Alle lachen und freuen sich, dass der Winter bald vorbei ist.« Enurah begann die Kiste zu öffnen.

»Gehst du dieses Jahr auch auf das Fest?«, fragte er hoffnungsvoll. Delnara sah auf den Inhalt der Kiste herab. Er hatte sich all die Jahre, die er hier lebte, erfolgreich von den Festen der Stadt ferngehalten. Gern wäre er auch von diesem Fest ferngeblieben, doch etwas in ihm sagte, dass es diesmal anders sein würde. Er schwieg sich aus. Er half stumm seinem Bruder die Kiste zu leeren und begab sich dann in sein Arbeitszimmer. Auf seinem Tisch fand er stapelweise Arbeit. Vielleicht konnte er sich doch von dem Fest fernhalten.

Delnara ging zu seinem Löwen und stellte sich an seinen Tisch.

»Wir sollten die Tore der Stadt in längeren Schichten bewachen«, begann er und rollte eine Karte der Stadt und ihren Grenzen aus. »Ich weiß, dass viele Soldaten krank sind«, murmelte er.

»Dieses Jahr haben sich besonders viele verletzt, als sie Eis aus dem Fluss geschlagen haben«, bestätigte Marcellus und überlegte lang.

»Wenn wir die Patrouillen verkleinern, können wir die Tore wie gewohnt bewachen.« Delnara sah ihn an und nickte nachdenklich. »Gut.« Marcellus beäugte seinen Hauptmann von der Seite. Vorsichtig zog er seinen Geruch ein und lächelte.

»Was?«, fragte Delnara verwirrt. Er richtete sich auf und roch selbst an seinem Kragen. Der Löwe lächelte breiter und stand auf.

»Du riechst immer mehr wie er«, flüsterte er in das spitze Ohr und ging an seinem Hauptmann vorbei. Delnara straffte sich und verließ das Zimmer, um die Soldaten einzuteilen. Mit seinem Löwen begab er sich auf die erste Patrouille. Er zog sich seine Handschuhe über und versteckte seine Hände vor seinem Bauch im Wams. Zusammen durchschritten sie die Straßen der Stadt in ihrem Abschnitt.

»So kühl wie du dich gibst, sollte dir der Winter doch nichts ausmachen!«, begann Marcellus. Delnara sah gleichgültig zu seinem Freund auf.

»Das sagst du jeden Winter. Dennoch ist es kalt«, murmelte er, zog frierend seine Schultern hoch, um sich zu schütteln. Einige Zeit herrschte Ruhe zwischen den Freunden. Sie gingen durch die Straßen, beobachteten, wie die Stadt mit bunten Bändern, Tannen und Laternen geschmückt wurde.

»Denkst du, ich überlebe dich?«

Der Löwe blieb stehen und sah ihn mit einer Mischung aus Schreck und Verwunderung an.

»Wie kommst du denn auf so etwas?« Delnara ging weiter.

»Keiner weiß, wie alt Elfen werden.« Marcellus beobachtete ihn eindringlich. »Sie sterben im Kampf oder leben ungesehen in Esmaan, dem Land der Elfen«, sprach Delnara weiter und ging um einige Kisten herum, die auf der Straße standen.

»Mag sein. Aber warum machst du dir jetzt Gedanken darüber?« Delnara blieb stehen und atmete tief durch, als verkündete er eine Hiobsbotschaft.

»Angenommen ich ...«, begann er, unterbrach sich jedoch mit einem Kopfschütteln. Er wusste nicht, wie er seine Überlegung teilen sollte, wusste er doch selbst nicht, warum er sich über solche Sachen Gedanken machte. »Du alterst mit deiner Frau zusammen«, versuchte er erneut seine Gedanken zu offenbaren. Der Löwe verstand.

»Du hast Angst, dass du deine Liebe sterben siehst, wenn es kein Elf ist?«, fragte er vorsichtig. Erneut seufzte Delnara und straffte seinen Körper, zog seine Schultern gerade, um größer zu wirken.

»Vergiss, was ich gesagt habe. Ich werde sicher nicht an Altersschwäche sterben. Also ist es zweitrangig, wie alt ich werden könnte«, schloss er dieses Thema ab. Mit festen Schritten führte er seinen Weg fort und sein Löwe folgte ihm mit einem Lächeln auf den Lippen. Er war ein offenes Buch für Marcellus. Er durchschaute ihn und wusste genau, dass dieses Thema für ihn sicher noch nicht beendet war.

Es war früher Abend, als die Beiden in die Kaserne kamen. Delnara war froh, dass es zu der Eiseskälte nicht noch geschneit hatte. Er zog die Handschuhe aus, stellte sich an einen der Kamine in der Halle und rieb sich die Hände warm. Ein angenehmer Schauer durchlief ihn und er schloss für einen Augenblick die Augen, ließ die Wärme auf sich wirken.

»Ich werde mich jetzt abmelden«, erklärte Marcellus. Delnara nickte nur. »Du solltest dir auch etwas Ruhe gönnen!«, mahnte sein Freund und klopfte ihm zum Abschied auf den Rücken. Delnara öffnete seine Augen, als er Marcellus schwere Schritte vernahm. Sein Blick wurde trüb. Seine Gedanken hielten ihn in einer Schleife gefangen. Er wartete noch eine ganze Weile, ehe er sich von der Wärmequelle löste und die Kaserne verließ. Sein Weg führte an der Arena vorbei zu der versteckten Höhle. Er sah sich genau um und schlich den Gang entlang, um sich an dessen Ende am schweren Teppich niederzulassen. Er lauschte den Geräuschen der Mönche in Bethams Räumen. Ein Lächeln stahl sich auf seine Lippen, als er hörte, wie der Vikar seine Untergebenen bat zu gehen und vorgab müde zu sein.

Delnara glaubte nicht, dass der Geistliche hinter dem Teppich mehr als fünf Stunden in der Nacht schlief. Der Teppich wurde angehoben und er sah herausfordernd hoch.

»Du lügst!«, meinte er und lächelte. Langsam erhob er sich und ging an Betham vorbei.

»Ich muss die wenige Zeit, die du mir vergönnst, nicht noch schmälern!«, erwiderte der Vikar ruhig. Delnara setzte sich an den kleinen Tisch und besah sich das halbvolle Weinglas.

»Wie alt bist du eigentlich?«, fragte er und versuchte, es wie eine Nebensächlichkeit klingen zu lassen. Betham setzte sich zu ihm und trank einen Schluck aus dem Glas, ehe er antwortete.

»Meinst du nicht, dass dies eine unhöfliche Frage ist?« Selbstsicher stützte Delnara seinen Ellbogen auf ein Knie und lächelte weiter.

»Ich gelte ja nicht gerade als höflich«, war seine Antwort.

Betham lachte leise. Nachdenklich sah er ihn an. Delnara versteckte sich hinter seiner kühlen Mauer, ließ keinen Blick in seine Seele zu. Betham hob eine Braue und stellte sein Glas auf den Tisch zurück.

»31«, meinte er knapp. Delnara verzog übertrieben das Gesicht.

»So alt?«, fragte er mit einem gespielt entsetzten Unterton in der Stimme.

»Unhöflicher Bastard!«, knurrte Betham und schob ihm sein Glas über den Tisch. »Trink! Wenn du betrunken bist, bist du zahmer!« Delnara schnaubte und zog das Glas zu sich.

»Wie alt bist du?«, fragte nun Betham.

»So viel zum Thema Höflichkeit!«, stichelte Delnara und trank das Glas aus. »Noch 26.« Betham lehnte sich über den kleinen Tisch näher zu ihm hin.

»Noch?«, fragte er nach. Delnara lächelte. Etwas an diesem Gespräch hob seine Laune und amüsierte ihn auf eine kämpferische Art.

»Auch ich feiere einen Geburtstag!«, meinte er.

»Wann?« Erneut lächelte er. Das offene Interesse an ihm schmeichelte ihm und löste eine weiche Wärme in ihm aus.

»An einem Tag im Jahr!«, meinte er und verzog seine Lippen zu einem Grinsen. Dieses Spiel gefiel ihm. Betham goss Wein in das Glas, nahm selbst noch einen Schluck und lächelte überlegen.

»Na, wenn das so ist, bin ich wohl gezwungen Enurah zu fragen. Er weiß es mit Sicherheit!« Delnara verengte seine Augen. Diese Drohung heizte sein Temperament an. Ein Teil in ihm wollte sich auf den Vikar stürzen und ihn niederringen. Ein anderer Teil wollte diese Worte einfach ignorieren. Er biss die Zähne aufeinander.

»Das wagst du nicht!«, zischte er. Betham lächelte überlegen und rückte näher an ihn heran. Sanft strich er über seine Wange und näherte sich dem Ohr.

»Sag es mir. Ich muss es einfach wissen«, flüsterte er mit seiner tiefen Stimme. Delnara zog die Luft scharf ein und schloss die Augen. Diese Stimme ging durch seine Kühle hindurch, durchlöcherte seine Mauer.

»So leicht bekommst du mich nicht weich«, flüsterte er mit dem letzten Rest an Kälte, den er aufbringen konnte. Er hörte das Lächeln an seinem Ohr, spürte den warmen Atem des Menschen und nur Sekunden später eine heiße Zunge. Er atmete tief ein. Er durfte sich nicht so leicht umgarnen lassen. Seine Finger griffen fest in die Kutte des Geistlichen.

»Du bist schön!«, hauchte es zart in Delnaras Ohr und brachte ihn zu einem bitteren Auflachen.

»Das hat mir noch niemand gesagt!«, gab er zurück. Betham löste sich von ihm, sah ihn forschend an. Er nutzte die Ruhe, um sich zu fangen und seine Selbstkontrolle wiederzufinden.

»Wo war das Waisenhaus?«, fragte der Vikar neugierig. Überrascht sah Delnara auf. Mit einer solchen Frage hatte er nicht gerechnet.

»In einer kleinen Stadt an der westlichen Küste«, antwortete er tonlos.

»Dort sind Elfen, wie du weißt, bis heute nicht hoch angesehen«, murmelte Betham für sich und sah ihn sanft an. »Dann lass mich dir Komplimente machen!«, bat er und beugte sich wieder zu ihm. »Du bist schön«, flüsterte er in das spitze Ohr, küsste es zärtlich. »Du bist begehrenswert!«, hauchte er heißer an die feine Haut, küsste Delnaras Hals. »Du bist einzigartig!« Delnara schloss die Augen und schürzte die Lippen. Diese weichen Worte strichen über seine verletzte Seele, schienen den Krieg in ihr beruhigen zu wollen. Sein Stolz trat mit jedem süßen Wort weiter in den Hintergrund. Seine Sehnsucht wuchs und schenkte ihm Bilder aus seinem Traum.

»Nicht!«, bat er schnell und schob den Mann eine Armlänge von sich. Sein Atem ging flach und kontrolliert. Sein Blick war auf den Boden gerichtet. Betham löste seine Finger von den Schultern und nahm einen größeren Abstand ein.

»Warum treibst du mich immer so in die Ecke?«, äußerte Delnara seine Gedanken und sah verwirrt zu Betham. Dessen Blick war ruhig, dennoch erkannte er die Verletzung in ihnen.

»Ich treibe dich nicht in die Ecke. Du allein bist es, der dich in die Enge treibt!«, meinte er tonlos. Die Sanftheit war aus seiner Stimme verschwunden.

»Warum?«, fragte Delnara leiser in den Raum, verbarg sein Gesicht in den Händen und schloss die Augen.

»Ich nehme an, weil du Angst hast«, antworte Betham leise. Er griff nach Delnaras Händen und zog sie langsam vom Gesicht.

»Ich weiß nicht, was dir solche Angst macht«, begann er sanft. »Vielleicht ist es, weil ich ein Mensch bin. Vielleicht, weil ich ein Mann bin. Vielleicht hast du Angst zu vertrauen. Ich weiß nicht, was in deinem Kopf vorgeht, Delnara.« Delnara schloss seine Augen und atmete durch. Er musste seine Beherrschung wiederfinden. Er musste seine Zweifel loswerden.

»Wie kann es sein, dass du nicht zweifelst?«, fragte er bitter. Sein Stolz war noch nicht zu ihm zurückgekehrt. Es traf ihn, tief in die braunen Augen vor ihm zu sehen.

»Auch ich zweifle«, erklärte Betham ruhig. Delnaras Blick weitete sich. Seine Gedanken begannen sich im Kreis zu drehen. »Doch ich bin zu gern in deiner Nähe, als dass ich mir diese Zeit von Zweifeln stehlen lassen wollte«, gestand Betham leise und näherte sich ihm.

»Habe ich dir je Schmerzen bereitet, wenn du bei mir warst?«, fragte er vorsichtig und erhielt ein Kopfschütteln als Antwort. »Glaubst du, ich werde dir heute Schmerzen bereiten?«, fragte er weiter und erhielt erneut eine Verneinung. »Glaubst du mir, wenn ich dir sage, dass ich dich nur küssen will?« Delnara biss die Zähne aufeinander. Er zögerte mit seiner Antwort, nickte dann. Er glaubte dem Mann vor ihm, doch zweifelte er, dass seine eigene Sehnsucht sich damit zufriedengeben würde. Raue Lippen legten sich auf seine und begannen sie sanft zu streicheln. Die vermisste Wärme stieg in ihm auf und er erwiderte die Liebkosungen. Für diesen Kuss würden sie sich Zeit nehmen, ihn auskosten und Vertrauen zueinander schöpfen.

Acht

Fröstelnd lief Delnara durch den Schnee. Über Stunden war er bei Betham gewesen. Immer wieder hatte dieser ihn geküsst und seine Wangen gestreichelt. Mit den Fingerspitzen strich er über seine Lippen. Noch immer war dieses warme Prickeln in ihnen zu spüren. Er blieb stehen und sah in die Wolken. Es begann zu schneien und dicke weiße Flocken legten sich auf sein Gesicht, um dort zu schmelzen. Sein Blick fiel über die untere Stadt. Musik und Gelächter drangen an sein Ohr und riefen ihn. Kurz sah er sich um. In der anderen Richtung wartete die karg beleuchtete Kaserne auf ihn. Seine rasenden Gedanken flehten um Ruhe, sehnten sich nach Schlaf. Sein entfachtes Temperament jedoch wollte lodern. Ergeben seufzte er. Es war wirklich schwer gegen sich selbst anzukommen.

Seine Schritte führten ihn durch die erhellten Straßen. Händler boten ihre Speisen an und Kinder liefen mit bunten Bändern geschmückt durch die kalte Nacht. Ihre Eltern hatten Mühe ihnen nachzukommen. Ein Lächeln stahl sich auf Delnaras Gesicht. Für heute Nacht würde er sich der Heuchelei hingeben. Er würde seine schweren Gedanken verbannen und glauben, keinen dunklen Schatten über der Welt zu sehen. Langsam näherte er sich dem belebten Marktplatz. In der Mitte des Marktes wurde fröhlich getanzt und Delnara sah den vergnügten Paaren zu. Seine Hände lagen an seinem Bauch unter dem wärmenden Wams.

»Hauptmann!«, drang eine leise Stimme an sein Ohr und er wandte seinen Kopf zur Seite. Er erkannte das

Elfenmädchen, das ihm am Vorabend Wasser gebracht hatte und lächelte höflich.

»Guten Abend!«, meinte er und nickte ihr zu. Verlegen lächelte sie zurück. Die helle Haut ihrer Wangen wurde von einem zarten Rotton beherrscht. Der Hauptmann war sich jedoch sicher, dass nicht die Kälte daran Schuld war.

»Würdet Ihr mir diesen Tanz schenken?«, fragte sie nervös und senkte den Blick. Delnara wollte gerade antworten, als er von seinem Bruder unterbrochen wurde.

»Du bist ja doch auf dem Fest!«, rief er und besah sich das Mädchen vor ihm. Delnara lächelte, als er den staunenden Blick Enurahs sah und trat einen Schritt zurück.

»Es tut mir sehr leid. Ich kann nicht tanzen. Jedoch ist mein Bruder ein hervorragender Tänzer!«, erklärte er und schob seinen Bruder vor sich. Dieser sah erst verwirrt zu ihm auf, nickte anschließend schnell. Mit einer eleganten Bewegung bot er dem Mädchen den Arm und beide gingen zur Tanzfläche. Mit einem Lächeln auf den Lippen betrachtete sich Delnara das Schauspiel. Er hatte gelogen. Beide Brüder beherrschten keinen vernünftigen Tanzschritt, doch das schien das Mädchen nicht weiter zu stören. Zufrieden beobachtete er die freudigen Gesichter der beiden Elfen. Vielleicht musste er über seine Sicht auf die Welt noch einmal nachdenken. Er belächelte sich selbst.

»Aber nur vielleicht!«, murmelte er und schloss kurz die Augen, lauschte der Musik.

»Danke dir, Bruder!«, sagte Enurah und legte ihm eine Hand auf die linke Schulter. Sein Lächeln war vielversprechend.

»Wir haben uns auch für die nächsten Tage verabredet!«, meinte er stolz. »Ich glaube, ich werde sie umwerben!«, beschloss er und sah seinen Bruder neckisch an. »Obwohl ich mir denken kann, dass du das auch für Heuchelei hältst!«, stichelte er. Delnara schnalze mahnend mit der Zunge und vergrub die Hände tiefer unter seinem Wams.

»Wenn man es so sieht, ist jedes Wesen dieser Welt ein Heuchler«, erwiderte Delnara und lief neben seinem Bruder durch ruhigere Straßen.

»Das klingt hart!«, murrte Enurah und sah in den verschneiten Nachthimmel.

»Bist du glücklich, dass wir Brüder sind?«, fragte Delnara nach einer Zeit des Schweigens und sah seinen Bruder forschend an.

»Ja, natürlich. Ich habe ja sonst keine Familie«, entgegnete Enurah und sah ihn fragend an.

»Siehst du. Auch wir sind Heuchler. Wir heucheln uns vor, wir seien Brüder, damit keiner von uns sich allein fühlt, obwohl wir keine Gewissheit haben ... und Betham und ich« Er unterbrach sich und ein trübes Lächeln zog über sein Gesicht. Enurah blieb stehen und sah seinen Bruder verwirrt an. Vor ihm hatte Delnara noch nie den Namen des Vikars ausgesprochen.

»Wir heucheln uns vor, wir wären uns ähnlich ... Nur, damit wir ruhigen Gewissens nebeneinanderliegen können. Wir glauben, uns hätte nicht nur das reine Verlangen zusammengebracht«, erklärte er mit einem bitteren Unterton.

»Du hast eine traurige Sicht auf die Welt«, murmelte Enurah und sah auf den Boden vor sich. »Bei dir hat die Liebe überhaupt keine Aussicht auf einen Sieg.« Delnaras Lächeln wurde bitterer.

»Alle Wesen dieser Welt tun die Dinge, die sie tun, weil sie es wollen. Niemand bereut etwas in dem Moment, in dem es getan wird. Jeder von uns bereut immer erst hinterher und läuft dann zu einem Geistlichen, heuchelt Reue und hofft auf einen Platz auf einer weißen Wolke. Trotz der Reue tun wir es immer wieder. Doch wenn wir uns einfach eingestehen, dass wir alle eine dunkle, verlangende Seite in uns haben, dann freunden wir uns sicher auch mit einem Platz in der Hölle an ... Vielleicht ist das der Himmel, auf den wir hoffen können?«, sinnierte er und sah in die Wolken.

Enurah sah ihn lächelnd von der Seite an.

»Auch, wenn es Heuchelei ist. Ich habe dich gern als meinen Bruder. Daran wird sich auch nichts ändern!« Die Glocken der Kirche schlugen Mitternacht und sie sahen zur Uhr. Mit einem breiten Lächeln neigte sich Delnara zu seinem Bruder ohne seinen Blick von der Uhr abzuwenden.

»Kurzer«, sagte er knapp, »alles Gute zum Geburtstag!« Enurah lächelte.

»Dir auch, Bruder!« Enurah sah zu ihm auf und Delnara wusste, dass er ihn verehrte. Enurah wollte wie er sein, sah nur seine Stärke, nicht die Dämonen, die ihn plagten.

Sie verabschiedeten sich und gingen getrennte Wege. Delnara richtete seine Schritte auf die Kaserne zu, Enurah blieb auf dem Fest zurück.

In seinem Zimmer legte Delnara seine Kleidung ab. Er war müde und sein Geist ausgelaugt, sehnte sich nach einer traumlosen Nacht, war sich jedoch mehr als sicher, dass die Alpträume bereits auf ihn warteten.

~ * ~

Sanfte Arme umgriffen seinen Bauch, strichen zärtlich darüber. Delnaras Haut begann zu kribbeln. Die rauen Fingerspitzen trieben ihm heiße und kalte Schauer durch den Körper. Die Umarmung wurde fester und er wurde an einen warmen Körper gezogen. Delnara fühlte nackte Haut auf seiner. Er sog den bekannten Geruch tief in seine Lungen und schloss die Augen. Ein Teil in ihm war froh, dass kein Stück Stoff die Wärme von ihm fernhielt. Ein anderer hasste sich für diese Verletzlichkeit. Seufzend lehnte Delnara seinen schweren Kopf auf die Schulter hinter sich. Finger strichen über seine Wange, glitten über seinen Hals. Ein Arm umschlang seine Brust, gab ihm Halt und noch mehr Wärme. Er war nicht allein in der Dunkelheit seiner Sinne. Der genießende Teil in ihm wurde größer. Er wollte nicht, dass diese Wärme ihn verließ. Er wollte nicht, dass es endete. Er wollte mehr.

Langsam drehte er sich zu Betham, sah ihm in die Augen. Diese tiefen, braunen Augen zogen ihn in seinen Bann. Sein Stolz mahnte ihn, doch wurde diese Stimme in ihm immer leiser. Mit Bethams Lippen auf seinen wurde der Stolz verbannt. Er wollte diesen Mann. Er wollte ihn jetzt in diesem Moment. Sehnsüchtig erwiderte er den Kuss und ließ seine Hände in Bethams Nacken gleiten. Seine Finger griffen in das dunkle Haar, zogen ihn fester an sich. Ihr Kuss wurde leidenschaftlicher, wilder. Delnara seufzte zufrieden. Er wollte mehr.

~ * ~

Erschrocken setzte Delnara sich auf und atmete heftig. Er legte eine Hand vor sein Gesicht und versuchte sich zu beruhigen. Schnell stieg er aus dem Bett, hoffte diesen Traum vergessen zu können. Er wusch sich das Gesicht und seifte sich das Kinn ein. Er nahm sein Rasiermesser und ließ es über die Haut gleiten. Hierbei musste er sich konzentrieren. Der Traum trat für einen Moment in den Hintergrund.

Delnara wusch sich die restliche Seife vom Kinn und sah in den Spiegel. Seit dem Abend im Badebottich verfolgten ihn die Träume, in denen er sich Betham zuwandte und ihn küsste. Er schüttelte den Kopf und zog sich seine Kleidung über.

Heute würde Marcellus zum General ernannt werden und zu dieser Feier wollte er pünktlich sein. Der Vikar hatte diese Ehrenfeier an das Ende des Festes der Wintersonnenwende gesetzt. Delnara war erstaunt, wie schnell die sieben Tage des Festes vergangen waren. Immer wieder hatte er sich mit Enurah getroffen und dieser schwärmte von seinen Treffen mit dem Elfenmädchen. In seiner Euphorie fragte er immer wieder, wann er denn in Delnaras Truppe aufgenommen werden würde, doch er schwieg sich über dieses spezielle Thema aus. Er brachte es nicht übers Herz,

Enurah abzuweisen. Doch genauso wenig konnte er zulassen, dass dieser Junge dieser Truppe beitrat. Delnara wischte diesen Gedanken aus seinem Kopf, setzte seinen Hut auf, trat aus seinem Zimmer und folgte dem Fluss der Massen in den großen Saal.

Er lehnte sich an eine Wand und sondierte die Stimmung im Raum. Männer begrüßten sich, setzten sich und warteten auf den Beginn. Sie redeten angeregt. Delnaras Blick glitt über die Uniformen. Zum ersten Mal fiel ihm auf, wie groß die kirchliche Garde wirklich war. Er schätzte gut tausend Personen in diesem Raum. Eine Tür öffnete sich und der Vikar trat ein. Delnaras Blick heftete sich auf Betham, der ihm ein kurzes Lächeln schenkte. Ihm folgte Marcellus in einigem Abstand. Die Ehrung begann und Delnara spürte erneut diese Zufriedenheit in seinem Inneren. Aufmerksam verfolgte er die Ernennung. Der Vikar erwähnte Marcellus vorbildliche Taten in den Schlachten und seinen außergewöhnlichen Mut. Dem Löwen schien der Rummel um ihn unangenehm zu sein. Er nahm den mit Federn besetzten Hut an und bedankte sich. Die Versammlung löste sich langsam auf. Delnara kam auf Marcellus zu und reichte ihm die Hand.

»General!«, meinte er ehrfürchtig und senkte seinen Blick. Der Löwe lachte laut auf und schlang seinen kräftigen Arm um ihn, presste ihm die Luft aus den Lungen. Er wehrte sich erfolglos gegen den festen Griff und gab auf.

»Marcellus!«, flehte er atemlos und wurde aus der überschwänglichen Umarmung freigelassen.

»Lass uns an die Arbeit gehen«, bat Marcellus leise, er wollte dem Trubel entkommen. Zusammen liefen sie durch den großen Gang zur Eingangshalle. Delnaras Blick erhaschte seinen Bruder und er stoppte.

»Enurah!«, hielt er ihn auf. »Ist etwas passiert? Du siehst wütend aus«, bemerkte er und sein Bruder knurrte genervt.

»Das bin ich auch. Aber nicht mehr lange«, murmelte er eigensinnig.

Delnara zog eine Braue hoch. Der Ton seines Bruders gefiel ihm gar nicht.

»Was genau soll das heißen?«, fragte er nach.

»Du willst immer noch nicht, dass ich deiner Truppe angehöre? Auch wenn ich jetzt volljährig bin? Gut. Dann werde ich zu der Truppe von Hauptmann Matiers gehen!«, erklärte Enurah stur und Delnara biss die Zähne wütend aufeinander.

»Das sind die gefährdetsten Personen auf dem Schlachtfeld. Sie spionieren den Gegner aus und geraten dabei fast immer in Gefechte. Das ist dir doch bewusst. Warum willst du dich dieser Gefahr aussetzen?«

»Das ist mir egal! Ich will an deiner Seite kämpfen, Bruder! Aber da du mich nicht lässt, muss ich diesen Weg gehen!« Delnara schluckte hart.

»Und es wäre mir eine große Ehre. Aber solange ich am Leben bin, bist und bleibst du Anwärter!«, entfuhr es ihm. »Ich sehe nicht einfach zu, wie du neben mir stirbst!« Seine Stimme vibrierte bedrohlich.

»Darum gehe ich auch zu Hauptmann Matiers. Seine Truppen unterstehen weder dir, noch Marcellus! Du kannst mir nichts mehr vorschreiben!« Beleidigt verschränkte Enurah die Arme vor der Brust und sah seinen Bruder überlegen an. Marcellus biss die Zähne aufeinander, mischte sich jedoch nicht ein.

»Das reicht!«, fauchte Delnara und zog seine Kleidung von seiner vernarbten Schulter. »Sieh her!«, befahl er hart. »Du verstehst es immer noch nicht. Ein Kampf ist kein Spaß. Der Schütze, dem ich das hier zu verdanken habe, hat auf mein Herz gezielt. Ich verdanke es einem Haufen Glück und einem toten Freund, dass ich jetzt noch lebe!«, rief Delnara und seine Stimme hallte von den Wänden des Ganges wider.

Die anwesenden Personen sahen verwirrt aber neugierig auf das sich ihnen bietende Schauspiel. Delnara ließ seinen Kragen los, ließ die Narbe hinter dem Stoff verschwinden.

»Du lässt mich ja auch keine Erfahrungen sammeln«, knurrte Enurah beleidigt und sah mürrisch weg. Delnara biss sich auf die Unterlippe und ballte seine Hände zu Fäusten.

»Wie viele Pfeile haben dich heute bei der Lehrstunde getroffen? Antworte!« Delnara wurde ungehalten. Enurah sah vorsichtig auf die verdeckte Narbe an der Schulter seines Bruders und senkte den Blick.

»Vier!«, gab er wahrheitsgemäß zu. Delnara biss fester auf seine Lippe. Seine Wut brodelte.

»Weißt du, was der Unterschied zwischen einem Kampf und deiner Ausbildung ist? Dein Lehrer nimmt Rücksicht auf dich. In der Schlacht nimmt niemand Rücksicht. Denkst du wirklich, du würdest hier stehen und einen Atemzug tun, wenn die Pfeile bei euren Lehrstunden nicht gepolstert wären?«, rief er wütend.

Enurah rannte an ihm vorbei und er sah ihm nach. Die Wut in ihm ebbte nicht ab. Er schlug seine Faust gegen die Wand. »Enurah!« Er seufzte tief.

»Ich folge ihm«, erklärte Marcellus und ließ ihn stehen.

Ein Räuspern riss ihn aus seinen Gedanken. Er drehte sich um und blickte auf Betham. Hatte er alles mit angesehen? Betham deutete mit einem Blick auf Delnaras Kleidung. Dieser sah sich vorsichtig um. Noch immer wurde er von den Umstehenden angestarrt und Flüstern drang an sein Ohr. Der Vikar bedeutete ihm, ein paar Schritte mit ihm zu kommen und er folgte der Bitte. Im Gehen richtete er sein Oberteil. Noch immer zitterten seine Finger vor Wut.

»Ich verstehe, dass du ihn beschützen willst«, fing Betham leise an und stellte sich Delnara in den Weg.

Noch immer war dieser erbost. Er brachte nicht das Feingefühl auf, den Kragen seines Hemdes zu binden und fluchte leise. Ruhige Finger schoben seine sanft zur Seite und knoteten den Faden seines Hemdkragens vorsichtig zusammen.

»Er ist mein Bruder. Die einzige Familie, die ich habe«, murmelte er und sah auf Bethams Kreuz, das dieser um den Hals trug und das von der Sonne in warme Goldtöne getaucht wurde. Sanft strich Betham über den Kragen, streifte Delnaras Haut. Delnara seufzte. Erschrocken sah er sich um. Sie waren allein. Niemand hatte ihn gehört. Erleichterung machte sich in ihm breit, währte jedoch nicht lange. Er spürte Fingerspitzen, die den Stoff über seiner Schulter streichelten, seine Narbe streiften. Ein schmerzendes Schlucken zog sich durch Delnaras Kehle. Er spürte ein bekanntes Gefühl aufkommen, doch war da noch etwas Anderes. Etwas Neues. Er nahm Bethams Hand von seiner Schulter in seine und sah ihn nur kurz an. Er sah die Sehnsucht in dessen Augen. Er senkte seinen Blick, spürte er doch die Verlegenheit in seine Wangen kriechen. Er lief los und zog Betham schnellen Schrittes hinter sich her. Betham war zu überrumpelt, um Delnara auch nur eine Frage zu stellen. Er hatte zu tun, seinen schnellen Schritten nachzukommen. Zur Erleichterung Delnaras lief ihnen niemand über den Weg. Viele Soldaten hatten in diesen Tagen frei, waren krank oder saßen an ihrer Arbeit.

Delnara öffnete die Tür zu seinem Zimmer und zog Betham mit hinein. Dieser blieb stehen, als Delnara ihn losließ. Fragend und verwirrt sah er ihn an. Delnara drückte mit beiden Händen die Tür ins Schloss und gleichzeitig Betham mit seinem Oberkörper an die hölzerne Tür und küsste ihn.

Betham reagierte sofort. Zu groß schien seine Sehnsucht zu sein. Er griff nach dem Band, das seine blonden Haare zusammenhielt und löste es, ließ seine Finger hindurchgleiten. Er griff nach seinem Hinterkopf und zog ihn fester an sich, suchte sich mit seiner Zunge einen Weg, wurde von ihm schüchtern empfangen. Betham zog ihn noch fester an sich, ließ ihn sein Verlangen spüren. Delnara löste sich, ging ein paar Schritte zurück, drehte sich dabei um. Seine Gedanken bewegten sich im Kreis, doch er war schon viel zu weit gegangen, um es hier zu beenden. Sein Stolz protestierte lautstark. Er sah auf seine Finger, die nervös bebten. Hatte er sich nicht wohl in Bethams Nähe gefühlt? Hatte er diesen letzten Kuss nicht genossen und sich mehr Berührungen gewünscht? Wollte er seine Einsamkeit nicht endlich beenden und auf seinen Löwen vertrauen? Er löste langsam den Waffengürtel von seiner Hüfte, lehnte sein Schwert an den Stuhl. Der zweite Gürtel um sein Wams landete auf dem Boden. Kurz hielt Delnara inne. Er würde das Folgende nicht mehr stoppen können. Wollte er das denn überhaupt? Er musste sich erneut eingestehen, dass es ihm gefallen hatte. Er atmete tief durch. Das Wams und sein Hemd folgten dem ledernen Streifen.

»Was wird das?«, fragte Betham leise. Delnara sah über die Schulter, nahm seinen ganzen Mut zusammen, schob seinen Stolz beiseite.

»Du weißt genau, was das wird ... Und jetzt hör auf zu fragen, sonst überlege ich es mir vielleicht noch mal anders.« Betham schloss das Zimmer ab, folgte Delnara, umarmte ihn und vergrub sein Gesicht in dessen Halsbeuge.

»Ich begehre dich so sehr. Dafür lande ich sicher in der Hölle«, murmelte der Vikar und küsste sanft weiter über die zarte Haut.

»Mach dir nichts daraus. Auch ich werde in der Hölle schmoren für alles, was ich getan habe. So viel Blut klebt an meinen Händen«, erwiderte Delnara und schloss die Augen. Vorsichtig legte er den Kopf in den Nacken, wollte Betham mehr von seiner Haut anbieten. Er wollte vertrauen und hoffen, nicht verletzt zu werden. Betham sah ihm prüfend in die Augen, lächelte dann sanft.

»Darum habe ich mich auf den ersten Blick in dich verliebt. Sünder erkennen einander und ziehen sich an!« Delnara schluckte hart. Ihm blieb die Luft weg. Hatte er das richtig verstanden? Er konnte nicht reagieren, spürte die großen Hände wieder in seinem Nacken und die rauen Lippen an seinen. Er küsste Betham vorsichtig, schüchtern.

Sein Mut begann ihn zu verlassen. Er wusste bereits von Marcellus, dass die Möglichkeit bestand, dass der Vikar mehr empfand als Verlangen, doch es aus Bethams Mund zu hören jagte ihm Schauer über den Rücken. Delnara schwirrte der Kopf.

»Hab keine Angst. Ich führe dich«, murmelte Betham und geleitete ihn zum Nachtlager, bettete ihn sanft darauf und stützte sich über ihm auf. Da war sie wieder. Diese Angst, diese Hilflosigkeit. Sanft strich Betham über die Narbe an seiner Schulter. Sie war so empfindlich, dass die Erregung seine Angst überschwemmen würde. Er griff nach der Hand des Menschen, bemühte sich, ihn ernst anzusehen.

»Bitte nicht.« Seine Stimme bebte. Er wollte nicht manipuliert werden. Er wollte herausfinden, ob es seine eigenen Empfindungen waren oder ob sie nur durch diese Narbe ausgelöst wurden.

»Nicht so«, bat er erneut. Betham nickte. Er küsste sich über Delnaras Hals. Feine Narben zogen sich über Delnaras Oberkörper, zeugten von unzähligen Kämpfen. Betham strich über die helle Brust, schien beeindruckt. Delnara befand sich als Hauptmann immer in der ersten Linie und mied keinen Kampf, der nötig war. All die Verletzungen an ihm sprachen für seinen Kampfgeist und seine Hartnäckigkeit zu überleben. Doch nun lag er bebend unter Betham, die Augen geschlossen und versuchte, seine Unsicherheit durch ruhiges Atmen zu unterdrücken.

»Tust du das hier, weil du wütend auf den Kleinen bist?«, fragte Betham leise in sein spitzes Elfenohr, fuhr zärtlich mit der Zunge darüber. Delnara seufzte.

»Wenn es so wäre?«, fragte er leiser und erntete ein Lächeln.

»Dann sei bitte öfter wütend!« Er schnaufte leise. Seine Gedanken schrien ihm von beiden Seiten in die Ohren, dass er nicht mehr allein sein wollte. Er wollte Betham ganz nahe sein. Er wollte sich hingeben. Er wollte in diesem wohligen Feuer verbrennen.

Delnara öffnete langsam seine Augen. Er beobachtete Betham eine Zeit lang beim Schlafen, ehe er sich aufsetze. Er lehnte sich an die kühle Wand hinter ihm, zog ein Bein an. Er hatte zum ersten Mal nicht den Wunsch aufzuspringen und den Raum zu verlassen. Er wollte dieses Gefühl von Ruhe und Frieden, das er in sich fühlte, genießen. Delnara schloss seine Augen und döste noch eine Weile. Er nahm die ruhigen Bewegungen auf seinem Nachtlager wahr. Vorsichtig öffnete er ein Auge einen Spalt weit. Betham näherte sich verschmitzt lächelnd seinem Gesicht. Raue Lippen legten sich auf die weiche, helle Haut seines Halses und er seufzte leise. Er spürte, wie sich ein Lächeln auf seine Lippen stahl. Etwas hatte sich verändert.

»Ich bin nicht wütend auf ihn«, meinte Delnara und ließ sich von Betham in die Kissen ziehen. Vorsichtig verschränkte er seine Arme auf der Brust des Vikars und sah ihm in die braunen Augen. Dieser strich mit den Fingerspitzen über seinen Rücken.

»Er ist erwachsen, Delnara. Du musst ihn ziehen lassen!«, begann Betham mit sanfter Stimme, strich ihm Haare aus den Augen. »Er verehrt dich. Doch wenn du ihn nicht gehen lässt, könnte es sein, dass er sich ungerecht behandelt fühlt.« Delnara sah lange zwischen den sanften Augen hin und her. Er verstand, was ihm Betham sagen wollte, doch etwas in ihm wehrte sich mit aller Kraft dies zuzugeben.

»Ich kann ihn nicht einfach ziehen lassen«, meinte er leise und senkte seinen Blick. Stille herrschte zwischen ihnen. Betham strich weiterhin über seine Haut und Delnara schloss überlegend die Augen. Seine Gedanken versuchten, sich einen Weg zu bahnen, doch wurden sie immer wieder von den federleichten Berührungen abgelenkt.

»Ich hätte einen kleineren Auftrag«, begann der Vikar nachdenklich und sah an die Decke. »Er ist zu klein, um ihn deiner gesamten Truppe anzuvertrauen, eine handvoll

Männer sollte ausreichen.« Fragend sah Delnara ihn an und legte einen Arm hinter den Kopf. Seine Neugier war geweckt.

»In einem Dorf an der westlichen Küste gibt es immer wieder Unstimmigkeiten zwischen den Menschen und den Elfen. Ich wollte ein paar Soldaten damit beauftragen, sich diese Situation anzusehen und sie aus der Welt zu schaffen«, erklärte Betham weiter. Delnara stützte sich auf die Brust Bethams und sah ihn an. Seine Haare fielen ihm um die Schultern und Bethams Blicke saugten sich an ihm fest.

»Ich dachte mir, vielleicht kannst du den Kurzen mit-nehmen«, murmelte er. »Ich halte es für unwahrscheinlich, dass zu den Waffen gegriffen werden muss. Sollte es doch zu einem Gemenge kommen, bist du da, um ihn zu beschützen.« Bethams Stimme wurde immer leiser. Mit einer Hand strich er Delnara durch die seidigen Haare, fuhr ihm in den Nacken und zog ihn bestimmt zu sich.

»Darüber können wir aber auch später noch reden«, flüsterte er mit dieser tiefen Stimme, die Delnara einen Schauer über die Haut trieb. Er schloss die Augen und spürte im nächsten Moment Bethams Lippen. Er ergab sich diesem Rausch, der in ihm tobte. Er erwiderte den sinn-lichen Kuss, ließ sich in die Kissen befördern und genoss das Gewicht auf sich. Sicher konnte er seinem General später erklären, warum er heute nicht mehr in seinem Arbeitszimmer anzutreffen sein würde. Ein Lächeln zog sich auf seine Lippen. Er legte seine Arme um Bethams Nacken, zog ihn fester auf sich.

Delnara lag auf dem Bauch. Schwerfällig hob er sich in eine sitzende Position und sah aus dem Fenster. Die Uhr am Kirchturm sagte ihm, dass es kurz nach Mittag war. Mit müden Schritten erhob er sich und begann seine Kleidung überzustreifen. Er band seine Hose und ließ das Hemd darüber fallen. Er betrachtete Betham, der auf dem Rücken lag und noch immer schlief. Delnara schluckte. Er überlegte angestrengt, wie er nun mit der Situation umgehen sollte. Er hatte die letzten Stunden genossen, sich diesem Gefühl hingegeben. Doch nun war dieser Moment der Leidenschaft vorbei. Er fuhr sich mit einer Hand durch die Haare und stützte die andere in seine Hüfte. Sollte er ihn wecken oder sollte er ihn schlafen lassen? Wie sollte er ihn wecken? Delnara seufzte.

Ein leises Klopfen riss ihn aus seinen Gedanken. Er ging zur Tür und öffnete sie nur einen Spalt. Sein Löwe stand vor ihm und sah ihn fragend an. Er schob sich durch die Tür und zog sie hinter sich ins Schloss.

»Wo warst du?«, schimpfte Marcellus. Delnara hob beschwichtigend seine Hände.

»Nicht so laut«, bat er und lehnte sich an die Tür. Ein Seufzen entkam seiner Kehle.

»Betham schläft«, murmelte er leise und sah verlegen zu seinem General.

»Es tut mir leid. Ich weiß, ich hätte mich erst um Enurah kümmern und mit ihm reden müssen. Ich weiß nicht, was mich da geritten hat!«, entschuldigte er sich. Ein breites Grinsen zog über die Lippen des Löwen.

»Ich hätte da eine Antwort für dich!«, meinte er spöttisch und erntete einen bösen Blick.

»Lüstling!«, knurrte Delnara und schüttelte den Kopf. »Dennoch. Es war nicht richtig!«, erklärte er sich und sah auf den Boden.

»Das stimmt. Es war vielleicht nicht die richtige Reihenfolge. Aber dafür ist es wieder in deinen Augen«, murmelte Marcellus und verschränkte seine Arme vor der Brust. Delnara sah fragend auf.

»Dieses Leuchten. Ich habe es damals schon gesehen, als wir zusammen etwas trinken waren. Als du seinen Namen gesagt hast, haben deine Augen für einen Moment geleuchtet. Du sahst befreit aus«, erklärte der Löwe. Delnara lachte leise.

»Leuchtende Augen? Das klingt einfach zu kitschig.« Er stieß sich von der Tür ab. »Warte kurz!«, erklärte er und verschwand in seinem Zimmer, sich fertig anzuziehen. Mit dem Schwert in der Hand stahl er sich erneut durch den Spalt der Tür.

»Ich gehe das jetzt mit meinem Bruder klären«, bestimmte er, als er den Waffengürtel um seine Hüfte legte. »Du bist die Leibwache des Vikars«, begann er und ein vielsagendes Lächeln zog sich über sein Gesicht. »Dir wird schon ein Weg einfallen ihn zu wecken!« Ohne ein weiteres Wort lief er schnellen Schrittes an dem Löwen vorbei und den Gang entlang.

Nur kurz überdachte Delnara seinen Weg, als er aus der Kaserne trat. Er lief zum großen Stein am Flussufer. Erleichtert atmete er durch, als er seinen Bruder dort antraf.

»Enurah«, begann er leise und näherte sich.

Dieser sah zu ihm, wandte seinen Blick jedoch wieder ab. Delnara konnte diese Reaktion gut verstehen. Er ging zu seinem Bruder, setzte sich neben ihn auf den Stein.

»Ich habe zu barsch reagiert. Bitte entschuldige«, meinte er ruhig und sah auf das vereiste Wasser. »Ich weiß, dass du erwachsen bist und dass es an mir ist, dich loszulassen.« Enurah sah ihn vorsichtig an. »Du bist auch meine einzige Familie. Ich habe ...« Delnara unterbrach sich. Enurah drehte sich ganz zu ihm herum, sah ihn forschend an. »Ich habe Angst dich sterben zu sehen!«, erklärte Delnara und schloss seine Augen. Es hatte ihn viel Überwindung gekostet, diesen Satz auszusprechen.

»Der Vikar hat einen guten Einfluss auf dich!«, drang es mit einem amüsierten Unterton an sein Ohr. Er runzelte die Stirn.

»Ich wollte damit sagen, dass ich es nicht einfach unterlassen kann, dich zu beschützen«, murmelte er mit schärferem Ton. »Wie dem auch sei. Ich habe ein Angebot vom Vikar bekommen. Du kannst an meiner Seite Erfahrungen sammeln, wenn du das noch möchtest. Es ist ein kleiner

Auftrag, doch du könntest mitkommen«, bot er leise an. Enurah sah ihn erstaunt an.

»Du darfst den Vikar nicht mehr gehen lassen!«, erklärte er atemlos. »Der Mann bricht deine kalte Schale schneller auf, als ich dachte!« Delnara knurrte leise.

»Werd nicht frech!«, drohte er kühl und erhob sich. Er klopfte sich den Schnee von der Kleidung. Mit einem distanzierten Blick sah er auf Enurah. »Morgen früh brechen wir auf. Sei pünktlich!«, sagte er und stieg von dem Stein.

Er kehrte zur Kaserne zurück. Die Worte seines Bruders nagten an seinem Stolz. Der Vikar sollte einen guten Einfluss auf ihn haben? Delnara schnaubte missbilligend.

»Er ist noch jung«, murmelte er vor sich hin und betrat sein Arbeitszimmer. Delnara setzte seinen Hut ab und besah sich die Papiere auf seinem Tisch. Er würde heute lange arbeiten müssen, um alle Unterlagen von seinem Tisch zu bekommen. Er setzte sich und begann.

Die Dunkelheit erinnerte Delnara an den Feierabend. Er erhob sich und nahm seine fertigen Listen mit. Sein Weg führte ihn zum Arbeitszimmer seines Löwen. Er klopfte leise und trat ein. Marcellus saß am Tisch und blickte verwundert auf.

»Ich habe hier die Listen für den Auftrag«, meinte er leise und legte sie seinem General auf den Tisch.

»Du bringst sie zu mir?« Delnara biss die Zähne aufeinander. In Marcellus Stimme klang Sorge mit.

»Du bist jetzt der General. Ich stehe unter dir!«, erklärte er mit einem müden Lächeln. Marcellus erhob sich und seufzte schwer.

»Oder hast du Bedenken, weil du nicht weißt, wie du ihm jetzt unter die Augen treten sollst?« Ertappt zuckte Delnara zusammen, straffte sich jedoch schnell wieder. Marcellus musterte ihn nachdenklich.

»Als dein Vorgesetzter erteile ich dir den Befehl, die Unterlagen zum Vikar zu bringen«, erklärte er ruhig und ging an Delnara vorbei. »Versteck dich nicht wieder«, flüsterte er sanfter und verließ das Zimmer. Delnara biss die Zähne aufeinander. Er folgte dem Befehl des Generals widerwillig. Er verfluchte sich für das Zittern in seinen Fingern.

Mit festem Schritt ging er an den Mönchen vorbei in das Zimmer des Vikars. Ein Lächeln stahl sich auf seine Lippen, als er hörte, wie die Mönche hinter ihm schimpften.

»Du hast deinen Spaß mit meinen Bediensteten?«, fragte Betham amüsiert.

»Ein wenig!«, bestätigte er und schritt auf den Tisch zu, an dem Betham saß. Ein Schauer lief Delnara durch den Körper, als er dem Mann näherkam. Er wollte sich für sein Verschwinden entschuldigen, doch sein Stolz schimpfte ihn einen Schwächling.

»Die Unterlagen für den Auftrag«, meinte er ruhig und legte die Papiere auf den Tisch. Er war froh, dass das Möbel zwischen ihnen stand. Betham sah auf und blickte zwischen seinen blauen Augen hin und her.

»Ich war enttäuscht, von meiner Leibwache geweckt worden zu sein und nicht von dem Mann, der zuvor noch neben mir lag«, erklärte er leise. Delnara spürte eine leise Wut in seinen Wangen brennen. Er wusste nicht, was er antworten sollte. Sein Stolz rief ihn dazu sich umzudrehen und wortlos zu gehen, doch der Teil hinter der Mauer bat ihn sich zu entschuldigen.

»Ich wusste nicht wie«, gab er seinem Gedanken eine Stimme und wandte seinen Blick ab. Eine Hand wanderte in seinen Nacken, zog ihn über den Tisch. Warme Lippen berührten seine.

»So wie du mich auch zu allem anderen überreden kannst!«, hauchte Betham und küsste ihn erneut. Ein Seufzen entfloh Delnaras Kehle. Er spürte, wie sein Geist sich ergeben wollte und löste sich langsam von seinem Gegenüber.

»Sind Menschen immer so rührselig?«, fragte er kühler und erntete ein erheitertes Lachen.

»Wenn sie lieben«, erhielt er zur Antwort. Ein kaltes Brennen zog sich durch Delnaras Körper. Er löste sich und sah um Verzeihung heischend in die braunen Augen vor ihm.

»Es ist spät. Ich sollte mich zur Ruhe begeben«, erklärte er und senkte seinen Blick. Er schob die warme Hand aus seinem Nacken. Langsamer als er es wollte, nahm er seine Finger von Bethams Hand und drehte sich zum Gehen. Etwas in ihm schmerzte, als die Wärme des Anderen seinen Körper gänzlich verließ.

Müde kam er in seinem Zimmer an. Er trat sich die Schuhe von den Füßen und lehnte sich erschöpft an die Tür in seinem Rücken. Mit kühlen Fingern rieb er sich über die Schläfen und hoffte, dies würde seine Kopfschmerzen besiegen. Seine Gedanken kreisten und rieben an seinen Nerven.

»Liebe«, murmelte er vor sich hin und spürte erneut diesen Schauer unter seiner Haut. Er schalt sich einen Dummkopf. Betham hatte zum zweiten Mal angedeutet, dass er etwas Tieferes als pures Verlangen für ihn empfand, doch Delnara war auch darauf nicht eingegangen. Fester rieb er sich über die Stirn und bettete sich dann zur Ruhe. Er würde seine Gedanken im Schlaf verstummen lassen.

~ * ~

Kälte umfing den Elfen. Panik kroch in seine Knochen. Er war allein in der Dunkelheit.

»Ist es das, was du willst?«, fragte eine kalte Stimme. Delnara sah sich schnell um. Er straffte seinen Körper, wollte nicht eingeschüchtert wirken.

»Das bringt dir gar nichts!«, ertönte die Stimme wieder. Eine Gestalt trat vor ihn und ließ ihn erschrecken. Er sah in sein eigenes Gesicht.

»Ich kenne dich besser. Du hast Angst vor der Dunkelheit. Du hast Angst vor der Einsamkeit«, erklärte die Gestalt und verschränkte überlegen die Arme vor der Brust. Delnara schluckte hart.

»Bist du mein Gewissen?«, fragte er gespielt spöttisch. Die Gestalt lachte und sah ihn mitleidig an.

»Wenn du es so willst, nenn mich ruhig so.« Er biss die Zähne aufeinander. Seine Kiefer traten unter der Haut hervor.

»Dann sage ich dir als dein Gewissen, dass du ein Idiot bist!«, erklärte die Gestalt kühl und blickte weiterhin mitleidig auf ihn. »Du hast es doch genossen mit ihm. Ändert sich daran etwas, weil er dir andeutet, dass er mehr für dich empfindet?« Delnara ballte die Hände zu Fäusten. Diese herablassende Art heizte sein Temperament an.

»Ich finde es nicht richtig, es schamlos auszunutzen, wenn ich nicht das Gleiche empfinde!«, zischte er. Ein Lachen durchbrach die bedrohliche Stimmung.

»Empfindest du nicht das Gleiche?«

~ * ~

Wütend öffnete Delnara die Augen. Das Lachen seines Gewissens machte ihn rasend.

»Ich weiß doch wohl am besten, was ich empfinde!«, knurrte er und schlug seine Decke zurück.

Er zog sich seine Kleidung über und begab sich in die Kantine der Kaserne. Er war nicht oft hier, doch vor einer solch langen Reise wollte er sich stärken. Still aß er sein Frühstück, doch seine Gedanken hingen noch immer in der letzten Nacht. Schlecht gelaunt stellte er seinen Teller zum schmutzigen Geschirr und lief in die Eingangshalle. Sein Blick fiel auf seinen kleinen Bruder, der aufgeregt an seiner Kleidung zog. Delnara seufzte leise und lächelte. Dieser Anblick ließ seine Gedanken sanfter werden.

»Guten Morgen«, meinte er leise und trat neben den kleineren Elfen.

»Guten Morgen, Bruder!« Enurah lächelte, blickte dann jedoch skeptisch. »Du hast es dir doch nicht anders überlegt?«, fragte er und erntete ein Kopfschütteln. Seine Männer fanden sich in der Halle ein. Delnara erklärte ihnen noch einmal ihren Auftrag und betonte, dass sie zum Schlichten an die Küste ritten, nicht um zu kämpfen. Die Soldaten nickten. Die Truppe setzte sich in Bewegung. Delnara zog seinen Waffengürtel nach.

»Hauptmann!«, erklang die Stimme des Vikars und Delnara drehte sich zu ihm. Enurah grinste wissend. Er folgte den Männern aus der Halle. Delnara sah seinem Bruder nach und wandte sich dann Betham zu. Ein Schauer lief ihm über den Rücken. Die leere Halle wirkte mit einem Schlag bedrohlich auf ihn. Betham trat nah an ihn heran.

»Schwöre mir, dass du zu mir zurückkommst«, bat er leise und zog ihn in einen kurzen Kuss.

Ein Lächeln zog sich über Delnaras Lippen. Er löste sich von Betham, ging zu seinen Männern und stieg auf seinen Schimmel, den Blick auf seine Truppe gerichtet. Langsam ritt er los. Die Reise würde Tage dauern. Er hörte, wie die Pferde ihm folgten. Langsam ritten sie durch die Straßen und entfernten sich von der Stadt. Ein Schatten tauchte in Delnaras Augenwinkel auf und gewann seine Aufmerksamkeit.

»Eine Verabschiedung?«, flüsterte Enurah mit einem wissenden Lächeln auf den Lippen. Er zog eine Augenbraue in die Höhe.

»Sei weiter so frech und ich schicke dich zurück!«, gab Delnara kühl zurück. Er sah nach vorne. »Wenn wir ankommen, hältst du dich an mich. Du tust, was ich dir sage! Verstanden?«, fragte er ruhig und erntete ein aufgeregtes Nicken. Delnara atmete tief durch. Worauf hatte er sich da nur eingelassen?

Neun

Tagsüber ritten sie dem Westen entgegen. In den Nächten ruhten sie auf Lichtungen und Wiesen. Das Dutzend hatte nicht viel mit sich zu tragen. Sie übernachteten auf engstem Raum in einem Zelt. Delnara setzte sich an einen Baumstumpf, der mit dem Zelt überspannt wurde. Er zog die Beine an den Körper und verschränkte die Arme vor der Brust.

»Ist das kalt!«, murrte Enurah und trat in das Zelt, blickte mürrisch auf seinen Bruder.

»Das hier ist etwas anderes, als ein weiches Federbett!«, meinte Delnara mit geschlossenen Augen und einem Lächeln auf den Lippen.

»Macht dir das auch noch Spaß?«, fragte Enurah und ließ sich neben ihn am Stumpf nieder. Delnara lachte. Er konnte es nicht leugnen. Er mochte es, unter freiem Himmel zu schlafen, sich mit seinen Männern ein Feuer und Proviant zu teilen.

»Es hat etwas von Familie«, meinte Delnara leise und öffnete seine Augen einen Spalt. »Wenn man über Wochen zusammen in einem Lager wohnt, ist man sich näher, als es manche Geschwister je sein könnten. Man teilt Essen und Sorgen miteinander. In einem Kampf vereinen sich Blut und Schweiß.« Delnara zog die Schultern hoch und schloss die Augen wieder.

»Ich kann nicht glauben, dass du das hier dem Platz neben ihm vorziehst«, nuschelte Enurah und rieb seinen kalten Arm an seinem Bruder. Das Lächeln auf Delnaras Lippen wurde weicher.

»Das tue ich nicht«, gestand er leise. Delnara gähnte mit geschlossenem Mund und zog seine Beine näher an sich heran.

»Wir sollten etwas ruhen. Morgen kommen wir in den westlichen Gebieten an«, mahnte er und lehnte seinen Kopf an den Baumstumpf hinter ihm.

Das Zelt hielt die kalten Nachtwinde von ihnen fern. Die Atemgeräusche der Männer erzeugten eine leise Sinfonie der Ruhe. Delnara öffnete seine Augen einen Spalt und sah sich um. Enurah schlief fest neben ihm und hatte seine Wange an seine Schulter gelehnt. Langsam öffnete Delnara seine Augen ganz. Er hatte nicht den Mut sich dem Schlaf hinzugeben. Hin und wieder döste er ein wenig, um seine Kräfte zurückzugewinnen.

Durch die Zeltwand erkannte er die aufgehende Sonne. Mit einem leichten Ruck der Schultern weckte er den jüngeren Elf und erhob sich, als dieser seinen Kopf zurückzog. Er streckte seine müden Glieder und trat aus dem Zelt heraus. Ein eisiger Wind schlug ihm ins Gesicht und ließ ihn wacher werden. Die Vögel zwitscherten und Delnara sog den kalten Morgen in seine Lungen. Er hörte, wie die Männer im Zelt langsam wach wurden und trat ins Zelt zurück.

»Wir packen zusammen. Heute Abend sollten wir unser Ziel erreichen!«, erklärte er. Er ging zu den Pferden und strich seinem Schimmel über den Hals.

»Wie es aussieht, hattet ihr Tiere auch eine gute Nacht«, flüsterte er und begann sein Pferd zu satteln. Er griff in die Satteltasche und zog zwei Umhänge mit Kapuzen hervor. Einen warf er auf den Sattel. Den anderen warf er sich über und schloss ihn vor der Brust.

»Hauptmann!«, erklang eine Stimme und Delnara drehte sich um.

»Sind wir schon so weit im Westen?«, fragte der Soldat leiser und erhielt zur Bestätigung ein Nicken. Delnara schlug sich die Kapuze über den Kopf.

»Wir sollten ab jetzt vorsichtig sein!«, erklärte er und warf Enurah den zweiten Umhang zu, als dieser sich zu ihnen gesellte.

»Was soll ich damit?«, fragte er verwirrt.

Der Soldat sah den jungen Elf skeptisch an.

»Ihr solltet eure Ohren verbergen, Elf!«, erklärte er knapp und half das Zelt zu zerlegen und zu verpacken. Enurah sah verwirrt auf den Stoff in seiner Hand.

»Mach schon, Bruder!«, bat Delnara und stieg auf seinen Schimmel.

»Soll ich mich verstecken, weil ich ein Elf bin?«, fragte der Jüngere vorwurfsvoll. Delnara nickte nur mit ernstem Blick. Enurah knirschte mit den Zähnen. Er hatte sich noch nie verstecken müssen. Er hatte noch nicht begriffen, warum er es jetzt sollte. Widerstrebend warf er sich den Umhang über und zog sich die Kapuze ins Gesicht. Er stieg auf sein Pferd und sah sich mürrisch in der Runde um. Alle Soldaten zogen sich einen Umhang über und setzten ihre Kapuzen auf. Enurah ritt zu seinem Bruder an die Spitze.

»Warum dieses Versteckspiel?«, knurrte er beleidigt. Delnara sah seinen Bruder unter dem Umhang hervor an.

»Hättest du in deinem Unterricht besser aufgepasst, wüsstest du, dass Elfen im Westen noch immer ungern gesehen werden. Das liegt zu einem großen Teil daran, dass der Wasserweg nach Esmaan nicht weit ist«, erklärte er und sah seinen Bruder ernst an.

»Wenn wir ankommen, wirst du mich mit meinem Rang ansprechen. Du wirst mich nicht Bruder nennen und erst recht nicht bei meinem Namen!«, mahnte er im Befehlston. Enurah zuckte zusammen.

»Warum nicht mit deinem Namen?«, fragte er leiser und erntete eines von Delnaras trüben Lächeln.

»Was hat es für einen Sinn die Ohren zu verbergen, wenn man am Namen erkennt, dass wir Elfen sind?« Der Jüngere ließ sich mürrisch hinter seinen Bruder fallen.

»Wie albern es ist, sich wegen Ohren zu verstecken«, murmelte er leise.

»Du bist noch jung. Hör auf den Hauptmann. Er hat Menschen erlebt, die nicht besonders nett mit kleinen Elfen umgegangen sind. Glaub ihm, wenn er dich vor den Menschen im Westen von Zetote warnt«, erklärte ihm ein Soldat. Dieser sah unter seiner Kapuze hervor und lächelte freundlich.

»Es heißt, der Hauptmann habe in seiner frühen Kindheit erleben müssen, was ein Mensch mit einem Elfen anstellt«, meinte er mitleidig. Enurah sah verwirrt zu seinem Bruder.

»Das kann nicht sein. Wir waren zusammen im Waisenhaus, seit ich fünf war«, überlegte er laut.

»Und die Jahre davor?«, fragte der Soldat und Enurah schreckte zusammen. Darüber hatte er mit seinem Bruder nie gesprochen. Betrübt und beschämt senke er seinen Blick.

»Tu einfach, was er dir sagt. Unter seiner Aufsicht ist noch keiner gestorben!«, meinte der Soldat aufmunternd und klopfte ihm auf die Schulter.

Der Tag verging ohne ein weiteres Wort. Erst der Abend ließ die Stille in der Truppe brechen.

»Wir sind da!«, sagte Delnara. Er zügelte sein Pferd und stieg mit einer schnellen Bewegung ab. »Seid zu jeder Zeit wachsam! Wir werden uns für diese Nacht ein Gasthaus suchen!«, erklärte er und durchschritt mit seinem Pferd die Tore der Stadt. Seine Soldaten taten es ihm gleich und folgten ihm dichtauf. Ein Soldat trat an den Hauptmann heran.

»Meint Ihr, es ist gut, sich ein Gasthaus zu suchen?«, fragte er vorsichtig und bekam als Antwort ein Nicken.

»Die Männer sind durchgefroren und es könnten nützliche Gespräche mit dem Wirt oder Stallburschen entstehen«, erklärte er leise und sah sich aufmerksam um. Dies war einer der wenigen Momente, in denen Delnara froh war, nicht größer als ein Mensch zu sein. Der Soldat blieb an der Seite seines Hauptmannes, als die Bewohner der Stadt ihre Wege unterbrachen und auf das ankommende Dutzend sahen.

»Stehen bleiben!«, rief eine harte Männerstimme. Delnara knirschte mit den Zähnen und schob seine Gefühle hinter eine kühle Wand. Er drehte sich um und erblickte einen breiten Mann mit harten Gesichtszügen.

»Wir mögen verhüllte Gestalten nicht in unserer Stadt!«, rief er und seine Finger umgriffen die Mistgabel in seiner Hand fester.

»Wir sind hier, um die Tumulte zu versöhnen«, erklärte Delnara ruhig.

»Dann nehmt die Umhänge ab, Hauptmann!«, befahl der Mann mit harter Stimme. Delnara lächelte weich und hob seinen Blick etwas an.

»Meine Männer und ich kommen aus Belevim. Die Reise war lang und wir sind durchgefroren. Wenn wir uns an einem Feuer wärmen könnten, würden wir auch unsere dicken Umhänge ablegen!«, erklärte er und deutet auf seine Truppe. Der Mann sah misstrauisch auf die Gruppe und nickte dann.

»Mein Bruder hat ein Gasthaus. Es bietet Platz für all Eure Männer.« Delnara nickte und folgte dem Mann zum Gasthaus.

»Hauptmann!«, mahnte der Soldat leise. »Ich weiß. Ich werde mir etwas einfallen lassen!«, gab er zurück. Am Gasthaus angekommen gaben die Männer ihre Pferde ab und bezogen ihr Zimmer. Delnara schloss die Tür hinter sich und zog sich die Kapuze vom Kopf. Sein Blick schweifte über die fünf Männer, unter ihnen auch sein Bruder. Der

Soldat, der ihm am nächsten stand, kam auf ihn zu. Er hob beschwichtigend die Hand.

»Du wirst der Hauptmann sein, den er sehen will!«, erklärte er und öffnete seinen Umhang.

»Wir werden das Wams tauschen und in seinen Augen wird der Hauptmann ein Mensch sein!«, erklärte er weiter. Der Soldat nickte und zog sich das Wams über den Kopf.

»Was soll das?«, knurrte Enurah und verschränkte die Arme vor der Brust.

»Warum spielst du solche Spiele? Du bist doch schneller und stärker, als dieser Kerl.« Delnara belächelte die Wut seines Bruders.

»Wir beide werden als erstes die Umgebung ablaufen!«, befahl er. Er tauschte mit dem Mann vor ihm die Uniform.

»Halte dich so kurz wie möglich mit ihm auf!«, mahnte er und ließ den Soldaten mit seinem Wams aus der Tür treten.

»Ich finde das albern«, knurrte Enurah und setzte sich auf das Bett hinter ihm.

»Ich werde es dir bei Gelegenheit erklären«, beschwichtigte Delnara.

Die Zeit beugte sich der Nacht entgegen. Delnara saß auf einem der Betten und lehnte seinen Kopf an die Wand. Er hoffte, der Wirt und dessen Bruder glaubten dem falschen Hauptmann. Die Tür öffnete sich und der Soldat trat träge ein. Delnara sah besorgt auf.

»Ihr seid jetzt einer der bekanntesten Trinker dieser Stadt, Hauptmann!«, kam es lallend von dem Soldaten. Delnara lachte.

»Dann danke ich Euch. Ruht Euch aus!«, meinte er amüsiert. Der Soldat reichte dem Hauptmann sein Wams zurück und ließ sich in das nächstbeste Bett fallen. Delnara zog sich seine Kleidung über und nahm den Umhang. Er trat Enurah sanft an den Schuh.

»Komm!«, meinte er und der Jüngere griff mürrisch nach seinem Umhang.

Beide setzten die Kapuzen auf und traten aus dem Gasthaus. Ihr Weg führte sie an der Küste entlang durch den Rand des Waldes.

»Warum müssen wir uns verstecken?«, knurrte der Jüngere wütend.

»Zur Sicherheit!«, erklärte Delnara knapp. Lange herrschte Stille zwischen den Brüdern. Enurahs Blick wanderte immer wieder zu seinem Bruder.

»Stimmt es?«, fragte Enurah leise.

»Stimmt was?«, fragte er zurück, nahm seinen Blick nicht von der Umgebung.

»Einer der Männer meinte, du hättest schlechte Erfahrungen mit einem Menschen gemacht«, murmelte Enurah verlegen. Delnara blieb stehen und sah seinen Bruder kühl an. Er wollte dieses Thema jetzt nicht anschneiden, doch sein Bruder hatte eine Antwort verdient.

»Der Leiter des Waisenhauses hat mich immer wieder für Stunden oder Tage in einen Keller gesperrt!«, erklärte er knapp und seine schneidende Stimme duldete keine weiteren Fragen. Er marschierte voran und sah sich wachsam um. Erneut herrschte Stille zwischen ihnen. Enurah hing seinen Gedanken nach.

»Bleib stehen!«, zischte Delnara und riss seinen Bruder aus den Gedanken.

»Zu so später Stunde sieht man Elfen hier sonst nicht herumirren!«, erklang eine Stimme aus dem Wald.

»Will sich unser Beobachter nicht zeigen, damit wir seine Absichten erkennen können?«, fragte er kühl und sah sich vorsichtig um. Ein Lachen ließ seinen Blick auf einen Baum vor ihm schnellen.

»Habt Ihr kein Vertrauen in die eigene Gattung?«, fragte die Stimme beschwingt. Nun war es Delnara, der demonstrativ lachte.

»Ich vertraue generell keinem Wesen, das es für nötig hält, sich in den Schatten des Waldes zu verbergen und das nur aus dem Schutze der Dunkelheit zu mir spricht!«

Eine Gestalt trat hinter dem Baum hervor, den Delnara noch immer mit seinen Blicken fixierte. Er spannte seinen Körper an. Sein Blick sprang zwischen der Gestalt und den Geräuschen hinter sich hin und her. Er zog sein Schwert und auch Enurah griff nach seinem Bogen. Die Gestalt vor ihnen schnalzte mit der Zunge und wackelte mahnend mit dem Zeigefinger. Delnara sah sich um und richtete sich auf. Er steckte sein Schwert weg und deutete seinem Bruder sich zu ergeben.

»Ein Hinterhalt. Effektiv!«, lobte er mit einem bitteren Unterton. Ein Mann trat hinter die Brüder und zog ihnen die Kapuzen von den Köpfen.

»Zwei Elfen bei der kirchlichen Garde. Interessant«, meinte der großgewachsene Elf vor ihnen, der sich nun im Mondlicht zu erkennen gab. Seine Kleidung glänzte silbern und Delnara erkannte Seide und Samt. Seine langen Haare hingen glatt an ihm herunter.

»Ihr werdet meiner Prinzessin gefallen. Kommt, ich stelle sie Euch vor, Hauptmann.« Der Elf wandte sich zum Gehen. Delnara knirschte mit den Zähnen und wies Enurah an, vor ihm zu laufen. Nach wenigen Minuten kamen sie an einen kleinen Anlegesteg.

»Unser Boot!« Der große Elf deutete elegant auf das gondelartige Gebilde zu Delnaras Füßen.

Enurah sah ihn fragend an und der Elf befahl ihm, mit einer Kopfbewegung einzusteigen. Delnara folgte und setzte sich zu seinem Bruder. Nun erblickte er die Elfen in ihren Rüstungen, die hinter ihnen gegangen waren. Der große Elf stieg ein und vier der Soldaten folgten ihm, um das Boot vom Steg zu lösen und zu rudern. Stille legte sich über die Insassen des Bootes. Allein das Geräusch der Ruder im Wasser war zu hören. Delnara sah sich aufmerksam um. Sie legten an einem Strand an, der in einen Wald überging. Ein

Soldat lief vor und der großgewachsene Elf bedeutete ihnen, die Richtung des Soldaten einzuschlagen. Enurah lief neben Delnara her. Immer wieder sah er sich nervös um. Ihr Weg führte sie tief in den Wald zu einer Lichtung. Delnara blieb abrupt stehen und blickte starr vor sich. Enurah stoppte ebenfalls und folgte seinem Blick. Vor ihnen erstreckte sich eine Stadt in den Bäumen. Die Häuser waren in den Ästen der Bäume versteckt und mit unzähligen Brücken und Treppen verbunden. Die Lichter, die aus den Fenstern drangen, lockten Glühwürmchen an, was dem Ort etwas Mystisches verlieh.

»Euch gefällt diese Stadt?«, fragte eine zarte Stimme. Delnara senkte seinen Kopf und erblickte eine Elfenfrau. Er schluckte trocken. Ihre Schönheit nahm ihn ein. Ihre langen schwarzen Haare waren glatt und glänzten wie Seide. Silberne Ringe, Ketten und Edelsteine verzierten ihre spitzen Ohren und ein filigranes Diadem thronte auf ihrem Haupt. Delnaras Blick fiel auf ihren großen, schlanken Körper, der von Seide und Brokat umschmeichelt wurde. Ohne seinen Blick von der Frau zu nehmen griff er neben sich und umfasste Enurahs Kinn, um seinen Mund zu schließen. Ihre kühlen blauen Augen durchdrangen die Brüder prüfend.

»Sagt mir, Hauptmann, wie konnte eine Elf in einer von Menschen geleiteten Armee so weit aufsteigen?«, fragte sie in frostigem Ton.

»Durch Willen, Erfahrung und meine Neigung zum Überleben!«, meinte er nur knapp. Er sah sich forschend um. Immer mehr Elfen traten aus ihren Häusern und begutachteten die Neuankömmlinge.

»Sind die Menschen nun weniger neidisch als früher?«, fragte sie und hob verachtend ihr Kinn. »Ihre Gier hat sich in den letzten Jahrzehnten nicht geändert«, meinte sie kalt.

»Ist das der Grund für Eure Streitigkeiten?«, fragte Delnara und hielt dem Blick der Prinzessin stand.

»Sie fischen in unseren Gebieten!«, klagte sie die Menschen an. Ihre Stimme war leise, aber schneidend.

»Euer Land ist eine Insel. Rund um Euer Land gibt es Wasser und Fische«, stellte Delnara fest und ging einen Schritt auf sie zu. Ihre Wachen richteten ihre Speere auf Delnara, der verächtlich schnaubte.

»Ihr entführt uns und nun droht Ihr mir?«, zischte er. Die Prinzessin vollführte eine kurze, geschmeidige Bewegung mit ihrer Hand und die Wachen traten einen Schritt zurück. Sie lief langsam zu Delnara und dieser bewunderte ihre flüssigen Bewegungen. Ihre Hand legte sich auf seine Wange. Er straffte seinen Körper und hielt ihren eisblauen Augen auch weiter stand.

»Ihr habt so viel Stolz in Euch«, begann sie und ihr Blick wurde mitleidig. »Warum erniedrigt Ihr Euch so und dient den Menschen?«, fragte sie weiter. Delnara nahm ihre Hand von seiner Wange und ließ sie los.

»Es war meine Entscheidung zur kirchlichen Garde zu gehen. Ich bereue diese Wahl nicht.«

»Unser Vikar ist auch kein schlechter Mensch!«, rief Enurah. Sein Geduldsfaden schien zu dünn geworden zu sein.

»Enurah!«, zischte Delnara hinter sich und blickte die Prinzessin wütend an. Diese trat einen Schritt zurück.

»Ihr verteidigt einen Menschen?«, wollte sie wissen und ihre Miene verzog sich minimal.

»Ja«, kam die kurze Antwort Enurahs. »Nicht jeder Mensch ist schlecht. Nicht jeder Mensch ist so, wie Ihr ihn darstellt!«, fauchte er erneut und machte einen Satz nach vorn. Ein Soldat ergriff seine Arme. Delnara schnellte herum und zog sein Schwert. Noch bevor der Soldat reagieren konnte, lag Delnaras Klinge an seiner Kehle.

»Ich warne Euch nur einmal. Lasst ihn los!«, drohte Delnara dunkel. Mit langsamen Bewegungen ließ der Soldat Enurah los und dieser stellte sich neben Delnara. Die Prinzessin ließ einen entzückten Laut vernehmen.

»Ihr beeindruckt mich. Ihr seid schnell und verteidigt einen Soldaten. Ich nehme an, er ist Euer jüngerer Bruder?«

Die Prinzessin lächelte wissend. Sie bedeutete ihren Soldaten sich zurückzuziehen.

»Kämpfer mit solch ausgezeichneten Anlagen könnten unsere Armee gut verstärken. Ihr könntet in unserem Land als Prinzen gefeiert werden!«, bot sie an. Delnara drehte sich zur Prinzessin. Er steckte das Schwert weg und sah auf seinen Bruder.

»Wir danken, doch wir dienen bereits einem Herrn. Dieser Soldat dient mir und ich diene meinem General und meinem Vikar. Ich sehe also keine Notwendigkeit, jemandem zu dienen, der dem gleicht, was er seinen Feinden nachsagt«, erklärte er ruhig und deutete eine Verbeugung an.

»Wenn Ihr uns nun in unser Land zurückbringen könntet, wäre ich Euch dankbar«, meinte er und drehte sich zum Gehen. »Ich werde den Bewohnern der Stadt vorschlagen, nur noch bis zur Hälfte dieses Gewässers zu fischen«, warf er ein und zog seinen Bruder am Arm mit sich.

Sie gingen zum Strand. Delnara wusste, dass man sie noch warten lassen würde und er sammelte etwas Holz für ein Feuer. Leise setzte er sich unter einen Baum, als das Feuer vor ihm brannte und sie wärmte. Sein Blick wanderte über den Waldrand. Er wollte sich nicht die Blöße geben, erneut in einen Hinterhalt zu geraten. Einige Zeit knisterte nur das Feuer.

»Wollt Ihr uns noch länger beobachten?«, fragte Delnara schließlich und Enurah sah sich verwirrt um. Ein Mann trat aus den Schatten der Bäume hervor.

»Verzeiht mir, Hauptmann. Ich entschuldige mich für die Behandlung durch unsere Prinzessin. Sie ist noch jung!«, erklärte er und trat näher. Delnara hob eine Augenbraue.

»Jung? Wie jung?«, fragte er und hoffte auf diesem Wege eine Antwort auf seine Frage nach dem möglichen Alter eines Elfen zu erhalten. Der Mann lächelte beschwichtigend.

»Man fragt doch nicht nach dem Alter einer Prinzessin!«, mahnte er und ließ sich am Lagerfeuer nieder.

»Dann beantworte mir doch die Frage, warum es offensichtlich schon seit Jahrzehnten Streitigkeiten zwischen Elfen und Menschen gibt. Alle Wesen der Welt kommen miteinander aus. Nur Menschen und Elfen nicht«, meinte Delnara und sah den Mann durchdringend an. Dieser wärmte sich die Hände am Feuer und seufzte, ehe er zu erzählen begann.

»Der Anfang liegt, wie so vieles, weit in der Vergangenheit. Menschen wollten schon immer das beherrschen, was sie selbst nicht erbringen konnten. Elfen wirken auf Menschen anziehend. Sie werden als außergewöhnlich schön und anmutig empfunden. Ihr Stolz, ihre Stärke und ihr Größe lassen die Menschen sich klein und unbedeutend vorkommen. Dazu kommt, dass Elfen so gut wie nie erkranken und sich so der Irrglaube der Unsterblichkeit in den Köpfen der Menschen festgesetzt hat. Elfen sind das, was die Menschen immer sein wollten, doch nicht sein können. Neid und Missgunst sind wie Geschwüre, die sich in den Herzen der Menschen eingenistet haben«, erklärte der Mann und Delnara biss die Zähne zusammen.

»Nicht alle Menschen sind so!«, ließ er den Mann seinen Unmut spüren. Dieser nickte leicht und sah in die Flammen.

»Das stimmt. Die junge Generation der Menschen beginnt diese Verhaltensweisen zu hinterfragen. Doch Generationen von misshandelten und gedemütigten Elfen können nicht so schnell vergeben. Ihr Stolz steht ihnen ebenso im Weg, wie der Neid den Menschen im Weg steht«, meinte der Mann und sah auf die Brüder.

»Es freut mich, zwei Elfen zu treffen, die diesem Schicksal entgangen sind.« Delnara schnalzte mit der Zunge und wandte seinen Blick ab. Der Mann sah fragend auf ihn.

»Er kennt beide Seiten!«, verriet Enurah. Der Mann nickte und erhob sich.

»Ich werde Soldaten schicken, die Euch nach Zetote bringen«, versprach er und verschwand in den Schatten der Bäume. Delnara sah Enurah an.

»Du solltest dich etwas ausruhen. Wir werden sicher noch ein paar Stunden warten müssen«, meinte er und sah zu, wie sein Bruder sich neben ihn legte. Delnara ließ seinen Blick einige Zeit auf dem Jüngeren ruhen. Er nahm seinen Umhang ab und legte ihn über Enurah, damit dieser nicht mehr fror als nötig.

Lange hatte Delnara in die Flammen geschaut, als er Schritte vernahm und sein Schwert fest umgriff.

»Das ist nicht nötig. Wir bringen euch zurück!«, erklärte der großgewachsene Elf, der sie hergebracht hatte.

Delnara erhob sich und weckte seinen Bruder. Inständig hoffte er, dass keiner der Soldaten versuchen würde, sie auf dem Gewässer zu töten.

Der Rückweg kam ihm unendlich lang vor. Seine Sinne waren müde und sein Herz wund. Der Hass zwischen Menschen und Elfen verletzte ihn. Immer wieder fiel sein Blick auf seinen kleinen Bruder, der wieder eingeschlafen war und erst kurz vor der Küste erwachte. Zusammen stiegen sie aus dem Boot. Sie warfen sich ihre Umhänge über und zogen sich die Kapuzen tief in die Stirn.

»Sagt Eurer Prinzessin, dass ich wiederkommen werde, wenn die Tumulte sich nicht legen!«, drohte er in einem ruhigen Ton. Zusammen mit Enurah verließ er das Ufer und folgte dem Weg zurück zum Gasthaus.

»Hauptmann!« Ein Soldat kam auf ihn zu. In seinen Augen war Sorge und Erleichterung gleichermaßen zu sehen. Erst jetzt machte sich Delnara bewusst, dass sie über Stunden verschwunden waren.

»Ich bin müde!«, meinte Delnara nur und schritt an dem Soldaten vorbei. »Ich erkläre unser Verschwinden später!« Sein Blick richtete sich gen Osten, wo die Sonne ihre ersten Strahlen auf die Erde schickte.

»Ihr solltet mit den Menschen reden, die der Fischerei nachgehen. Sicher findet ihr dort den Kern der Tumulte«, befahl er und begab sich mit seinem Bruder auf das

Zimmer. Er warf seinen Umhang von sich und trat sich die Stiefel aus. In einer schlaffen Bewegung ließ er sich in das Kissen fallen und zog sich die Decke über die Ohren.

~ * ~

Kühle Hände legten sich auf seine geschlossenen Augen. Delnara wusste, wer hinter ihm stand und seinen Körper an ihn presste.

»Betham«, flüsterte er ruhig und konnte das Lächeln hinter sich fast körperlich spüren. Raue Lippen strichen über sein Ohr und jagten ihm einen Schauer über die Haut. Er legte seinen müden Kopf auf die starke Schulter hinter ihm. Nur kurz fragte ihn sein Stolz, warum er sich so schwach in den Armen des Mannes fühlte. Ein Lächeln umspielte seine Lippen. Es war ihm egal, warum er sich schwach fühlte. Er konnte in diesen Armen loslassen. Er konnte seine Alpträume und seine Ängste loslassen. Er konnte Vertrauen sammeln. In diesen Armen konnte er sich fallenlassen. Delnara fühlte sich frei und geborgen. In diesem Moment war es perfekt. Die kühlen Finger auf seinen Augen entspannten ihn und seine Gedanken. Seine Zweifel verließen seinen Kopf.

»Ich liebe dich!«, flüsterte diese dunkle Stimme in sein Ohr. Er atmete durch. Es war, als hätte dieser Satz sein Innerstes entzündet.

»Ich weiß«, gab er leise zurück, doch er wusste, dass dies nur die halbe Wahrheit war. Seine Seele wurde ruhiger. Die Anspannung der letzten Monate fiel von seinen Schultern. Es gab nur noch Betham und diese Wärme um ihn herum. Auch wenn er dieses Verhalten als schwach empfand, wollte er sich dieser Schwäche hingeben.

~ * ~

»Hauptmann!« Delnara wurde aus dem Schlaf gerissen. Träge öffnete er die Augen und brauchte einige Zeit, um sich zu orientieren.

»Was gibt es?«, fragte er schläfrig, rieb sich ein Auge.

»Die Fischer wollen nur mit Euch reden«, erklärte der Soldat, der ihn geweckt hatte. Er erhob sich und streckte sich kurz und kräftig.

»Gut. Dann lasst uns gehen!«, meinte er und zog sich seine Stiefel über die Füße.

»Und er?«, fragte der Soldat neugierig und deutete auf Enurah. Sein Bruder schlief noch selig und atmete leise.

»Ich will ihn in meiner Nähe haben. Die Stimmung zwischen Elfen und Menschen in dieser Region gleicht einem Pulverfass«, murmelte er und ging zu seinem Bruder.

»Werd wach und erheb dich!«, meinte er laut und schüttelte die Schultern seines Bruders. Dieser murrte leise und wandte seinen Kopf ab. Delnara zog eine Braue in die Höhe und verstärkte seine Bemühungen.

»Aufstehen!«, sagte er lauter, »Das ist ein Befehl! «. Enurah erhob sich widerwillig und sah mürrisch auf.

Eilig zog Enurah seine Stiefel an. Unter leisem Fluchen warf er sich den Umhang über und zog die Kapuze auf. Ebenso Delnara.

Mit dem Soldaten gingen sie zu den Anlegestegen der Fischer. Delnara sah sich prüfend um. Ein flaues Gefühl lag ihm im Magen. Er würde vorsichtig sein müssen und hoffte, sein Bruder konnte sein Temperament zügeln.

»Ist Euch noch immer kalt, Hauptmann?« Er drehte sich um und sah in das Gesicht des Mannes, der sie am Vorabend empfangen hatte.

»Ihr wolltet mich sehen!«, überging er die Frage. Der Mann nickte nach einiger Zeit und ein finsteres Lächeln zog sich über sein Gesicht.

»Ich dachte, Ihr könntet mal mit den Fischräubern reden, die sich des Nachts an unseren Fanggründen zu schaffen machen!«, meinte er mit dunkler Stimme und trat nahe an ihn heran.

»Das habe ich bereits«, sagte Delnara, »Sie sagten, dass...« Das Lächeln des Mannes gefrohr und unterbrach ihn. Schneller als Delnara es erwartet hatte, griff der Mann nach seiner Kapuze und zog sie ihm vom Kopf.

»Ihr seid selbst einer dieser arroganten Lügner!«, zischte der Mann, packte Delnara am Kragen und hob ihn wenige Zentimeter an. Delnaras Soldaten machten einen Schritt auf die Männer zu, wurden jedoch von seiner Handbewegung gestoppt.

»Hättet Ihr mich in Eurer Stadt empfangen, wie es meinem Stand zusteht?«, fragte er gepresst. Die Hand an seinem Kragen ließ ihn schwerer atmen. Er sah dem Mann fest in die Augen.

»Wir wollen hier keine arroganten Elfen, die uns ihre Überlegenheit demonstrieren wollen«, rief der Mann. Delnara sah im Augenwinkel, wie Enurah kochte.

»Ich habe Euch nicht die volle Wahrheit gesagt, das stimmt. Wenn Ihr mir die Möglichkeit dazu gebt, werde ich mich auch gebührend entschuldigen«, schlug Delnara vor und erntete ein herablassendes Lachen.

»Entschuldigen? Dafür ist es zu spät. Ihr habt uns ausspioniert!«, klagte ihn der Mann an und stieß ihn mit einer kräftigen Bewegung vor die Füße der Fischer.

»Bruder!«, hörte er und spürte wenig später Enurahs Nähe. Schmerzhaft keuchend stützte sich Delnara auf die Arme und atmete durch. Er sah zu seinem Bruder auf und erschrak. Eine Traube hatte sich um sie herum gebildet.

»Jetzt sind es schon zwei Spione!«, rief eine Frau und bedrohliches Flüstern griff um sich. Delnara stand auf und sah sich vorsichtig um.

»Du gehst jetzt«, flüsterte er Enurah einen Befehl zu, doch dieser schüttelte den Kopf. Er zog sich die Kapuze herunter und stellte sich dichter zu seinem Bruder.

»Ich sagte, du gehst!«, befahl er lauter, als der Kreis um sie enger wurde.

»Hängt die Spione!«

»Wir sind betrogen worden!« Die Wortfetzen wurden lauter. Delnara schluckte trocken. Er bemerkte, dass seine Soldaten sich zu ihm drängten.

»Hauptmann«, murmelte einer der Soldaten und stellte sich vor ihn.

»Ihr bringt meinen Bruder in Sicherheit!«, befahl er. »Was ist mit Euch?«, fragte der Soldat voll Sorge. Delnara schüttelte den Kopf.

»Ich komme zurecht! Bringt Enurah aus der Stadt! Wir treffen uns bei unserem letzten Lager!«, befahl er, ehe er unter dem Soldaten durchtauchte und sich durch die Menschentraube drängte. Er wollte sie hinter sich herlocken. Nach einigen Metern sah er über die Schulter und erkannte, dass die Soldaten seinen Bruder aus der Stadt brachten. Die wütende Meute jedoch verfolgte ihn. Mit wenigen Sprüngen kletterte er einige Kisten hinauf und schwang sich auf das Dach einer Scheune. Die letzte Kiste stieß er mit den Füßen hinunter. Hier oben war er vorerst sicher. Delnara hockte sich auf den First und atmete angestrengt. Er beobachtete die Menschen vor der Scheune und blickte über sie hinweg zu seinen Soldaten, die mit seinem Bruder flohen. Seine Augen verengten sich und er stand auf, um besser sehen zu können. Eine kleinere Gruppe verfolgte seinen Bruder. Er sah, wie Schwerter gezogen und Bögen gespannt wurden.

»Hauptmann!« Einer seiner Soldaten stand neben der Scheune mit seinem Schimmel an den Zügeln. Schnell rutschte er von dem Dach herunter und sprang in seinen Sattel. Gemeinsam galoppierten sie zu Enurah und den anderen Soldaten, die den Schutz des Waldes suchten.

Pfeile schnellten an seinem Kopf vorbei. Delnara ritt neben seinen Bruder und zog sein Schwert. Er würde die Menschen der Stadt nicht angreifen, doch er würde seine

Männer verteidigen. Ein Schrei riss Delnaras Aufmerksamkeit zu seinem Bruder. Dieser hielt sich den Arm und stürzte vom Pferd. Er zog die Zügel seines Pferdes an und sprang aus dem Sattel, um zu seinem Bruder zu laufen. Dieser richtete sich auf.

»Enurah!«, warnte er ihn. Sein Bruder blickte hinter sich, reagierte zu langsam. Er wurde, wie die anderen Soldaten auch, attackiert. Delnara stockte. Aus dem Rücken seines Bruders ragten die Spitzen einer Mistgabel. Ein dunkles Keuchen drang an sein Ohr, als das Werkzeug zurückgezogen wurde und Enurah auf seine Knie sackte. Der Mann, der hinter ihm stand, machte einen erschrockenen Gesichtsausdruck. Er sah sich hilfesuchend um. Delnaras Schockstarre legte sich. Er lief zu seinem Bruder und umfing seine Schultern, als er zu fallen drohte.

»Enurah«, flüsterte er und besah sich die Wunden an dessen Bauch. Enurah öffnete seine Augen ein wenig und atmete schwer, stockend. Delnara drückte seine flache Hand fest auf die blutenden Wunden. Er spürte die warme Flüssigkeit und biss die Zähne verzweifelt zusammen.

»Du musst durchhalten!«, bat er und blickte in schwache, blaue Augen.

»Es tut mir leid!«, keuchte Enurah und lehnte seinen schweren Kopf an Delnaras Schulter.

»Nichts muss dir leidtun! Du musst nur überleben«, flüsterte Delnara sanft und griff mit seiner freien Hand in das blonde Haar seines Bruders, streichelte ihm fahrig den Kopf.

»Bitte«, hauchte er leise und schloss die Augen. Er presste sein Gesicht in den Schopf und lauschte den schwerfälligen Atemzügen. Das beginnende Rasseln in Enurahrs Atemzügen ließ Delnara erschaudern. Sein Innerstes wollte schreien, wollte wüten und mit seinem Schwert blutige Rache nehmen. Eine einsame Träne suchte sich den Weg aus seinem Auge, als der Atem seines Bruders langsamer und schwerer wurde. Delnara spürte die Anstrengung, die das Einatmen Enurah bereitete. Schwach glitt seine Hand auf den Boden des Waldes.

»Bitte nicht!«, flehte Delnara mit brechender, bebender Stimme. Er zog seinen Bruder fester an sich, als sich Stille über seinen Körper legte. Sein Griff in dem blonden Schopf wurde fester, doch er spürte keinen Widerstand. Der Kopf seines Bruders glitt von seiner Schulter und bettete sich in Delnaras Elle. Verzweifelt öffnete Delnara seine Augen einen Spalt und sah auf das ruhige Gesicht vor ihm. Der Schmerz war der Entspannung gewichen. Delnara biss die Zähne hart aufeinander. Kein Ton kam über seine Lippen. Mit einem Ruck umklammerte er Enurahs Körper und presste sein Gesicht in dessen Halsbeuge. Er hoffte, das Rauschen des Blutes wahrzunehmen. Doch seine Hoffnung wurde bitter enttäuscht. Enurahs Körper war schwer und ruhig. Zu ruhig. Zu schwer. Delnaras Finger verkrampften sich in der Kleidung des Jüngeren, als er etwas in sich brechen spürte. Stumme Tränen liefen in Strömen über sein schmerzverzerrtes Gesicht. Sein Atem ging stoßweise. Ihm war, als hätte man einen Gurt um seine Brust gelegt, der sich erbarmungslos festzog. Vorsichtig wiegte er den schlaffen Körper in seinen Armen.

Er erinnerte sich, wie er im Waisenhaus seinen kleinen Bruder in den Schlaf gewiegt hatte, wenn ein Gewitter den Himmel zerriss und der Donner schmerzhaft in den Ohren grollte. Enurah war weinend und schluchzend zu ihm ins Bett gekommen und hatte sich eng an ihn gepresst. Seine kleinen Finger hatten sich an Delnaras Kleidung krampfhaft festgehalten und der Körper in seinen Armen hatte gebebt. Vorsichtig hatte er ihn fester an sich gezogen und ihn sanft gewiegt, bis das Zittern vergangen war und die Finger in seinem Hemd sich langsam lösten. Sanft hatte er Enurah die Tränen aus den Augen gestrichen und ihm versprochen über ihn zu wachen. Immer wieder hatte er auf ihn eingeredet, bis dieser in seinen Armen eingeschlafen und nur noch das leise Atmen des Kindes zu hören gewesen war.

»Es tut mir leid«, hauchte Delnara bebend an die Schulter seines Bruders. Er hatte sein Versprechen gebrochen. Er hatte Enurah nicht beschützen können. Er sah auf, als er Schuhspitzen vor sich sah. Erst jetzt drangen die Kampf-geräusche seiner Kameraden wieder an sein Ohr. Er unter-brach seine wiegende Bewegung und sah wütend auf den Mann vor ihm. Sein Inneres brannte vor Wut und Schmerz. Fester zog er seinen Bruder an sich. Der Mann, der sich über ihn beugte, holte mit einem Ast aus und schickte ihn mit einem harten Schlag in die Dunkelheit.

Zehn

Langsam öffnete Betham die Augen. Die Nacht war unruhig gewesen. Er setzte sich auf und strich sich müde durch die dunklen Haare. Er war sich unsicher, was er Delnara zum Abschied sagen sollte, hatte dieser ihn doch gestern allein in seinem Nachtlager zurückgelassen. Ungern erinnerte er sich daran, wie der Löwe ihn weckte und wie sein Herz für einen Moment in seiner Brust stockte. Er vergaß immer wieder, wie groß und breit Löwenmenschen waren. Ein Lächeln zog über seine Lippen. An die Stunden vor dem Schreck erinnerte er sich jedoch sehr gern. Bedächtig stand er auf und wusch sich das Gesicht. Betham zog seine Kutte an und legte sich die Kette mit dem Kreuz um den Hals.

»Es wird Zeit, Herr!«, erklang die unterwürfige Stimme eines Mönches und er nickte seinem Spiegelbild als Antwort zu. Langsamen Schrittes trat er aus seinen Räumen und ging durch den langen Gang, der ihn zur Eingangshalle führte.

Er beobachtete Delnara einige Zeit, lauschte seiner Stimme. Der Elf zog ihn mit seiner Selbstsicherheit an. Betham musste sich erneut eingestehen, dass er diesen Mann begehrte. Seine Stärke. Seine Schönheit. Sein Herz. Kurz lächelte er in sich hinein. Die Männer setzten sich in Bewegung und Betham trat näher.

»Hauptmann!«, rief er leise und Delnara drehte sich zu ihm um. Delnaras Bruder grinste und folgte den Männern aus der Halle. Für einen Moment wollte er zu gern wissen, was in Enurahs Kopf vorging. Delnara sah seinem Bruder nach und wandte sich dann ihm zu. Er konnte die aufkommende Unsicherheit in den blauen Augen erkennen und trat näher an ihn heran.

»Schwöre mir, dass du zu mir zurückkommst«, bat er leise und zog Delnara in einen kurzen Kuss. Er spürte das Lächeln des Elfen an seinen Lippen und sah ihm nach, als er die Halle verließ. Seine Lippen prickelten süß.

Mit schwerem Schritt trat Marcellus neben den Vikar.

»Ein Abschied?«, fragte er vorsichtig und empfing ein geheimnisvolles Lächeln von dem Geistlichen.

»Ich hoffe nicht für lange!«, meinte dieser und wandte sich zum Gehen. Marcellus folgte ihm, schweigend schritten sie nebeneinander her.

»Für eine neue Leibwache habt Ihr mich schnell gefunden!«, meinte der Vikar und sah ihn an. Marcellus lächelte breit und ließ sein weißes Gebiss erstrahlen.

»Das war nicht schwer. Ich suchte erst bei meinem Hauptmann«, gestand er leise. Der Vikar blieb stehen und drehte sich zu ihm um.

»Ihr wisst von mir ... von uns?«, fragte er. Marcellus nickte. Ein Lächeln machte sich auf den Lippen des Vikars breit. »Dann kommt, General. Ich hoffe, Ihr wisst mehr über die Empfindungen des Hauptmannes, als ich!«

Als sie in seinem kleinen Raum angekommen waren, setzte sich Marcellus und sah sich um. Er hielt seine Nase in die Luft und sog die Gerüche tief ein.

»Was erkennt Eure Nase?«, fragte Betham ihn neugierig und setzte sich an den Tisch.

»Ich rieche Wein und ...« Marcellus unterbrach sich und sah ihn durchdringend an. Er wollte vermutlich wissen, worauf er sich mit diesem Gespräch einließ.

»Nur zu!«, bat Betham. »Ich wette, ihr erkennt den Geruch Eures Freundes.«

Marcellus hob eine Braue und ein maliziöses Lächeln zog über sein Gesicht.

»Nicht nur den normalen Geruch meines Hauptmannes!« Bethams Augen weiteten sich überrascht.

»Ihr habt eine beeindruckende Nase. Dieses Ereignis ist schon Monate her!« Marcellus rieb sich nachdenklich mit der Pranke über das Kinn.

»Verzeiht mir, wenn ich eine Grenze übertrete, aber wie ernst ist es Euch mit Delnara?« Seine dunkle Stimme vibrierte.

»Ich beneide ihn um diese enge Freundschaft zu Euch, General«, begann Betham und sah dem Löwen offen in die gelben Augen. »Was ich für Delnara empfinde geht über pures Verlangen hinaus«, gestand er. Marcellus hob eine Braue. Der Gedanke, über Tage von dem Elfen getrennt zu sein, schmerzte Betham. Dennoch wollte er sich nicht zu großen Hoffnungen hingeben für die Zeit danach.

Sein Wunsch, mit Marcellus über Delnara zu sprechen, hatte sich schlagartig gelegt. Abrupt stand er auf und ging in den größeren Raum, setzte sich dort an seinen Tisch. Aus den Augenwinkeln sah er, wie der Löwe an ihm vorbeiging und den Raum verließ. Betham war sich sicher, der General würde heute seinen Arbeitsplatz im Vorraum beziehen und ihn von nun an vor unangemeldetem Besuch schützen.

Erneut glitten seine Gedanken an den ersten stürmischen Auftritt seines Elfen. Betham schüttelte den Kopf. Delnara war nicht sein Elf. Er war nicht sein Eigentum und auch sein Herz gehörte ihm nicht. Einzig seinen Körper hatte er sich kurz zu eigen machen können.

»Ein schlechter Trost!«, murmelte er und wandte sich seiner Arbeit zu.

~ * ~

Ein Klopfen riss ihn von den Materiallisten los. Sein Blick hob sich und ein Mönch kam mit einem Tablett herein.

»Euer Abendessen, Herr!« Er stellte es im kleinen Raum ab. Als er ging, lehnte Betham sich im Stuhl zurück und besah sich die fensterlosen Wände. Er hatte keine Ahnung, wie spät es genau war. Er wusste nicht, ob es schneite oder ob die Sonne schien.

Sein Blick fiel auf die Tür zu seinem Garten. Offiziell war dies seine einzige Möglichkeit frische Luft zu atmen und an den Jahreszeiten teilzunehmen. Bevor er den Hauptmann kennengelernt hatte, hatte er sich an dieser Abgeschiedenheit nicht gestört. Wann hatte er angefangen, seine Umgebung aus der Sicht Delnaras zu sehen?

Betham stand auf und begab sich in das kleine Zimmer, um sein Abendessen zu sich zu nehmen. Sein Blick wanderte zu dem Teppich, der an der Wand hing. Als er ein Geräusch an der Tür hörte, blickte er auf.

»General?«, fragte er überrascht.

»Darf ich stören? Ich bin neugierig«, begann der Löwe und sah ihn durchdringend an. »Erzählt mir von Euch und dem Hauptmann«, bat er. Betham goss sich Wein in sein Glas und nahm einen Schluck.

»Lasst uns den morgigen Tag dafür nutzen. Eure Familie wartet sicher auf Euch!«, meinte er, doch der Löwe schüttelte den Kopf. Betham sah lange und forschend in die Augen des Löwen und erhob sich dann.

»Begleitet mich!«, forderte er ihn auf. Marcellus folgte der Anweisung und lief ihm nach. Sie traten in den Vorraum und wurden von den Mönchen eindringlich gemustert. Betham ließ sich einen wärmenden Mantel geben und schritt weiter voran. Er hörte die schweren Schritte hinter sich. Sein Weg führte aus der Kaserne hinaus und an den Rand der Stadt. Tief sog er die kalte Nachtluft ein. Es war ein erleichterndes Gefühl, sich nicht heimlich durch den Tunnel schleichen zu müssen. Er blieb stehen und sah in den

Himmel. Es schneite nicht mehr und ein dunkler Schleier aus grauen Wolken zog über die Stadt.

»Vikar«, erklang Marcellus Stimme leise und holte ihn aus seinen Gedanken. Wenig später kamen sie am Teehaus an. Marcellus umfasste seine Schulter und hielt ihn auf.

»Ihr wollt nicht wirklich in dieses Haus«, mahnte der Löwe, doch Betham löste sich aus dem Griff und trat auf die Treppe.

»Vertraut mir General. Hier droht uns keine Gefahr«, beschwichtigte er und trat ein. Der General folgte und sah sich prüfend um. Die Frauen, die am Eingang auf Männer warteten, sahen überrascht auf den Löwen und blickten fragend zu einer rundlichen Frau.

»Lasst gut sein, Kinder. Unser Freund bringt uns nur Männer, die kein Interesse an Euch haben!«, erklärte sie mit einer abwertenden Handbewegung und umarmte Betham. »Du hast dich lange nicht blicken lassen!«, mahnte sie und deutete auf das Separee. Betham nickte nur und sah zu Marcellus.

»Muri ist eine alte Freundin von mir. Wir können ihr vertrauen«, erklärte er leise und trat in das Separee ein. Der General sah ernst zu der Frau. Diese lächelte freundlich und wandte sich ihrer Arbeit zu. Marcellus setzte sich auf den freien Ottomanen. Er hielt seine Nase in die Luft und blickte ernst zu Betham.

»Ja, ich war mit dem Hauptmann hier. Ein Abend, an den ich mich ungern erinnere«, meinte Betham leise und knirschte kurz mit den Zähnen. Muri brachte eine Karaffe mit Wein und verließ die Männer, als der Löwe ablehnend die Hand hob.

»Sagt mir, General«, begann Betham und goss sich Wein in ein Glas. »Stimmt es, wenn ich vermute, dass Delnara noch nie verliebt war?«

Marcellus schnaufte leise. »Ich dachte es ginge hier um Eure Zeit mit dem Hauptmann und nicht um die meine mit ihm.« Betham sah den Löwen prüfend an und nickte.

»Ich verstehe. Ihr vertraut mir nicht und wollt nicht zu viel über ihn preisgeben«, murmelte er und seufzte schwer. »Da dies auch meine Überlegung war, kommen wir mit dieser Haltung sicher nicht weiter.« Er trank sein Glas aus und überlegte krampfhaft.

»Wie kann ich Euer Vertrauen gewinnen?«, fragte er schließlich und stellte das leere Glas ab.

»Sagt mir, wie ernst es Euch wirklich ist!«, meinte der Löwe im Befehlston. Lange sah Betham den General an und wägte die Konsequenzen ab, ehe er nickte.

»Ich liebe ihn!«, gestand er fest und sah dem Löwen offen in die Augen. »Ich liebe ihn, seit ich ihn das erste Mal sah!« Marcellus seufzte erleichtert.

»Dann ist es ja gut«, murmelte er und senkte den Blick. Ein Lächeln stahl sich auf sein Gesicht. »Das hatte ich gehofft. Ich habe bei meiner Hochzeit Eure Blicke auf Delnara gesehen«, erklärte er. »Wann wusstet ihr, dass ihr wirklich mehr empfindet und nicht nur Euer Verlangen an ihm ausleben wolltet?«, fragte der Löwe mutiger. Er legte seinen Hut ab, fuhr sich mit einer Pranke durch die Haare und sah ihn wie einen Freund an.

»In der ersten Nacht. Ich habe ihn lange beim Schlafen beobachtet. Irgendwann wurde mir bewusst, dass es nicht nur das Verlangen sein konnte. Ich wollte ihn bei mir haben und ihn immer so entspannt sehen«, erklärte Betham.

»Er ist ein Elf!«, warf der Löwe ein. Betham nickte und ein bitteres Lächeln zeigte sich auf seinem Gesicht.

»Ich weiß. Ich habe Angst, dass ich nicht lange mit ihm zusammen sein kann. Mein Vater erzählte mir einmal, dass er Elfen nicht mochte, da sie die Geschichte der Welt miterleben könnten. Er sagte, er fände es nicht gerecht, dass sie so alt werden durften, während wir Menschen vor ihren Augen wie Fliegen fallen würden.« Betham unterbrach sich und schüttelte den Kopf. »Ich weiß nicht, wie viel davon stimmt. Doch ich mache mir Gedanken darüber, ob es klug ist, ihn an mich binden zu wollen, wenn er mich um

Jahrzehnte überleben würde.« Marcellus zog eine Braue in die Höhe.

»Ich sage Euch jetzt das Gleiche, was ich auch Delnara vor einiger Zeit sagte. Es kommt nur darauf an, mit wie viel Herzblut man die Wesen in seiner Nähe liebt«, erklärte er und verschränkte seine Arme vor der Brust. Ein amüsiertes Auflachen war zu hören.

»Ich bin froh, dass er Euch hat, General!«, meinte Betham und sah zufrieden in sein Glas.

Die Nacht wurde langsam grau, als die Männer das Teehaus verließen und zur Kaserne zurückliefen. In den letzten Stunden hatten sie sich besser kennengelernt und Betham hatte das Gefühl, eine Art Band wäre zwischen ihnen entstanden.

»Ich danke für Eure Gesellschaft, General. Doch die letzten Schritte überlebe ich sicher auch ohne Euch!«, meinte Betham leise und erntete ein Kopfschütteln.

»Ich bin Eure Leibwache, dank meines Hauptmannes. Ich werde ihn sicher nicht enttäuschen!« Der Vikar sah auf den Hünen neben sich und überlegte.

»Ich reize Euren Schutz zum Jahreswechsel noch genug aus. Ihr solltet Euch für diese Zeit ausruhen!«, mahnte er und erntete erneut ein Kopfschütteln.

»Ich kann mich nach dem Jahreswechsel genug ausruhen«, murmelte der Löwe und deutete dem Vikar den Weg. Betham nickte ergeben und ging mit dem General in seine Räume zurück.

~ * ~

Die Tage gingen dem Ende des Jahres entgegen und die Stadt wurde unruhiger. Jeder Einwohner wollte das Jahr so erfolgreich wie möglich beenden, um in ein gutes neues Jahr zu gehen. Betham streckte seine müden Glieder. Murrend rieb er sich über das Gesicht und stand schließlich auf. Er zog seine festlichste Kutte an, legte sich seinen Zierrat um den Hals und schob Ringe auf die Finger. Noch einmal strich er sich durch die Haare und begab sich in den größeren Raum.

»Ihr wartet schon auf mich, General?«, fragte er leise und erhielt ein Nicken des Löwen. Zusammen gingen sie durch die Straßen und erreichten die Kirche. Es schien, als sei die ganze Stadt gekommen, um der Neujahrsmesse des Vikars zu lauschen. Betham war froh, eine so große Leibwache wie Marcellus zu haben, wäre er doch sonst in der Masse der Gemeinde untergegangen.

Er ließ sich durch die Tür der Kirche schieben und atmete im Inneren des Gebäudes tief durch. Sein Weg führte ihn zur Kanzel. Er holte seine Rede aus der Kutte. Nach wenigen Momenten wurde es ruhig.

»Liebe Gemeinde. Zusammen haben wir ein weiteres Jahr hinter uns gebracht. Wir durchlebten Kälte, Hitze, Saat und Ernte. Wir waren für unsere Familien und Freunde da und standen ihnen bei Geburten wie Verlusten bei. Auch wenn wir heute nicht alle die Person neben uns haben, die wir lieben, so sind wir dennoch nicht allein. Wir sind eine feste Gemeinde und so beginnen wir das neue Jahr so gut, wie wir es nur können. Auch in diesem neuen Jahr werden wir einander Halt geben und der Herr wird seine schützende Hand über unsere Stadt und unsere Seelen legen«, predigte er und sah in die hoffnungsvollen Gesichter der Gläubigen. Mit der Gemeinde begann er das neue Jahr zu feiern und willkommen zu heißen. Sie sangen Lieder und sprachen Gebete für Glück, Gesundheit, ertragreiche Ernten und gute Geschäfte.

Die Türen der Kirche öffneten sich nach Stunden und der Vikar verabschiedete seine Gemeinde. Einigen bekannten Leuten reichte er die Hand und sah dem letzten Gast der Kirche nach.

»Geht es Euch gut?«, fragte Marcellus und trat an ihn heran. Er fasste sich an die Kehle und lächelte gepeinigt.

»Gerade noch. Ein weiteres Lied und ich wäre morgen heiser«, gestand er und sah an dem Löwen vorbei auf den Altar. »Würdet Ihr mir ein paar Minuten geben, General?«, fragte er leiser und erntete ein Nicken. Betham trat an den Altar und kniete nieder. Er verschränkte seine Finger und schloss die Augen.

»Ich weiß, dass es egoistisch ist, doch ich bitte dich, bring ihn mir wieder, damit meine Seele zur Ruhe kommen kann«, flüsterte er in seine Finger und erhob sich anschließend. Er schritt zu seiner Leibwache und nickte ihm kurz zu. Gemeinsam gingen sie zur Kaserne zurück. Betham hing seinen Gedanken nach und blieb schließlich stehen.

Sein Blick wanderte in den Himmel. Die Sonne durchbrach den grauen Schleier der Wolken. Er nahm einen Arm vor sein Gesicht, um seine Augen vor der Sonne zu schützen. Das Licht war noch nicht warm, dennoch freute sich der Vikar nach so vielen Tagen, die Sonne auf seiner Haut zu spüren. Er ging weiter und lauschte den schweren Schritten im Schnee, die ihm folgten.

»Sie sind schon mehr als sieben Tage unterwegs. Sicher sind sie bald wieder zu Hause«, meinte Marcellus hinter ihm aufmunternd. Ein Lächeln zog sich über seine Lippen und er nickte stumm. Er hoffte, seinen Elfen bald wieder bei sich zu wissen. Er trat in die Kaserne ein und folgte den Gängen zu seinen Zimmern.

»Ich danke für das Geleit. In diesem Zimmer wartet jedoch nur noch Arbeit auf mich«, meinte er und sah dankbar zum General auf. Dieser nickte und deutete eine Verbeugung an, ehe er sich seinem Tisch zuwandte. Betham betrat seine Räumlichkeiten und ergab sich dem Stapel an Papieren auf seinem Tisch. Die Stunden würden sich in die Länge ziehen.

~ * ~

Zwei Tage später öffnete sich die Tür zu den Räumen des Vikars langsam. Marcellus trat ein und sah zu ihm. Er zog fragend die Augenbrauen zusammen.

»Was gibt es, General?«, fragte er neugierig und beobachtete den Löwen, wie er bedächtig die Tür hinter sich ins Schloss drückte. Er lehnte sich an das Holz und senkte den Blick auf den Boden. Betham stand auf und schritt langsamer, als er es wollte, um den Tisch. Es fühlte sich so an, als würde sein Magen zusammengequetscht. Er hatte mit einer Panik zu kämpfen, wenn er auf diesen tieftraurigen Löwen sah.

»Was ist passiert?«, fragte er und räusperte sich, als seine Stimme zu versagen drohte.

»Sie sind tot. Sie sind beide tot!«, kam es erstickt von Marcellus. Er verengte seine Augen und sah weiter starr auf den Boden. Die Stille im Raum legte sich schwer über sie.

»Wer?«, fragte Betham mit bebender Stimme und spürte, wie sein Herz sich zusammenzog. Er erhielt keine Antwort und lehnte sich an den Tisch hinter ihm. Sein Atem wurde schwerer und seine Knie weich. Ihm war, als würde der Raum beginnen sich zu bewegen.

»Das ist nicht wahr«, flüsterte er und sah den General flehend an. »Bitte!«, hauchte er.

»Delnara und Enurah«, kam es mit brechender Stimme von Marcellus. »Eine Leiche hat man gefunden«, berichtete er weiter.

Betham nickte abwesend. Er winkte den General mit einer Hand aus seinen Räumen.

»Ich werde ihn mir ansehen«, murmelte er und drehte sich zu seinem Tisch. Mit beiden Händen stützte er sich auf dem Holz ab. Er hörte, wie die Tür sich öffnete und leise schloss. Heiße Tränen tropften auf das Holz und Betham griff nach dem Kreuz um seinen Hals. Er presste die Hand zu einer Faust und spürte, wie das Metall in die Haut einschnitt. »Warum tust du mir das an?«, fragte er und sah an die Decke, doch erhielt er keine Antwort.

Die Zeit zog sich und Betham fand nur langsam die Kraft, sich von seinen Knien zu erheben. Er musste ihn sehen. Er brauchte Gewissheit. Taub stellte er einen Fuß vor den anderen und lief zur großen Tür. Er öffnete sie und erblickte Marcellus, der ihn mit hilflosen Augen musterte. Er bekam das makabre Gefühl, dass die Trauer des Löwen ihm etwas mehr Kraft gab. Er war nicht allein in seinem Schmerz. Mit Marcellus an seiner Seite trat er in einen geschmückten Raum. Kerzen erhellten ihn und gaben den Wänden einen ehrenvollen Schimmer.

»Ich warte vor der Tür auf Euch«, flüsterte der Löwe mit brechender Stimme. Betham sah ihm kurz nach. Er konnte verstehen, dass dem Hünen die Kraft fehlte, seinem Bruder in das blasse Gesicht sehen zu müssen. Mit verbissenen Zähnen trat er langsam näher an den Tisch am Ende des Raumes. Die anwesende Totenwache verbeugte sich vor dem Körper auf dem Tisch und verließ den Raum. Nur ein Mann blieb an dem Tisch stehen und sah zu ihm auf. Lange sah er auf den Körper, der von einem weißen Tuch bedeckt wurde. Auch wenn die Größe passte. Dieser Körper vor ihm konnte nicht Delnara sein. Es durfte nicht sein Elf sein. Doch wer könnte es sonst sein? Ein fremder Elf vielleicht? Betham schüttelte innerlich den Kopf. Nein. Auch einen fremden Elfen wollte er nicht unter diesem Tuch vorfinden. Mit einem tiefen Atemzug nickte er dem Mann vor sich zu. Dieser verbeugte sich ehrfürchtig, ehe er das Tuch langsam lüftete und das Gesicht des Verhüllten preisgab. Bethams Augen weiteten sich.

»Oh nein«, flüsterte er mit tiefem Bedauern in der Stimme. Vorsichtig strich er dem Elfen über das Gesicht. »Enurah«, murmelte er leise und senkte seinen Blick. Er nickte dem Mann erneut zu und dieser legte das Tuch vorsichtig über das Antlitz des jungen Elfen. Lange stand Betham vor dem Tisch und besah sich das Tuch. Er wusste nicht, wie er nun reagieren sollte. Ein Teil in ihm war froh, dass es nicht sein Elf war, den er hatte auf diesem Tisch

liegen sehen müssen. Ein anderer Teil war zu tiefst
erschüttert, dass dieses junge Leben genommen worden war
und nun für seine Freunde und Familie verloren war. Langsam strich er über die verhüllte Stirn und streichelte den
Kopf.

»Es tut mir so leid, mein Freund«, flüsterte er und beugte
sich, um das Tuch über der Stirn zu küssen. »Es tut mir so
leid«, hauchte er an das kalte Tuch und legte seine Lippen
erneut an die Stirn. »Ich verspreche dir, dass wir uns
wiedersehen« raunte er und löste sich langsam. Mit müden
Schritten ging er zur Tür und öffnete sie. Er trat hinaus und
lehnte sich an das Holz des Türblatts, um sie mit seinem
Gewicht zu schließen. Von der Seite spürte er den Blick des
Löwen, doch er fand nicht die Luft, um sprechen zu
können. Wütend biss er sich auf die Zunge. Er schmeckte
das metallische Blut in seinem Mund und biss fester zu. Er
wollte den Schmerz in seiner Seele mit dem in seiner Zunge
verdrängen.

»Ihr beißt Euch noch die Zunge ab!«, mahnte der Löwe
neben ihm sanft und legte ihm eine Hand auf die Schulter.
Betham nickte und legte seine Hand auf die Pranke des
Hünen. Er schluckte das Blut hinunter und sah auf den
Boden vor sich. Mit großem Kraftaufwand fand Betham
den Weg zurück in sein Zimmer. Er ließ sich von Marcellus
begleiten und setzte sich auf seinen Stuhl. Die Mönche
beobachteten ihren Vikar durch die offene Tür. Marcellus
musterte sie ihrerseits mit finsterem Blick und knurrte
bedrohlich.

»Ich will mit den Soldaten sprechen«, brachte Betham
kaum hörbar hervor. Die Mönche blickten sich ratlos an und
einer trat in sein Zimmer.

»Herr. Es sind Soldaten. Sie dürfen hier nicht rein!«, erklärte er und empfing ein weiteres dunkles Knurren von
Marcellus. Betham lächelte matt. Der Löwe an seiner Seite
schien nun auch ihn in seinen Schutzkreis gezogen zu
haben.

»Es ist mir egal. Mein General wird mich schützen. Ich will die Männer vor mir sehen und von ihnen hören, wie es passieren konnte, dass ein Leben verloren ging.« Betham war immer lauter geworden. Er spürte die Wut in sich aufsteigen und stand auf. Er wollte eine Erklärung dafür, dass dieser Junge auf dem kalten Tisch lag. Marcellus schlug hart auf den Tisch. Der Mönch schreckte zusammen und begab sich schnell aus dem Zimmer. Betham ließ sich in den Stuhl zurücksinken und ballte seine Hände zu Fäusten. Er schloss die Augen und versuchte seine aufkommenden Gefühle zu beruhigen.

Nach Minuten wurde die Tür geöffnet und sowohl der Vikar als auch der General strafften ihre Schultern. Die Männer traten zögerlich in den Raum ein und blickten unsicher. Die Tür wurde hinter ihnen geschlossen und Betham stand auf. Der Schmerz in seinem Inneren ließ ihn nicht mehr sitzen.

»Wie konnte das passieren?«, fragte er mit unterdrückter Wut und Trauer. Ein Soldat sah sich kurz um, ehe er einen mutigen Schritt auf ihn zumachte und auf ein Knie fiel.

»Wir erfuhren im Ort, dass es Fischereistreitigkeiten zwischen den Menschen und Elfen gibt, die der Grund für die Unruhe sind. Die Dörfler sind sehr schlecht auf die Elfen zu sprechen, weswegen die Situation eskalierte, als sie die Natur des Hauptmanns bemerkten. Wir sahen uns plötzlich einer wütenden Übermacht gegenüber. Dann ging alles sehr schnell. Gemeinsam flohen wir. Als wir uns im Wald in Sicherheit brachten, bemerkten wir, dass die Elfen nicht mehr da waren. Im Schutz der Dunkelheit gingen wir zurück, um sie zu suchen. Wir fanden am Ufer einen Körper. Er war angeschwemmt worden«, erklärte er leise und biss sich auf die Zähne. Betham sah dem Mann an, dass ihn das Bild verfolgen würde.

»Angeschwemmt?«, fragte er nach und sein Magen verkrampfte. Der Soldat nickte schwer und atmete durch.

»Wir gehen davon aus, dass sie die Kleidung an sich nahmen und die Körper ...«, erneut brach er ab. Er wollte nicht erklären, was sein Verstand für logisch erachtete. Betham ballte seine Hand zu einer Faust. Erneut keimte diese Wut in ihm auf.

Eine Pranke legte sich auf seine Schulter und er wurde ruhiger. Er schickte die Soldaten weg und ließ sich in den Stuhl fallen. Er kämpfte mit der Wut und dem Schmerz in seinem Inneren.

»Wie kannst du so ruhig sein?«, fragte er bebend und sah starr auf den Tisch. Marcellus sah ihn traurig an.

»Ich wüte innerlich. Ich wüte so sehr. Ich möchte schreien und verwüsten«, gestand der Löwe. »Doch ich habe meinem Bruder versprochen auf dich zu achten, als ich deine Leibwache wurde. Auch wenn ich mit ihm nie darüber gesprochen habe. Ich weiß, was er von mir erwartet hat.« Allmählich kehrte Ruhe in Bethams Körper zurück.

»Erzähl mir von ihnen. Bitte«, meinte er leise und sah zu dem Hünen auf.

Langsam trat Betham vor die frische Erde. Ihre dunkle Farbe bildete einen scharfen Kontrast zu den schneebedeckten Gräbern und zeigte jedem, der vorbeikam, dass dieses Grab neu war. Vorsichtig strich Betham über den Stein und sah die wenigen Gesichter vor sich an. Er erkannte Marcellus und seine Frau mit ihrem Säugling. Neben ihnen standen Kameraden des jungen Elfen. Eine Elfenfrau weinte leise. Die Stimmung riss an Bethams Herz. Noch immer konnte er nicht glauben, dass er Enurahs Grabrede sprechen würde. Er schluckte hart und sah in sein altes Buch.

»Viel zu früh wurde dieser junge Mann aus der Gemeinde gerissen. Enurah war uns allen ein lieber Freund und Kamerad. Seine lebensfrohe Art und sein Ehrgeiz waren nur zwei seiner besten Eigenschaften. Er hatte hohe Ziele für sein Leben und ließ sich durch Niederlagen nicht entmutigen. Sich zu verstecken oder aufzugeben waren keine Begriffe, die er für sich selbst gewählt hatte.«

Betham schluckte trocken und schlug sein Buch leise zu. Die Worte, die er für Enurah aufgeschrieben hatte, schienen ihm mit einem Mal unbedeutend und zu allgemein.

»Ich bereue es, ihn nicht besser gekannt zu haben. Es schmerzt mich, dass ich ihn nicht mehr nach seinem Leben und seinen vielen Hoffnungen fragen kann. Ich hätte gerne gelernt, mit ihm zu lachen.« Betham senkte seinen Blick und schloss die Augen. »Zu gern hätte ich ihn auf seinem Lebensweg begleitet. Er war ein beneidenswerter Junge. Er hat es geschafft unser aller Leben zu verbinden. Er hat uns alle, die wir hier stehen, geprägt und uns zusammenge-führt«, meinte er und sah mit einem traurigen Lächeln in die Runde. »Heute müssen wir uns von diesem lieben Jungen verabschieden und ihn ziehen lassen. Ich weiß, er findet seinen Platz in den Wolken und wird uns mit seinem fröh-lichen Gemüt aus dem Himmel beobachten.« Betham nahm eine Blume und legte sie auf den kalten Stein. »Wir werden dich vermissen, Enurah«, flüsterte er und trat einige Schritte von dem Grab zurück. Er beobachtete, wie sich Enurahs Freunde verabschiedeten und sah vorsichtig in den Himmel.

»Ich hoffe, Ihr findet ebenso liebe Worte für den Hauptmann«, erklang die Stimme der jungen Elfenfrau. Höflich lächelte er sie an. Er wusste nicht, was er ihr darauf antworten sollte. Er konnte nicht akzeptieren, dass sein Elf nicht mehr zu ihm zurückkommen würde. Betham biss die Zähne aufeinander. Er war sich sicher, dass Delnara noch irgendwo war. Lebendig.

»Vikar«, unterbrach Marcellus‹ Stimme seine Gedanken und er nickte, um dem Löwen zu zeigen, dass er ihn gehört hatte.

»Mein Beileid«, flüsterte Betham und fasste die Frau sanft an den Schultern. Mit einem traurigen Lächeln sah er sie an und löste seine Hände von ihr. Er ging an seiner

Leibwache vorbei und hörte, wie dieser ihm folgte. Ihr Weg führte sie in die Kaserne und in die Räume ohne Fenster. Betham sah an sich herunter. Er knirschte mit den Zähnen.

»Ich muss aus dieser Kutte raus«, murmelte er und ging sich umziehen.

~ * ~

Die Zeit verstrich und Marcellus klopfte an der Tür des Vikars. Als er keine Antwort erhielt, trat er ungefragt ein und sah sich prüfend um. Seine Blicke fielen auf die offene Tür im hinteren Teil des großen Raumes. Licht drang aus dem Spalt. Langsam und vorsichtig trat er darauf zu und öffnete die Tür. Sein Blick fiel auf einen Garten. Er war umringt von hohen Mauern. In seiner Mitte saß der Vikar. Marcellus hörte den schweren Atem des Geistlichen und eilte zu ihm. Vorsichtig kniete er sich neben den Mann auf den Boden und sah ihn prüfend an.

»Er muss am Leben sein«, flüsterte der Vikar und griff sich an die Brust. Er presste seinen Atem stoßweise aus seinen Lungen und sog ihn ebenso wieder ein. Er zog an seiner Kutte. Als wäre sie ihm zu eng.

»Ich wünschte, ich könnte etwas Positives sagen«, meinte der Löwe und setzte sich an die Seite des bebenden Körpers. »Atmet tief durch!«, befahl er und gab dem Geistlichen einen kräftigen Klaps auf den Rücken. Japsend atmete Betham aus und tief wieder ein. Die Panik in ihm schwächte ab und er keuchte nicht mehr. Stille herrschte zwischen den Männern, bis Betham sich gänzlich beruhigt hatte.

»Ich muss ihn finden«, meinte Betham leise und sah auf den Rasen vor sich.

»Was erzählt Ihr da?«, fragte Marcellus ungläubig und sah auf seine Pranke. Hatte er zu fest zugeschlagen? Er schüttelte den Kopf. Sein Hauptmann hatte diese Schläge auch immer gut vertragen.

»Ich muss Gewissheit haben. Ich muss ihn finden«, meinte der Vikar lauter und stand mit wackeligen Beinen auf. Er straffte seinen Körper und blickte entschlossen auf ihn.

»Ich werde ihn suchen. Hilfst du mir dabei?«, fragte er offen. Marcellus erhob sich und seufzte schwer.

»Ich habe bereits mehrmals Späher in die Region des Dorfes geschickt. Sie alle sind ohne Erkenntnis heimgekehrt. Ihr ... Du weißt doch nicht einmal, wo du anfangen musst zu suchen. Wie willst du ihn finden? Die Männer und Frauen in diesem Dorf fragen, was sie mit seinem Körper angestellt haben?« Marcellus Stimme wurde lauter. Die Verzweiflung in ihm stieg erneut an.

»Wenn es sein muss!«, nickte der Vikar und erntete ein dunkles Knurren.

»Was denkst du, wie weit du damit kommst? Willst du wirklich wissen, was sie mit ihm gemacht haben? Denkst du, du erträgst es? Und was ist, wenn sie dich als seinen Verbündeten sehen und dir das Gleiche antun wie dem Kurzen?« Die Stille zwischen den Männern schien auf ihnen wie ein gewaltiges Gewicht zu lasten. Marcellus knurrte ergeben. Er war sich sicher, nicht gegen den Willen des Vikars anzukommen.

»Na gut. Ich werde dir den Rücken freihalten, wenn du gehen willst«, murmelte er. Ein Lächeln zog über Bethams Gesicht.

»Ich danke dir, mein Freund«, meinte er und ging in seine Räume zurück.

~ * ~

Nur wenige Tage später kam der Zeitpunkt, zu dem Betham seine Suche beginnen würde. Marcellus trat durch die Tür und hielt ein Tablett auf dem Arm.

»Der Vikar fühlt sich heute nicht wohl. Er begibt sich schon zur Ruhe«, erklärte er den Mönchen im Vorraum und bat Sie, nicht noch einmal zu stören. Er stellte das Tablett auf den großen Tisch und holte ein Bündel unter seinem Wams hervor.

»Ich habe dir Kleidung mitgebracht«, erklärte er. Betham zog seine Kutte aus und warf sie auf den Tisch vor ihm. Er öffnete das Paket, zog die darin liegende Hose über, steckte das Hemd in den Hosenbund. Kurz besah er sich den Mantel.

»Ich danke dir«, meinte er schnell und sah den Löwen an. Betham zog den Mantel über und schlug die Kapuze über den Kopf. Er nahm sich eine Tasche und packte seinen Proviant ein.

»Ein Pferd steht an der Arena. Wenn dein Verschwinden bekannt wird, bleibt nicht viel Zeit. Also reite so schnell du kannst«, erklärte der Löwe und schob den Vikar zu dem Teppich an der Wand. Dieser drehte sich um und fasste ihn freundschaftlich an den Oberarmen.

»Ich werde ihn finden und zu uns zurückbringen«, versprach er und verschwand hinter dem schweren Stück Stoff. Schnell schlich er den Gang entlang und kam hinter dem Efeu hervor. Seine Schritte führten ihn zu dem Pferd. Vorsichtig strich er dem Tier über den Hals und klopfte es lobend.

»Hab keine Angst vor mir. Ich brauche deine starken Beine«, meinte er leise und stieg auf. Im Sattel sitzend sah er sich noch einmal um und ritt langsam los. Er versuchte nicht aufzufallen, doch mit der Kapuze tief in seinem Gesicht schien dies ein unerfüllbarer Wunsch zu sein. Frauen und Männer sahen fragend zu ihm auf.

Nachdem er das Stadttor passiert hatte, schnalzte Betham mit der Zunge und trieb dem Tier seine Fersen in die

Flanken. Das Pferd wieherte auf und ging in den Galopp über. So schnell er konnte, ritt er über die Felder und durch den Wald. Er nutze die breiten Wege, um seine Geschwindigkeit nicht reduzieren zu müssen. Er hoffte, dass sein Verschwinden bis zum Morgen unentdeckt bleiben und man Marcellus dafür nicht zur Rechenschaft ziehen würde.

Ein Teil in ihm wollte sich nicht dem Umstand stellen müssen, dass er Delnaras leblosen Körper irgendwo finden könnte. Betham schüttelte den Kopf. Er musste an der Hoffnung festhalten, dass er seinen Elfen lebendig wiedersehen konnte. Er wollte ihn wieder in seine Arme ziehen. Er wollte seine Wärme spüren und seine Stimme hören. Betham beschloss, nicht aufzugeben, bis eine der beiden Möglichkeiten eingetreten war.

Er verengte seine Augen zu Schlitzen. Der Wind schnitt ihm kalt ins Gesicht. Er hatte sein ganzes Leben hinter sich gelassen und würde ohne Gewissheit nicht zur Ruhe kommen. Kurz stoppte er sein Pferd und sah sich um. Die Stadt hinter dem Wald lag noch im Schlaf, als die ersten Sonnenstrahlen über die Ebene vor Betham strichen. Er setzte seinen Weg langsamer fort. Er musste seine Kräfte sparen. Sein Weg würde lang werden.

etham zügelte sein Pferd und besah sich die Stadt, die sich vor ihm in der Dämmerung erstreckte. Sie wirkte friedlich, doch er wusste, dass der Schein trügerisch war. Seine Zähne knirschten bei dem Gedanken daran, dass er Delnara und Enurah hierhergeschickt hatte. Er stieg von seinem Pferd und führte es durch das Stadttor. Misstrauisch wurde er von den Bewohnern beäugt und gemustert.

Betham hatte nicht glauben wollen, dass diese Stadt ein solches Pulverfass an Misstrauen und versteckter Wut war. Doch je weiter er ging, desto mehr beschlich ihn das Gefühl der angespannten Vorsicht.

Die hereinbrechende Nacht mahnte ihn, sich ein Lager zu suchen. Er blieb stehen, als eine kleine Gruppe Männer auf ihn zuschritt und ihm den weiteren Weg versperrten.

»Sprecht, Fremder. Wer seid Ihr und was wollt ihr in unserer Stadt zu so später Stunde.«, erhob ein Mann die Stimme und trat aus der Gruppe hervor. Betham war um Ruhe bemüht. Sein Herz jedoch schlug schnell gegen seinen Brustkorb.

»Ich bin nur ein Reisender, der ein Lager für die Nacht sucht«, erklärte er und hob beschwichtigend die Arme. Er blickte den Mann vor ihm offen an, musterte ihn. Seine Gesichtszüge waren ebenso hart, wie seine Stimme es war. Er war breit und groß. Kein Mann, mit dem er sich in einem Kampf wiederfinden wollte.

»Ich habe einen Ritt über drei Tage hinter mir und würde mich gern an einem Feuer wärmen«, erklärte Betham weiter und griff an den Beutel an seiner Hüfte.

»Ich zahle natürlich im Voraus für eine Unterkunft für mich und mein Pferd«, meinte er und der Mann wurde sichtlich ruhiger.

»Verzeiht mein Benehmen, aber wir hatten erst vor einiger Zeit verhüllte Gestalten in unserer Stadt. Seither sind wir vorsichtig, wen wir mit unserer Gastfreundlichkeit begrüßen.« Die Stimme des Mannes wurde ein wenig weicher. Betham unterdrückte ein spöttisches Auflachen. Er kannte die Menschen so tief im Westen nicht gut, doch ihr Verhalten ließ ihn vermuten, dass er und die Bewohner dieser Stadt nicht die gleiche Definition des Wortes Gastfreundlichkeit hatten.

»Ich verstehe«, meinte er kurz und legte einen beruhigenden Unterton in seine Stimme. »Ich bin ein einfacher Mann. Ich suche keinen Streit. Nur ein Lager für die Nacht.«

Der breite Mann lockerte seine Haltung und nickte zufrieden.

»Ich bringe Euch in ein Gasthaus. Dort könnt Ihr die Nacht verbringen«, meinte er und Betham nickte dankbar.

»Ich folge Euch!«, gab er zurück und deutete dem Mann ihn zu diesem Gasthaus zu führen. Auf dem Weg sah er sich in der Stadt um. Zu gern hätte er die Gelegenheit genutzt und all seine Fragen über die Geschehnisse und Delnaras Verbleib aus seiner Kehle befreit. Doch er wusste, dass er vorsichtig mit seinen Worten umgehen musste.

Betham gab sein Pferd ab und stutzte. Mit wenigen Schritten war er an einem Schimmel und strich ihm über den Hals. Er hatte den Hengst sofort erkannt.

»Du bist es«, hauchte er dem Pferd entgegen und das Tier wieherte.

»Kennt ihr dieses Tier?«, fragte die harte Stimme des Mannes und Betham strich dem Schimmel beruhigend über die Stirn.

»Nein. Ich habe nur noch nie so einen prächtigen Schimmel gesehen!«, log er mit falscher Begeisterung in der

Stimme. »Sicher ist dies Euer Pferd?«, fragte er und sah, wie geschmeichelt sich der Mann fühlte.

»Das stimmt. Ich habe ihn einem Elfen abgenommen«, erklärte der Mann stolz. Betham stockte.

»Einem Elfen? Davon müsst Ihr mir berichten!«, bat er neugierig und entlockte dem Mann ein dunkles Lachen.

»Nur zu gern. Nun kommt aber mit ins Haus. Dort bekommt Ihr eine Mahlzeit«, lud der breite Mann ein und Betham folgte stumm. Er kämpfte mit der Hoffnung seine Fragen noch am heutigen Abend beantwortet zu bekommen. Sein Herz schlug schneller bei dem Gedanken schon bald die Wahrheit über Delnaras Verbleib zu erfahren.

Betham legte seinen Mantel ab und setzte sich auf den Stuhl dicht am Kamin. Er hielt seine Hände dem Feuer entgegen und nahm die Hitze nur allzu gern in sich auf. Eine Frau stellte dem breiten Mann ein Bier hin und blickte erwartungsvoll zu Betham.

»Einen roten Wein«, bat dieser und die Frau drehte sich zu Gehen.

Nach kurzer Zeit kam sie mit einem Glas Wein und einem Braten wieder. Betham schluckte hart und spürte, wie eisern sich die Wände seines Magens aneinander rieben. Er hatte Proviant bei sich, doch hatte ihn die Sehnsucht vorangetrieben, ohne ihm unnötig viele Pausen zu gönnen.

»Greift zu! Ihr habt sicher Hunger«, bot der Mann an und schob Betham den Teller etwas näher.

Erneut schluckte er und nickte nur. Er griff nach dem Besteck auf dem Teller und schnitt ein Stück des Bratens ab. Er besah sich das zarte Fleisch auf seiner Gabel und schob es sich in den Mund. Zufrieden seufzte er ob der Wärme in seinem Mund und des wohlig zarten Geschmacks. Er kaute langsam, fast bedächtig und nickte dem Mann auffordernd zu, als er den Bissen hintergeschluckt hatte.

»Nun bin ich aber auf Eure Erzählung gespannt«, erklärte er und wartete auf den Beginn. Der Mann lächelte etwas. Bethams Verhalten schien ihm zu schmeicheln.

»Wir haben seit ewigen Zeiten Streit mit diesem Elfen-pack aus Esmaan. Sie fischen in unseren Gebieten. Zuletzt schickten sie einen kleinen Trupp. Der gab zuerst vor aus Belevim zu sein. Das halbe Dutzend war verhüllt und bat um ein Lager für die Nacht. Ich glaubte ihnen ihre Absicht, den Streit schlichten zu wollen und führte sie hierher. Ich hatte jedoch ein merkwürdiges Gefühl bei dem Hauptmann. Ich wollte mit ihm sprechen, um seine Absichten zu hinter-fragen.« Der Mann riss sich ein Bein des Bratens ab, um hineinzubeißen.

»Der Hauptmann?«, fragte Betham neugierig. Er wusste, um wen es sich dabei handelte, doch er hielt sich mit seinen Fragen zurück. Vor seinem inneren Auge entstand ein Bild von Delnara, wie er unter seiner Kapuze hervorschaute und seine Augen selbstsicher funkelten. Ein wohliger Schauer ging durch ihn hindurch, doch er mahnte sich zur Aufmerk-samkeit. Die Redseligkeit des Mannes würde ihm vielleicht schon all seine Fragen beantworten. Die Augen des Mannes nahmen einen wütenden Glanz an.

»Als die Männer ihre Zimmer bezogen hatten, kam er herunter. Ich trank und redete mit ihm. Doch mir fiel auf, dass er anders als zuvor war. Ich kann es nicht genau be-schreiben, doch ihm schien der Mut und der Stolz von der Seite gewichen zu sein«, sagte der Mann und biss erneut von dem Bein ab. Seinen feuchten Mundwinkel wischte er mit dem Ärmel seines Hemdes ab und Betham bemühte sich, nicht angewidert den Mund zu verziehen.

»Ich stellte mich vor und versuchte in Erfahrung zu brin-gen, wie der Hauptmann den Streit schlichten wollte. Doch er hielt sich seltsam bedeckt. Egal wie viel Alkohol er trank. Ich erfuhr rein gar nichts.«

Betham versteckte ein Lächeln hinter einem Schluck vom Wein. Er konnte sich denken, was passiert war. Sicher hatte Delnara einen seiner Soldaten zum Bürgermeister geschickt, um seine Identität geheim zu halten. Erneut bewunderte er seinen Elfen als den hervorragenden Strategen, der er war.

»Und von ihm habt Ihr den prächtigen Schimmel?«, fragte Betham und holte dem Bürgermeister aus seinen Gedanken. Dieser schüttelte den Kopf.

»Nein. Ich denke, dass dieser Hauptmann der falsche und nur ein Untergebener war. Der Schimmel gehörte dem Elfen, der sich mir als erstes als Hauptmann vorstellte«, murmelte der Mann und trank von seinem Bier.

Betham schluckte hart. Seine Finger fingen vor Spannung an zu zittern. Er hatte sich nicht geirrt. Dieser Schimmel gehörte Delnara.

»Also war der Hauptmann ein Elf?«, hakte er nach. Seine Neugier schien den breiten Mann zu schmeicheln. Er nickte, doch seine Stimmung schien zu sinken.

»Man hat uns belogen. Fischer unserer Stadt haben zwei Männer der Truppe im Wald, nahe des Ufers, herumschleichen sehen. Elfen traten auf sie zu und nahmen sie mit sich. Einer dieser Fischer kam zu mir und berichtete mir von dieser angeblichen Entführung. Als ich an dem Ufer ankam, konnte ich mit eigenen Augen sehen, wie die Männer aus dem Boot der Elfen ausstiegen und zurück in Richtung des Gasthauses liefen. Das Ganze war also gar keine Entführung. Die Elfen haben ihre Spione zurück an die Arbeit geschickt«.

Der Mann schlug mit der Faust auf den Tisch. Seine Stimme war in den letzten Sätzen immer härter und lauter geworden. Betham sah den Mann forschend an.

»Und dann?«, fragte er vorsichtig, wollte er den Zorn des Mannes nicht auf sich ziehen. Er hoffte, er würde bald erfahren, was passiert war.

»Ich lockte sie am nächsten Morgen zu den Anlegestegen der Fischer. Dort habe ich den Hauptmann zur Rede gestellt. Dieser Spion hat gewinselt. Er wollte sich entschuldigen«, lachte der Mann dunkel.

Er hatte sich langsam in seinen Stuhl zurückgelehnt und schien nun ein wenig entspannter. Betham jedoch geriet immer weiter unter Spannung.

»Gewinselt?«, fragte Betham schärfer und biss sich auf die Zunge.

Sein Innerstes brannte. Er war sich sicher, dass Delnara niemals winseln würde. Dafür war er zu stolz. Betham biss fester auf die Zunge, als er spürte, dass sein Geduldsfaden hauchzart wurde. Der Bürgermeister nickte überlegen und brüstete sich.

»Ja. Gewinselt. Er hat sich auch auf dem Dach einer Scheune verstecken wollen, dieser Feigling!«, prahlte er. »Fast wären uns diese Elfen entkommen.«

Die Stille zog sich durch den Raum. Eine Stille, die Betham trotz der Nähe zum Kamin frösteln ließ.

»Fast?«, fragte Betham leise und unterdrückte das Zittern in seiner Stimme und seiner Hand. Der Bürgermeister nickte und ein dunkles Lächeln begann sich über seine Lippen zu ziehen. Er beugte sich zu Betham.

»Den Einen hat ein Pfeil am Arm gestreift. Er fiel vom Pferd und noch bevor sein Hauptmann bei ihm war, ließ ich ihn meine Mistgabel spüren.«

Bethams Augen weiteten sich. Er glaubte zu spüren, wie sein Herz stolperte und er hielt die Luft an. Er konnte nicht glauben, was er da hörte. Ihm war bewusst, dass Enurah ermordet wurde, doch hatte er nicht geglaubt seinem Mörder noch am ersten Abend in dieser Stadt gegenüber zu sitzen und einen Braten mit ihm zu teilen. Er unterdrückte ein Würgen und rieb seine Zähne aufeinander.

»Ihr habt ihn getötet«, stellte er atemlos fest und erhielt ein Nicken als Bestätigung.

Betham hatte das Gefühl abzudriften. Er konnte seinen eigenen Atem ungewöhnlich laut in seinen Ohren hören und spürte, wie sein Herz hart gegen seinen Brustkorb schlug. Nur sehr zähflüssig nahmen die Gedanken in seinem Kopf Form an.

Er stellte sich vor, wie er über den Tisch sprang und diesem Mann, diesem Mörder das Messer in die Brust trieb. Kurz schloss er die Augen, um sich zu beruhigen.

»Und der Andere?«, fragte er ebenso tonlos und bereitete sich auf das Schlimmste vor.

»Den anderen Spion? Das hättet Ihr sehen müssen. Ihr hättet den Schmerz in seinem Blick sehen sollen, als er den Sterbenden in seinen Armen hielt. Ich schlug ihn mit einem Ast nieder, als ich das jämmerliche Schauspiel nicht mehr ertrug«, erklärte der Mann angewidert und unterstützte seine Worte mit einer abwertenden Handbewegung.

»Ist er tot?«, fragte Betham.

Er war sehr überrascht, wie ruhig er nach außenhin wirkte. Seine Stimme war fest und emotionslos. Er hatte seine Hände auf seine Beine gelegt und formte dort zitternde Fäuste. Er hielt die Luft an, als der Mann ihn durchdringend ansah. Sollte er sich verraten haben?

»Tot? Das möchte ich doch hoffen. Er lebte jedenfalls noch, als wir ihre Körper dem Fluss überließen. Die restliche Bande ist um ihr Leben gerannt.« Mit einem Ruck stand Betham auf. Sein Atem ging stockend. Er blickte auf den Tisch. Das war zu viel, um ruhig zu bleiben. Er spürte den überraschten Blick auf sich und schluckte hart. Eine solche Reaktion passte nicht zu dieser Situation.

»Verzeiht.« Krampfhaft suchte er nach einer Ausrede. »Eure Rede hat mich mitgerissen. Es wäre besser, ich würde mein Gemüt an der frischen Luft abkühlen«, erklärte Betham leise und erhielt ein Nicken.

Er nahm sich seinen Mantel und schritt aus dem Gasthaus. Unter einem Seufzen legte er seinen Kopf in den Nacken, als die Tür hinter ihm zufiel. Er schloss die Augen und atmete tief durch. Er musste sich beruhigen.

Sein nächster Weg führte ihn zum Fischerviertel. Auf einem Steg hockte er sich hin. Seine Finger strichen über die Planken.

Betham fand eine Delle im Holz und fragte sich, ob die Elfen hier enttarnt wurden.

»Ich hätte euch niemals herschicken dürfen«, flüsterte er und senkte den Kopf.

»Herr, bitte. Delnara darf nicht ertrunken sein. Er darf nicht tot sein«, flüsterte er und schloss die Augen.

Der Schmerz in seinem Inneren wurde größer. Der Gedanke an Delnaras kalten Körper zog sein Herz zusammen. Er erhob sich, als er Schritte hinter sich hörte und drehte sich um. Er erblickte einen groß gewachsenen Elfen mit langen, dunklen Haaren.

»Ihr seid mutig, des Nachts in einem solchen Dorf zu spazieren«, meinte Betham und blickte den Elfen forschend an, der ihm ein überlegenes Lächeln schenkte.

»So wie Ihr. Ich habe noch nie gehört, dass ein Mensch für einen Elfen zu seinem Gott betet«, war die Antwort. Betham sah ihn skeptisch an. Er hatte die Menschen in dem Dorf unterschätzt. Diesen Fehler wollte er bei diesem Elfen nicht auch noch begehen.

»Zwei Elfen waren vor einiger Zeit hier. Ein Hauptmann und ein Soldat. Wisst Ihr etwas darüber?«, fragte er und versuchte möglichst unbeteiligt zu wirken. Der Elf lächelte etwas mehr.

»Ihr solltet mich begleiten, Mensch!«

Stillschweigend folgte Betham der Aufforderung und beobachtete den Elfen vor sich. Insgeheim verglich er diesen großen Mann mit seinem kleinen Elfen. Er fand kaum Gemeinsamkeiten, wie er verwundert feststellte. Delnara war nicht nur kleiner als dieser Mann und, im Gegensatz zu ihm, blond. Ihm war auch ein Stolz zu eigen, der diesem arrogant wirkenden Elfen vor ihm zu Gänze fehlte.

An einem Boot wurde er aus seinen Gedanken gerissen und stieg nach einer stummen Aufforderung ein, die keinen Widerspruch duldete. Er setzte sich und vier Elfen in Rüstungen traten auf das Boot zu. Sie sahen den Menschen abschätzend an und bestiegen das Boot, um mit dem Rudern zu beginnen.

Betham rieb nervös die Zähne aufeinander, als sich das Ufer immer weiter entfernte. Er rief sich zur Ruhe und blickte auf das Wasser, das in kleinen, rauschenden Wellen an das Boot schlug, um daran entlang zu streichen. Unwillkürlich kam ihm der Gedanke, dass auch sein Elf vor einiger Zeit in diesem Boot gesessen haben könnte und ein Lächeln zog sich über seine Lippen. Würde er dem Weg von Delnara und Enurah so genau folgen können?

Seine kurze Reise endete an einem kleinen Strand. Der große Elf deutete ihm das Boot zu verlassen und Betham gehorchte still. Er ließ seinen Blick über den Strand und den angrenzenden Wald schweifen. Er wollte sich wenigstens die Illusion erschaffen zu wissen, worauf er sich eingelassen hatte.

Seine Schritte führten ihn auf eine versteckte Lichtung im Wald und er zog staunend den Atem ein.

»Eine Elfenstadt«, flüsterte er und besah sich die Häuser in den Bäumen.

Fasziniert sah Betham sich um und erblickte die vielen Familien. So viele Elfen an einem Platz hatte er noch nie gesehen. Er war bemüht seinen Mund geschlossen zu halten, doch seine Neugier ließ sich nicht gänzlich verstecken. Er trat an einen Baum und besah sich die eingearbeitete Treppe. Ihre Stufen waren mit floralen Mustern verziert und zogen die Fingerspitzen Bethams magisch an. Er strich darüber und sah die Treppe hinauf. Seine Blicke folgten seinen Fingern und gingen über die Reichweite seines Armes hinaus. Ein Elfenkind verfing sich in seinem

Blick und zuckte zusammen, ehe es ängstlich die Treppe hinauflief.

»Die letzten Besucher gefielen mir besser«, erklang eine helle Stimme und Betham drehte sich um. Er sah in das wohlgeformte Gesicht einer fein geschmückten Elfenfrau. Lange musterte er sie. Ihre Schönheit überwältigte ihn.

»Ich folgte dem Wunsch eines Einzelnen«, erklärte Betham seine Anwesenheit und deutete auf den hochgewachsenen Mann hinter ihm.

»Benimm dich in Gegenwart unserer Prinzessin!«, befahl eine Wache der Frau und richtete seinen Speer auf Betham, der unverzüglich seinen Blick senkte.

Er deutete eine höfliche Verbeugung an.

»Verzeiht. Ich war mir Eures Standes nicht im Klaren. Natürlich zolle ich Euch den Respekt, den Ihr verdient«, sagte er und hielt seinen Blick auch weiterhin gesenkt, sah nur aus dem Augenwinkel, wie der Speer aufgerichtet wurde.

»Ich sah noch nie einen Menschen ... Ihr bleibt hier, bis ich mir ein Bild von Euch machen konnte!«, erklärte die Prinzessin ruhig, doch Betham hörte den Befehl in ihren Worten.

»Bin ich ein Gefangener?«, fragte er und hob seinen Blick.

»Kommt es Euch so vor?«, kam die schnelle Antwort und Betham unterdrückte ein Lächeln. Diese unterschwellige Bissigkeit erinnerte ihn ein weiteres Mal an seinen Elfen.

»Ich bin mir unsicher, darum frage ich Euch, Hoheit«, gab er ebenso zurück und war der Meinung ein kurzes Lächeln auf dem Gesicht der Prinzessin zu sehen.

»Gebt ihm ein Zimmer und Geleit!«, befahl sie und wandte sich ab. Betham spürte das leichte Lächeln auf seinen Lippen. Die Prinzessin schien Delnara ähnlich zu sein. Zwei Soldaten traten neben ihn und wiesen ihm die Richtung. Die Worte der Prinzessin klangen freundlich und einladend, doch kannte Betham die gehobene Sprachweise zu gut, um auf den Klang der Worte hereinzufallen. Diese Wachen würden nicht von seiner Seite weichen.

Eine Wache lief vor ihm und brachte ihn in ein kleines Haus in den Ästen. Er öffnete die Tür und Betham trat an ihm vorbei hinein. Er hörte, wie die Tür geschlossen wurde und lauschte den Schritten der Männer. Sie hatten anscheinend ihre Position vor der Tür bezogen.

Betham sah sich um. Es war ein einzelnes Zimmer. Er war überrascht, wie liebevoll es eingerichtet war. Ein weich aussehendes Bett, ein dicker Teppich, ein Stuhl und ein Tisch aus Holz mit feinen Verzierungen.

Je länger er hier stand, desto mehr spürte er, wie die Müdigkeit seinen Körper einnahm. Die letzten Stunden waren aufreibend gewesen. Langsam trat er an das Bett heran und strich über die Decke. Wie lange war es jetzt her, dass er in einem richtigen Bett geschlafen hatte? Die letzten Tage kamen ihm wie eine Ewigkeit vor. Seine Sinne riefen ihn zur Ruhe. Betham trat sich die Stiefel von den Füßen und legte seinen Mantel auf den Stuhl. Erschöpft setzte er sich auf das Bett und legte sich zur Ruhe. Sein Haupt hatte das Kissen kaum berührt, schon spürte er, wie sein Körper schwerer wurde. Fahrig zog er sich die Decke über die Beine und ergab sich dem festen Griff des Schlafes.

Der Morgen rief Betham mit sanftem Vogelgezwitscher und hellen Sonnenstrahlen aus dem Schlaf. Müde öffnete er die Augen und sah sich in dem Zimmer um. Die Morgensonne tauchte die Einrichtung und die Wände in weiche Farben. Er nahm sich die Zeit das Spiel aus Farben, Schatten und Geräuschen zu beobachten. Seit seiner Jugend hatte er keinen solchen Morgen mehr erlebt. Er hatte etwas Friedliches an sich.

Bedächtig und leise setzte er sich auf, wollte den Frieden nicht stören. Er erhob sich und trat in seine Stiefel, strich danach das Kissen seines Nachtlagers glatt und ordnete die

Decke. Sein Blick fiel aus dem Fenster und heftete sich an die Bäume sowie die darin versteckten Häuser. Betham kam der Gedanke, nie einen friedlicheren Ort gesehen zu haben. Nur schwer konnte er sich von der Ruhe vor seinem Fenster lösen und ging zur Tür seines Zimmers. Als er heraustrat, bemerkte er, wie die Soldaten sich neben ihm strafften.

»Guten Morgen«, begann Betham leise und schenkte jedem Soldaten einen offenen Blick.

Seine Augen richteten sich auf die Lichtung, welche noch in den Armen des Schlafes lag. »So friedlich«, stellte er erneut fest.

»Die Prinzessin wünscht einen Spaziergang mit Euch«, erklärte eine der Wachen und Betham nickte.

»Bitte weist mir den Weg. Ich werde folgen«, erklärte er und setzte sich mit seiner Geleitwache in Bewegung.

Ihre Schritte führten sie zu einem großgewachsenen Baum. Ehrfürchtig blickte Betham an ihm hinauf. Er erkannte die Struktur des Gebäudes, welches sich um den Baum schlang, eine Einheit mit ihm bildete und sich mit ihm in die Höhe reckte.

»Beeindruckt Euch dieses Gebäude?«, drang die weiche, klare Stimme der Prinzessin an Bethams Ohr. Er wandte sich ihr zu und verbeugte sich vor ihr.

»Mich beeindruckt die Harmonie, mit welcher sich dieses Gebäude in die Natur schmiegt und mit ihr verschmilzt«, erklärte er und hob seinen Blick ein wenig.

»Mir ist noch nie zu Ohren gekommen, dass ein Mensch so viel Wert auf die Natur legt«, meinte sie und sah ihn mit einem abschätzigen Blick an.

»Bei der Gesellschaft auf der anderen Seite des Wassers kann ich Eure Zweifel an der Aufrichtigkeit meiner Worte durchaus verstehen. Doch diese Stadt solltet Ihr nicht als allgemeingültig für die ganze Menschheit sehen.«, mahnte Betham, behielt dabei eine ruhigen Ton.

Er richtete sich auf und blickte offen zu der Adligen, deren Augen sich für einen Moment verengten. Er hatte sich mit diesen Worten weit über seine Grenzen als Gast hinausgelehnt und hörte, wie eine Wache auf ihn zutrat, mit unterdrückter Wut knurrte. Betham hielt dem Blick der Prinzessin stand und diese nickte leicht.

»Lasst uns etwas spazieren«, meinte sie und lief los.

»Ihr werdet mir meine Fragen beantworten, Mensch.«, befahl sie ruhig, doch Betham spürte ihre Verärgerung über seine Worte. Dennoch wollte er keinen Schritt zurückweichen.

»Wenn Ihr mir die Meinen beantwortet«, erklärte er und erntete einen weiteren wütenden Laut von seinen Wachen. Er ignorierte sie und schloss zu der Elfenfrau auf.

»Was haltet Ihr von dieser Stadt?«, fragte sie nach einigen Minuten des Schweigens. Betham wusste, dass diese Frage entscheidend für den weiteren Verlauf seiner Gespräche sein würde. Darüber konnte die Nebensächlichkeit ihres Tonfalls nicht hinwegtäuschen. Würde der Prinzessin seine Antwort nicht gefallen, wäre dieses Gespräch hier beendet und seine Fragen blieben unbeantwortet. Er sah sich erneut um. Die Sonne des Tages hatte der Lichtung kaum etwas von der Erhabenheit und Mystik genommen.

»Ich habe noch nie einen friedlicheren Ort gesehen«, meinte er und besah sich die Häuser, Treppen und Brücken, die sich harmonisch an die Bäume schmiegten. »Die Zeit scheint hier langsamer zu vergehen und beruhigt meine Seele.«

In seinem Augenwinkel bemerkte er den kurzen aber überraschten Blick der Prinzessin.

»Ich muss Euch diese Frage jetzt stellen und ich erwarte eine Antwort!«, sagte Betham entschlossen und blieb auf dem Pfad stehen. Die Prinzessin hielt nach wenigen Schritten inne, würdigte ihn jedoch keines Blickes.

»Ich suche einen Freund. Delnara ist sein Name. Er soll hier gewesen sein. Wisst Ihr etwas über seinen Verbleib?« Erwartend sah er auf den schlanken Rücken der großen Frau. Sie drehte sich nicht um, sah nur abschätzend über ihre Schulter zu ihm. Sie versteckte ihre Gedanken hinter einer ausdruckslosen Maske. Wie bekannt ihm dieses Verhalten vorkam. Doch Betham war geduldig. Er war es mit Delnara gewesen und würde es auch mit der Prinzessin sein.

»Warum wollt Ihr etwas über diesen Mann wissen?«, fragte sie lauernd.

»Ich habe versprochen ihn zu finden. Er wird Zuhause schmerzlich vermisst. Wir mussten erst kürzlich seinen kleinen Bruder beerdigen. Die Ungewissheit lässt die Seelen seiner Freunde nicht zur Ruhe kommen. Wir müssen ihn finden. Und sei es, um ihm eine angemessene Bestattung zu entrichten.« Bethams Stimme glich einem Flüstern. Er spürte, wie seine Kleidung sich bei diesem letzten Gedanken eng um seine Brust legte und ihm das Atmen hemmte.

»Für einen Elfen angemessen?«, fragte die klare Stimme der Prinzessin scharf. Betham blickte entsetzt auf, ehe sich die Wut auf seinem Gesicht abzeichnete.

»Angemessen für einen hochangesehen Hauptmann der kirchlichen Garde!« Sein Ton war ebenso scharf geworden und seine Hände ballten sich zu festen Fäusten. Der Schmerz in seiner Brust wurde von der Wut über die Worte der Prinzessin geschürt. Betroffen senkte er den Blick. Er wusste sehr wohl, dass es ihm nicht zustand mit ihrer Hoheit so zu sprechen, doch seine Gedanken brauchten Luft.

»Wie es sich für einen Freund gehört. Ihr habt keine Vorstellung davon, wie viele Leben durch diese zwei Brüder miteinander verflochten wurden. An Enurahs Grab standen Menschen neben Löwen und diese neben Feen und Elfen. Sie alle waren verbunden. Durch ihre Trauer über den Verlust dieses jungen Lebens. Durch den Verlust ihres Freundes«, Betham trat einen Schritt zurück. Seine Stimme war leiser, trauriger geworden. Die Trauer und die Wut über den Tod Enurahs lag schwer auf seiner Seele. Sein Atem ging flach. Er sah die Bilder der Beerdigung in seinem Kopf und schloss für einen Moment die Augen, ehe er der Adligen fest in die Augen sah.

»Ihr wisst nichts von dieser Gemeinschaft! Also redet nicht so abfällig davon!«, mahnte er rüde.

Je ruhiger sein Gemüt wurde, desto deutlicher vernahm er das Flüstern. Er sah sich um. Schaulustige hatten sich versammelt und blickten erstaunt auf ihn. Betham zog seine Brauen zusammen. Er ging in Gedanken das geführte Gespräch noch einmal durch und stutzte. Er konnte sich nicht erinnern, laut geworden zu sein, doch er wusste, er hatte seine Grenzen weit übertreten. Er sah zur Prinzessin und deutete eine Verbeugung an.

»Verzeiht mir meine Unhöflichkeit. Es war nicht meine Absicht, Euch zu kränken. Der Verlust schmerzt zu sehr. Ich werde mich zurückziehen und erbitte Euch über mein Fehlverhalten hinwegzusehen«, sagte er und erhob sich. Er trat an der Prinzessin vorbei, ging den Weg zurück zu dem Baum, in dessen Krone sein Zimmer hing.

»Führt nur diese eine Treppe zu dem Zimmer?«, fragte er seine Wachen über die Schulter hinweg, als er am Fuße des Baumes ankam.

Ein Nicken galt ihm als Antwort.

»Wenn dem so ist, dann kann ich euch nicht weglaufen. Gönnt mir ein paar Minuten für mich«, bat er, drehte sich zu den Wachen und sah die Verwirrung in ihren Blicken.

Ein weiteres Nicken und ein unschlüssiges Schulterzucken folgte. Betham schritt die Treppe hinauf. Etliche Runden lief er am Stamm des Baums entlang nach oben, bis er glaubte von niemandem mehr gesehen werden zu können. Er ließ sich auf einer Stufe nieder und lehnte sich an die Rinde. Sein Kopf schien ihm mit einem Mal zu schwer, um ihn allein auf seinem Hals zu tragen. Seine Gedanken waren quälend langsam und blieben immer wieder an Enurahs blassem Gesicht, seiner Beerdigung und der schneidenden Befürchtung, Delnara ebenfalls beerdigen zu müssen, hängen. Betham schloss seine Augen. Ein Gefühl der Machtlosigkeit überkam ihn und lies ihn schwindeln.

»Es darf nicht sein«, flüsterte er und kühlte seine heiße Stirn an der Rinde des Baumes. Der Gedanke kam ihm, dass er vielleicht zu viel Hoffnung auf diese Reise mitgenommen hatte. Doch war es genau diese Hoffnung gewesen, die seinen Verstand daran hinderte, sich in der Trauer und dem Schmerz zu verlieren. Ein schmales Lächeln zuckte über seine Lippen. Vielleicht war es keine Hoffnung, die ihn zu dieser Reise rief. Er musste sich eingestehen, dass er diese Suche aus ganz egoistischen Gründen begonnen hatte: um seinen Elfen zu finden, um seine Sehnsucht nach dieser einen Person zu stillen.

Die Geräusche von Schuhen drangen an sein Ohr, doch er wollte sie ignorierten. Es gab niemandem in dieser Stadt, den er jetzt sehen wollte.

»Meine Wachen sind nicht sehr zuverlässig«, drang die Stimme der Prinzessin zu Betham und er öffnete die Augen einen Spalt. Er wollte sie nicht sehen, doch er folgte seiner guten Erziehung, straffte seine Schultern und sah sie offen an. Er blieb jedoch sitzen, damit ihre Hoheit auf ihn herab sehen konnte. Er erkannte die Überraschung in ihrem Blick. War es möglich, dass sein Schmerz so offensichtlich war?

»Gebt ihnen keine Schuld. Sie waren gut zu mir und ließen mir etwas Freiraum«, verteidigte Betham.

»Wie komme ich zu der Ehre, dass Ihr mir folgt?«, lenkte er die Aufmerksamkeit der Prinzessin auf ein anderes Thema.

»Mich haben Eure Worte neugierig gemacht und ich will mehr von dieser Gemeinschaft wissen, in der zwei meiner Art lebten.« Betham biss sich auf die Zunge. Er wollte nicht zu emotional auf diese Worte reagieren, doch heizten sie seine Angst, Delnara könnte für ihn verloren sein, nur weiter an. Er nickte und erhob sich, bereit ihr zu folgen.

Insgeheim mahnte er sich, seine Gefühle besser unter Kontrolle zu halten.

»Komm mit!«, hörte er den Befehl der Prinzessin und sah überrascht auf. Erst jetzt bemerkte er die junge Frau hinter der Adligen, die ein Tablett mit Tee darauf trug. Hinter ihr schritten die Wachen die Treppe hinauf. Die Prinzessin und die junge Frau traten an Betham vorbei. Er folgte ihnen schweigend zu seinem Zimmer, trat nach ihnen ein.

Die Prinzessin setzte sich auf den Stuhl und die junge Frau stellte den Tee auf dem kleinen Tisch neben ihr ab. Langsam goss sie ihrer Majestät eine Tasse ein. Betham trat an den Tisch heran und setzte sich auf den Boden gegenüber der Prinzessin. Auch ihm wurde eine Tasse Tee gereicht, ehe die junge Frau mit einer Verbeugung den Raum verließ. Die Wachen standen neben der Tür im Zimmer und blickten streng auf ihn herab. Er überlegte, ob die Prinzessin die beiden Soldaten zurechtgewiesen hatte. Den Gedanken verwerfend blickte er in seine Tasse und nahm einen Schluck Tee zu sich.

»Wie kommt es, dass ein Mensch so entschlossen auf der Seite eines Elfen steht?«, fragte die Prinzessin nach einiger Zeit neugierig und trank nun selbst einen Schluck Tee. Betham sah zu ihr auf.

»Ich stehe nicht auf der Seite eines Elfen. Ebenso wenig wie ich auf der Seite einer anderen Gattung stehe. Ich stehe auf der Seite der Personen, die mir lieb und teuer sind«, erklärte er.

»Ich kenne dieses Gerede über die einzelnen Gattungen und warum einige Wesen angeblich besser seien als andere. Mir persönlich ist es egal geworden, was für Wesen die Personen um mich herum sind, in deren Nähe ich mich wohl fühle. Ich sehe nicht den Löwen, der mich in seinem Schutzkreis hat. Ich sehe den Mann. Marcellus. Mein General.

Einen Vater und einen engen Freund. Ich sehe Enurah nicht als Elfen. Ich sehe ihn als…« Betham unterbrach sich und blickte angestrengt auf den Tisch.

»Ich sah ihn als den mutigen Jungen, der er war. Als einen jungen Mann, der sein Leben vor sich hatte und es mit seinen Freunden und Kameraden gestalten wollte. Er wollte wie sein Bruder werden.«

Ein trübes Lächeln zog sich über seine Lippen. Ein weiteres Mal blieben seine Gedanken an Delnara hängen.

»Erzählt mir von ihm. Diesem Hauptmann. Delnara. Er war hier und trotz seiner geringen Körpergröße schien er ein großer Mann gewesen zu sein«, erklang die Stimme der Prinzessin. Betham zog die Luft scharf ein. Er blickte angestrengt auf den Tisch.

»Er ist ein großer Mann. Ich bin sicher, dass er es noch immer ist. Er lebt. Er muss«, meinte er und stellte die filigrane Tasse auf den Tisch, um seine Hände zu festen Fäusten ballen zu können. Er musste das Zittern in ihnen verbergen.

»Warum ist es Euch so wichtig, dass er lebt?«, fragte sie ungewohnt gefühlvoll.

Betham atmete lautlos durch. Dieser mitfühlende Ton in ihrer Stimme ließ seine Gefühle erneut auflodern. Mit wenigen Atemzügen versuchte er sich zu beruhigen. Er hielt seinen Blick auf den Tisch gerichtet, wollte nicht allein mit einem Blick erneut über seine Grenzen als Gast treten. Er blieb still. Sein Blick richtete sich aus dem Fenster, in die Kronen der Bäume. Er musste sein Innerstes beruhigen und seine Gedanken ordnen. Wut hatte sich in seinem Magen gebildet.

Er hörte, wie Bewegung in die Adlige kam und sie den Raum ohne ein weiteres Wort verließ. Schwer stieß er etwas Luft aus seinen Lungen. Er wusste, dass er mehr als unhöflich zu der Prinzessin war. Sie hatte ihm Interesse entgegengebracht und er schwieg sie an. Seine Brauen zogen sich zusammen. Er hatte nicht über die Tragweite dieser Entscheidung nachgedacht.

Lange stand er an dem Fenster und blickte auf die Stadt herab, die zum Abend hin ruhiger wurde. Er beobachtete die Häuser. Das warme Licht, das aus den Fenstern drang verschmolz mit den erwachenden Glühwürmchen und eine mystische Friedlichkeit legte sich über die Stadt und ihre Bewohner.

Langsam strich die Müdigkeit durch Bethams Glieder und ließ ihn sich dazu entscheiden, sich zur Ruhe zu begeben. Er entkleidete sich und legte sich unter die warme Decke. Sein Blick hing an der Zimmerdecke und verfolgte das Spiel aus Licht und Schatten, das die leuchtenden Tiere vor seinem Fenster begannen. Er nahm sich vor, sich alsbald bei der Prinzessin zu entschuldigen.

Tiefer kuschelte er sich in die weiche Decke, schloss die Augen und überlegte, wann er das letzte Mal so viel Frieden an einem Ort wahrgenommen hatte. Seine Gedanken formten ihm ein Bild vor dem inneren Auge.

~ * ~

Er fand sich in einem Nachtlager in einem Zimmer der Kaserne. Als er auf seine Brust blickte, wusste er, warum dieser Ort so friedlich war. Sein Elf lag auf seiner Brust. Sein Gewicht drückte wohlig auf Bethams Brustkorb und Delnara ließ ihn durch seine Haare fahren. Er erinnerte sich an diese Ruhe, diese warme Stille zwischen ihnen. Er wusste, dass er kein Wort sagen musste, um verstanden zu werden. Er hatte es genossen über die weiche Haut zu streichen, das seidige Haar zwischen seinen Fingern hindurch gleiten zu lassen und den warmen Körper zu spüren. Er war in den tiefen, blauen Augen versunken, die so viel Stolz und Stärke ausstrahlten.

~ * ~

Betham erwachte und sah sich um. Er war allein. Gedankenverloren strich er sich über die Brust, doch fand er nur seine eigene Wärme. Er sah auf die Bettdecke in seinem Schoß und hing seinem Traum nach. Er war dankbar für diese Erinnerungen und Träume. Auch wenn sie sein Innerstes quälten, war er dankbar dafür, dass er seinen Elfen einige Zeit bei sich haben konnte, dass er diese friedlichen Momente erleben durfte. Ein Lächeln stahl sich auf sein Gesicht.

»Ob es dir mit deinen Träumen ähnlich geht?«, fragte er leise in den Raum und lehnte sich zurück in die Kissen.

Betham konnte sich vorstellen, dass Delnara aus seinen Alpträumen auch Kraft ziehen konnte. Ihm gefiel der Gedanke, dass der Hauptmann seine Stärke und seinen Stolz aus der Erinnerung zog. Er hatte so viel erlitten und war dennoch ein so liebevoller Mann geworden. Betham lachte leise. Er beneidete seinen Elfen ein wenig. Dieser war zu einem fürsorglichen Bruder, aufopferungsvollen Freund und verehrten Hauptmann geworden. Träge erhob sich Betham und zog sich die Kleider über den Körper. Er trat in seine Stiefel und öffnete leise die Tür zu seinem Zimmer. Mit einem freundlichen Gruß bedachte er die Wachen vor der Tür, die ihn verwundert ansahen und ihn abschätzend musterten.

»Ich kann nicht mehr schlafen und brauche etwas frische Luft«, erklärte Betham und blickte über die Treppe auf die noch schlafende Stadt.

»Ich möchte niemanden wecken oder verunsichern. Könntet ihr mir einen Weg zeigen, auf dem ich mir die Beine vertreten kann?«, fragte er und wartete geduldig auf die Entscheidung der Wachen. Diese nickten schließlich und gingen mit Betham auf breiten Wegen durch den Wald.

»Ich wollte mich entschuldigen, wenn ihr wegen mir von der Prinzessin getadelt wurdet«, sagte Betham. Die Wachen blieben ruhig und zeigten sich unbeeindruckt.

»War Ihre Majestät erzürnt, als ich unser Gespräch unterbrach?«, fragte er nach und blieb stehen.

Er sah die Wachen erwartungsvoll an und diese blickten aufeinander. Eine der Wachen zuckte unsicher mit einer Schulter. Der Andere blickte auf Betham und gab ihm ein leichtes Nicken als Antwort. Betham nickte ebenfalls und setzte seinen Weg fort.

Sein Weg war lang und führte ihn doch nur in Schleifen um die Stadt. Nach einer Stunde kam er wieder an dem Baum mit seiner Behausung an.

»Ich danke für das Geleit«, verabschiedete er sich mit einer angedeuteten Verbeugung und trat in sein Zimmer ein. Er legte sich in seine Nachtlager. Es würde noch ein paar Stunden dauern, ehe die Sonne über dem Land aufging. Betham hörte den Wachwechsel vor seinem Zimmer nur noch wie durch schwere Watte. Der Schlaf zog ihn in seine Arme und er hoffte, in dieser Zeit der Ruhe in friedlichen Erinnerungen schwelgen zu können.

Zu lang waren die Berührungen Delnaras von seiner Haut ferngeblieben. Zu schnell war die Wärme dessen Haut von Bethams Körper gewichen. Ihm blieb nichts als die Erinnerung an diesen Mann und die Hoffnung, ihn wieder bei sich spüren zu können.

Zwölf

Die Stunden in Esmaan wurden zu Tagen und diese formten sich zu Wochen. Die ersten Knospen der Bäume trieben sich aus den Ästen und wurden zu bunten Blüten. Bienen und Schmetterlinge hatten die wärmere Jahreszeit begrüßt und verwandelten die Stadt in einen malerischen Ort. Betham hatte diese Veränderung miterlebt und beobachtet. Er hatte versucht diese Ruhe und diesen Frieden in sich aufzunehmen. Sein Innerstes war noch immer aufgewühlt und unruhig. Immer wieder hatte er die Sorge, er würde den Zauber der Stadt mit seiner inneren Unruhe zerstören.

Er lief über den kleinen Marktplatz in der Elfenstadt. Er war wie so oft am Baum der Prinzessin gewesen, um sich für sein Verhalten bei ihrem Tee zu entschuldigen und ein erneutes Gespräch mit ihr zu beginnen. Doch ihre Majestät hatte ihn abweisen lassen. Dies war ihm bereits unzählige Male widerfahren. Die Enttäuschung über diese Ablehnung wurde immer geringer.

Betham blickte sich um und fand die Wachen, die ihm zu Anfang kaum von der Seite gewichen waren und ihn nun aus einiger Entfernung beobachteten. Die Prinzessin hatte ihm Freiraum gewährt und diese Freiheit ließ die Hoffnung in Betham schwinden, ein erneutes Gespräch beginnen zu können. Er kannte diese Verhaltensweisen. Die Prinzessin hatte ihr Interesse an ihm verloren. Er war ihr gleichgültig geworden und Betham glaubte, dass diese Wachen hinter ihm ihn nur noch verfolgten, um den Bewohnern der Stadt eine Sicherheit zu geben.

In Gedanken versunken lief er den Weg entlang. Der warme Sommerwind strich ihm durch das Gesicht. Kurz schloss er die Augen. Der Wind schien ihm wie eine Hand, die ihn liebevoll berührte. Erneut blieben seine Gedanken bei dieser einen Person hängen, deren Hand er jetzt zu gern an seiner Wange spüren wollte. Nur langsam öffnete Betham seine Augen. Er hatte versucht diese Ruhe in seine Seele eintreten zu lassen. Leise knirschte er mit den Zähnen, als er daran dachte, wie viel Zeit er in dieses Vorhaben investiert hatte. Ohne Erfolg. Betham drehte auf dem Absatz um und lief zur Behausung der Prinzessin. Noch wusste er nicht, wie er ihr gegenüber treten sollte, doch etwas in ihm erinnerte ihn an seinen Elfen. Ein amüsiertes Lächeln zuckte über seine Lippen. Er würde unhöflich sein.

Mit selbstsicheren Schritten stieg er die Stufen am Baum empor und wurde erst von den Wachen an der Tür aufgehalten.

»Die Prinzessin hat nicht den Wunsch Euch zu sehen«, erklärte eine Wache und Betham nickte verständnisvoll.

»Ich werde mich auch nur verabschieden«, erklärte er ruhig und drängte sich an den Wachen vorbei. Er lief in den Wohnraum ihrer Majestät. Die Prinzessin erschrak und zog zornig ihre Brauen zusammen. Die Wachen waren ihm nach gelaufen und drohten ihm mit ihren Speeren.

»Was fällt Euch ein?«, zischte die junge Frau ungehalten. Sie stand von ihrem Stuhl auf und hob das Kinn, um größer zu wirken. Betham deutete eine Verbeugung an.

»Ich werde mich verabschieden. Ihr habt kein Interesse mir meine Fragen zu beantworten und ich habe keine Zeit mehr zu verlieren«, erklärte er knapp und erhob sich aus seiner Haltung. Offen blickte er die Prinzessin an. Er erkannte die Anstrengung in ihrem Gesicht. Sie überlegte. Betham versuchte so ruhig, wie möglich zu wirken. Ihr Blick erinnerte ihn an sein erstes Treffen mit Delnara.

»Ihr habt mir auch meine Frage nicht beantwortet«, wich die Prinzessin aus und trat auf ihn zu. Mit einer Handbewegung deutete sie den Wachen ihre Waffen zu senken. Betham atmete kurz durch. Die Spannung der Situation löste sich langsam.

»Ich will wissen, warum Ihr so viel Mühe in diese Suche legt. Auch einen Freund lässt man irgendwann ziehen, doch Ihr haltet an ihm fest«, meinte sie lauernd und blickte ihm in die Augen.

»Ich gebe Euch diese Antwort unter vier Augen.«, versprach Betham. Hinter sich hörte er eine der Wachen angespannt mit den Zähnen knirschen. Ein Lächeln huschte über seine Lippen und er fragte sich, ob Delnara sich ähnlich erheitert gefühlt hatte, wenn er mit den Mönchen seine Späße getrieben hatte. Die Prinzessin nickte nach einer Weile angespannt und die Wachen verließen den Raum. Betham sah ihnen über die Schulter dabei zu. Er wollte sicher sein, dass er mit der Prinzessin allein reden konnte. Dankbar richtete er seinen Blick wieder nach vorn, als die Türen sich geschlossen hatten. Ihr Blick war eine Mischung aus Skepsis und Neugier.

»Gebt mir nun meine Antwort!«, befahl sie und setzte sich. Betham wusste, dass diese Ruhe nur gespielt war. Sie sollte die Überlegenheit der Prinzessin demonstrieren und ihn einschüchtern. Er nickte und setzte sich auf einen weiteren Stuhl.

»Ich brauche ihn an meiner Seite«, begann er leise und blickte auf den Boden. Dieser Satz war ihm nicht leicht über die Lippen gekommen. Er wollte sich nicht verletzlich machen, doch er wusste, dass er das Vertrauen der Prinzessin gewinnen musste, wenn er mehr über Delnaras Verbleib erfahren wollte.

»Neben Euch?«, fragte sie neugierig und überlegte. »Er ist Euch ein Bruder?« Betham schüttelte den Kopf.

»Ein Partner. Er ist mir das Liebste auf der Welt«, gab er mit einem Lächeln zu verstehen und blickte sie offen an.

Einige Zeit herrschte Stille zwischen ihnen. Zeit, die Betham der Prinzessin geben wollte, um ihre Gedanken zu ordnen.

»Liebe?«, fragte sie und Betham nickte als Antwort. Die neuerliche Stille war angespannt. Betham kam es so vor, als lege sich dieses Schweigen schwer auf seine Schultern.

»Ich kann Euch nicht sagen, wo er ist.« Die zarte Stimme der Prinzessin durchbrach die Stille. Betham sah auf und lauschte aufmerksam ihren weiteren Worten.

»Er war nur für wenige Stunden mit seinem Bruder unser Gast. Ich hörte, dass im Land der Menschen ein Streit eskaliert sei. Leider weiß ich nicht, was genau geschehen ist«, erklärte sie, ehe sie mit einem verlegenen Lächeln den Blick senkte.

»Nun ist mir unwohl dabei, Eure Zeit so genommen zu haben.« Die Prinzessin wurde immer leiser. Betham beobachtete sie genau. Ihre Züge wurden weicher.

»Hättet Ihr mir diese Worte bei unserem ersten Gespräch geglaubt?«, fragte er sanft und ein Lächeln zog sich über seine Lippen, als er das Kopfschütteln sah.

»Alles, was passiert, hat seinen Grund. Daran muss ich glauben. Es hatte seinen Grund, dass ich so lange hier war. Doch nun muss ich weiterziehen«, meinte er und erhob sich.

»Wartet!« Die Stimme der Prinzessin hatte ihren erhabenen Ton zurückerlangt.

»Kommt doch zu uns zurück, wenn Ihr Euren Hauptmann gefunden habt. Einen Mann wie ihn kann ich in meiner Armee gut gebrauchen«, erklärte sie und Betham drehte sich zu ihr, um sich höflich zu verbeugen.

»Ich werde ihm Euren Wunsch vortragen, wenn ich ihn gefunden habe«, gab er zu verstehen und die Prinzessin nickte. Sie schien zu wissen, dass man einen stolzen Mann wie Delnara nicht in eine andere Armee zwingen konnte.

Für einen Moment spannten sich ihre weichen Gesichtszüge an. Ehrfürchtig trat sie an eine kleine Kommode heran und öffnete die obere Schublade. Neugierig richtete sich Betham zu seiner vollen Größe auf und beobachtete die Frau vor ihm.

»Auch ich habe eine Person in meinem Herzen. Ich kann verstehen, wie es in Euch aussieht.« Ihre Stimme bekam einmal mehr diesen warmen, sanften Ton. Mit einem zaghaften Lächeln reichte sie Betham ihre Hand.

»Wenn Ihr ihn findet, solltet Ihr ihn vielleicht lieber als den Euren markieren, bevor es ein anderer tut«, mahnte sie und Betham besah sich die kleine, goldene Ohrmanschette in ihrer Hand. Sie zog Bethams Aufmerksamkeit ganz auf sich. Ihre filigranen Goldfäden bogen sich zu einem floralen Muster mit vielen winzigen, verspielten Details.

»Sie ist eins meiner wertvollsten Stücke«, erklärte die Elfenfrau. Betham wurde unsicher. Er konnte ein so teures Geschenk nicht annehmen. Zögerlich sah er zu der Prinzessin auf, doch diese hatte ein weiches Lächeln auf den Lippen. Betham betrachtete diesen Gesichtsausdruck genau. Er hatte das Gefühl, nie ein ehrlicheres Lächeln an ihr gesehen zu haben. Noch ein paar Augenblicke sah er sie an. Er wusste nicht, ob er noch einmal die Gelegenheit bekam sie so zu sehen.

»Nehmt es und gebt es weiter«, bat sie, legte das Schmuckstück Betham in die Hand und trat an ihm vorbei. Sie öffnete ihre Türen. Die Wachen schienen angespannt vor ihnen gewartet zu haben. Bethams Finger legten sich schützend um das wertvolle Geschenk. Er verließ den Raum nach der Herrscherin und trat die Stufen der Treppe herunter. Ein gewisser Stolz breitete sich in seiner Brust aus. Unhöflich zu sein hatte ihn einen großen Schritt weiter gebracht.

Seine Schritte führten ihn zu seinem Zimmer. Es war ihm ein gewohnter Weg geworden. Er trat ein und sah sich um. Er hatte sich so sehr an dieses Zimmer gewöhnt. Das weiche Bett, in dem er erholsam schlafen konnte. Das Fenster, von dem aus er das Leben beobachtet und die Tageszeiten genossen hatte. Seine Hände strichen über den feinen Stoff auf seiner Brust. Diese Kleidung an seinem Körper, welche er von den Bewohnern bekommen hatte, war ihm zu einer angenehmen Gewohnheit geworden. Nun musste er sie gegen etwas Unauffälligeres eintauschen. Eine gewisse Wehmut überkam ihn, als er sich seine alte Kleidung über den Körper streifte.

Sein Blick richtete sich auf das Leben vor seinem Fenster. Es war dieses ruhige Leben, nach dem er sich gesehnt hatte. Dieses Leben, in dem sich ein Tag spurlos an den anderen schmiegte und mit einer einträchtigen Geschwindigkeit verging. Doch diese Idylle war nicht vollkommen. Diese Unruhe in seinem Inneren war nicht mit diesem kleinen Paradies zu vereinen.

»Nicht ohne dich«, flüsterte er und strich sich über die Brust. Ohne seinen Elfen war kein Ort der Welt vollkommen. Der Schwermut begann sich in seine Knochen zu schleichen und er musste seine Schultern straffen. Noch einmal sah er auf das Geschenk der Prinzessin. Seine Gedanken glitten zu seinem stolzen Elfen. Er überlegte sich, wie Delnara auf ein solches Geschenk reagieren würde und ein amüsiertes Lächeln legte sich auf seine Lippen. Er dachte an das aufflammende Temperament und das verlegene Leugnen. Er kannte Delnara bereits zu gut, um nur den Worten des Hauptmannes Glauben zu schenken. Betham wusste, tief in diesem stolzen Mann sah es anders aus. Gut versteckt hinter einer kühlen Wand lag ein sensibler Kern.

Der Tag neigte sich seinem Ende und der Neumond gab der Dunkelheit den Raum, den sie beanspruchte.

»Vergesst mein Angebot nicht!«, mahnte die Prinzessin und reichte Betham die Hand zum Abschied. Dieser nahm sie nur allzu gern an.

»Ich werde es ihm antragen!«, versprach er, ehe er sich zu dem Boot am Strand begab und einstieg. Er spürte, wie die Prinzessin ihm noch lange nachsah, doch er hielt seinen Blick fest auf den Horizont. Betham musste sein Ziel im Auge behalten. Er musste zurück nach Zetote. Er musste Delnara finden.

»Seit achtsam, wenn ihr an Land geht! Die Menschen sollten uns nicht zusammen sehen«, mahnte der großgewachsene Elf, den Betham zuletzt bei seiner Ankunft in Esmaan getroffen hatte. Ein kurzes Nicken war die Antwort.

Betham war der Nacht dankbar für ihre Dunkelheit. Seine ersten Schritte auf der Erde seines Heimatlandes waren unsicher. Forschend sah er sich in der Umgebung um, ehe er sich an den Elfen wandt.

»Achtet gut auf Euch«, bat Betham zum Abschied und verschwand dann zwischen den Bäumen.

Sein Weg führte ihn zu dem Fluss, den er schon von weitem rauschen hörte. Er kniete sich an das Ufer und lies seine Fingerspitzen durch das frische Nass fahren. Sein Blick folgte dem Strom. Er nahm sich vor, an diesem Fluss seine Suche fortzusetzen. Betham würde alle Städte und Dörfer an diesem Fluss aufsuchen und nach Delnara Ausschau halten. Langsam erhob er sich und begann seinen Weg, doch stoppte er nach wenigen Schritten und blickte in den Wald. Seine Brauen zogen sich nachdenklich zusammen.

Er wandt sich von dem Fluss ab und lief in Richtung der Stadt, die den Tod des kleinen Elfen zu verantworten hatte. Erneut keimte in ihm der Wunsch nach Rache für Enurah auf. Sein Kiefer spannte sich an, als er die ersten Lichter in den Straßen erkennen konnte. Ungesehen schlich er zu dem Gasthaus und sah durch ein Fenster hinein. Er erkannte den Bürgermeister und ballte seine Hände zu Fäusten. Wut wallte in ihm auf.

Das Geräusch eines Pferdes löste seine wütenden Gedanken und lenkte seine Aufmerksamkeit auf das Tier. Er erkannte den Schimmel und trat eilig auf ihn zu. Neben dem Schimmel stand das Pferd, mit dem er hier angekommen war. Nur einen Moment lang wunderte er sich über die Nachlässigkeit des Hauspersonals. Beide Tiere waren gesattelt.

»Ich bringe dich zu deinem Herren«, versprach er leise flüsternd. Ohne weiter darüber nachzudenken löste er die Zügel des Schimmels und stieg auf sein eigenes Pferd. Er band den Schimmel am Geschirr seines Tieres fest und ritt los, vermied unnötige Geräusche. Sein Körper entspannte sich, als er einige Schritte unentdeckt geritten war und dem Tor immer näher kam. Erst die lauter werdenden Stimmen einiger Bürger ließen diese Erleichterung schwinden. Betham gab seinem Pferd einen Tritt in die Seiten. Das starke Tier beschleunigte seine Schritte und brachte seinen Herren und den Schimmel im Galopp aus der Stadt. Eine beachtliche Entfernung von dieser Stadt war für alle Beteiligten das Beste.

Nach einiger Zeit bremste er die Pferde ab und stieg aus dem Sattel. Er strich dem braunen Hengst über den Hals und klopfte ihm aufmunternd auf die Haut. Das Rauschen des Flusses drang an sein Ohr und Betham blickte in Richtung des Waldes. Er führte die Pferde zum Fluss, um ihnen eine Pause zu gönnen.

»Trinkt! Wenn er mit euch genauso Umgang gepflegt hat, wie mit seinem Braten, dann habt ihr es bitter nötig«, murmelte er und beobachtete die Pferde beim Trinken. Immer wieder strich er fürsorglich über die starken Seiten der beiden Tiere. Eine Satteltasche auf dem Rücken des Schimmels erregte seine Aufmerksamkeit. Betham trat näher an den Schimmel heran und öffnete die Tasche. Er bemerkte, wie der Hengst seinen Kopf zu ihm drehte.

»Ich weiß, dass man nicht neugierig sein soll«, entschuldigte er sich und lachte leise, als der Schimmel schnaufte und weiter trank.

Neugierig durchsuchte er die Satteltasche, fand einen Umhang sowie die Kleider eines Soldaten und eines Hauptmannes. Sein Herz schlug schneller, sein Kiefer spannte sich an. Die Bilder von Enurahs blassem Gesicht stiegen in ihm auf und entflammten seinen Zorn ein weiteres Mal. Er warf den Deckel der Tasche wütend zu. Der Schimmel zuckte erschrocken zusammen und trat einen Schritt von Betham weg. Ein metallisches Geräusch ließ ihn aufhorchen. Langsam hob er die ganze Tasche an und fand ein Schwert. Ein Blick genügte ihm, um das geschmiedete Metall zu erkennen. Er wusste, wem dieses Schwert gehörte.

»Delnara.«, fiel es ihm über die Lippen. Betham spürte wieder diesen unsichtbaren Gurt um seine Brust und ein Stein legte sich in seinen Magen.

»Wir müssen weiter!«, beschloss er und trat an sein Pferd heran. Er strich dem Tier über den Hals und griff nach den Zügeln. Das Tier folgte dem Zug an seinem Geschirr, ebenso der Schimmel, der seine Mähne schüttelte. Betham lief neben dem Fluss entlang und hielt nach Dörfern und Städten Ausschau. Ein Teil in ihm mahnte ihn, nicht zu sehr darauf zu hoffen, dass Delnara in einem der Dörfer zu finden war.

Er überlegte, wie er in dieser intoleranten Gegend nach seinem Elfen suchen sollte, ohne dass ein wütender Mob seine Pläne zunichtemacht. Vermutlich wäre es am Besten, ihn als Untergebenen zu bezeichnen. Vielleicht sogar als sein Eigentum?

Ein Schnaufen riss ihn aus seinen Gedanken. Er blickte auf sein Pferd, welches die Mähne schüttelte. Einige Zeit sah er den Hengst nachdenklich an und biss sich schließlich auf die Lippe. Der Gedanke, Delnara als sein Eigentum zu suchen, ließ Wut in ihm aufsteigen. Ein schaler Geschmack legte sich auf seine Zunge, doch schien ihm dies der einzige Weg zu sein, seinen Elfen, ohne große Gefahr, suchen zu können. Mit einem mulmigen Gefühl setzte er seinen Weg durch die Nacht fort.

Die Sonne strich mit den ersten Strahlen durch die Wipfel der Bäume, als Betham an einem Dorf ankam. Prüfend sah er sich um. Ein Hahnenschrei durchbrach als einziges die vorherrschende, nächtliche Ruhe. Bedächtig lief er durch die Straßen und suchte eine wache Menschenseele, die er befragen konnte. Seine Suche endete auf einem winzig wirkenden Platz. Die typischen Geräusche eines Marktes im Aufbau empfingen ihn. Eine Frau trug einen Korb mit Früchten zu einem Stand. Betham schritt an sie heran.

»Lasst mich diesen Korb für Euch tragen«, bot er an und schickte sich an, der Frau den Ballast abzunehmen. Diese sah ihn verwirrt an, nickte dann jedoch zustimmend. Zusammen brachten sie den Korb schweigend zu einem Haus.

»Ich danke Euch, Herr. Was wollt Ihr als Belohnung?«, fragte sie und sah Betham forschend an. Er lächelte. Eine gewisse Sorge war in ihrem Blick zu finden. »Nur eine Antwort«, beruhigte er sie und strich dem Pferd neben sich über den Hals.

»Ich suche einen Elfen«, erklärte er und versuchte gelangweilt zu klingen. Das schallende Lachen der Frau ließ ihn aufblicken.

»Einen Elfen? Hier im Westen? Eure Suche wird vergeblich sein«, meinte sie amüsiert.

»Ich habe ihn hier aus den Augen verloren«, erklärte er. Die Frau schüttelte missbilligend den Kopf.

»Wenn Ihr Eure sieben Sachen nicht zusammenhalten könnt, ist es wohl kein Wunder, wenn etwas verschwindet«, spottete sie und ging in das Haus. Beleidigt schnaufte Betham und knirschte mit den Zähnen. Den Rückweg trat er mit verhaltener Wut im Bauch an. Er beschloss, jeden Menschen auf seinem Weg zu fragen. Irgendjemand musste Delnara gesehen haben. Ein einzelner Elf fiel in dieser Gegend sofort auf.

Der Abend legte sich langsam über das Land, als Betham aus dem Dorf trat und auf sein Pferd stieg. Seine Knochen waren müde von den vielen Schritten und sein Geist tobte vor Wut über die Beleidigungen und die Enttäuschung. Er rieb sich die Nasenwurzel und schloss die Augen. Er hatte nichts erfahren, außer Spott.

»Reiter!«, wurde er angesprochen und öffnete seine Augen einen Spalt. Sein Blick fiel auf einen Jungen, der neben seinem Pferd stand.

»Was willst du, Junge?«, fragte er tonlos und versuche sich weiter die Schmerzen aus dem Kopf zu reiben.

»Hier sind vor Wochen Soldaten gewesen. Sie hatten einen Elfen bei sich.« Betham öffnete schlagartig die Augen und ließ seine Hand sinken. Sein Interesse war geweckt.

»Rede weiter«, bat er und schenkte dem Jungen seine ganze Aufmerksamkeit.

»Sie haben ihn dort aus dem Fluss gefischt. Wenn das Euer Elf war, dann ist Eure Suche hier beendet. Sie haben den kalten Körper mit sich genommen«, erklärte der Junge und deutete in den Wald. Dass es sich dabei um Enurah gehandelt haben muss, war Betham sofort klar. Der gleichgültige Unterton in der Stimme des Jungen reizte ihn, doch er bemühte sich um Ruhe. Er nickte dem Jungen zu.

»Weißt du, ob noch ein Körper gefunden wurde?«, fragte er nach, doch der Junge verneinte diese Frage. »Ich danke dir.« Damit verabschiedete sich Betham und setzte seinen Weg entlang des Flusses fort. Heute Nacht würde er am Ufer des Flusses unter dem Sternenzelt schlafen. Sein Blick wanderte in den Himmel, an dem die ersten Sterne begannen Bilder zu formen.

Die Sonne verbarg sich hinter dem Horizont und Betham stieg aus dem Sattel, um den Pferden eine Pause zu gönnen. Er band sie an einen Baum und ließ sie grasen. Seufzend setzte er sich an einen Baumstamm und lehnte seinen Kopf an. Sein Blick haftete an dem dunkler werdenden Himmel und den Sternen. Er erinnerte sich, wie er mit seinem Vater im Garten des Klosters auf einer Bank saß und unzählige Nächte mit den Sternen verbrachte. Ein sanftes Lächeln zierte sein Gesicht.

~ * ~

Betham vermisste seinen Vater in dieser Nacht. Sein Blick wanderte an den Himmel. Er verband angestrengt die Sterne zu einem Bild.

»Dieses Sternbild ändert sich mit den Jahreszeiten«, riss ihn eine Stimme aus der Konzentration. Er drehte sich um und lächelte erfreut.

»Vater!«, rief er fröhlich und beobachtete den Mann, wie er sich neben ihn auf die Bank ließ, seinen Blick auf die Sterne richtete.

»Sieh hin! Im Winter sieht es aus, als ob dieser helle Stern über dieser Linie aus den fünf Sternen schwebt. Im Sommer ist es nun, als würde er diese Linie auf seinen Schultern tragen«, erklärte der Mann und blickte seinen Sohn an. Betham sah neugierig zu dem Sternbild.

»Die Sterne sind so schön! Aber was sind Sterne eigentlich?«, fragte er leise und spürte die Hand seines Vaters, die ihm sanft durch die Haare strich.

»Das sind Ehrenplätze an der Seite des Herren. Wenn ein Mensch etwas Besonderes in seinem Leben geleistet hat, darf er mit dem Ende seines Lebens einer dieser Sterne werden.« Betham sah fasziniert zu dem Mann hinauf, dessen Stimme ehrfürchtig und ruhig klang.

»Dann bekommst du sicher auch einen solchen Stern!«, erklärte er fröhlich und sah auf die Sterne. Ihr Funkeln zog ihn in seinen Bann.

»Wenn ich eines solchen Platzes würdig bin ... Doch diese Entscheidung liegt nicht bei uns. Wir bekommen unser Leben geschenkt und müssen versuchen die Möglichkeiten dieses Lebens auszuschöpfen«,

meinte der Mann und zog seinen Sohn an seine Seite. Er gab ihm einen Kuss auf das Haar. Der Junge schloss die Augen.

»Komm jetzt! Du müsstest längst schlafen«, mahnte sein Vater sanft und erhob sich von der Bank. Er reichte dem Kind seine Hand, die ohne Zögern ergriffen wurde. Zusammen gingen sie durch den Garten zum Gebäude.

»Vater?«, fragte Betham und blickte scheu zu dem Mann auf. Dieser hielt in seiner Bewegung inne und sah wohlwollend auf das Kind.

»Ich hab dich lieb«, murmelte er und bekam ein weiches Lächeln geschenkt »Und ich dich, mein Sohn«.

Betham wurde auf den Arm seines Vaters gehoben und schmiegte sich eng an den warmen Körper. Er spürte kaum noch, wie der Schlaf ihn übermannte. Das Lächeln seines Vaters, der ihn in das Kloster trug und seinen Rücken hielt, nahm er nur noch am Rande wahr.

~ * ~

Träge öffnete Betham seine Augen. Die Sonne spielte mit den Blättern der Bäume und ließ Schatten auf seinem Gesicht tanzen. Seine Sinne brauchten ihre Zeit, um sich in den Tag hinein zu finden. Er hing mit den Gedanken seinem Traum nach. Er hatte lange nicht von seinem Vater geträumt.

Müde erhob er sich, streckte seine Glieder und trat an den Fluss heran. Er wusch sich das Gesicht und trank einige Schlucke. Das kühle Nass rann seine Kehle herab und weckte seine Lebensgeister. Sein Blick fiel auf die Spiegelung im Wasser. Einmal mehr musste er feststellen, wie ähnlich sein Gesicht dem seines Vaters geworden war. Einzig seine braunen Augen musste er von seiner Mutter haben. Die Augen seines Vaters waren eine Mischung aus grau und grün gewesen.

Ein einziger Blick seines Vaters reichte, um ihn zu durchschauen. Es rang ihm jedes Mal absoluten Respekt ab. Als Junge glaubte er, sein Vater würde jede Lüge mit diesen

Augen sofort erkennen können. Lächelnd schüttelte er den Kopf.

»Heute bin ich schlauer, Vater«, meinte er und erhob sich schmunzelnd vom Boden.

Er strich seinem Hengst über den Hals und sah den Schimmel an. Ruhig aber bestimmt zog er an den Zügeln des Tieres und beide Pferde folgten Betham auf seinem Weg. Er wollte weiter.

Bethams Suche führte ihn in die nächste Stadt am Fluss. Er nahm sich vor dieses Mal geschickter bei seiner Befragung vorzugehen. Langsam schritt er mit den Pferden durch die Straßen und beobachtete das Treiben. Sein Blick wanderte über den Markt und die geschäftigen Menschen auf ihm. Überlegend zog er die Brauen zusammen. Er war nun schon eine Nacht und einen Tag mit dem Fluss gelaufen und sein Verstand mahnte ihn, nicht zu viel Hoffnung zu haben, seinen Elfen in einem der nächsten Dörfer finden zu können.

»Er muss hier sein!«, bestimmte er für sich und trat auf den Marktplatz. Er fragte eine Bäuerin nach seinem Elfen, doch diese verneinte lachend. Betham biss die Zähne aufeinander und suchte sich einen anderen Gesprächspartner. Bei einem alten Mann blieb er stehen. Er betrachtete den Alten, der auf einem Sack Kartoffeln saß und seine Pfeife stopfte.

»Verzeiht, mein Herr. Habt Ihr einen Elfen gesehen?«, fragte er und beobachtete den Mann, wie er unter seinen dicken grauen Brauen aufsah.

»Einen Elfen? Junge, für einen Elfen seid Ihr im falschen Land. Wenn Ihr einen wollt, solltet Ihr nach Esmaan. Dort gib es ganz viele davon. Manche glauben, sie wachsen dort auf den Bäumen. Sicher könntet ihr Euch dort einen Elfen pflücken«, brummte der Mann und musterte Betham eingehend. Betham ärgerte der Spott. Er versuchte jedoch ruhig zu bleiben.

»Ich habe ihn hier in Zetote verloren. Er ist recht klein, für einen Elfen. Nicht größer als ein Mann«, beschrieb er Delnara und blickte den Alten fragend an. Dieser nahm seine Pfeife in den Mund. Er schien dabei besser nachdenken zu können, sodass Betham ihm diese Zeit ließ.

»Ihr seid doch kein Sympathisant?«, fragte der Alte lauernd, als er seine Pfeife ansteckte und einige Züge paffte. Bethams Blick wurde dunkler.

»Ich wüsste nicht, was das Eine mit dem Anderen zu tun hat. Ich will mein Eigentum zurück, das mir verloren ging«, knurrte er und hob das Kinn, um überlegen zu wirken. Er wollte nicht, dass der Alte vor ihm sah, wie unangenehm ihm diese Aussage war. Er wollte nicht, dass seine Lüge enttarnt wurde. Der alte Mann nahm einen langen Zug aus seiner Pfeife und blies den Rauch bedächtig aus.

»Ich habe gehört, dass zwei von denen im Fluss schwammen. Den Einen haben wohl ein paar Soldaten mitgenommen«, erzählte er. Betham nickte. Er kannte diese Geschichte nur zu gut.

»Und der Andere?«, fragte er und erntete einen durchdringenden Blick. Der Alte erhob sich und trat nahe an ihn heran. Mit dem Mundstück seiner Pfeife tippte er ihm mahnend an die Brust.

»Junge, hör mir gut zu! Lass diesen Elfen gehen. Ein anderer wird ihm seine Strafe schon zuführen. Wenn er dir einmal entlaufen ist, wird er es wieder tun. Es gibt Elfen, die man sich nicht zu Eigen machen kann. Lass ihn und hol dir auf der anderen Seite einen Neuen. Ein Elf, der nicht gehorcht, ist es nicht wert«, mahnte er.

Betham presste seine Zähne fest aufeinander. Er hasste solch demütigende Aussagen. Mit Mühe zwang er sich zur Ruhe, ehe er antwortete.

»Mein Vater überließ ihn mir vor seinem Tod. Er war sein Erbe. Darum will ich ihn wieder haben«, log er und sah dem Mann vor ihm fest in die Augen. Gut zu lügen war sicher keine lobenswerte Eigenschaft für einen Mann der Kirche, doch heute würde es sich auszahlen.

»So ist das also«, kam es erstaunt von dem Alten und er setzte sich wieder auf den Kartoffelsack. »Es gibt ein Gerücht, dass ein Mann aus einem Dorf etwas nördlich von hier, vor einiger Zeit an einen Elfen kam. Es heißt, er habe ihn halbtot im Wald aufgefunden.«

Betham legte nachdenklich eine Hand an den Mund, um das aufkommende Lächeln zu verbergen.

»Es wäre also möglich, dass er der Elf aus dem Fluss sein könnte?«, fragte er mit aller Ruhe, die er aufbringen konnte. Der alte Mann überlegte und wiegte seinen Kopf hin und her.

»Schwer zu sagen. Er müsste Tag und Nacht durch den tiefen Wald gelaufen sein. Kälte, Hunger und wilde Tiere hätten ihn wohl eher dahingerafft, als dass er es bis dorthin geschafft hat«, gab er dann zu bedenken. Einige Zeit herrschte Stille zwischen den Männern, ehe Betham nickte und auf sein Pferd stieg.

»Junge! Ich rate dir, hör auf mich! Keiner von denen ist es wert so weit zu reiten. Spare dir deine Zeit und hol dir einen neuen. Einen, der gehorsamer ist«, mahnte der Alte ihn und Betham unterdrückte mühsam ein wütendes Schnauben.

Er zog an den Zügeln und sein Pferd lief los. Der Schimmel schritt immer an seiner Seite. Langsam ritt er durch die Stadt und verließ sie durch das nördliche Tor. Vor ihm erstreckte sich dichter Wald. Sein Blick wanderte zu dem Schimmel an seiner Seite. Mit beiden Tieren würde er nur schwer vorankommen.

»Ich muss außen lang«, stellte er fest und zog am Zügel. Dieser Weg würde ihn mehrere Tage Zeit kosten, doch die Bäume standen zu eng, um in angemessener Geschwindigkeit durch den Wald zu kommen.

Die Hoffnung in Betham reizte ihn, seinem Pferd die Fersen in die Seiten zu schlagen, um die Strecke im Galopp hinter sich zu bringen, doch sein Verstand bremste diesen Wunsch. Wenn sein Pferd sich verausgabte, kostete ihn das nur noch mehr Zeit. Im Schritttempo trat er also seinen Weg an.

»Er lebt«, überlegte Betham und stutzte. Dieser Gedanke hatte lange gebraucht, um in seinem Kopf anzukommen. Der Alte hatte nicht gesagt, dass der Elf tot wäre.

»Delnara lebt«, flüsterte Betham erstickt. Seine Kehle schnürte sich zusammen. Seine Hoffnung war nicht vergebens. Er spürte, wie das Blut in seinen Adern pulsierte und Trauer und Wut in den Hintergrund traten. Er schöpfte neue Kraft aus der aufkommenden Vorfreude. Nur noch wenige Tage trennten ihn von seinem Elfen.

Hin und wieder sah Betham nach der Sonne und dem Waldrand, um sich zu orientieren und keine Lücke zwischen den Bäumen zu verpassen. Erst als die Nacht mit ihrer Dunkelheit über das Land zog, unterbrach Betham seinen Weg, stieg aus dem Sattel. Er führte die Pferde und band sie an einen Baum. Erschöpft setzte er sich an diesen und holte einen Kanten Brot aus seiner Tasche. Mit viel Kraft biss er ein Stück davon ab und kaute bedächtig. Das harte Brot ließ seine Kiefer knacken, ehe es nachgab und seinen Magen sättigend füllte. Die Pferde grasten.

Sein Blick heftete sich an den Nachthimmel und die unzähligen Sterne. Ruhe zog in Bethams Seele ein. Sein Elf war am Leben. Dieser Gedanke klang noch immer unwirklich in seinem Kopf. Doch Etwas in ihm hielt sich krampfhaft an diesem Wunsch fest. Er musste glauben, dass dieser gefundene Elf der seine war. Betham musste einfach glauben, dass es sich um Delnara handelte. Je tiefer dieser Gedanke in seinen Geist sickerte, desto deutlicher drängte sich ihm eine Frage auf.

»Warum ist er noch immer da?«, fragte er in die Nacht. Betham konnte nicht glauben, dass Delnara nicht versuchen würde, nach Hause zu kommen. Ein mulmiges

Gefühl bildete sich in Bethams Magen, wurde stetig größer. Wenn dieser Elf nun doch nicht Delnara war? Würde er die Kraft haben weiter nach ihm zu suchen? In einem Teil des Landes, in dem ein Elfenleben nicht mehr wert war als eine Schaufel? Wie groß war die Möglichkeit, dass er seinen Elfen nach so einem Fehlschlag noch finden konnte?

Was würde er tun, wenn ihm ein Fremder gegenüber stehen würde? Könnte er Marcellus noch unter die Augen treten, wenn er mit leeren Armen zurück kam? Hatte er nicht versprochen Delnara so oder so mit nach Hause zu bringen? Betham schnaufte.

»Nun sitze ich hier und habe gar nichts. Keinen Körper, den wir beerdigen könnten, keinen Freund, der atmend vor uns steht«, murmelte er betrübt und lehnte seinen Kopf an den Stamm.

Sein Blick blieb an der Sternenkonstellationen der Jahreszeit hängen. Sie deutet die kalte Jahreszeit an, die bald über das Land ziehen würde. Schwermut durchzog Betham.

»Wann hört man auf zu suchen?«, fragte er in den Nachthimmel.

»Sag es mir, Vater! Sag mir, wann hört man auf zu lieben? Wann kommt der Moment, in dem man beginnt weiterzuleben? Wie lange nach Mutters Tot hast du zu Hause noch nach ihrer Liebe gesucht? Hast du doch noch in deinem eigenen Totenbett liebevoll von ihr gesprochen. Heißt das, dass du bis zu deinem letzten Tag gelitten hast? Erwartet mich nach dieser Suche nur noch dieser Schmerz?«

Betham wartete bedächtig, auch wenn er wusste, dass ihm niemand antworten konnte. Mit seinem Blick suchte er den Stern seines Vaters, doch er hatte ihn schon als junger Mann nicht gefunden. Lange hatte er geglaubt, er würde diesen Stern erkennen, wenn er ihn erblickte. Hatte sein Vater gelogen? Waren die Sterne keine Ehrenplätze am Himmel? War sein Vater nicht würdig, neben seinem Herren zu ruhen?

»Vielleicht hättest du nicht schlecht von Elfen reden sollen!«, mahnte Betham und blickte auf den Boden zu seinen Füßen. Er zog die Beine etwas an den Körper und bettete seine Ellen auf den Knien. Seine Finger berührten sich nur leicht und für einen Moment überlegte er seine Finger zu verweben, um sich etwas von seiner Einsamkeit zu befreien. Seine Überlegung blieb tatenlos.

Müde schloss er die Augen. In seiner Sehnsucht nach einer glücklicheren Zeit überkamen ihn immer mehr Erinnerungen aus seiner Kindheit. Er schüttelte den Kopf und öffnete seine Augen, um den Bildern in seinem Kopf zu entkommen. Betham musste sich eingestehen, dass er seinen Vater vermisste. Er hatte ihn verehrt. Mit all seinen Fehlern war er dennoch ein guter Vater und ein gerechter Mensch gewesen. Mit einem erschöpften Lächeln schloss er die Augen erneut und gab sich dem Schlaf in seine Obhut.

~ * ~

»Betham?«, erklang die strenge Stimme seines Vaters und er zuckte zusammen. Ertappt drehte er sich um und erkannte die mächtige Gestalt seines Vaters, die Arme vor der Brust verschränkt. Mit einem gezwungenen Lächeln stand Betham vor ihm, rieb mit dem Fuß den Sand des Bodens breit. Er fühlte sich unnatürlich klein.

»Eine Unterrichtsstunde zu verpassen sieht dir nicht ähnlich. Du hast dich doch nicht aus dem Kloster geschlichen?«, wurde er lauernd gefragt und er schüttelte hastig mit dem Kopf.

»Natürlich nicht!«, log er schnell und hörte das ergebene Seufzen seines Vaters. Er war ertappt worden.

»Sieh mir in die Augen und wiederhole es!«, befahl ihm sein Vater und Betham blickte schüchtern auf. Die durchdringenden, wissenden Augen seines Vaters konnte er noch nie belügen. Er öffnete seinen Mund, um zu sprechen, doch gegen diesen besonderen Blick konnte er nicht ankommen. Er senkte schnell den Blick und schob beschämt den entstandenen Sandhaufen breit.

»Du weißt, dass ich dich bestrafen muss für deine Lüge?«, wurde er gefragt und er nickte beschämt. Die großen Hände seines Vaters umgriffen seine Schultern sanft und und streichelten sie mit den Kuppen der Daumen.

»Lass uns reingehen.« Betham wurde umgedreht und in den Klassenraum geführt. An seinem Platz verließ ihn die Wärme der Hände. Betham sah zu seinem Vater auf. Er konnte sich nicht erinnern, dass dieser Mann je grob zu ihm war und war dankbar dafür, wusste er doch von anderen Jungen, dass ihre Väter sie mit der Hand züchtigten.

»Setz dich!«, ordnete sein Vater an und er setzte sich auf seinen Stuhl. Wenig später trat sein Vater mit einem Stapel Bücher neben ihn und legte ihm die Bücher auf den Schoß.

»Fünf Bücher. Für die fünfte Lüge in deinem Leben!«, erklärte er und wandte sich zum Gehen. Betham besah sich die Bücher, die ihm bis zum Hals reichten. Er war froh, schon so groß zu sein, sonst würde er die Lehrstunde seines Vaters nur hören können. So verbrachte er die Stunde mit den schweren Büchern auf dem Schoß und sortierte sie anschließend an ihren Platz im Arbeitszimmer seines Vaters.

»Warum bist du aus dem Kloster geschlichen?«, fragte sein Vater und er spürte, dass er beobachtet wurde. Er sah auf das letzte Buch in seiner Hand und hielt seinen Blick stur auf dem Einband. Er wusste nicht, wie er sich seinem Vater erklären sollte.

»Ich habe Blumen aus dem Garten gepflückt«, berichtete er und zog die Schultern schuldbewusst etwas in die Höhe. Er hatte die Handlung nicht überdacht und nun war es ihm unangenehm.

»Warum?«, fragte sein Vater voller Ruhe in der Stimme. Betham blickte über seine Schulter und erkannte den auffordernden Blick.

»Ich... ich habe sie verschenkt«, erklärte er weiter und wechselte nervöse Blicke zwischen dem Buch in seiner Hand und seinem Vater.

»An wen?«

Betham schluckte geräuschvoll. Er konnte nie verstehen, wie sein Vater eine solche Geduld an den Tag legen konnte. Er wusste von einigen Vätern der anderen Kinder, dass sie schnell und oft laut wurden. Doch sein Vater war keiner dieser Männer.

»Betham. Komm her!«, wurde er gebeten und mit einer Hand zu seinem Vater gewunken. Zögerlich gehorchte er und trat an seinen Vater heran, der ihm das letzte Buch abnahm, es fast lautlos auf dem Tisch ablegte.

»Ich glaube nicht, dass du etwas Schlimmes getan hast. Aber auch das schwerste Vergehen kann gebeichtet werden. Der Herr ist gütig, mein Sohn. Hab keine Angst. Sag mir, was dich dazu brachte abwesend zu sein und Blumen zu stehlen.«

Betham schloss seine Augen. Die Stimme seines Vaters war so sanft und doch bestimmend. Die Hände an seinen Schultern gaben ihm Halt und verhinderten eine Flucht.

»Ich gab die Blumen einem Mädchen. Einer Novizin aus dem Kloster neben unserem«, gestand er und blickte auf den Boden.

»Liebe ist ein Geschenk, mein Sohn. Aber verlege deine romantischen Ausflüge bitte in Zukunft auf die Zeit nach dem Unterricht und vor dem Abendessen!« Betham sah auf und erblickte das weiche Lächeln seines Vaters.

»Und nun wirst du Buße für die versäumte Stunde tun und sie in der Kapelle nachholen«, erklärte er und Betham nickte, ehe er sich löste und zur Kapelle rannte.

~ * ~

Durch ein unangenehm kaltes Gefühl an seiner Wange wurde Betham aus seinem Traum gerissen. Er blickte auf und strich sich über die Wange. Ein salziger Tropfen hing an seiner Fingerspitze und bahnte sich den Weg über die Haut zur Handfläche. Betham erhob sich aus seiner sitzenden Position und rieb sich mit beiden Händen durch das Gesicht, um die Trauer zurückzulassen. Sein Blick schärfte sich.

In der Ferne erkannte er, wie die Nacht begann grau zu werden und dem Tag Platz machte. Noch immer war sein Geist in seinem Traum verstrickt. Er erinnerte sich, wie er zu seinem Vater lief, als Muri ihn abgelehnt hatte. Sein Vater hatte ihn damals getröstet und gesagt, dass die richtige

Person noch in sein Leben treten würde, er müsse nur die Augen offen halten. Betham hatte unter Tränen gefragt, wann das sein würde, doch sein Vater hatte nur gelächelt und ihm gesagt, dass er es wissen würde, wenn es an der Zeit war.

Betham schloss seine Augen und wandte sein Gesicht ab. Tief atmete er durch.

»Du hattest Recht, Vater«, murmelte er und löste die Zügel der Pferde. Er stieg auf und ritt weiter am Wald entlang. Der wärmer werdende Wind des Tages strich ihm sanft über den Rücken und gab ihm das Gefühl, als wolle ein Freund ihn aufmuntern.

Die Zeit ließ Tage mit Nächten und Nächte mit Tagen wechseln. Immer wieder beobachtete Betham den Wald, um einen kürzeren Weg nicht zu verpassen. Er ritt die Tage durch und räumte sich und den Pferden des Nachts Ruhe und Schlaf ein.

Müde stieg er auf sein Pferd, als die Sonne ihn dazu rief, seinen Weg fortzusetzen. Der Schimmel schnaufte, als wolle auch er ihn antreiben. Betham hoffte an diesem Abend in dem Dorf anzukommen. Sein Proviant war erschöpft und sein Körper sehnte sich nach einem weichen Bett. Sein Verstand jedoch wollte ohne Antworten nicht zur Ruhe finden.

Mit hungrigem Magen ritt er auf das ersehnte Ziel zu. Er ritt an bestellten Feldern vorbei und überlegte sich Früchte von den Obstbäumen zu nehmen. Er zügelte sein Pferd und stemmte sich in den Bügeln des Sattels hoch, um einen Apfel zu erreichen. Seine Fingerkuppen strichen über das begehrte Obst, als Stimmen lauter wurden und Betham sich ertappt in den Sattel zurückließ. Eine Gruppe Frauen mit Körben kam auf ihn zu. Sie blickten ihn verwirrt an, ihre Gespräche verstummten. Betham lächelte warmherzig.

»Guten Tag, die Damen«, grüßte er freundlich und nickte ihnen zu. Die Frauen begannen zu lächeln und eine von ihnen sah ihn neugierig an. Sie trat an das Pferd heran, strich dem Tier über den Hals und reichte Betham einen großen, reifen Apfel.

»In dieser Gegend sind sie besonders süß. Nehmt ihn für Eure weitere Reise«, meinte sie leise. Dankbar nahm Betham die Frucht entgegen und grüßte noch einmal freundlich. Die Frauen gingen an ihm vorbei und nahmen ihre Gespräche wieder auf. Betham wartete einige Augenblicke, ehe er begierig in den Apfel biss. Er gab einen wohligen Laut von sich und schloss die Augen. Langsam kaute er den weichen Apfel und stellte fest, dass die Frau die Wahrheit sprach. Diese Frucht war wunderbar süß und das Fruchtfleisch samtig weich auf seiner Zunge. Der reichliche Saft des Obstes löschte gleichzeitig einen Teil seines Durstes. Er nahm sich vor, im Dorf weitere Äpfel zu kaufen.

Die Tore des Dorfes waren einladend geöffnet, als Betham mit der Sonne in seinem Rücken hindurch ritt. Er stieg von seinem Pferd und schritt durch die Straßen. Orientierungslos sah Betham sich um. Das Dorf war weitläufig und konnte mit der Vielzahl seiner Straßen angeben.

»Einen Reiter sieht man hier selten«, wurde Betham angesprochen und drehte sich in die Richtung der Frauenstimme. Er sah auf die Frau und lächelte freundlich.

»Ich bin auch selten in dieser Gegend«, scherzte er und erntete ein helles, ehrliches Lachen.

»Sucht Ihr einen Platz für die Nacht?«, fragte die junge Frau und Betham nickte.

»Dort vorn ist ein Gasthaus. Sicher könnt ihr dort nächtigen«, erklärte sie und reichte Betham einen Apfel. »Nur falls Ihr die Speisen des Hauses nicht mögt«, scherzte sie und setzte ihren Weg fort.

Betham lief zu dem Gasthaus und band die Pferde davor an einen Pfahl. Er trat ein und sah sich um. Wärme und eine ausgelassene Stimmung umfingen ihn. Einmal atmete er tief durch, ließ die kälter werdenden Nächte hinter sich. Er trat weiter in den Gastraum und suchte die Wirtin, um sie anzusprechen.

»Wirtin. Ich habe eine wichtige Frage«, begann er. Auch wenn sein Körper müde und sein Magen leer war, musste er diese Frage jetzt stellen. Er wollte keine Zeit mehr verlieren. Die Wirtin musterte ihn und lächelte freundlich.

»Erst bekommt Ihr etwas zu trinken. Ihr seht aus, als hättet Ihr eine lange Reise hinter Euch«, erklärte sie knapp und schob Betham auf einen Stuhl. Reichlich verwirrt bestellte er einen roten Wein und wartete auf die Rückkehr der Wirtin. Nur wenige Minuten später stand sie bei ihm und schenkte ihm ein.

»Ihr habt Glück. Ich wusste gar nicht, dass wir noch eine Flasche roten Wein im Keller hatten«, lachte sie und sah Betham mit einem mütterlichen Blick an.

»Nun stellt Eure Frage«, bat sie. Betham nahm einen Schluck des Weines und nickte anerkennend. Einen solch fruchtigen Wein genoss er selten.

»Ich suche einen Elfen. Wisst Ihr, wo ich ihn finden könnte?«, fragte er ruhig und beobachte, wie die Wirtin begann nervös an ihrer Schürze zu spielen.

»Ich schicke Euch dazu lieber zu meinem Mann!«, war die schnelle Antwort und sie deutete auf einen breiten Mann, der am Ausschank stand.

»Ich weiß nicht genau, was ich Euch darüber sagen kann. Also fragt am besten ihn«, schob sie nach und entfernte sich zügig. Betham nickte und erhob sich. Seine Schritte waren ruhig, doch sein Innerstes tobte. Ein Elf war in diesem Dorf. Vielleicht war es wirklich sein Elf? Mit seinem Glas in der Hand stellte er sich an den Ausschank und deutete dem Wirt zu ihm zu kommen.

»Ich suche einen kleinen Elfen. Etwa mannsgroß«, erklärte er knapp und deutet mit seiner Hand Delnaras Körpergröße an. Der Mann lachte dunkel.

»Ist er Euch entlaufen?«, fragte er amüsiert und Betham nickte.

»So könnte man es sagen«, meinte er und trank von seinem Wein.

»Ich habe keinen!«, meinte der Mann resolut und machte mit der Hand eine abfällige Bewegung.

»Eure Frau sagte mir etwas anderes«, deutete Betham an und hoffte, dass diese halbe Lüge ausreichte. Der Mann knurrte leise und warf seiner Frau einen finsteren Blick zu. Dann beugte er sich zu Betham und sah sich nach unerwünschten Zuhörern um.

»Er ist hinten. Aber sagt keiner Menschenseele, dass ein Elf in meiner Küche steht!«, mahnte er eindringlich. Betham nickte und stellte sein Glas ab. Er schritt ruhig um den Ausschank herum und blieb auf dem Gang zur Küche stehen. Bisher hatte er sich nur Gedanken darum gemacht, warum Delnara nicht nach Hause gekommen war. Doch nun überkam ihn die Frage, wie der Elf wohl auf ihn reagieren würde.

Würde Delnara ihn überhaupt sehen wollen? Würde er mit ihm sprechen? Würde er ihn einfach abweisen und ihm erklären, dass er den Weg umsonst gemacht hatte?

Betham schüttelte den Kopf. Er musste es riskieren. Er trat in die Küche ein und erstarrte. Dieser eine Blick reichte ihm, um den Elfen zu erkennen. Sein Herz schlug schnell in seiner Brust, doch er war um Ruhe bemüht.

»Ihr habt Euch im Raum geirrt, mein Herr«, kam es gepresst von Delnara und Betham schluckte hart. Er konnte es nicht fassen. Er suchte Halt an der Wand. Vor ihm stand wirklich sein Elf. Seine Suche hatte endlich ihr Ende gefunden.

»Ich glaube, ich bin hier sehr wohl richtig. Was denkst du, Delnara?«

Dreizehn

Keuchend schleppte er sich am Ufer entlang. Sein Körper brannte. Seine Muskeln schienen ihm nicht mehr zu gehorchen. Immer wieder brachen seine Beine unter ihm weg. Sein Blick wanderte zu der Stelle, an der er wach geworden war. Er hatte nur wenige Meter geschafft. Doch er wusste, er musste weiter, weg von diesem Fluss. Sein Mund wurde trocken und er beugte sich zum Wasser. Sein Spiegelbild erkannte er nur schemenhaft. Er sah in blaue Augen. Schmutzige blonde Haare hingen ihm in Strähnen um seine nackten Schultern. Er strich sich vorsichtig über die Wange. Sein Blick blieb ungläubig an seinem Spiegelbild hängen. Er griff nach seinen spitzen Ohren und fuhr sie mit den Fingerspitzen ab. Ein Knacken ließ ihn aufschrecken. Er füllte schnell etwas Wasser in seine Hände und trank es gierig. Die kalte Flüssigkeit rann seine Kehle entlang und gab ihm etwas Kraft. Er erhob sich und irrte weiter am Ufer und am angrenzenden Wald entlang.

Stunden wurden zu Tagen. Er schlang seine Arme um seinen Körper. Die Nächte waren bitterkalt. Erschöpft sank er an einem Baum zusammen und lehnte sich an ihn.

»Was mache ich hier?«, fragte er sich selbst und zog seine Beine an den bebenden Körper. »Ich weiß noch nicht einmal, wo ich hin will«, murmelte er und schloss seine Augen. Er kauerte sich enger zusammen, doch sein Körper wollte ihm keine Wärme mehr spenden. Er war sich sicher, dass dies sein Ende bedeuten würde.

»Was haben wir denn da?«, fragte eine dunkle Stimme und er öffnete seine Augen. Ein Mann stand vor ihm. Er rauchte Pfeife und trug eine Axt über der Schulter.

Hoffnung keimte in ihm auf. Er wurde gerettet.

»Bitte, helft mir«, bat er leise. Seine Stimme war dünn und er sah den Mann flehend an. Er spürte, wie ihm schwindlig wurde. Kälte und Entkräftung verlangte ihm alles ab. Er brauchte die Hilfe des Mannes, sonst würde er erfrieren.

»Ich weiß nicht, wo ich bin oder was passiert ist!«, ergänzte er schnell und beobachtete sein Gegenüber. Dieser hockte sich neugierig vor ihn.

»Bist du weggelaufen?«, fragte der Mann. Er zuckte schüchtern mit den Schultern.

»Ich weiß es nicht. Sollte ich weglaufen?«, fragte er vorsichtig und sah sich um. Sollte er jetzt weglaufen?

»Weißt du, wie du heißt?«, riss ihn der Mann aus seinen angestrengten Überlegungen. Erneut erfasste ihn eine Welle des Schwindels und er griff verzweifelt nach dem Mann vor ihm. Vorsichtig schüttelte er den Kopf, ehe sich eine lähmende Schwärze über ihn ausbreitete.

Langsam wurde er wach. Er befand sich nicht mehr im Wald. Er stützte sich auf seine Arme und sah sich genauer um. Eine Scheune. Eine Kerze brannte; er spürte das wärmende Heu unter sich. Etwas lief an seiner Wange herab und er griff danach. Er besah sich seine Fingerspitzen und erschrak. Blut klebte an ihnen. Sein Ohr schmerzte. Er sah sich um und entdeckte einen Eimer mit Wasser. Er stürzte hin und besah sich sein Spiegelbild. Ein roter Tropfen fiel in das Wasser. Eine Kerbe war in den oberen Knorpel seines Ohrs geschlagen worden und Blut lief aus dieser Wunde.

»Du bist wach!«, ertönte die Stimme des Mannes und er sah erschrocken zu ihm auf. »Weißt du immer noch nicht, wer du bist?« Er schüttelte den Kopf. Der Mann lächelte breit und nickte.

»Du bist ein Elf. So werde ich dich nennen. Du bist ab jetzt mein Eigentum. Du wirst mir solange dienlich sein, bis du deine Schuld beglichen hast, die du mit der Rettung deines Lebens auf dich geladen hast«, meinte er und sein Lächeln wurde noch etwas breiter. Der Elf sah an sich herunter. Er trug eine dunkle Leinenhose und seinen Oberkörper verdeckte ein altes Hemd. Ein mulmiges Gefühl stieg in ihm auf. Dennoch nickte er nur und sah vorsichtig zu dem Mann. Er fragte sich, was dieser mit ihm vorhatte und ob es ein Fehler gewesen war, diesen Mann um Hilfe zu bitten.

»Schlaf noch etwas. Ab morgen wirst du für mich arbeiten!« Die Stimme des Mannes klang härter und er verließ die Scheune.

Als der Elf ihm nachsah, entdeckte er eine Schüssel mit kaltem Brei. Gierig schlang er ihn hinunter. Er wusste nicht, wann er das letzte Mal etwas gegessen hatte.

Dann sah er sich genauer um. In der Scheune stand allerhand Werkzeug und zur Hälfte war ein Boden unter dem Spitzdach eingezogen worden. Langsam stand er auf und stellte fest, dass seine Kleidung zu weit war. Mit einem Seil band er seine Hose fester um seine Hüften und stieg auf den Zwischenboden. Hier fand er gestapelte Heuballen und eine große Luke. Ein Gefühl der Erleichterung machte sich in ihm breit und er setzte sich unter die Luke. Sein Blick wanderte in den Himmel und blieb an den glitzernden Sternen hängen.

Nervös strich er sich über die von der Kälte steifen Schultern und zuckte zusammen. Er zog das Hemd über die rechte Schulter und schluckte hart. Diese Narbe erschreckte ihn. Er wusste zwar nicht, wer er war, doch er wusste, dass eine Narbe immer das Resultat eines schlimmen Ereignisses sein musste.

Er beschloss, die Narbe vorerst zu verdecken. Er schüttelte den Kopf. Er lebte und das war im Moment das Wichtigste. Alles Weitere konnte er in den nächsten Tagen erforschen.

Langsam legte er sich zurück und lehnte sich an einen der Heuballen. Er verschränkte die Arme hinter dem Kopf und blickte weiter in die Sterne. Dieser Anblick hatte etwas Beruhigendes. Er zog sich ein Büschel Heu über den Körper und schloss die Augen. Erschöpft sank er in einen tiefen Schlaf.

Der Morgen weckte ihn mit den ersten Sonnenstrahlen. Er erhob sich und streckte sich ausgiebig. Langsam stieg er die Leiter vom Zwischenboden herunter und sah sich erneut in der Scheune um. Er nahm eine Heugabel zur Hand und zuckte zusammen. Seine Hände begannen zu zittern. Verwirrt blickt er auf sie hinab. Dann rief er sich harsch zur Ruhe. Er verstand nicht, warum er so auf dieses Werkzeug reagierte.

Mit neuem Mut griff er nach der Heugabel und beschloss, erst die Scheune aufzuräumen. Er schob das auf dem Boden verstreute Heu zu einem Haufen zusammen und stapelte die Heuballen daneben. Immer wieder fielen ihm die Haare um die Schultern und er seufzte genervt. Er versuchte, sie mit einem Knoten zu bändigen, doch dieser löste sich nach kurzer Zeit. Wütend fasste er seine Haare zu einem Zopf zusammen und zog ein Messer aus dem Balken vor ihm. Mit einer schnellen Bewegung führte er das Messer zwischen seiner Hand und seinem Kopf entlang und lauschte dem schneidenden Geräusch. Der Zug an seiner Kopfhaut ließ nach und die kurzen Haare fielen über seine Ohren. Das Messer hieb er in den Balken zurück. Skepsis breitete sich in ihm aus, als er das Haarbündel in seiner Hand sah. Es war ein merkwürdiges Gefühl. Er bekam den Gedanken, dass er aus irgendeinem Grund einmal Stolz auf seine langen Haare gewesen war. Er spürte, dass es wegen einer Person war, doch je länger er darüber nachdachte, desto undeutlicher wurden die Bilder in seinem Kopf. Schmerz riss ihn aus seinen Überlegungen. Er griff sich an die Stirn. Vielleicht sollte er nicht so angestrengt nachdenken.

»Du bist wach!«, erklang die Stimme des Mannes, der ihn gerettet hatte und er drehte sich um. Er nickte kurz. Dieser Mann vor ihm löste ein seltsames Gefühl in ihm aus, doch ein Teil in ihm mahnte ihn dazu, seine Situation weiter zu beobachten.

»Weißt du etwas Neues über dich?«, fragte der Mann forschend. Er zuckte mit den Schultern.

»Ich glaube, ich stehe gern früh auf«, war seine Antwort und der Mann nickte zufrieden.

»Du kannst mich Herr nennen. Und nun komm. Du musst Holz aus dem Wald holen!«, befahl er und schritt aus der Scheune.

»Ja, Herr!«, meinte er und lief dem Mann hinterher. Diese Art, mit der der Mann mit ihm gesprochen hatte, kam ihm bekannt vor. Er würde sich Zeit lassen, über alles nachzudenken. Er wollte nicht noch einmal ein solches Stechen in seinem Kopf spüren.

Schnell hatte er seinen Herrn eingeholt und lief mit ihm in den Wald. Stille herrschte zwischen ihnen, bis sie an einer Lichtung ankamen. Er spürte, wie der Mann ihn immer wieder von der Seite musterte.

»Du siehst kräftig aus. Nimm die Axt und schlage diesen Baum dort!«, erklärte der Mann und beobachtete ihn bei jeder Bewegung. Er nahm die Axt in eine Hand und wog ihr Gewicht. Ein Gefühl von Gewohnheit kam in ihm auf. Er fragte sich, ob er in seinem früheren Leben auch Bäume geschlagen hatte. Mit unerwartet gezielten Schlägen brachte er den Baum zu Fall und atmete tief durch.

»Offensichtlich ist dir diese Arbeit nicht fremd«, sagte der Mann und entzündete seine Pfeife. »Schlag den Baum in Scheite und bring sie in die Scheune. Wir sehen uns dann dort!«, meinte er und begab sich auf den Rückweg.

Der Elf bezweifelte, dass der Mann zurückging. Sicher würde er ihn beobachten. Er schüttelte den Kopf und begann den Baum in kleine Stücke zu schlagen. Er war von sich selbst überrascht. Er hätte nicht gedacht, dass es ihm so leicht fallen würde. Eine solche Arbeit musste er schon mehrfach verrichtet haben.

»Warum erinnere ich mich dann nicht?«, knurrte er wütend und erhielt einen stechenden Schmerz als Antwort. Zischend griff er sich an die Stirn. Er verfluchte sich. Er hatte sich vorgenommen, es langsam anzugehen. Mit dem Ärmel rieb er sich über die Augen. Innerlich war er aufgewühlt.

»Vielleicht ist das ja mein Charakter«, murrte er und setzte seine Arbeit fort. Nach Stunden besah er sein Werk und nickte zufrieden. Er sah auf die Axt und ließ seine Gedanken abschweifen. Das glänzende Metall rief in ihm eine Art Wohlgefallen aus.

»Nun muss ich es nur noch in die Scheune bringen«, murmelte er, um sich zur Ordnung zu rufen und musterte den Haufen vor seinen Füßen. Er erinnerte sich, in der Scheune eine Art Schlitten gesehen zu haben. Er schlug die Axt kräftig in den Baumstumpf und lief zur Scheune. Er hob sich den Schlitten auf den Rücken und nahm Seile von der Wand. Schlurfend kehrte er zu dem Stapel zurück und legte den Schlitten ab. Behände stapelte er die Holzscheite darauf und zog das Gefährt immer wieder vorsichtig über den Waldboden, um sein Gewicht zu prüfen. Mit den Seilen zurrte er den Stapel auf dem Schlitten fest. Er zog die Axt aus dem Stumpf, schlug sie in den Stapel und legte sich ein dickes Seil über die Schulter. Mit viel Kraft brachte er den Schlitten in Bewegung und zog ihn hinter sich zur Scheune. Er war zufrieden mit sich. Er hatte sich unnötige Wege in der Dunkelheit erspart. Mit einem Lächeln sah er zu, wie die Sonne hinter den Bäumen ihre letzten Strahlen zeigte. Dieses Bild hatte etwas Friedliches an sich. Er zog den Schlitten in die Scheune und begann die Holzscheite an der Wand neben der Tür zu stapeln. Der Herr betrat die

Scheune und für einen Moment schien der Elf Unglauben in den Augen des Menschen entdeckt zu haben. Er stutzte.

»Ein Mensch«, murmelte er erstaunt.

»Was hast du gesagt?«, wollte der Mann wissen. »Ich habe mich gefragt, ob dies hier Euren Vorstellungen entspricht, Herr«, erklärte er schnell.

»Du bist ganz brauchbar. Wir sehen uns morgen.«, erklärte der Mann und verließ die Scheune. Das Klingen des Schlosses ließ den Elfen erschrocken zusammenfahren. Pure Panik schoss ihm durch die Venen und sein Körper begann zu brennen. Sein Atem wurde flach und er lehnte sich mit dem Rücken an die Wand der Scheune. Immer wieder sah er sich in der Scheune um und schien etwas zu suchen, doch er wusste nicht einmal, was es war. Er biss die Zähne aufeinander und knurrte laut. Er schlug den Kopf an die Wand hinter sich.

»Was soll das?«, fragte er sich und vergrub seine Nägel in dem Holz der Wand. »Reiß dich zusammen!«, fluchte er und zwang sich zur Ruhe. Langsam ebbte die Panik in ihm ab und er öffnete seine Augen. Erleichtert schnaufte er durch und bedeckte sein Gesicht mit einer Hand. Er stutzte erneut und sah auf seine Handfläche. Diese Bewegung kam ihm seltsam vertraut vor.

»Was ist nur passiert? Wer verdammt noch mal bin ich?«, murrte er leise und zuckte bei dem Schmerz in seinem Kopf zusammen.

»Schon gut!«, knurrte er und hielt sich die Stirn. »Ich frag nicht mehr!« Der Schmerz lähmte ihn und ließ in ihm das Gefühl aufkommen, sich übergeben zu müssen. Er schluckte trocken und würgte den Kloß in seinem Hals herunter. Er sank auf den Boden und nahm die Hand wieder vor sein Gesicht. Hoffte, sich so besser beruhigen zu können.

»Bist du der neue Elf meines Vaters?«, erklang eine Stimme und er sah auf. Er musterte den Jungen vor sich eindringlich und nickte schließlich. Der Jugendliche setzte sich neben ihn, reichte ihm ein Stück Brot.

»Meine Mutter sagt, Vater hätte sicher vergessen, dir was zu essen zu bringen«, erklärte er und sah ihn genau an. »Sie sagte auch, dass sie hier seit Jahren keine Elfen mehr gesehen hat.« Der Elf hob neugierig eine Augenbraue und biss von dem Brotkanten ab.

»Wie kommt das?«, fragte er nach einiger Zeit und der Junge zuckte unwissend mit den Schultern.

»Ich weiß nicht. Vater sagt immer etwas von arrogantem Elfenpack. Und er wäre froh, dass sich keiner hierher verirrt. Aber ich glaube, das sagt er nur wegen den anderen Männern im Dorf. Und ich finde dich gar nicht arrogant!«, meinte der Junge hastig und blickte gespannt auf ihn. Der Elf zog die Braue noch etwas höher.

»Was?«, fragte er verunsichert. Der Junge grinste breit.

»Ich glaube, ich nenne dich Elfi!« Er schnalzte drohend mit der Zunge.

»Das würde ich lassen!«, sagte er und verschränkte die Arme vor der Brust. Der Junge stockte in seinem Lachen und sah ihn verwirrt an. Er schien angestrengt nachzudenken.

»Ich bin doch keine Puppe. Ich glaube zwar auch nicht, dass ich »Elf« heiße, doch das mag noch gehen, bis mir mein Name wieder einfällt!«, erklärte er und aß den Rest des Brotes.

»Gut. Dann nenne ich dich auch Elf, bis dir dein Name einfällt. Du kannst ihn mir ja dann sagen, damit ich dich richtig ansprechen kann!« Der Junge lachte und erhob sich.

»Ich gehe dann schnell nach Hause, sonst macht sich Mutter noch Sorgen!«, meinte er und verschwand durch die Tür. Kurz darauf hörte er, wie das Schloss verriegelt wurde und sein Körper spannte sich augenblicklich an. Bewusst tief atmend wirkte er der Panik entgegen und erhob sich. Seine

Kopfschmerzen waren ebenfalls zurückgegangen. Sicher hatte ihm auch das Brot dabei geholfen.

Müde kletterte er die Leiter zum Zwischenboden hinauf und legte sich in das Heu unter der Luke. Er bedeckte sich mit den duftenden Stängeln und ließ seine Augen langsam zufallen. Dieser Tag hatte ihn Kraft gekostet und er hoffte, bald mehr über sich zu erfahren.

Der Morgen kam und er setzte sich seufzend auf. Alles in seinem Körper schien angespannt zu sein. Seine Kehle war staubtrocken und er versuchte, sie mit leichtem Schmatzen zu befeuchten. Ein Räuspern entkam seiner Kehle und er hielt sich den Hals. Er schluckte schwer und erhob sich von seinem Schlafplatz. Seine Schritte führten ihn langsam die Leiter hinunter zu dem Eimer mit Wasser. Er tauchte seine Hände in das kalte Nass und trank einen großen Schluck. Der Schmerz in seiner Kehle wurde weniger und er räusperte sich erneut. Seine Gedanken kreisten um diesen Schmerz. Langsam fasste er sich an die Stirn und schüttelte leicht den Kopf. Der Gedanke, sich erkältet zu haben, schien ihm so unendlich weit fern.

»Warum tut mir dann der Hals so weh?«, murmelte er und besah sich die Wunde an seinem Ohr. »Eine Entzündung?«, fragte er sich, doch die Wunde sah aus, als würde sie problemlos abheilen.

Das Klingen des Schlosses ließ ihn hochschrecken. Er drehte sich um und sah seinen Herrn forschend an. Erneut kam in ihm dieses unbestimmte Gefühl auf.

»Komm. Du hast zu tun!«, erklärte der Mann und winkte den Elfen hinter sich her.

Innerlich seufzte er. Er würde wohl viel Geduld aufbringen müssen, bis er erfuhr, wer er wirklich war, was mit ihm passiert war und warum er sich so seltsam verhielt.

~ * ~

Der Winter ließ dem Frühling den Vortritt und der letzte Schnee wich dem saftigen Grün der Wiesen. Der Elf sank ins Gras und nahm einen Grashalm zwischen die Lippen. Er hatte vom Sohn seines Herren gelernt, dass es Gräser gab, mit denen man Musik machen konnte. Sein Blick hing an den Ziegen und Schafen seines Herrn. Seit das Gras sich in die Höhe reckte, führte er sie jeden Tag auf diese Lichtung und beobachtete sie beim Fressen. Langsam lehnte er sich an ein schlafendes Schaf. Hier fühlte er sich wohl. Er war mitten in der Natur und die Sonne strich ihm sanft über das Gesicht. Auch wenn sie noch nicht stark war, konnte er ihre Wärme spüren. Ein Lächeln überzog sein Gesicht. Sein Inneres schien Frieden mit seiner Situation gefunden zu haben. Seine Gedanken widmeten sich den letzten Wochen. Er war zufrieden mit seinem jetzigen Leben. Sein Herr war in der Stimme streng, doch er tat ihm keine Gewalt an, übertrug ihm lediglich Arbeiten. Er hatte ihn nun schon seit Tagen nicht mehr gesehen, konnte sich mit seinen Aufgaben beschäftigen und hatte sonst seine Ruhe. Seine Herrin versorgte ihn mit Mahlzeiten und warmen Decken. Der Sohn des Herren brachte ihm hingegen viel Aufmerksamkeit entgegen. Kurz überlegte er, ob der junge Herr ihn als Spielkameraden erlebte. Sie redeten oft miteinander und er lernte Spiele und Albernheiten von dem Jungen. Er hingegen brachte dem Jungen das Schnitzen bei.

»Ich glaube, so ruhig habe ich mich lange nicht gefühlt«, überlegte er laut und erntete als Antwort das Blöken eines Schafes. Er lachte leise auf und sah auf das Tier.

»Schon gut! Ich werde schon nicht schwermütig!«, versprach er und widmete sich dem Grashalm, klemmte ihn der Länge nach zwischen seine Daumen. Mit vorsichtigen Luftstößen trieb er seinen Atem durch dieses Gebilde. Er hoffte, dieses Mal einen brauchbaren Ton zustande zu bekommen, doch mehr als ein brechendes Pfeifen wollte ihm nicht gelingen. Mit einer gehobenen Augenbraue sah er auf den Halm in seiner Hand und zuckte schließlich mit den

Schultern. Kräftig blies er auf den Halm und ließ ihn von seiner Hand in die Luft steigen. Der Halm segelte lautlos zu Boden und tauchte in der Wiese unter. Er verschränkte seine Hände hinter dem Kopf und sah in den blauen Himmel. Weiße, weiche Wolken trieben vorüber und nahmen seine Gedanken mit sich.

Er konnte sich noch immer nicht erinnern, was vor dem Tag am Fluss gewesen war, doch immer häufiger kamen ungewohnte Gefühle in ihm hoch. Immer wieder geschah es, dass er sich umdrehte, weil er meinte, gerufen zu werden. Immer häufiger hatte er den Eindruck etwas Wichtiges verloren zu haben. Schnaufend schüttelte er den Kopf. Am Ende seiner Gedanken war fast immer ein ungutes Gefühl entstanden und sein Magen fühlte sich an, als läge ein Stein darin.

»Es geht mir doch gut. Was kümmert mich die Vergangenheit?«, mahnte er sich und schloss die Augen.

»Meinst du nicht, dass jemand auf dich wartet?«, fragte eine junge Stimme und der Elf schreckte aus seinem Halbschlaf auf. Er erkannte den Sohn des Herren, der auf ihn zukam und sich neben ihn setzte. Eine Zeit lang sahen sie zusammen in die Wolken.

»Du hast doch bestimmt eine Frau. Oder?«, fragte der junge Herr neugierig und er lehnte sich zurück an das Schaf.

»Ich weiß es nicht. Vielleicht«, begann er und verengte seine Augen. »Ich glaube, dass da jemand war, der mir wichtig war, doch ich weiß ja nicht einmal wo ich nach ihr suchen sollte«, erklärte er und sah den Wolken weiter zu.

»Sag mal, gehst du heute mit auf das Frühlingsfest?«, fragte der Junge. Er schüttelte jedoch nur den Kopf.

»Nein. Der Herr meinte, ich solle arbeiten und mich sonst in der Scheune aufhalten. Das wäre mein Platz und alles andere ginge mich nichts an«, erklärte er schnell und setzte sich auf. Er blickte forschend auf den Jungen neben sich und überlegte angestrengt.

»Denkst du wirklich, dass irgendwo jemand auf mich wartet?«, fragte er und spürte, wie sich ein schweres Band um seine Brust legte. Schnell schüttelte er den Kopf.

»Vergiss, was ich gefragt habe. So wie es ist, ist es gut!«, erklärte er und stand auf. »Ich bringe die Tiere zurück. Sieh zu, dass du nach Hause kommst, sonst sorgt sich deine Mutter noch!«, mahnte er und der Junge nickte, ehe er sich umdrehte und loslief. Lange sah er dem Kind hinterher. Er war froh, sich mit jemandem unterhalten zu können, doch ließen diese Gespräche unangenehme Gefühle in ihm aufsteigen. Er fühlte sich einsam.

Seine Hand wanderte an seine Brust und seine Finger griffen fest in den Stoff seines Hemdes. Er musste sich eingestehen, dass er Angst vor seiner Vergangenheit hatte und gern weiter vor ihr davon laufen würde.

Die Sonne hatte ihren Höchststand erreicht, als er die Tiere in ihre Ställe führte und die Tore hinter sich schloss. Er hielt sich den Arm schützend vor die Augen und blickte in den Himmel. Den Rest des Tages würde er die Wärme der Sonne nicht mehr auf seiner Haut spüren. Er setzte sich in Bewegung und ging zum Gasthaus seines Herren. Er nahm den Hintereingang und schlich sich unbemerkt in die Küche. Sein Herr hatte ihm deutlich klar gemacht, dass ihn in diesem Gasthaus niemand sehen durfte. Noch einmal sah er sich um und setzte sich dann an den Tisch mitten im Raum. Er legte sich eine Schüssel auf den Schoß und begann Kartoffeln zu schälen. Unzufrieden unterbrach er seine Arbeit und blickte auf das Messer in seiner Hand. Er stellte die Schüssel auf den Tisch. Er stand auf, ging zum Schleifstein und begann die Klinge zu schärfen. Er mochte diese Arbeit nicht. Sie reizte sein Temperament und er bekam das Gefühl, er müsse jederzeit eine Klinge bei sich tragen. Erneut schüttelte er den Kopf und fuhr mit seiner Arbeit fort.

Die Nacht war schon lange über das Land hereinge-brochen, als er zu seiner Scheune schlich und sich unter die Luke setzte. Der Sohn seines Herren hatte ihm neue Decken gebracht. Heute war er froh, sich in eine davon einwickeln zu können. Das Gefühl der Einsamkeit hatte ihn den ganzen Tag nicht verlassen und schien nun nur noch schwerer auf seinen Schultern zu lasten. Das freudige Gelächter, das vom Fest an seine Ohren getragen wurde, schmälerte das Gefühl nicht. Er schloss die Augen und lehnte sich an den Heuballen hinter sich. Er wollte wieder etwas Ruhe in sein Inneres bringen und hoffte innig, sie im Schlaf finden zu können.

~ * ~

Er spürte Wärme und seufzte leise. Er griff nach der Decke und wollte sie enger um seine Schultern ziehen. Seine Finger wanderten und er zuckte erschrocken zusammen. Er sah auf seine Brust und schluck-te hart. Kräftige Arme hielten ihn umschlungen und gaben ihm Wärme. Sein Herz begann zu rasen und sein Körper wurde steif. Er hatte nicht das Gefühl, dass ihm etwas Schlimmes passieren würde, doch irgendetwas löste die Umarmung eines Mannes aus. Er war sich sicher, dass es wichtig war. Es war wichtig, dass diese Arme um ihn gelegt waren. Es war wichtig, dass der Mann hinter ihm so sanft an seine Schulter atmete. Es war wichtig, dass er diese Wärme geschenkt bekam.

»Delnara«, hauchte der Mann und er atmete zischend ein.

~ * ~

Er schreckte panisch auf, griff sich an den Kopf. Die Schmerzen ließen das Bild vor seinen Augen verschwim-men. Er keuchte und machte sich klein. Sein Atem ging stoßweise, bis der Schmerz in seinem Kopf langsam weniger wurde und er die Tränen aus seinen Augen blinzeln konnte.

»Delnara?«, echote er und öffnete seine Augen ein wenig. Seine Sicht wurde klarer und etwas in seinem Inneren schien Feuer gefangen zu haben. Immer wieder flüsterte er sich den Namen vor und kam zu dem Schluss, dass dies sein Name war. Erleichterung breitete sich in ihm aus. Er wusste, wie er hieß. Delnara sah durch die Luke in den Himmel und ungewollt stahl sich ein Lächeln auf seine Lippen.

»Delnara«, flüsterte er sich ein letztes Mal zu und lehnte sich zurück in das Heu. Er würde diesen Namen für sich behalten. Er würde nicht verraten, dass er sich erinnerte. Er würde heimlich nach seinen Erinnerungen suchen. Delnara war sich sicher, dann auch zu erfahren, wer der Mann hinter seinem Rücken war. Das Feuer in seinem Inneren sagte ihm, dass dieser Mann wichtig war und er mehr von ihm wissen müsste.

Langsam schloss er die Augen und gab sich erneut dem Schlaf hin.

Die Tage reihten sich aneinander und das Jahr schritt voran. Delnara wischte sich schnaufend den Schweiß von der Stirn und streckte seinen Rücken durch. Sein Blick wanderte über das Feld, auf dem er stand. Der Ochse vor ihm scharrte mit einem Huf und er lächelte freundlich. Er mochte die Arbeit mit den Tieren in der Natur.

»Schon gut. Ich mache gleich weiter!«, meinte er sanft und zog sein Hemd über den Kopf aus. Wohlig seufzte er, als der warme Wind über seine Haut strich und ihm etwas Erleichterung verschaffte. Er warf sein Hemd auf das Gestell vor ihm und rief dem Ochsen ein Kommando zu. Dieser setzte sich in Bewegung und zusammen pflügten sie weiter das Feld um. Kichern und Lachen ließen Delnara hellhörig werden. Er versuchte, nicht in die Richtung der Geräusche zu sehen, doch lauschte er neugierig.

»Wenn er nur kein Elf wäre!«, klagte eine Frauenstimme und eine weitere kicherte.

»Aber zum Ansehen mag er doch reichen!«, meinte eine zweite Stimme und die erste Frau seufzte.

»Wenn er doch nur ein Mensch wäre. Er könnte meinetwegen bettelarm sein. So eine Verschwendung«, klagte die Frau weiter und Delnara hielt inne. Er warf einen Blick auf die Frauen. Diese schreckten zusammen und setzten schnell ihren Weg fort.

»Verschwendung?«, knurrte er leise und setzte seine Arbeit fort. Der Ochse muhte immer wieder und Delnara war froh, als er mit dem Feld fertig war. Seine Muskeln brannten und seine Beine waren weich. Dennoch schätzte er es, auf diese Weise in Form bleiben zu können. Er brachte den Ochsen in seinen Stall und klopfte ihm anerkennend auf den Hals.

»Das hast du gut gemacht!«, lobte er und verließ den Stall. Er lief den schmalen Weg durch den Wald entlang und kam an einem kleinen Wasserfall an. Ein zufriedenes Lächeln stahl sich auf seine Lippen. Er war allein. Schnell zog er sich aus und stieg in den Bach. Delnara trat an den Wasserfall und sah dem Schwall zu, wie er auf seinen Armen und seiner Brust aufschlug und den Staub und Schmutz von ihm wusch. Genießend schloss er die Augen und legte den Kopf etwas zurück, um näher an den Wasserfall treten zu können.

Ein Bild blitze vor seinen Augen auf. Er lag in einem Bottich mit heißem Wasser. Erschrocken zuckte er zusammen und sah sich verwirrt um. Er griff nach der Felswand hinter dem Wasserfall und hielt seinen Kopf unter das kühle Wasser. Sein Blick war auf seine Füße gerichtet und weitere Erinnerungsfetzen stiegen aus seinem Bewusstsein hoch. Da war ein Zimmer mit einem Bett und einem Tisch mit Stühlen. Geräusche unterbrachen ihn. Er nahm den Kopf unter dem Wasser hervor und sah sich um. Mit einer Hand strich er sich die wieder länger gewordenen, nassen Haare aus dem Gesicht, um besser sehen zu können. Sein Blick schweifte prüfend über den Rand des Waldes und sein

Inneres spannte sich an. Er spürte, wie sein Körper sich auf einen Kampf vorbereitete und ihm das Adrenalin durch die Adern trieb.

»Will sich mein Beobachter nicht wenigstens vorstellen?«, fragte er mit unterdrückter Wut und sein Blick heftete sich auf einen dicken Baum. Das Knacken von kleinen Ästen gab Delnara die Bestätigung, beobachtet zu werden.

»Ist es nicht etwas unhöflich einen nackten Mann zu beobachten und sich nicht ein einziges Mal zu zeigen?«, fragte er lauter. Er hörte, wie sich Schritte schnell entfernten und ihn allein ließen. Murrend sah er in die Richtung, aus der die Geräusche gekommen waren und wandte sich schließlich seiner Wäsche zu. Er war sich sicher, dass es die Schritte einer Frau gewesen waren. Es störte ihn nicht sonderlich angesehen zu werden, war er doch mit seinem Körper zufrieden. Doch es ärgerte ihn, wenn man ihm mit dieser Heimlichkeit auflauerte. Er nahm sein Hemd und wusch den Staub aus dem Stoff, ehe er aus dem Wasser trat und seine Hose überzog. Auf seinem Weg zurück zur Scheune wrang er sein Hemd kräftig aus und lauschte auf die Geräusche um sich herum. Er hatte keine Eile und sog den Duft des Waldes tief in sich ein. Ein weiteres Mal musste er feststellen, dass er sich in der Natur am wohlsten fühlte. An seiner Scheune sah er sich noch einmal um. Das Gefühl beobachtet zu werden, ließ ihn nicht los. Er trat in die Scheune und schloss die Tür hinter sich. Zur Sicherheit schob er einen Riegel vor und murrte leise. Er wusste selbst nicht, warum er hinter diesen Heimlichkeiten immer eine Art Gefahr spürte. Delnara hing sein Hemd über die Stiele der Werkzeuge und stieg auf den Zwischenboden.

Seit einiger Zeit sah er in die Sterne und hing seinen Gedanken nach. In den letzten Wochen waren ihm immer mehr Bruchstücke aus seiner Vergangenheit zugeflogen. Er seufzte leise und suchte die Sternenkonstellationen am Himmel. Er konnte sich nicht erinnern, woher er es wusste, doch er kannte die Sternenbilder gut.

»Vielleicht war ich ja mal beim Militär?«, überlegte er und sah weiter in die Sterne. Delnara spürte, wie das Temperament in ihm aufflackerte. Dies war für ihn zu einem sicheren Zeichen geworden, dass seine Überlegungen in die richtige Richtung gingen.

»Militär also. Vielleicht ein Soldat?«, fragte er sich und schüttelte den Kopf. »Nein. Ich bin schon älter. Vielleicht war ich ja ein General!«, dachte er spöttisch und zuckte augenblicklich zusammen. Ein schaler Geschmack legte sich auf seine Zunge und sein Herz raste hektisch. Er griff sich an den rechten Arm und atmete bewusst tief durch. Da war etwas Schmerzvolles, das an die Oberfläche drängen wollte. Delnara versuchte, sich zu beruhigen und entschied, dass er für heute genug über seine Vergangenheit nachgedacht hatte. Er lehnte sich an den Heuballen und zog sich die Decke über die Beine. Mit einem unguten Gefühl verschränkte er die Arme vor der Brust und schloss die Augen. Die friedlichen Träume mit diesem Fremden hatten seine Seele immer wieder beruhigen können.

»Gib mir bitte auch heute Nacht Halt«, flüsterte er noch, ehe er sich dem Schlaf hingab.

~ * ~

Er verspürte den Drang, sich umzusehen. Zögerlich drehte er seinen Kopf und sah in das Gesicht eines jungen Löwenmenschen.
»Ich nehme euch beide heute mit«, flüsterte dieser und lächelte breit.

»Aber warum denn Marcellus?«, fragte die Stimme eines kleinen Jungen und Delnara sah neben sich. Er kannte den Jungen. Ein enges Band hielt sie zusammen.
»Enurah«, hörte sich Delnara flüstern und sah sich genauer um. Er stand neben den drei Kindern, als wäre er an der Situation nicht

beteiligt. Er erkannte sich selbst, wie er die kleine Hand des anderen Elfen umfasste und ihn ernst ansah.

»Glaub mir, wenn ich dir sage, dass wir hier nicht unser Glück finden werden!«, erklärte der ältere Elf und der kleine Junge nickte verwirrt.

»Ich folge dir überall hin, Bruder!«, war die kurze Erklärung und der Löwe nickte.

»Ich lenke den Alten ab und ihr flieht über den Garten. Ich habe ein Loch in den Zaun geschlagen«, wies er die Elfen an und erhob sich dann. »Wir treffen uns vor den Toren der Stadt. Egal was passiert. Ihr lauft, bis ihr dort seid und haltet nicht an.« Erneut nickten die Elfen und schlichen sich zum Zaun im Garten. Delnara sah Marcellus durch ein Fenster zu, wie er den Leiter des Waisenhauses ärgerte und dieser ihm hinterherlief.

»Los jetzt!«, zischte der ältere Bruder und Enurah kroch durch das kleine Loch im Zaun. Delnara folgte ihm und griff nach der kleinen Hand. Sie hörten ein Fauchen aus dem Haus und die Stimme des Mannes wurde lauter. Sie wurden gesehen. So schnell er konnte, lief der Ältere und zog seinen Bruder hinter sich her. Das abgeerntete Feld stach ihnen in die nackten Füße und Enurah stolperte immer wieder. Weinend fiel das Kind auf die Knie und schluchzte.

»Wir müssen weiter!«, mahnte Delnara panisch und sah sich ängstlich um.

»Ich kann nicht mehr!« Der Kleine weinte und fand sich nur Augenblicke später in den Armen des Älteren wieder.

»Ich lass dich aber nicht zurück!«, schimpfte Delnara und lief mit seinem Bruder auf den Armen über das Feld. Das Rufen des Mannes wurde langsam leiser. Sollte man sie erwischen und zurückbringen, drohten ihnen schlimme Strafen.

Am Stadttor angekommen wurden Delnaras Schritte langsamer. Sein Atem ging schwer und er ließ sich mit seinem Bruder auf den Armen hinter einen Baum sinken. Die Erschöpfung brannte in seinem kleinen Körper und er biss die Zähne aufeinander, um nicht zu schreien.

»Delnara?«, wurde er aus seinem Schmerz gerissen und sah auf seinen Bruder, der ihn verwirrt ansah.

»So ist es besser! Glaub mir. In Belevim sind wir sicher«, flüsterte er. Enurah sah in den Wald vor ihnen, der mit der beginnenden Dämmerung unheilvoll wirkte.

»Ich habe aber Angst«, murmelte der Kleine und Delnara lächelte sanft.

»Solange ich bei dir bin, brauchst du keine Angst haben, ich werde dich immer beschützen. Vor allem und jedem«, versprach er und lehnte Enurahs Kopf an seine Stirn. Er strich ihm mit der Nasenspitze beruhigend durch das Haar und schon bald lauschte er den ruhigen Atemzügen seines Bruders. Zusammen warteten sie im Schutze des Baumes auf den Löwen.

Dieser kam angeritten, wohl auf einem gestohlenen Pferd. Er hockte sich vor die Elfen und Delnara hob seinen Blick, ließ seine Nasenspitze beruhigend in Enurahs Haaren.

»Wir sollten los«, flüsterte Marcellus und nahm Delnara den kleinen Elfen ab, der auch in den Armen des Löwen weiterschlief. Delnara erhob sich langsam und bemühte sich, keine Laute von sich zu geben, als er auf das Pferd zuschritt und die Schmerzen in seinen Füßen wieder aufflammten. Er setzte sich in den Sattel und nahm Marcellus den Kleinen ab. Sicher hielt er ihn im Arm und blickte auf den Löwen, der neben dem Pferd lief und es an den Zügeln führte.

»Ich bin dir so dankbar«, flüsterte er und erntete nur ein breites Grinsen.

»Ich habe doch versprochen, dich und den Kleinen zu beschützen!«

Delnara sah die Jahre an sich vorbeiziehen. Er sah, wie er erwachsen und ein Soldat der kirchlichen Garde wurde. Er sah, wie sein General ihn im Schwertkampf ausbildete und erinnerte sich an seine erste Schlacht. Er sah den General an seinem Rücken. Dieser schmerzerfüllte Blick in seinen Augen ließ Delnara das Blut in den Adern gefrieren. Er wusste, dieser Mann an seinem Rücken würde sterben. Doch noch schwerer legte sich das Gefühl der Schuld auf Delnaras Schultern. Er war der Grund, warum dieser Mann sterben würde.

»General«, flüsterte er und eisige Kälte lief ihm durch den Körper. Er schloss die Augen. Er wollte den Tod dieses Mannes nicht mit-

erleben. Nicht noch einmal. Delnara spürte, wie er zusammenzuckte. Die Erinnerungen an seinen General schlugen auf ihn ein und ließen ihn zittern. Er hatte diesen General verehrt. Seine selbstsichere Art, seine Kraft. Ihm wurde langsam klar, dass er in seinem Leben wie sein General sein wollte. Stolz und stark.

~ * ~

Mit einem tiefen Atemzug setzte Delnara sich auf und sah sich panisch um. Sein Herz schlug wild gegen seinen Brustkorb und er konnte nur stockend atmen.

»Marcellus«, flüsterte er und spürte, wie seine Erinnerungen an diesen Löwen auf ihn einprasselten. Er erinnerte sich an die Hochzeit seines Löwen, an die Gespräche und an die freundschaftlichen Schläge seiner Pranke. Ein schweres Band legte sich um Delnaras Brust. Es raubte ihm schmerzhaft den Atem. Er fühlte, wie sich ein dunkler Schatten auf seine Seele legte.

»Enurah«, flüsterte er und spürte, wie diese Dunkelheit in ihm schwerer wurde. Ihm wurde bewusst, dass er sein Versprechen gebrochen hatte. Sein kleiner Bruder war nicht bei ihm. Mit einem Ruck stand Delnara auf. Er lehnte sich an die Luke und sog die frische Luft tief ein. Für einen Moment hatte er das Gefühl zu ersticken. Er griff sich an die Brust und versuchte an seiner Haut zu ziehen. Er wollte mehr Platz zum Atmen, doch sein Körper gab nicht nach. Mit weichen Beinen sank er auf die Knie und spürte die heißen Tränen an seinen Wangen. Langsam sickerte der Gedanke in seinen Kopf, dass etwas Entsetzliches passiert war, als er sein Gedächtnis verloren hatte.

»Ich darf mich nicht erinnern«, flüsterte er immer wieder vor sich hin und zwang sich zur Ruhe. Er unterdrückte dieses schmerzhafte Gefühl.

»Ich will mich nicht erinnern«, flüsterte er und spürte, wie sein Atem ruhiger wurde. Langsam strich er sich mit beiden Händen durch das Gesicht und verwischte die Spuren seiner Trauer. Er war sich sicher, dass es tausend Gründe gab, warum er hier allein war. Schnell schüttelte er den Kopf, um die Gedanken gänzlich zu vertreiben. Er stutzte und sah auf seine Schulter. Lange betrachtete er die große, runde Narbe auf seiner Haut.

»Da kommst du also her!«, meinte er und versuchte, sich mit tiefen Atemzügen zu beruhigen.

»Hauptmann«, nuschelte er und strich sich mit den Händen erneut über das Gesicht. Seine Gedanken überschlugen sich und Delnara musste sich Zeit geben, um das Chaos in seinem Kopf zu ordnen. Er stand auf und stieg die Leiter herunter. Schnell zog er sein Hemd an und ging zum Stall. Er wollte von seinem Nachtlager weg. Er wollte diesen Traum von sich schieben und sich mit Arbeit ablenken. Die Sonne färbte die Nacht langsam grau, doch das Dorf schlief noch. Mit zitternden Fingern holte er den Ochsen aus dem Stall und spannte ihn auf dem Feld vor den Pflug. Verärgert über sich selbst schüttelte er seine Hände, um das Zittern loszuwerden.

Er begann seine Arbeit und versuchte seine Gedanken zu entwirren. Immer wieder sah er den General vor sich und spürte diese Verehrung ihm gegenüber. Dennoch war da auch eine Trauer, die ihn zu überschwemmen drohte. Und diese erdrückende Schuld.

Delnara blieb stehen und schnaufte wütend. Bewusst dachte er an Marcellus und die belastenden Gefühle in ihm wurden leichter. Dieser Löwe war ihm wichtig, das wusste Delnara und griff nach dem Pflug.

»Wir sind Freunde!«, erklärte er sich und schüttelte wirr den Kopf. »Nein. Mehr. Wir sind Brüder!« Mit einem Nicken bestätigte er sich seine eigene Aussage und brachte seine ganze Konzentration auf, um seine Arbeit zu erledigen.

Der Tag strich über das Land und Delnara ordnete seine Gedankenwelt Stück für Stück. Er erinnerte sich an seinen Löwen, an seinen General, an sein Leben als Waise und an die Kämpfe, die Marcellus und er Seite an Seite bestritten hatten. Zufriedenheit breitete sich in ihm aus, als ihm einfiel, dass Marcellus nun General war. Immer mehr Erinnerungen kamen in ihm hoch. Er erinnerte sich an Aenlin und an ihre Tochter. Lächelnd brachte er den Ochsen in seinen Stall.

»Heute hast du mir besonders gut geholfen«, flüsterte er dem Tier dankbar zu und klopfte ihm den Hals. Sein Weg führte ihn in das Gasthaus seines Herren. Die Wirtin sah ihn kritisch an und schien zu überlegen.

»Du siehst anders aus, Elf!«, stellte sie fest und Delnara lächelte spielerisch.

»Das mag der Staub des Feldes sein!«, erklärte er und nahm sich einen Lappen. Er rieb sich damit über das Gesicht und sah seine Herrin an.

»Ist es so besser?«, fragte er, doch er konnte sich das Lächeln nicht aus dem Gesicht wischen. Die Wirtin schüttelte verwirrt den Kopf und deutete auf die Küche.

»Du musst heute helfen! Unser Sohn ist auf Brautschau!«, erklärte die Frau und Delnara nickte. Er ging in die Küche und begann die Hühner zu rupfen, die auf dem Tisch lagen. Die Federn verstaute er in einem Sack und band ihn zu, als er mit dem Rupfen fertig war. Er stellte den Sack an die Tür und nahm sich eines der Messer. Sein Blick blieb an der Klinge hängen und er versuchte sich an einigen Kunststücken. Immer wieder drehte er das Messer in seiner Hand. Er warf es in die Luft, um es zu fangen und nickte sich bestätigend zu.

»Also doch ein Schwert«, murmelte er und begann die Hühner auszunehmen. Er stopfte die Hühner mit Kräutern, Kartoffeln und Gemüse und reihte sie auf einem Spieß auf, um sie über dem Feuer zu garen.

»Elf«, wurde er leise angesprochen und drehte sich zu seiner Herrin. »Da ist ein Mann, der roten Wein möchte. Geh in den Keller und sieh nach, ob wir so etwas haben.«

Delnara nickte. Er ging die Treppe hinunter und suchte mit einer Kerze in den Regalen nach einem roten Wein. Als er eine Flasche gefunden hatte, blies er den Staub von ihr und besah sich das Ettikett der Flasche. Ein schweres Schlucken ging durch seine Kehle.

Er wusste in seinem Innersten den Namen des Mannes, der ihn in seinen Träumen hielt. Er wusste, dass es dieser Mann war, der roten Wein trank. Es war dieser Mann, der ihm wichtig war. Er schloss die Augen und unterdrückte das sehnsüchtige Gefühl in sich.

»Etwas Schlimmes ist passiert! Etwas, woran ich mich nicht erinnern darf!«, mahnte er sich und kam die Treppe hinauf, wo ihn seine Herrin schon erwartete. Sie nahm ihm die Flasche mit einem zufriedenen Gesichtsausdruck ab und ging. Delnara drehte der Tür zum Gastraum den Rücken zu und stützte sich auf den Tisch. Er wusste, dass er sich nicht an diesen Mann erinnern durfte. Er wusste, dass er sich dann an das erinnern musste, was ihm am Morgen die Luft zum Atmen raubte.

Leise, vorsichtige Schritte ließen ihn aufhorchen. Er kannte die Schritte seiner Herrschaft und biss die Zähne zusammen. Diese Schritte waren anders. Sie waren nicht so schnell und laut.

»Ihr habt Euch im Raum geirrt, mein Herr!«, meinte er und hielt seinen Blick auf den Tisch gesenkt. Ein leises Lachen klang durch den Raum. Der Mann schien weiter in die Küche hereinzukommen. Delnara spürte, dass er diesen Mann kannte. Er glaubte zu wissen, dass ihn etwas mit dieser Stimme verband. Er lauschte den Bewegungen des Mannes. Dennoch löste die Nähe Vorsicht in Delnara aus. Er griff das Messer vor ihm, um sich selbst mehr Sicherheit zu geben. Er hörte, wie dieser Mann sich an die Wand lehnte und spürte dessen Blicke in seinem Rücken.

»Ich glaube, ich bin hier sehr wohl richtig. Was denkst du, Delnara?«

Vierzehn

»*I*ch habe dich endlich gefunden«, flüsterte der Mann und Delnara lief ein Schauer über den Rücken. Etwas in ihm fühlte sich geschmeichelt und sein Körper wollte sich entspannen. Doch er mahnte sich starr zu bleiben. Er versteifte sich weiter. Seine Finger legten sich fester um den Griff des großen Messers.

»Ich sagte, Ihr seid hier falsch!«, zischte er und stieß drohend die Messerspitze in den Tisch. Seine Finger waren immer noch fest um den Griff geschlungen und seine Hand zitterte vor Anspannung. Der Mann sollte endlich den Raum verlassen!

Der Fremde zog scharf die Luft ein. Diese Reaktion war wie ein Stich in seine Brust und sein Atem ging schwerer. Eine quälende Stille legte sich über sie. Keiner bewegte sich. Beide atmeten nur flach, um keine unnötigen Geräusche zu machen.

»Ihr solltet jetzt gehen«, meinte Delnara kalt und hörte, wie der Mann hinter ihm sich von der Wand abstieß. Er umgriff das Messer noch etwas fester und lauschte auf jede Bewegung. Seine Knöchel traten weiß unter der Haut hervor.

»Ich habe dich so lange gesucht. Denk nicht, dass ich jetzt einfach aufgebe«, hörte er den Mann sagen und vernahm eine Mischung aus Wut und Verzweiflung.

Die Schritte entfernten sich. Delnara drehte sich schnell um und sah noch den Rücken des Mannes, als er die Küche verließ. Ein hartes Schlucken quälte sich durch seine Kehle und er ließ das Messer los. Delnara lehnte sich an den Tisch und sah auf seine Hand. Diese zitterte noch immer unkontrolliert. Mit tiefen Atemzügen versuchte er, sich zu beruhigen.

Den restlichen Abend blieben Delnaras Gedanken bei diesen wenigen Minuten hängen. Er wusste, dass er den Mann kannte. Er spürte eine Verbindung. Doch ein Teil in ihm flehte ihn an, diesen Mann zu ignorieren, um sich selbst zu schützen. Er wurde das Gefühl nicht los, dass er sich an diesen dunklen, schmerzhaften Punkt in seiner Seele erinnern musste, wenn er ihn an sich heranlassen würde.

Er schlich aus dem Gasthaus und blickte in die Nacht. Dicke Wolken verbargen das Licht des Mondes und nur die spärlich aufgestellten Laternen erhellten die Straßen.

»Selbst der Mond entzieht sich der Nacht nach diesem Treffen«, murmelte er und schritt langsam zu der Scheune seines Herren. Er hing seinen Gedanken nach. Seine Schritte wurden immer langsamer und er blieb schließlich seufzend stehen. Sein Geist lief in wirren Bahnen und raubte ihm Kraft. Er wollte sich sammeln. Delnara straffte seinen Körper und zuckte zusammen, als er einen Schemen vor seiner Scheune sah. Die Nacht war zu dunkel, um zu erkennen, wer dort lauerte, doch er hatte eine Vermutung. Mit kalter Miene ging er zur Scheune und an dem Mann vorbei. Er vermied einen Blick in das Gesicht des Fremden.

»Was wollt Ihr hier?«, knurrte er. Ohne eine Antwort abzuwarten, trat Delnara in die Scheune. Er hörte, wie der Mann ihm folgte und die Tür ins Schloss drückte.

»Warum bist du nicht nach Hause gekommen?«, wurde er gefragt. Lange sah Delnara auf den Boden, fixierte einen Strohhalm, um sich zu konzentrieren. Wie viel von sich wollte er einem Fremden preisgeben?

»Ich hatte mein Gedächtnis verloren. Ich wusste nicht mehr, wer ich war oder wo zu Hause ist. Und auch jetzt fehlen mir noch Erinnerungen«, erklärte er kurz. Es war ihm so leicht von der Zunge gegangen, dass es ihn selbst überraschte.

»Du erinnerst dich also nicht mehr?«, fragte der Mann mit sanfter Stimme.

»Ich erinnere mich an Einiges, jedoch nicht an Euch«, erklärte er ruhig und versteckte seine Verwirrung hinter seiner kalten Mauer. Sein Temperament jedoch wurde durch diesen Mann glühend heiß. All seine unterdrückten Gefühle schienen in ihm aufzusteigen und er fragte sich, wer dieser Mann war, dass er so etwas auslösen konnte.

»Ist das deine Strafe für mich?«, unterbrach ihn diese tiefe Stimme mit einem resignierenden Unterton. Delnara schloss seine Augen. Sein Herz schlug schnell und er bekam eine Gänsehaut. Wie konnte ein Fremder solche Reaktionen bei ihm auslösen? Er straffte sich.

»Warum sollte ich einen Fremden bestrafen?«, gab er gereizt zurück. Noch immer stand er mit dem Rücken zu dem Mann. Er wollte sich umdrehen und dem anderen in die Augen sehen, doch er war steif. Es erschreckte ihn. Er hatte tatsächlich Angst. Es war eine pure, reine Angst. Delnara überlegte, wie lange er eine solche Angst nicht mehr gespürt hatte. Ein verzweifelter Laut erregte seine Aufmerksamkeit und er überwand sich, über seine Schulter zu schielen. Er erkannte den Menschen nur schemenhaft.

»Weil ich dir den Auftrag gab, der deinen Bruder das Leben kostete.«

Delnara riss die Augen auf. Seine Spannung löste sich innerhalb von Bruchteilen einer Sekunde und er drehte sich um. Er musterte ihn eindringlich. Der Schock saß tief, doch er zwang sich seinen Verstand zu benutzen.

»Enurah ...«, begann der Mann und Delnara biss die Zähne fest aufeinander. Mit brachial aufkommender Wut rannte er auf ihn zu, presste den Mann an die Tür der Scheune und hielt seinen Kragen zitternd fest.

»Was bildet Ihr Euch ein?«, fauchte er und fixierte die tiefen braunen Augen seines Gegenübers. Der schuldbewusste Blick und der Schreck ließen ihn nur noch wütender werden.

»Was wisst Ihr von meinem Bruder?«, rief er und griff die Kleidung in seinen Händen fester. Er hörte, wie dem Menschen vor ihm das Atmen schwer wurde und es gab ihm ein seltsames Gefühl der Genugtuung.

»Wenn Ihr von seinem angeblichen Tod wisst, wer sagt mir dann, dass nicht Ihr ihn getötet habt? Wer sollte mich jetzt aufhalten bittere Rache an Euch zu üben?« Delnaras Stimme wurde immer ungehaltener. Gleichzeitig begann sie zu zittern und seine angespannten Hände bebten. Er spürte, wie die Trauer sich ihren Weg suchen wollte, wie sich seine Brust zusammenzog und sein eigener Atem schwerer ging. Forschend blickte der Mann ihn an. Mit sanften Fingern strich er über die Wange, an der sich unbemerkt ein salziger Tropfen entlang schlich. Delnara zuckte zusammen. Mit einer solchen Zärtlichkeit hatte er in einer so angespannten Situation nicht gerechnet. Dieser Moment war so voller Wut und drohender Gewalt. Wie konnte dieser Mann in einer solchen Situation zärtlich sein? Warum zu ihm?

»Wäre ich so leichtsinnig hierher zu kommen, obwohl ich dich kenne, wenn ich der Mörder deines Bruders wäre?«, kam die Antwort mit weicher Stimme. Delnara biss sich fest auf die Zunge. Er schmeckte Blut. Dieser Mann sollte nicht so sanft mit ihm sein. Er sollte nicht eine solch verständnisvolle Stimme benutzen. Dieser Fremde sollte ihm einen Grund geben, diese brennende Wut in seinem Inneren loszulassen, bevor sie ihn zerfraß.

Delnara traf die Erkenntnis, seinen Bruder wohl nie wieder sehen zu können. Der Schmerz in seinem Inneren nahm zu und wollte ihm die Brust immer weiter abschnüren.

»Wer seid Ihr?«, presste er hervor und zog seine Brauen zusammen.

»Betham«, war die Antwort. Sie kam leise und Delnara spürte erneut, wie etwas in ihm aufloderte. Er senkte den Kopf. Er konnte nicht mehr in dieses Gesicht sehen, das ihm so viel Verständnis entgegenbrachte. Er konnte diese mitfühlenden Augen nicht mehr ertragen. Zu sehr verstärkten sie den Schmerz in seinem Inneren. Diese Sanftheit war unerträglich.

Schwer atmend unterdrückte Delnara weitere Tränen. Sein Griff an der Kleidung des anderen wurde weicher, als seine Finger stärker zu zittern begannen. Je bewusster ihm wurde, dass sein Bruder tot war, desto mehr begann der Boden unter ihm zu wanken und er war dankbar für diese starken Arme, die sich um ihn legten und an einen warmen Körper zogen. Schwach bettete Delnara seine Stirn an die Schulter des Mannes und schloss die Augen. Diese Wärme erinnerte ihn an seine Träume. Die Sicherheit und Geborgenheit aus ihnen legte sich über seine Wut.

»Wenn Ihr davon wisst, müsst ihr dabei gewesen sein«, stellte er fest. Tief sog er den Geruch des Mannes ein. Der Wunsch, sich fallen zu lassen, wurde größer und löste langsam die Anspannung in ihm. Es tat einfach gut gehalten zu werden. Erschrocken von seinen Reaktionen löste sich Delnara von dem Mann und trat hastig einige Schritte zurück. Er wandte sich ab und versteckte sich erneut hinter seiner kühlen Fassade.

»Ihr solltet jetzt gehen«, flüsterte er. Diese sehnenden Gefühle in ihm sollten mit diesem Mann verschwinden. Er ertrug ihn nicht länger. In seiner Nähe wurde er unsicher und begann die Welt um sich zu vergessen. Ein solches Verhalten konnte er sich nicht leisten.

»Delnara«, erklang die weiche Stimme Bethams, doch er schüttelte schnell den Kopf. Er wartete auf das Geräusch von Schritten, die sich entfernten. Doch seine Hoffnung wurde enttäuscht.

»Verschwinde!«, rief er ungehalten und blickte Betham drohend über die Schulter an. Betham blieb weiter stehen, sah ihn entschlossen an. Delnara hob das Kinn, knirschte mit den Zähnen. Er wurde sich bewusst, dass er diesen Mann nicht aus der Scheune bekommen würde, also trat er selbst den Rückzug an. Er kletterte die Leiter zum Zwischenboden hinauf, versteckte sich hinter den Heuballen, wo er sein Nachtlager hatte. Er zog die Beine an seinen Körper und fuhr sich mit beiden Händen durch die Haare. Er musste sich beruhigen, sonst würde er wohl noch einmal auf diesen Menschen losgehen.

Er atmete flach und lauschte den Geräuschen, doch der Mann schien sich nicht zu entfernen. Lautlos fluchend presste er seinen Kopf an einen Ballen. Wo war er hier nur hineingeraten? Lange herrschte Stille in der Scheune. Einzig die Geräusche der Grillen drangen durch die offene Luke an sein Ohr. Delnara schüttelte genervt seinen Kopf. Warum war dieser Mann so stur?

»Warum lasst Ihr mich nicht in Ruhe?«, fragte er mit leiser Stimme, doch er wusste, dass der Mann ihn hören würde. Er bemerkte, wie erschöpft er klang.

»Ich kann nicht«, war die ebenso leise Antwort. Delnara wollte sich nicht mit dem Mann beschäftigen. Müde rieb er sich die Stirn und stützte seinen Kopf dann mit der Hand, den Ellbogen auf dem Knie.

»Warum nicht?«, fragte er. Sein Geist war zu müde, zu erschöpft, um zu wüten und den Mann zu vertreiben. Er war sich sicher, dass er körperlich sicher dazu imstande war, doch fühlte sich sein Körper zu träge an, um überhaupt aufzustehen. Ein kleiner Teil in ihm wollte sich nicht mit diesem Mann streiten.

»Ich kann dich nicht aufgeben, Delnara. Ich kann nicht.« Delnara nahm die Hand von seinem Gesicht. In dieser Antwort lag so viel Verzweiflung. Er fragte sich, warum ein Mann, ein Mensch, so verzweifelt seine Nähe suchte.

Ruhig lehnte Betham an der Wand der Scheune und hing seinen Gedanken nach. Er hatte Delnara auf den ersten Blick erkannt. Ein Blick auf seinen Rücken hatte ihm gereicht, um Gewissheit zu haben. Diese stolze Statur. Dieses Blond der Haare. Diese Stimme. Diese eigensinnige Haltung. Nur schwer hatte er den Drang unterdrücken können, ihn in seine Arme zu schließen und seiner Erleichterung Ausdruck zu verleihen. Seine Finger zitterten und er verschränkte die Arme vor der Brust. Nun stand er hier in dieser zugigen Scheune und war offensichtlich ein Fremder für den Mann, der ihm so viel bedeutete. Zu seiner Wut über Delnaras Behausung und seiner Verfassung stieg nun auch Enttäuschung in ihm auf. Er hatte sich ihr Wiedersehen anders vorgestellt.

Er belächelte seine romantischen Gedanken. Er wusste, Delnara war kein Mann für eine liebevolle Begrüßung.

»Du bist stur«, begann er und sah auf den Boden vor seinen Füßen. »Das warst du schon immer. Stolz und stur. Dein bester Schutz ist die kühle Fassade, hinter der du dich versteckst. Niemand soll wissen, dass du genauso verletzlich bist, wie jeder andere«, erklärte er.

»Was soll das?«, rief Delnara und stand auf. Diese ruhige Stimme heizte sein Temperament an und sein Herz schlug schneller. Er straffte seine Schultern. Immer wieder ermahnte er sich zur Ruhe. Er wusste nicht, was dieser Mensch vorhatte und durfte die Nerven nicht noch einmal verlieren. Jedoch musste er zugeben, er war neugierig auf diesen Fremden geworden.

»Ich hoffe, du erinnerst dich an Marcellus. Er ist dein bester Freund. Ihr seid wie Brüder. Auch er ist in Sorge um dich«, sprach Betham weiter. »In eurer ersten großen Schlacht wurdest du durch einen Löwenpfeil verletzt. Er brachte dich damals nach Hause. Nun ist es an mir, dich nach Hause zu holen.« Delnara stand steif auf beiden Füßen. Seine Hand wanderte unwillkürlich zu seinem rechten Arm und griff in den Muskel. Eisige Schauer liefen ihm über den Rücken und das Blut rauschte in seinen Ohren.

Er hörte nicht, wie Betham die Leiter heraufkam und schreckte panisch zusammen, als er den Mann aus dem Augenwinkel bemerkte. Noch immer war sein Körper steif und der verletzte Blick seines Gegenübers verstärkte diese Starre nur noch.

»Er ist wirklich tot?«, fragte er zitternd und erntete einen betrübten Blick von dem Menschen vor ihm.

»Er hatte eine angemessene Beerdigung«, flüsterte Betham und kam auf ihn zu.

»Er war meine einzige Familie«, hauchte Delnara und lehnte sich an den Ballen hinter ihm. Seine Hand grub sich fester in die Haut seines Oberarmes. Dieser körperliche Schmerz war ihm erträglicher als die Trauer.

Langsam trat Betham an Delnara heran und hob seine Hand, jedoch ohne ihn zu berühren. Delnara schloss seine Augen. Zu groß war die Trauer in ihm.

»Ich ...«, begann er und sah Betham schmerzlich an. »Ich glaube, ich hasse dich dafür, dass du ihm erlaubt hast mit mir zu gehen!«, erklärte er.

Betham sah ihn verzweifelt an. Diese Worte trafen ihn hart. Sie verletzten ihn tief. Sicher war dies nicht der richtige Zeitpunkt, um über eine gemeinsame Zukunft nach-zudenken, doch wollte er diese Hoffnung auch nach diesen harten Worten nicht aufgeben. Er wollte sich nicht damit abfinden, dass dies hier einen Abschied bedeuten könnte.

»Ich weiß«, gab er leise von sich und blickte auf den Boden. Die Schuld über diese Entscheidung hatte ihn tagelang nicht schlafen lassen.

»Bitte geh jetzt! Lass mich in Ruhe!«, bat Delnara müde und wandte seinen Blick ab. Betham wusste, Delanras Innerstes war zerrissen. Das hatte sich nicht verändert. Die Gefühle, die Delnara in seiner Nähe empfand, machten den Elfen nervös. Übermächtig war der Wunsch, seine Haut berühren und den Zorn und die Trauer in der Sicherheit einer Umarmung ruhen lassen. Stattdessen sagte er nur:

»Ich bin morgen wieder hier.« Es kostete ihn die größte Überwindung, aber er stieg dennoch die Leiter hinab. Unten angekommen rief er noch einmal hoch.

»Delnara!«

»Warum lässt du mich nicht endlich in Ruhe?«, flehte sein Elf.

»Ich habe Marcellus versprochen, dass ich dich nach Hause bringe. So oder so. Wir dachten, du seist tot. Wir wollten dir wenigstens eine anständige Beerdigung bereiten. Wir dachten, du seist tot. Ich kann dich nicht einfach zurück lassen.« Mit diesen Worten verließ Betham die Scheune und lief zu dem Gasthaus zurück. Schon bei den ersten Schritten, die ihn von seinem Elfen trennten, wusste er, dass er in dieser Nacht keinen Schlaf finden würde.

Wir dachten, du seist tot, hallte die Stimme in ihm nach.

Erschrocken riss Delnara die Augen auf, die Sonne blendete ihn. Er setzte sich auf und vergrub sein Gesicht in den Handflächen. Er hatte von Betham geträumt, war ganz aufgewühlt. Nur langsam gewöhnten sich seine Augen an die Helligkeit. Er beschloss, seinen Traum in die hinterste Ecke seines Geistes zu verbannen, um nicht mehr über dieses Gefühl der Einsamkeit, das er in ihm wachgerufen hatte, nachdenken zu müssen. Er richtete seine Kleidung und stieg die Leiter herunter. Die Arbeit würde ihn ablenken.

Er ging zu den Ställen und führte die Schafe auf die Wiese. Mehrmals zählte er die Tiere durch und setzte sich schließlich ins Gras. Die Blumen waren großteils verblüht. Sein Blick wanderte über den Wald. Die Blätter der Laubbäume begannen ihr frisches Grün gegen ein buntes Kleid zu tauschen. Delnara gefiel der Gedanke, dass die einzelnen Blätter sich herausputzten, um auf ihrem Tanz von den Ästen zum Boden aufzufallen. Er war der Meinung, dass dieser letzte Tanz etwas Besonderes war, da er unweigerlich die kalte und trübe Jahreszeit ankündigte.

Eine weiche Wärme riss ihn aus diesem Gedanken und er erblickte ein Schaf neben sich. Es hatte sich neben ihn gelegt und gähnte. Delnara lächelte.

»Genieße die letzte Wärme. Schon bald werden wir den Tag nicht mehr in dieser Ruhe vergehen lassen können«, erklärte er dem Tier und lehnte sich in dessen Wolle. Sein Blick richtete sich in den Himmel. Er wollte den Wolken bei ihrem lautlosen Weg zusehen. Immer wieder musste Delnara sich auf die einzelnen Wolken konzentrieren. Obwohl er beschlossen hatte, Betham aus seinen Gedanken zu verbannen, schlichen sich die Erinnerungen an ihn heimlich in seine Überlegungen.

Die markanten Gesichtszüge. Die kleinen Fältchen an den Augen. Seine Augen. Das tiefe und reine Braun. In den Augen des Menschen hatte er so viel Sehnsucht erkennen können. Eine Sehnsucht, die er nicht einordnen konnte. Eine Sehnsucht, die ihm seltsam bekannt vorkam. Schnell schüttelte Delnara den Kopf.

Er konnte nichts für diesen Menschen empfinden. Er kannte diesen Mann nicht und ein kleiner, rebellischer Teil wollte ihn auch nicht näher kennenlernen. Er wusste, dass dieser Teil seine Angst vor seiner Vergangenheit war.

Ein Tropfen fiel auf seine Wange. Er blickte in den Himmel. Graue Wolken breiteten sich über ihm aus. Schnell stand Delnara auf. Er hielt seine Hände auf und fühlte den schneller werdenden Rhythmus der Tropfen auf seiner Haut. Er rief die Schafe mit einem Pfiff zusammen und trieb sie zum Dorf zurück. Immer wieder zählte er die Tiere durch, wollte er doch nicht, dass eines von ihnen zurückblieb und dem Regen schutzlos ausgeliefert war. Der Regen wurde stärker und wirkte bald wie eine nebelige Wand. Das Wasser tropfte Delnara von Haaren, Nase, Kinn und Ohren. Seine Kleidung war durchweicht und klebte unangenehm an seinem Körper. Bei jeder Bewegung zog der Stoff sich schwerfällig über die Haut und er schnaufte genervt. Er trieb die Tiere in ihre Ställe und verschloss sie sorgfältig.

Dann rannte er zu seiner Scheune. Den Weg vor ihm konnte er kaum noch ausmachen. Der Regen schlug rauschend auf die Erde, schleuderte Dreck und Schlamm hoch. Delnara hatte seinen Blick gesenkt, um seine Augen zu schützen. Keuchend trat er in die Scheune und lehnte sich an die Tür. Der Regen schlug auf das Dach des Gebäudes. Er konnte seinen eigenen, schnellen Atem bei dem Lärm nicht hören. Vorsichtig öffnete er die Augen und begann sich die nassen Haare streng nach hinten zu streichen. In der Bewegung hielt er inne. Überrascht sah er Betham an, der auf einem Strohballen saß und nun langsam aufstand.

»Ich muss dich etwas fragen«, meinte er. Es war schwer ihn bei dem Rauschen des Regens zu verstehen. Delnara seufzte, strich das restliche Wasser aus seinen Haaren und stieß sich von der Tür ab. Ohne Betham eines weiteren Blickes zu würdigen, lief er an ihm vorbei und stieg die Leiter hinauf. Er schloss die große Dachluke und setzte sich auf einen der Ballen, die seinen Schlafplatz begrenzten. Trotz des prasselnden Regens hörte er, wie Betham ihm folgte.

»Frag schnell. Ich bin erschöpft«, meinte er ergeben und sah den Mann vor sich müde an.

»Du hast gesagt, dass dir Erinnerungen fehlen. Bedeutet dies, du erinnerst dich auch nicht an uns? An nichts davon?«, wollte Betham wissen und trat auf Delnara zu, der den Blick senkte. Er wollte diesen weichen Blick nicht ertragen. Er wusste nicht, wie er auf eine solche Frage reagieren sollte. Die Worte trieben ihm eine Gänsehaut über den Körper. Sein Herz schlug schneller. Er sah, wie Betham vor ihm in die Hocke ging und versuchte, in seine Augen zu sehen. Bethams Blick war forschend und neugierig. Er schloss die Augen. Seine Gedanken drohten sich zu überschlagen. Nachdenklich stürzte er die Lippen und schüttelte den Kopf.

»Ich habe nur das Gefühl, dass es etwas gab, das uns verband. Vielleicht waren wir zu einer früheren Zeit einmal Freunde«, mutmaßte er und zuckte mit den Schultern. Etwas in ihm zog sich schmerzlich zusammen. Hatte er gelogen?

»Wir waren mehr als das«, erklärte Betham und Delnara öffnete die Augen, blickte ihn skeptisch an. Dieser fast spielerisch wirkende Unterton in der Stimme Bethams begann ihm Sorgen zu bereiten. Dennoch heizte diese Aussage etwas in ihm an.

»Was meinst du?«, fragte er misstrauisch. Die Reaktion seines Körpers ärgerte ihn. Er sah, wie das Lächeln Bethams um eine winzige Note breiter wurde.

»Vielleicht ist es besser, wenn ich es dir zeige.« Betham ließ sich auf seine Knie fallen und umgriff Delnaras Knöchel. Sein Griff war sanft, doch bestimmt. Mit einer kurzen Bewegung zog er ihn von dem Heuballen herunter. Delnara keuchte erschrocken auf, drängte sich an den Ballen hinter ihm. Seine Augen wurden schmal und sein Temperament loderte. Misstrauisch sah er Betham an. Sein Herz raste vor Schreck und Aufregung. Er spürte eine bekannte Anspannung in sich aufsteigen und doch hatte er nicht den Wunsch diese Situation aufzulösen. Sie schien ihm seltsam vertraut.

»Diesen Blick habe ich vermisst. Diese kämpferische Art, mich anzusehen. Dieser flammende Widerstand deines Stolzes und diese heimliche Bitte«, flüsterte Betham mit seiner tiefen, weichen Stimme. »Ich habe dich so schmerzlich vermisst, Delnara!« Er wurde immer leiser, näherte sich Delnaras Gesicht.

Dieser schloss die Augen. Er spürte den Atem Bethams auf seiner Haut und zog den Duft tief in seine Lungen. Er fühlte sich wohl. Die Anspannung wich der Aufregung. War es Vorfreude, die sich in ihm ausbreitete? Diese Stimme brachte ihn zum Lächeln. Alles in ihm rief ihm zu, dass diese tiefe Stimme nur ihm galt. Nur ihm gehörte. Raue

Lippen legten sich auf seine und Delnara atmete erschrocken ein. Ein Feuer ergriff seinen Körper und wurde nur noch weiter entfacht, als er eine warme Zunge an seinen Lippen spürte. Sein ganzer Körper schien in Flammen zu stehen. Zu gern wollte er seine Arme um Bethams Nacken legen und ihn fester an sich ziehen.

Erschrocken riss Delnara sich los und brachte Abstand zwischen sie.

~ * ~

Betham rückte auf und strich seinem Elfen über die Wange. Er genoss den Anblick der sich bildenden Gänsehaut. Die schwerere Atmung Delnaras und sein Versuch, seine Augen offen zu halten. Es ermutigte ihn. In ihm stieg die Hoffnung, dass die Gefühle in seinem Elfen den Verlust des Gedächtnisses unbeschadet überstanden hatten.

»Delnara«, flüsterte er leise und beugte sich zu dem feinen Elfenohr. »Auch wenn du dich nicht an mich erinnerst. Dein Körper kennt mich«, erklärte er, küsste das Ohr und strich zärtlich mit seiner Nasenspitze über die Haut des Halses. Ein unterdrücktes Keuchen von Delnara bestätigte ihm, dass dieser noch immer so empfindsam auf seine Berührungen reagierte.

~ * ~

Zögerlich legte Delnara seinen Kopf zur Seite. Diese Schauer in ihm fühlten sich zu gut an, um Betham von sich schieben zu wollen. Er schloss seine Augen, kostete diese Empfindungen aus. Immer mehr wurde ihm bewusst, dass dieses Feuer in ihm Sehnsucht nach den Berührungen dieses Mannes war. Er konnte sich an keine Zeit erinnern, in der er auf eine so zärtliche Art gestreichelt und voller Respekt behandelt wurde. Nur wenig öffnete er seine Augen. Er sah, wie sich Betham näherte und für einen kurzen Augenblick schrie sein Stolz, diesen Mann von sich zu stoßen, um nicht verletzlich zu erscheinen.

Die rauen Lippen auf seinen wischten jeden dieser widerspenstigen Gedanken weg. Er spürte die Bewegung an seinen Lippen und wie diese warme Zunge erneut von ihm kostete. Ein Zittern erfasste Delnaras Körper, als er diesen Kuss erwiderte. Die Lippen lösten sich, strichen ihm sanft über das Ohr.

»Und diese Stelle deines Körpers ist die empfindsamste«, raunte Betham ihm heiser ins Ohr. Seine Finger glitten an Delnaras Hals entlang und ertasteten den Rand der großen Narbe. Ein Schauer ging durch seinen Körper. Er wand sich keuchend unter Betham und sah ihn an. Er verstand nicht, wie dieser Mann ihn so willenlos machen konnte.

»So viel von diesem wundervollen Stolz«, flüsterte Betham und strich ihm durch die Haare. Delnara genoss es. Erneut küsste Betham ihn. Delnara ließ seine Zweifel ziehen. Er griff nach der Kleidung Bethams und zog ihn fest an sich. Er wollte mehr von diesem tröstenden Körper. Warme Hände strichen unter sein noch immer nasses Hemd, luden seine Haut auf. Er drängte sich ihnen entgegen.

Betham löste sich von ihm und zog das nasse Hemd über seinen Kopf. Gern tauschte er den kalten Stoff gegen die warmen Fingerspitzen, die über seine Seiten strichen. Betham musterte ihn eindringlich. Mit einem spielerischen Lächeln hob Delnara eine Braue. Er beugte sich zu ihm und küsste ihn von sich aus. Er wollte nicht nur angesehen werden.

~ * ~

Erneut löste sich Betham und zog sein eigenes Hemd über den Kopf. Er ließ den Stoff einfach neben sich fallen. Seine Finger wanderten über Delnaras straffe Haut, ertasteten die Rippen. Zärtlich ließ er seine Lippen folgen. Er wollte es auskosten. Das unterdrückte Stöhnen ließ ihn lächeln.

Kurz sah er auf. Delnara hatte sich die geschlossene Faust vor den Mund gepresst, um nicht zu laut zu werden. Amüsiert stellte er fest, dass es wohl Dinge gab, die sich nie ändern würden. Ihm sollte es recht sein. Sanft küsste er den bebenden Bauch, ließ seine Zunge über die weiche Haut gleiten, küsste den Hals. Er spürte, wie Delnara den Kopf zur Seite neigte, ihm mehr davon anbot. Gern nahm er dieses Angebot an, kostete die zarte Haut. Seine Finger ließ er federleicht über den bebenden Körper gleiten, ließ den letzten störenden Stoff herabgleiten.

~ * ~

Langsam wachte Delnara auf. Er wollte seine Augen noch nicht öffnen. Er wollte die Stille und die Wärme um ihn herum noch einen Augenblick lang genießen. Er spürte, wie der Brustkorb unter ihm sich ruhig hob und senkte. Finger strichen ihm immer wieder zärtlich durch die Haare und über den Rücken. Dieser Moment sollte nicht vorbei gehen. Er fühlte sich wohl. Zufrieden seufzte er und strich mit seiner Hand über die warme Brust, auf der sein Kopf lag.

»Habe ich dich geweckt?«, fragte Betham leise. Er unterbrach seine Zärtlichkeiten nicht. Ein Lächeln stahl sich auf Delnaras Lippen.

»Weißt du, dass ich deine Stimme an deiner Brust hören kann?«, wollte er wissen und öffnete seine Augen ein wenig.

»Ist das so?«, drang es amüsiert zu ihm und er nickte. Tief atmete er ein.

»Betham?«, fragte er leise und versuchte seine Gedanken zu ordnen. Er wollte sie aussprechen, bevor sein Stolz zu ihm zurückkam und ihn daran hinderte.

»Ich erinnere mich«, sprach er leise weiter. »Du hast mich betrunken gemacht. Ich erinnerte mich an einen Kampf. Ich war nicht in der besten Stimmung, als ich zu dir gerufen wurde und mich überreden ließ zu trinken. Ich erinnere mich an das leichte Gefühl in meinem Kopf und ... an deine Berührungen.«

~ * ~

Betham erhob sich, öffnete die Dachluke, um Delnara ansehen zu können. Auch Delnara setzte sich auf. Die Decke, die ihn bis jetzt vor der Kälte geschützt hatte, bemerkte er anscheinend erst jetzt. Verlegen zog er sie etwas enger um seinen nackten Körper. Der Mond erhellte die Umgebung nur schwach. Doch deutlich schimmerte Scham auf seinen Wangen. Diese helle Elfenhaut war wirklich nicht für starke Emotionen gemacht. Der Mond erhellte die Umgebung nur schwach. Bestimmt griff Betham in Delnaras Nacken, zog ihn zu sich und küsste ihn sanft. Er sollte sich nicht schämen.

»Warum ...«, begann Delnara und stockte, als er die Tür der Scheune hörte. Erschrocken richtete er sich auf und sah zwischen zwei Heuballen hindurch auf die untere Etage.

»Der junge Herr«, flüsterte er und sah auf Betham. »Zieh dich an!«, befahl er zischend und zog sein noch klammes Hemd über den Kopf. Hektisch stieg er in seine Hose und wollte sein Nachtlager verlassen. Bethams Hand hielt ihn in der Bewegung auf. Er drehte sich und deutete Betham, leise zu sein. Mürrisch sah dieser ihn an, zog ihn zurück und legte die rauen Lippen auf seine.

»Elf?«, wurde er gerufen. Kurz zuckte sein Mundwinkel, ehe er zur Leiter ging und hinunterstieg. Er hoffte, Betham würde sich still verhalten.

»Junger Herr!«, begann Delnara und musterte den Jugendlichen vor sich.

»Du gehst auf Brautschau?«, fragte er und deutete auf die feine Kleidung. Beschämt nickte der Junge und malte mit dem Fuß Striche auf den staubigen Boden.

»Mutter will es. Doch ich sehe keinen Grund, jetzt auf Brautschau zu gehen. Ich habe noch mein ganzes Leben vor mir«, murrte er und sah bittend zu ihm.

»Und du dachtest, es wäre gut dich hier vor deiner Mutter zu verstecken?«, fragte er und hob eine Augenbraue.

»Ich bin sowieso viel lieber bei dir. Mit dir kann man reden«, sagte der Junge leiser und senkte seinen Blick.

»Und was erhoffst du dir davon? Ich bin der Knecht deiner Familie. Ich werde dir keine Frau an Land ziehen können.« Der Junge amüsierte Delnara. In seinem Verhalten konnte man noch deutlich das Kind erkennen. Dieser Trotz erinnerte ihn an Enurah. Ein stechender Schmerz ging durch seine Brust und seine Gedanken wanderten zu seinem Bruder. Fest biss er die Zähne aufeinander.

»Elf?« Delnara wurde aus seiner Erinnerung gerissen und blickte fragend hoch.

»Was hast du gesagt?«, fragte er vorsichtig nach und sah die Verärgerung über seine Unachtsamkeit in den Augen seines jungen Herren.

»Ich wollte wissen, ob du etwas Neues über dich weißt«, wiederholte dieser seine Frage. Delnara schüttelte den Kopf. Er wollte seine Geheimnisse nicht teilen. Verlegen rieb der Junge weiter mit dem Fuß auf dem Boden.

»Vielleicht sollte ich das Dorf verlassen«, murmelte der junge Herr.

»Wo willst du hin? Hier hast du eine Familie und eine Gemeinschaft, die dich unterstützt und beschützt«, mahnte Delnara. Der Junge biss sich auf die Lippe und murrte unwillig.

»Dann nehme ich dich eben mit. Du wirst dich schon um mich kümmern.«

»Was?«, fragte Delnara erschrocken nach. Das konnte sein Herr nicht ernst meinen. Sein Blick schnellte zur Zwischendecke. Er wusste, dass es unmöglich war, doch er meinte, Bethams Zähne knirschen zu hören. Er versuchte, seine Gedanken zu ordnen. Er musste einen Weg finden, seinen Herren von dieser törichten Idee abzubringen, ohne zu weit über seine Grenzen zu treten. Kalte Fingerspitzen strichen über seinen Hals und Delnara trat einen Schritt zurück.

»Was ist das für ein Fleck?«, fragte sein Herr neugierig. Mit seinen eigenen Fingern strich Delnara über seinen Hals und spürte den Schmerz eines blauen Fleckes. Er schickte einen finsteren Blick zu seiner Schlafstätte und verdeckte das Mal mit der Hand.

»Der Biss eines dummen Schafes!«, meinte er lauter, als es nötig war. Seine Stimme war kämpferisch. Er verfluchte Betham für diese Markierung und sich, dass er dessen Entstehung genossen hatte. Nach einem kurzen Seufzer richtete er seinen Blick auf seinen jungen Herren, der ihn verwirrt ansah.

»Du bist so anders, Elf«, murmelte er und senkte seinen Kopf. »Du wirst nicht mit mir gehen, oder?« Delnara nahm die Hand von seinem Hals und verschränkte die Arme vor der Brust. Er überlegte, wie er seine Bedenken deutlich machen sollte.

»Dann gehe ich allein. Ich werde mich in der nächsten Stadt umsehen. Hier will ich nicht bleiben«, beschloss der Junge und sah den Elfen traurig an. »Ich werde gehen und du wirst mich vergessen.« Delnaras Haltung wurde weicher.

»Ich werde dich nicht vergessen«, widersprach er. Der Junge schnaubte wütend.

»Natürlich wirst du das. Du hast selbst die Person vergessen, die du geliebt hast«, murrte der Junge enttäuscht. Ohne ein weiteres Wort verließ er die Scheune.

Delnara löste seine Arme und blickte dem Jungen nach. Die Worte hatten ihn hart getroffen. Er hatte Betham vergessen. Er hatte die Zeit mit ihm vergessen. Auch die letzten Stunden konnten das nicht wegwischen. Er schüttelte den Kopf. Was ihn mit Betham verband, war reine Leidenschaft gewesen. Fest biss er die Zähne aufeinander. Delnara beschloss. diese Verbindung als das zu sehen, was es war. Lüsternes Verlangen nach diesem weichen Gefühl des freien Falles. Nichts anderes durfte es für ihn sein. Alles andere wäre zu schmerzhaft.

Fünfzehn

Verlangen. Es war nur das Verlangen, das sie zusammenhielt. Alles in Delnara schien gegen diesen Gedanken zu rebellieren. In seinem Kopf tauchten immer mehr Erinnerungsfetzen an ihre gemeinsame Zeit auf. Er erinnerte sich an Teile ihrer Gespräche, an die sanfte Stimme, mit der Betham zu ihm sprach. Er erinnerte sich an die Zärtlichkeiten und diese wilde Sanftheit ihrer Nächte.

Behutsam legten sich zwei starke Arme um seine Schultern. Delnara spürte das Gewicht eines Kinns auf seiner linken Schulter und die Wärme des Atems an seinem Hals. Nur langsam löste sich die Starre aus seinem Körper und Delnaras Blick sank auf den Boden. Die Wärme, die ihn umgab, begann in seinen Geist zu sickern und seine Überlegungen zunichtemachen zu wollen. Fester presste er die Zähne aufeinander und schloss seine Augen, um sich zu sammeln.

»Ich glaube nicht, dass es gut ist, wenn du noch länger hier bleibst«, erklärte er ruhig und kühl. Delnara wusste, dass er sich hinter seiner Mauer verstecken musste, um dieses Band zwischen ihnen zu trennen, ehe es zu fest wurde. Er durfte Betham nicht näher an sich heranlassen, sonst würde er dem Menschen endgültig verfallen. Seine Wärme und Zärtlichkeit würden ihm in diesem neuen Leben nicht weiterhelfen.

Ein Teil in ihm flüsterte, dass dies nur die halbe Wahrheit war. Die andere Hälfte bestand in der Tatsache, dass er diesen Menschen hinter sich nicht verletzen wollte. Er erinnerte sich nur an Bruchstücke aus ihrer Vergangenheit und wusste nicht, ob der Rest der Erinnerungen nicht für immer verschollen bleiben würde. Mit einem Stechen in der Brust musste er sich eingestehen, dass er bereits zu viel für Betham empfand, um ihn dem Schmerz auszusetzen, den seine fehlenden Erinnerungen mit sich bringen würden.

Betham zog ihn fester an sich und riss ihn so aus seinen dunklen Gedanken. Sein Griff war behutsam doch bestimmt.

»Ich verlasse diesen Ort nicht ohne dich. Ich lasse dich hier nicht zurück«, kam die Antwort. Langsam öffnete Delnara seine Augen. Bethams Entscheidung stand offensichtlich fest. Er spürte den festen Griff um sich und erschauderte. Immer wieder überlegte er, ob er sich aus dem Griff befreien und flüchten oder sich dieser aufkommenden Ruhe in ihm, dieser angenehmen Wärme ergeben sollte. Lange fand er keine Antwort. Betham zog ihn erneut an sich. Mit einem tiefen Atemzug löste Delnara sich von ihm und trat einige Schritte von ihm weg.

»Was ist, wenn ich dich erneut vergesse? Ich habe dich schon einmal vergessen. Wer sagt dir, dass es nicht noch einmal passiert?«, fragte er leise. Er brachte nicht den Mut auf, sich zu Betham umzudrehen. So schielte er ihn nur über die Schulter an. Sein Herz brannte, doch sein Stolz mahnte ihn, standhaft zu bleiben.

Betham trat auf ihn zu und strich ihm mit beiden Händen über die Arme. Er wollte diesen Mann vor ihm berühren, doch wollte er ihm seine Nähe nicht aufzwingen.

»Ich glaube nicht, dass du mich erneut vergisst. Ich lasse nie wieder zu, dass dich irgendjemand mit einem Ast niederschlägt. Ich werde dich beschützen.« Er war um eine sanfte Stimme bemüht, doch wuchs die Wut über diese Tat in ihm an. Das leichte Beben unter seinen Fingerspitzen zog seine Aufmerksamkeit auf sich. Er spürte, wie sehr Delnara unter Spannung stand. Wenn er ehrlich war, hatte er es die ganze Zeit über gespürt. Zuerst hatte er es für Wut gehalten, doch nun glaubte er den Grund für dieses Zittern in Delnaras Unsicherheit gefunden zu haben.

Ein Lächeln stahl sich auf seine Lippen. Er erinnerte sich an den ersten Blick auf diesen kleinen Elfen. Auf diesen Hauptmann, den er für ungehobelt befunden hatte, weil er sich nicht die Zeit für Höflichkeiten nahm. Er war überrascht über dessen geringe Körpergröße gewesen. Doch hatte ihn dessen Präsenz eingenommen. Dieser Stolz in dem schlanken Körper hatte Betham beeindruckt und er war geneigt gewesen, diesen Stolz als Arroganz aufzufassen. Er hatte sich in diesem Moment vorgenommen gehabt, reserviert auf jede Aussage des Hauptmannes zu reagieren. Delnaras Worte hatten jedoch diese Vorsätze mit ihrer Kraft einfach fortgewischt.

»Ich brauche keinen Schutz!«, hörte er Delnara knurren und löste sich von seinen Erinnerungen. Delnara drehte sich zu ihm und straffte seine Schultern.

»Ich brauche keinen Schutz. Ich brauche deinen Schutz nicht! Ich habe ihn nicht gebraucht, bevor ich dich kannte und brauche ihn auch jetzt nicht. Du ...« Delnara war lauter geworden und unterbrach sich schlagartig. Er biss sich auf die Zunge. Sein Blick wandte sich von Bethams Augen ab und seine Kiefer spannten sich weiter an.

»Sprich es aus!«, forderte Betham kühl. Eine angespannte Stille legte sich schwer zwischen sie. Betham fixierte Delnara und wartete auf eine Antwort.

»Sprich deinen Gedanken zu Ende!«, forderte er. Mit unterdrückter Wut funkelte Delnara ihn an.

»Wärst du nicht hier, würde ich mich nicht so schwach fühlen!«, zischte er. »Ich habe vor dir nicht gezweifelt und ich tat es nicht, bevor du hier aufgetaucht bist!« Seine Stimme war schneidend und kalt.

»Du bist ein Lügner!«, entgegnete er Delnara eiskalt und laut. Delnara schrak zusammen und trat einen Schritt zurück. Er benahm sich, als hätte Betham ihn mit diesen Worten geschlagen.

»Wie kannst du es wagen?«, zischte Delnara wütend.

»Du lügst. Du belügst mich. Doch darüber könnte ich hinwegsehen. Was mich jedoch wütend macht ist, dass du dich selbst belügst. Sei doch wenigstens zu dir selbst ehrlich.« Noch immer war Bethams Stimme kühl, aber gedämpfter in ihrer Lautstärke. »Du glaubst, dass ich nicht weiß, was dir passiert ist, nur weil du nie ein Wort darüber verloren hast. Doch das ist falsch. Ich habe eine sehr genaue Vorstellung davon, was du als Kind erlebt hast. Ich kann mir denken, was für Alpträume dich gequält haben. Ich erkenne die feinen hellen Linien auf deinem Körper, die von einem Leder und nicht von den Kämpfen stammen«, meinte Betham. Langsam trat er auf den Elfen zu. Delnara wich nach hinten aus und stieß an die Wand der Scheune. Ruckartig atmete er ein und presste sich fester an den Widerstand in seinem Rücken. Er schien dieser Situation entfliehen zu wollen.

»Ich habe erlebt, wie Menschen mit Elfen umgehen. Ich habe gesehen, wie die Wunden versteckt wurden. So wie du es in kleinen Bewegungen mit den deinen versucht hast. Ich habe das Zittern an dir erkannt, das man nur an den Tag legt, wenn man Angst hat.« Betham rieb sich die Nasenwurzel und atmete tief durch, um sich zu beruhigen. Die Erinnerungen in ihm heizten seine Wut an, doch er rief sich zur Ruhe. Blinde Wut half in dieser Situation sicher nicht weiter. Er sah seinen Elfen an, bemühte sich um einen sanften Blick.

Delnara presste sich weiter an die Wand in seinem Rücken. Sein Inneres schwankte zwischen unbändiger Wut und blanker Angst hin und her. Er beobachtete Betham, wie er immer näher zu ihm kam und erst kurz vor ihm stehen blieb. Langsam strich er Delnara über die Wange. Er spürte die rauen Fingerspitzen an seiner Haut.

»Du versuchst, deine Vergangenheit nicht dein Leben bestimmen zu lassen. Und du glaubst, du seist schwach? Ist es denn wirklich Schwäche, sich einem Menschen nahe fühlen zu können, obwohl ein anderer Mensch dich so fürchterlich behandelt hat? Ist es eine Schwäche, seine Wut und seine Angst loszulassen, um der Seele Ruhe zu schenken? Ich glaube nicht, dass du das alles wirklich als Schwäche empfindest. Ich denke aber, dass du Angst hast das Vertraute, das Gewohnte ziehen zu lassen, um in eine un-bestimmte Richtung zu gehen. Darum nennst du es Schwäche.« Vorsichtig legte Betham seine Stirn an Delnaras. Er schloss seine Augen und ließ die behutsame Berührung dieser rauen Hände an seinen Wangen auf sich wirken. Er nahm die Wärme in seiner Haut auf. Es beruhigte das unangenehme Brennen in seiner Brust.

»Du bist eines der mutigsten Wesen, die ich kennengelernt habe. Sei noch ein Mal mutig und lass deine Angst ziehen. Vertraue auf mich. Vertraue auf dein Herz. Ich werde immer an deiner Seite stehen«, gestand Betham leise. Diese Worte gehörten nur seinem Elfen. Niemand sonst auf dieser Welt hatte ein Recht diesen Worten zu lauschen. Er verfolgte aufmerksam Delnaras Atem und spürte das feine Beben unter seinen Fingern.

Langsam löste er seine Stirn und öffnete die Augen. Sein Blick erhaschte die kindlich wirkenden blauen Augen vor sich. Sanft begann er zu lächeln. Es erinnerte ihn an ihre Nacht im Zimmer des Hauptmannes. Delnara gestattete ihm einen Blick in seine Seele. Er strich mit beiden Händen über die Wangen Delnaras und fuhr über die Ohren in seine Haare.

Delnara sah den Mann vor sich nur an. Er fühlte sich so hilflos und verletzlich wie selten in seinem Leben. Warum nur konnte Betham ihn so einfach durchschauen? Ihm war, als holte Betham seine dunkelsten Ängste ans Licht, um sie vor ihm auszubreiten. Seine warmen Finger beruhigten seinen Geist nur langsam. Er senkte seine Lider, wollte diese Wärme in sich aufnehmen, als die sanften Fingerkuppen über die Kerbe in seinem Ohr strichen. Delnara zuckte zurück und drehte seinen Kopf, um die Narbe zu verstecken. Prüfend sah er zu Betham. Er erkannte den Blick. Die aufkeimende Wut in den tiefen braunen Augen vor sich ließen ihn schwer schlucken. Delnara spürte wie sein Kopf mit sanfter Kraft in die andere Richtung gedrängt und die Kerbe begutachtet wurde. Nur kurz ertrug er den Blick auf diesem Schandfleck seines Körpers. Er löste Bethams Griff und wandte sein Gesicht in die andere Richtung. Mit einer Hand zog er sich beschämt einige Strähnen seines Haares über die Kerbe. Er hatte sie schon seit geraumer Zeit vergessen, doch nun keimte dieses Gefühl der Demütigung in ihm auf.

Delnara sah auf, als Betham sich von ihm löste. Vorsichtig und neugierig sah er ihm nach. Innerlich verfluchte er sich für seinen Anblick und seine Reaktion. Er war sich sicher, wie ein kleines Kind gewirkt zu haben. Unsicher und hilflos. Er musste zu seiner Stärke zurückfinden und diese schwache, hilflose Seite in seinem Inneren vergraben.

»Jetzt willst du mich doch sicher nicht mehr an deiner Seite wissen«, gab Delnara seine Gedanken preis und erntete einen bitteren und wütenden Blick. Diesem wich er schnell aus und sah an die andere Wand der Scheune. Seine Arme verschränkte er vor der Brust und versteckte sich hinter seiner Fassade. Diese hatte ihm immer Sicherheit gegeben.

»Was redest du da?«, kam es erbost von Betham und Delnara presste die Kiefer aufeinander.

Wut hatte Betham erfasst. Zu oft hatte er solche Situationen schon sehen müssen. Elfen wurden mit einem Zeichen, einer Wunde oder gar einem Brandzeichen als Eigentum markiert. Doch fehlte ihm jedes Verständnis dafür, dass ein so markierter Elf sich für diese Gewalttat schuldig fühlte. Hart rieb Betham die Zähne aufeinander. Es schmerzte ihn, seinen stolzen, starken Elfen in dieser Situation wiederfinden zu müssen. Es zog ihm die Brust zusammen, dass Delnara glaubte, er wäre weniger ansehnlich, weil ihm diese Markierung, diese Wunde aufgezwungen worden war.

»Ich wollte nicht, dass du sie siehst. Ich hatte sie selbst schon vergessen«, erklärte Delnara leise und tonlos.

»Du kannst meine Wut darüber nicht zügeln!«, sagte Betham. Delnara schien sich innerlich zu winden, doch sein Körper strahlte eine fast gelassene Ruhe aus. Betham kannte diese Ausstrahlung. Es war nur eine Fassade.

»Ich verstehe, wenn du mich nicht ...«, begann Delnara.

»Du verstehst es nicht!«, unterbrach er ihn rüde und trat erneut an ihn heran. »Du bist nicht der Grund meiner Wut. Also kannst du sie auch nicht besänftigen«, erklärte er und strich dem Elfen durch die Haare. Ein weiteres Mal legte er die Kerbe frei und knirschte mit den Zähnen.

»Ich bin wütend über diesen Versuch, dich von einem Lebewesen zu einem Werkzeug zu machen. Ich bin rasend darüber, dass dieser Mann glaubte, dich mit einer Wunde zu seinem Eigentum machen zu können. Du bist ein Lebewesen. Du bist wunderschön und begehrenswert. Niemand kann daran etwas ändern. Auch mit solch roher Gewalt nicht«, flüsterte er und legte seine Lippen auf Delnaras Stirn.

»Sicher wäre es nicht gut, wenn wir weiter zusammen bleiben«, hauchte Delnara verzweifelt. Alles in ihm brannte. Diese liebevollen Worte strichen zart über seine geschundene Seele. Er wollte seinen kühlen Schutz zurück. Seine Angst, an dieser zarten Wärme in seinem Körper zu verbrennen, wurde wieder größer. Sein Körper fühlte sich wie ein blanker Nerv an. Jede Berührung, jedes Wort ging an seinen inneren Kern. Er schloss seine Augen, als das brennende Gefühl sie erreicht hatte und drohten in salzigen Tropfen überzulaufen. Er mahnte sich, stark zu sein.

»Sicher wäre es nicht gut, wenn wir weiter zusammen bleiben«, hauchte Delnara verzweifelt.

Er spürte Bethams festen Griff in seinem Nacken und raue Lippen, die sich mit gedämpfter Wut auf seine pressten. Bethams warmer Körper und seine Zuneigung schlugen auf ihn ein. All seine Grenzen, die er für sich gezogen hatte, wurden eingerissen. Delnara legte seine Arme um Bethams Nacken, um daran Halt zu finden. Er verstand sein Inneres nicht. Er folgte der stummen Aufforderung der warmen Zungenspitze an seinen Lippen. Diese Liebkosung war so anders als alle davor. Sie war rüder und doch ungemein intim. Sie brannte sich in seinen Geist. Schnell löste Delnara den Kuss und senkte seinen Kopf. Er musste sich sammeln.

»Du kannst jeden in deiner Nähe belügen, Delnara. Jeden auf dieser Welt. Doch bitte hör auf, es bei mir versuchen zu wollen. Ich habe dein wahres Ich schon lange erkannt«, flehte Betham.

»Ich will nicht schwach sein. Auch nicht vor dir. Ich darf nicht schwach sein! Wenn ich schwach werde, zweifle ich. Wenn ich zweifle, sterben die, die mir etwas bedeuten«, flüsterte Delnara. Das tiefe Seufzen Bethams ließ ihn aufsehen. Er war überrascht. Betham lächelte. Ein Schauer durchlief ihn und erneut kam in ihm dieses undefinierte Gefühl auf. Er fühlte sich sicher und geborgen. Er fühlte sich geliebt.

»Wie oft muss ich noch versuchen, dir diese Gedanken auszutreiben, bis ich Erfolg habe?«, wollte Betham von seinem Elfen wissen und senkte seine Lippen auf dessen Kopf. Er schnaufte in das weiche, blonde Haar und hoffte, diese trüben und wirren Gedanken aus Delnaras Kopf atmen zu können. Einige Zeit herrschte ein bedächtiges Schweigen zwischen ihnen. Keine Bewegung. Kein Wort. Es schien, als wären sie in ihrer eigenen Welt gefangen und unternahmen nichts, um aus ihr auszubrechen. Ihr Atem verfiel in einen Gleichklang.

»Wir sollten schlafen gehen. Ich muss die Schafe bei Sonnenaufgang auf die Weide bringen«, durchbrach Delnara flüsternd die Stille. Langsam löste er Bethams Hände von seinem Kopf und drängte sich an ihm vorbei. Er sah dem Menschen nicht in die Augen und ging zu der Leiter. Er hörte, wie Betham ihm folgte und ein hartes Schlucken ging durch seine Kehle. Ohne ihn weiter zu beachten legte Delnara sich in das Heu und zog sich eine Decke bis zu den Ohren hinauf. Er schloss die Augen, doch lauschte er auf jede Regung Bethams.

Delnara hörte, wie er sich zu ihm legte. Die Wärme an seinem Rücken und das Rascheln des Strohs verrieten ihm, dass er nur seinen Arm nach hinten legen musste, um ihn zu erreichen. Betham war ihm ganz nahe und doch war ein Abstand zwischen ihnen, der Delnara schmerzte. Lange lauschte er Bethams Atemgeräuschen.

Als er meinte, der Mensch hinter ihm würde tief genug schlafen, öffnete Delnara seine Augen und setzte sich leise auf. Er wollte Betham nicht wecken. Prüfend sah er in das entspannte Gesicht, erhob sich, so leise er konnte, und schlüpfte in seine Stiefel. Er schlich sich von dem Zwischenboden und aus der Scheune.

Sein Weg führte ihn den gewohnten Pfad zur Weide entlang. Das Chaos in seinem Kopf gönnte ihm keine Ruhe. Er musste nachdenken. Nach einer Weile ließ er sich im Gras der Wiese nieder. Sein Blick wanderte zu den dicken Wolken, die über seinen Kopf hinwegzogen. Der kühle Nachtwind strich ihm durch die Haare und Delnara schloss die Augen. Zur Beruhigung atmete er tief ein.

Er erkannte diesen Geruch der Nacht. Es war eine dieser Nächte, die ihn schon als Anwärter aus dem Haus gezogen hatten. Es war ein warmer, verheißungsvoller Geruch. Delnara überlegte, ob es eine dieser Nächte war, in denen Revolutionen begonnen wurden. Ein mattes Lächeln stahl sich auf seine Lippen. Die Blätter der Bäume im Wald rauschten und flüsterten in ihrer eigenen Sprache. Delnara empfand es als ein ermutigendes Geräusch.

Er tastete nach der Kerbe in seinem Ohr. In der ersten Zeit, nachdem der Schmerz abgeebbt war und die Wunde langsam verheilte, hatte er sich über dieses Zeichen gefreut. Es gab ihm Halt in Momenten, in denen er glaubte, seine Wurzeln für immer verloren zu haben. Doch je mehr Erinnerungen zu ihm zurückfanden, desto mehr verfluchte er diesen Makel. Delnara musste sich eingestehen, dass er Bethams Wut verstehen konnte. Auch er war wütend über die Dreistigkeit seines Herren. Verächtlich schnaubte er. Er hatte sich schon so sehr an diesen Titel gewöhnt. Müde schüttelte er den Kopf.

»Er ist sicher nicht mein Herr«, erklärte er sich selbst, als müsse er sich überzeugen. Seine Fingerkuppen strichen über die geschundene Haut. Sie ertasteten das narbige Gewebe in dem feinen Knorpel. Fest biss er die Zähne aufeinander. Soweit er sich erinnern konnte, hatte ihn nichts in seinem Leben mehr gedemütigt als diese Kerbe.

Die Tage im Keller des Waisenhauses hatten ihm gezeigt, dass er verachtet wurde, doch selbst in diesem Hass war er noch immer ein Elf gewesen. Ein Lebewesen. Diese Verletzung jedoch war mehr als die Abwertung seiner Art. Sie nahm ihm sein Leben. Sie degradierte ihn zu einem Objekt. Einem Werkzeug. Zu einem Instrument, das man beherrschen konnte.

»Beherrschen«, entfloh es ihm leise. Der Wind frischte auf und zog an seiner Kleidung und seinen Haaren. Nie hatte sich Delnara beherrschen lassen wollen. Hart schluckte er, als er sich erhob und sein Gesicht in den stärker werdenden Wind drehte. Die Frage, die in ihm aufkeimte, begann zu schmerzen.

»Hatte ich so große Angst, dass ich mich habe beherrschen lassen?« Seine Stimme wurde vom Rauschen der

Blätter fast überdeckt, doch die Frage setzte sich in seinem Kopf fest. Der Schmerz wandelte sich in Wut, als er sich diese Frage bejahen musste. Delnara war wütend auf sich. Er war wütend, dass er sich nicht verteidigt hatte. Er war wütend, dass er sich eingeredet hatte, sich in dieser Knechtschaft wohl zu fühlen.

»Ich bin ein Lügner«, gestand er sich ein und sah auf das Gras vor seinen Füßen.

»So viel Zeit meines Lebens habe ich gegeben, um frei zu sein. Ich habe gekämpft, um ich selbst sein zu können. Nun stehe ich hier und bezeichne diese Freiheit als Lüge. Ich werte den Frieden und das Temperament in meiner Seele als schnödes Verlangen ab.« Diese Erkenntnis schmerzte ihn. Er sah in die Richtung, in der die Scheune stand. Er hatte den einzigen Menschen verletzt, der ihn wertschätzte. Er griff an sein Ohr und biss sich auf die Zunge. Er hatte den Mann zurückgelassen, der ihm seine Zuneigung gestanden hatte. Delnara hatte die einzige Liebe in seinem Leben geschnitten. Er griff an sein Ohr und biss sich auf die Zunge. Doch Betham blieb weiterhin an seiner Seite.

»So oft habe ich überlegt, wie es wohl sein würde verliebt zu sein, geliebt zu werden.« Bitter lachte er auf und schalt sich einen Idioten. »Ich hatte es die ganze Zeit vor Augen. Ich muss blind gewesen sein!«, fluchte er.

Mit schweren Schritten kehrte er zur Scheune zurück. Der Wind zog an seiner Kleidung und schien ihn schieben zu wollen. Erneut keimte die Sorge in ihm auf, von Betham verstoßen zu werden. Ihn zu verlieren. Delnara gingen die Worte durch den Kopf, die er ihm entgegen geworfen hatte. Er könnte es nur zu gut verstehen, wenn Betham zu verletzt war, um noch einen Moment länger in seiner Nähe sein zu wollen.

~ * ~

Müde lehnte Betham sich an den Heuballen hinter ihm und sah sich um. Delnaras Nachtlager glich einer kleinen Festung. Von unten konnte man diesen Platz nicht einsehen.

Er hatte die Ballen hoch gestapelt und mit Seilen zusammengeschnürt. Das Heu zwischen den Ballen und der Dachschräge machte seinen Ruheplatz zu einem Versteck. Mit einem Seufzen strich er sich über die Nasenwurzel. Noch immer war er glücklich, seinen Elfen gefunden zu haben. Doch ein größer werdender Teil in ihm mahnte ihn dazu, sich nicht zu sehr an seiner Hoffnung festzuhalten.

Vielleicht war es nicht mehr sein Elf, dem er gegenübergestanden hatte. Er musste zugeben, dass Delnaras Worte ihn verletzt hatten. Er fühlte sich noch immer schuldig, weil er die Brüder in diesen Kampf geschickt hatte. Er war wütend auf sich, dass er die Situation so unterschätzt hatte. Doch er wollte sich nicht auch noch für diese momentane Situation verantwortlich fühlen.

»Du bist noch da«, löste ihn Delnaras Stimme aus seinen Gedanken. Überrascht blickte Betham auf. Lange sahen sie sich an. Keiner von ihnen wollte sich bewegen. Dieser Moment war schwer zu greifen. Betham beobachtete Delnara. Immer wieder ließ er sich die Worte des Elfen durch den Kopf gehen. Er konnte sich nicht entscheiden, welches Gefühl Vorrang hatte. War sein Elf überrascht? Hatte er erwartet, er wäre gegangen? War es Freude? Hatte Delnara erhofft ihn anzutreffen? War es eine Mischung?

»Ja«, erklärte er tonlos und sah, wie Delnara sich aus seiner Starre löste. Betham fragte sich, ob er mehr als diese Antwort erwartet hatte. Zu gern hätte er ihn zu sich gebeten, doch er wagte es nicht. Er würde Delnara die Entscheidung überlassen.

~ * ~

Lange hatte Delnara auf den Boden gesehen, ehe er die Leiter hochgeklettert war. Ein Teil von ihm hatte angenommen, dass Betham gegangen wäre. Doch nun schwankte er zwischen Erleichterung und Nervosität. Er setzte sich auf den Boden neben der Bodenluke. Seine Beine verschränkte er zu einem Schneidersitz und seine Hände bettete er auf seine Knie.

»Ich wollte wirklich nicht, dass du die Kerbe siehst«, begann er leise und hielt seinen Blick gesenkt. Delnara hatte das Gefühl Betham jetzt nicht ansehen zu können. Er musste all seinen Stolz zur Seite schieben, um die nächsten Worte deutlich genug aussprechen zu können. »Es tut mir leid, dass ich dich verletzt habe. Ich hätte viele Dinge nicht sagen dürfen«, erklärte er.

»Das stimmt. Doch sie sind ausgesprochen«, bekam er zur Antwort. Er spannte sich an und kämpfte lange mit sich und seinem Stolz um die nächsten Worte. Er atmete tief durch und schloss seine Augen, um seinen Mut zu sammeln.

»Lass mich nicht allein.« Es war nur ein Flüstern. Doch schien es bei Betham angekommen zu sein.

»Werde ich nicht!«, erklärte Betham mit starker Stimme, die ihm eine Gänsehaut über den Rücken jagte.

»Und nun komm endlich her«, drang es mit dieser sanften Stimme an sein Ohr. Delnara blickte auf und spürte, wie seine Wangen zu prickeln begannen. Ein weiteres Mal in seinem Leben verfluchte er seine helle Haut.

»Du bist so rührselig«, murmelte er und erhob sich. Ein leises Lachen drang an sein Ohr und zwang ihn, ebenfalls zu lächeln. Vielleicht war es einfach seine Art mit seinen Gefühlen umzugehen.

~ * ~

Betham beobachtete Delnara, als er sich neben ihn setzte. Er kannte diese Haltung nur zu gut. Ein Bein angewinkelt, das andere aufgestellt. Ein Arm auf das Knie gestützt. Den Blick geradeaus gerichtet. Das kämpferische Schimmern in den blauen Augen.

»Du hast deine Frage nicht beenden können«, meinte er leise und musterte den ehemaligen Hauptmann genau. Er hatte seinen Stolz und seine Erhabenheit zurück. Nur seine Uniform schien zu fehlen, um das Bild komplett zu machen.

»Ist nicht so wichtig«, kam die knappe Antwort und Delnara machte eine wegwerfende Handbewegung.

»Doch. Frag mich. Auch wenn es nur eine beiläufige Frage ist. Lass mich einfach deine Stimme hören«, bat er.

»Warum weißt du so viele Dinge über mich, von denen ich zu wissen glaube, sie dir nie erzählt zu haben?«, fragte der Elf und hielt an seiner Blickrichtung fest. Ein Lächeln stahl sich auf Bethams Lippen. Er hatte ihre Gespräche vermisst.

»Weil ich dich beobachte. Ich höre die Worte, die du zu mir sprichst, doch ich bin mehr geneigt deinen Reaktionen zu glauben. Du bist viel mehr du selbst, wenn du nicht weißt, dass jemand auf dich achtet. Du hast dich so sehr an die Mauer um dich gewöhnt, dass ich nur erkennen konnte, wer du wirklich bist, wenn ich dich aus dem Konzept gebracht oder dich unbemerkt beobachtet habe. Ich weiß, dass in dir eine Seele wohnt, die Narben auf sich trägt. Ich weiß, dass du zu hart an dir gearbeitet hast, um diese Mauer einfach fallenzulassen. Und ich weiß, dass dir die kleinen Neckereien zwischen uns gefallen und dich amüsieren«, erklärte er leise.

»Wie soll ich stark sein, wenn ich alles in meinem Inneren als schwach empfinde? Das Einzige, das ich als stark an mir empfand, war meine Selbstkontrolle, die viel Kraft gekostet hat. Eine Eigenschaft, die ich schlagartig verliere, wenn du nur in meiner Nähe bist«, gestand Delnara und wagte einen prüfenden Blick zu dem Menschen an seiner Seite. Betham lächelte und Delnara fühlte sich schuldig. Er hatte diesen Menschen verletzt, weil er an ihm gezweifelt hatte.

»Du musst diese Gewohnheit nicht völlig ablegen. Ich glaube, sie ist sehr wichtig. Aber ich würde mich freuen, wenn du dich in meiner Nähe nicht damit schützen musst. Ich würde mich geehrt fühlen, wenn du in meiner Nähe ganz du selbst sein kannst«, flüsterte Betham. Delnara lächelte. Die Zärtlichkeit in der Stimme hatte er sich erhofft. Diese Worte gaben ihm mehr Mut und Kraft, als er gedacht hatte.

»Ich würde gern ...«, begann er, unterbrach sich jedoch. Er räusperte sich. Er sehnte sich nach Bethams sanften Berührungen und hoffte, den Weg zurück zu ihm mit Zärtlichkeiten pflastern zu können. Er wollte an die Erinnerungen anknüpfen, die sich so warm in seiner Brust anfühlten. Sanfte, raue Lippen legten sich auf seine Wange und Delnara seufzte. Er schloss die Augen. Er wollte nur genießen.

»Das ist es doch, was du wolltest?«, versicherte sich Betham und erntete ein verlegenes Nicken. Delnara wandte sein Gesicht Betham zu und seine Finger tasteten die zarte Haut der Wange ab.

»Ich erinnere mich an einen Abend in einem Teehaus. Ich habe dich von mir geschoben. Ich habe dich so oft abgelehnt.«

»Das ist mir gleich. Solange du mich jetzt nicht von dir schiebst. Nicht jetzt.« Es war nur ein Hauchen, doch es berührte ihn tief. Schnell schüttelte er den Kopf. Er wollte Betham nicht gehen lassen. Nicht nachdem er sich eingestanden hatte, was in ihm vorging. Er liebte diesen Menschen, der sanft sein Ohr küsste.

»Ich liebe dich«, flüsterte Betham in das feine Elfenohr. Die Worte waren leise und doch ließen sie warme Schauer durch Delnaras Körper laufen.

»Ich weiß«, sagte er leise und begann zu lächeln, als er die Augen öffnete.

Bethams braune Augen durchdrangen ihn und ließen ihn wissen, dass er verstanden wurde. Er spürte die warme Hand an seiner Wange und schloss seine Augen. Betham küsste ihn. Delnara schob seinen Kopf vor, folgte dem süßlich-herben Geschmack und erwiderte den Kuss. Er benötigte keine Aufforderung. Es sollte nicht aufhören. Er wollte genießen.

~ * ~

Betham zog Delnara fester an sich. Er wollte die Wärme des Elfenkörpers spüren. Seine Finger ertasteten weiche Haut. Sie suchten den Herzschlag Delnaras. Die neugierigen Hände seines Elfen unter seinem Hemd ließen Schauer durch seinen Körper fließen. So forsch hatte er Delnara nicht in Erinnerung. Doch es gefiel ihm. Zufrieden seufzte er und senkte seine Lippen auf den dargebotenen Hals. Er sog den einzigartigen Geruch tief in sich ein. Ein weiteres Mal fiel ihm auf, dass er seinen Elfen vermisst, jedoch nicht vergessen hatte. Er erinnerte sich an seinen Geruch, seinen Geschmack und seine Geräusche. Er spürte, wie Delnara mit seinen Händen über seine Haut glitt und beschloss, diesem begehrten Wesen in seinen Armen zu zeigen, wie sehr er geliebt wurde. Langsam und bedächtig drängte er sich über ihn und nahm sich Zeit für weitere Zärtlichkeiten. Er schob das Hemd hoch, um mit seinen Lippen über die straffe Haut von Brust und Bauch zu streichen. Er wollte diesen Mann noch einmal ganz neu kennenlernen. Ohne diese Kühle.

Betham lehnte an den Heuballen. Sein Blick war auf Delnara gerichtet, der neben ihm auf dem Bauch lag und schlief. Er selbst hatte nicht in den Schlaf gefunden, als ihre Lust abgeebbt war. So beobachtete er, wie Delnaras Rücken sich bei jedem Atemzug hob und senkte. Sorgsam zog er die Decke ein kleines Stück weiter über die nackten Schultern.

Er wusste, dass der Gedanke töricht war, doch er wollte nicht, dass Delnara sich erkältete.

Seine Gedanken hingen an der vergangenen Nacht und an der Entscheidung, die sie nun zu treffen hatten. Er war sich sicher, dass ihre Wege sich nicht mehr trennen würden. Sein Blick schweifte durch die Scheune. Diese Stille in dem Gebäude legte sich schmeichelnd um seine Gedanken. Ein Dasein auf dem Land schien ihm nicht abwegig. Es wäre ein netter Kontrast zu dem Leben in der Hauptstadt.

Ein leises Murren riss ihn aus seinen Gedanken und lenkte seinen Blick auf den erwachenden Mann neben ihm. Betham beobachtete Delnara, wie er sich streckte und sich müde aufsetzte. Die Anstrengung war ihm noch anzumerken. Der Elf rieb sich mit einer Hand ein Auge und mit der anderen die gerötete Wange.

»Das Heu ist unbequem«, murmelte er und blickte sich suchend um. Seine Augen blieben nur kurz an ihm hängen, ehe er seine Aufmerksamkeit auf die Luke über seinem Kopf richtete.

»Es wird bald Morgen!«, stellte er fest.

Sanft strich Betham ihm durch das Haar und den Nacken, ehe er ihn zu sich zog und seinen Kopf auf die Brust bettete. Er lauschte einige Zeit nur dem ruhigen Herzschlag unter seinem Ohr

»Du hast mich also wirklich so lange gesucht?«, fragte er leise.

»Ja«, war die knappe Antwort. Kurz herrschte Stille zwischen ihnen. »Ich bin deinem Weg gefolgt. Ich war in der Stadt an der Küste. Dort erzählte mir der Bürgermeister, was passiert war. Ich war schockiert. Ich wollte nicht glauben, dass du gestorben warst. Noch in derselben Nacht wurde ich ein eher unfreiwilliger Gast in Esmaan bei den Elfen. Viele Wochen blieb ich in der Stadt in den Bäumen und sprach mit der Prinzessin. Du hast sie beeindruckt. Sie bat mich, dir ihr Angebot, in ihre Armee zu kommen, zu

wiederholen.« Delnara setzte sich auf. Überlegend sah er
Betham an.

»Du bist ein wirklich ein miserabler Vikar, wenn du deine
Gemeinde einfach wegen eines einzelnen Hauptmannes
zurück lässt und dir die Zeit nimmst, um mich zu suchen«,
spottete Delnara leise und erntete ein kurzes Lachen. Ein
weiteres Mal wurde Delnara bewusst, wie gut Betham ihn
lesen konnte. Er war dankbar, dass dieser Mensch wusste,
wie er mit ihm umgehen musste.

»Mag sein, doch ich bin kein Vikar mehr. Werde es nie
wieder sein, denn ich habe mein Amt aufgegeben und habe
somit keine Möglichkeit mehr, als Vikar ernannt zu werden.
Doch das war es mir wert«, erklärte Betham.

»Kein Vikar mehr?«, wollte Delnara sich versichern und
betrachtete das Nicken skeptisch. Er fragte sich, wie schwer
es Betham gefallen sein musste, ohne große Hoffnung ihn
lebend zu finden, alles hinter sich zu lassen.

»Was fangen wir nun mit uns an?«, fragte er schließlich.
Sie waren heimatlos. Betham war kein Vikar mehr, er kein
Hauptmann. Sie würden nicht hierbleiben können. Den
Westen würden sie hinter sich lassen müssen. Er dachte an
das Angebot der Prinzessin, doch er wollte dieses Land
nicht verlassen. Hier lebte sein Löwe. Hier lebte er.

»Vielleicht sollten wir Bauern werden?«, scherzte Betham
und Delnara zog eine Braue in die Höhe.

»Hier im Westen? Das würde nicht gutgehen. Und ich
kann mich nicht erinnern, dass es in Belevim noch freie Felder gibt«, spottete er. Dass Betham scheinbar intensiv über
diese Möglichkeit nachdachte, ließ Delnara lächeln. Erneut
ging er ihre Möglichkeiten durch. Eine Flucht ins Ungewisse
würde ihre einzig wählbare Option sein.

»Du hast mich dummes Schaf genannt«, wechselte Betham das Thema. Delnara sah ihn fragend an. Betham
blickte auf seinen Hals.

»Was?«, wollte Delnara wissen. Er verstand Bethams Frage nicht. Leicht beugte sich Betham zu ihm vor und strich mit den Fingerspitzen über seine Haut am Hals.

»Hier, meine Bissspur, der blaue Fleck«, erklärte Betham. »Du warst ganz schön wütend, als der Junge dich darauf angesprochen hat.« Nun verstand Delnara.

»Ja. Ein Schaf bist du. So auffällig hätte es nicht sein müssen. Eine dumme Idee!«, schimpfte Delnara verlegen und legte seine Hand über den Fleck.

»Zu auffällig?«, fragte Betham. Delnara nickte. »Gut.«

»Gut? Machst du dich über mich lustig?«, wollte Delnara lauernd wissen. Betham lächelte und verneinte, ehe er etwas aus seiner Hosentasche holte und es Delnara präsentierte. Dieser sah skeptisch auf die goldene Ohrmanschette.

»Was ist das?«, fragte Delnara. Er hatte in einer solchen Situation mit vielem gerechnet, jedoch nicht mit einem Schmuckstück, das ganz offensichtlich aus dem Land der Elfen stammte. Fragend blickte er auf.

»Dieses Schmuckstück ist sicher unauffälliger, als ein dunkler Fleck auf deiner hellen Haut. Ich erhielt es zum Abschied von der Prinzessin. Sie ... verstand meine Gefühle für dich.« Bethams Stimme wurde leiser. Delnara spürte, wie ihm die Gesichtszüge entglitten. Erneut sah er auf das Schmuckstück.

»Zudem finde ich, dass dies hier ein schöneres Zeichen als eine vernarbte Kerbe im Ohr ist. Oder ein Fleck erzeugt durch Leidenschaft«, drang Bethams Stimme an seine Ohren. Verlegen strich Delnara über die Kerbe an seinem Ohr und seufzte leise. Er warf einen erneuten Blick auf die Manschette. Schenkte der filigranen Arbeit seine Aufmerksamkeit. Unsicher wägte er seine Gedanken ab.

»Du bist wirklich albern und rührselig«, mahnte Delnara, doch spürte er, wie sehr ihn dieses geheime Versprechen ehrte. Er verdeckte seine Verlegenheit mit einem leicht mürrischen Ton. Ergeben seufzte er, hob sein Kinn und legte sein geschundenes Ohr frei. Noch immer war es ihm unangenehm, Betham diesen Makel zu zeigen und er schloss die Augen.

»Nur, weil es dich glücklich macht!«, erklärte er, als hätte er sich überreden müssen, dieses Geschenk anzunehmen und hörte das leise Lachen Bethams. Delnara lauschte auf Bethams Bewegungen im Heu und spürte sanfte Finger an seinem Ohr. Wie aus Reflex biss er die Zähne zusammen. Die Ohrmanschette wurde über die Kerbe gelegt, die unter dem filigranen Blattmuster untergehen und in einiger Zeit in Vergessenheit geraten würde. Augenblicklich fühlte er sich wohler. Diese Demütigung wurde überdeckt. Ein Kuss setzte sich wie ein Siegel auf die warme Haut seines Ohres. Delnara lächelte, als er in wissende braune Augen sah.

»Ihr Menschen«, flüsterte er sanft und küsste Betham kurz aber zärtlich. Er war dankbar und wollte es zeigen. Delnara wurde ernst. Nach einer Weile lächelte er überlegen.

»Ich habe eine Idee, was wir mit unserem Leben anfangen können«, verkündete er. Seine Stimme war fest und sein Körper straffte sich stolz. Betham sah ihn fragend an.

»Welche?«, wollte er wissen und musterte ihn neugierig.

»In der Nähe dieses Dorfes ist das Waisenhaus, in dem ich aufgewachsen bin«, erklärte er knapp und schien auf Bethams Verständnis zu hoffen.

»Du willst diesem Waisenhaus einen Besuch abstatten«, vermutete er und erhielt ein Nicken als Antwort.

Skeptisch glitt sein Blick über seine Kleidung, die eines Knechtes, und schüttelte den Kopf.

»Ich gehe mit dir. Doch du wirst in diesem Aufzug kaum die nötige Wirkung erzielen. Ich habe die Uniform eines Hauptmannes in meiner Tasche. Sie wird angemessener sein, wenn du diesem Menschen entgegentrittst«, erklärte Betham und ein ungewohnt dunkles Lächeln legte sich in seine Züge. Dieses Treffen würde er nicht verpassen wollen.

Sechzehn

Betham zog sich seine Kleidung über und erhob sich aus dem Stroh. Sie würden sich beeilen müssen, wenn sie vor Sonnenaufgang unbeobachtet das Dorf verlassen wollten.

»Ich bin gleich wieder hier«, versprach er knapp und ging zur Leiter, um in den unteren Teil der Scheune zu gelangen. Er spürte, wie Delnara ihm nachsah und schenkte ihm noch einen letzten Blick, ehe er aus dem Sichtfeld des Elfen verschwunden war. Mit ruhigen Schritten trat er aus dem Gebäude, sah sich prüfend um und holte die beiden Pferde.

»Ihr werdet gebraucht«, erklärte er leise, strich ihnen sanft über den Hals und warf die Ausrüstung über ihre Rücken. Betham führte die Pferde in die Scheune und schloss die Tür hinter ihnen. Er ließ sein Pferd los und suchte in der Satteltasche des Schimmels nach der Uniform und dem Umhang. Als er sie fand, stieg ein weiteres Mal eine wütende Stimmung in ihm auf. Noch immer konnte er nicht glauben, was man seinem Elfen und Enurah angetan hatte. Lautlos schwor er sich, diese Taten nie zu vergessen.

Mit dem Bündel trat er auf den Zwischenboden und reichte es still an Delnara weiter. Dieser strich vorsichtig über das braune Wams und die feinen Goldfäden.

»Meine Uniform«, murmelte er und begann sich die Kleidung überzustreifen.

Mit jedem Stück Stoff schien er sich wohler zu fühlen. Delnara war, als warteten seine Erinnerungen zwischen den Fäden des Gewebes. Das Hemd strich sanft über seine

Haut. Es war eindeutig in einem besseren Zustand als das Hemd eines Knechtes. Den Kragen ließ er bewusst unberührt. Etwas in ihm sagte, dass ihm diese Nachlässigkeit besser zu Gesicht stand. Mit einer schnellen Bewegung zog Delnara sich die Hose über die Beine und steckte sein Hemd hinein, ehe er die Bänder der Hose zuzog und verknotete. Er stieg in seine Stiefel. Noch immer passte ihm die Kleidung hervorragend. Ehrfürchtig zog er sein Wams über und strich es an seiner Brust glatt. Auch wenn es eine Illusion war, glaubte er, den Geruch des Kampfes an seiner Kleidung zu riechen. Mit dem Lederstreifen um seine Hüfte fühlte er sich schließlich fast komplett. Aus einem Reflex griff er an seine linke Seite.

»Hier!«, erklang Bethams Stimme und er sah auf. Ein Blick genügte ihm, um sein Schwert zu erkennen. Er nahm es und wog das Gewicht in seiner Hand. Tief in sich spürte Delnara, wie sehr er sein Schwert vermisst hatte und wie die Ruhe in seine Seele zurückkehrte. Er brauchte nun niemanden mehr fürchten. In seiner Hand hielt er alles, was er brauchte, um sich zu schützen. Delnara legte das Schwert um seine Hüfte und zog den Waffengürtel fest. Mit seiner Linken prüfte er den Sitz seines Schwertes. Ein siegessicheres Lächeln zierte seine Lippen und seine Augen funkelten kämpferisch.

»Warte«, sagte Betham und suchte in seinen Taschen nach einem dünnen Streifen Stoff. Delnaras Haare waren deutlich kürzer, dennoch würde er mit einem Zopf ein erhaberenes Bild abgeben. Betham reichte ihm den Streifen und er strich seine Haare straff nach hinten. Nur Augenblicke später nickte er zufrieden. Seine Haare hingen ihm nicht mehr wirr ins Gesicht.

»Lass uns gehen«, bestimmte er.

~ * ~

Betham folgte ihm schweigend. Freude begann sich in ihm auszubreiten. Er war stolz auf seinen Elfen. Er war beeindruckt von dessen Kampfeswillen. Langsam stieg er die Leiter herunter und besah sich seinen Elfen noch einmal genau. Heimlich musste er sich eingestehen, dass die Uniform Delnara sehr gut kleidete. Er trat an ihn heran, als dieser seinen Schimmel begrüßte und ihm kräftig über den Hals rieb. Die Freude über dieses Wiedersehen war auf beiden Seiten deutlich sichtbar.

»Wie bist du an meine Uniform gekommen?«, fragte Delnara beiläufig und machte sein Pferd bereit.

»Ich habe sie dem Bürgermeister der Stadt gestohlen«, erklärte Betham, während er auch seines sattelte.. Delnara blickte auf.

»Du hast mir wiedergebracht, was einst Mein war. Ich glaube nicht, dass du das mit einem Diebstahl vergleichen kannst.«

Er warf sich seinen Umhang über und führte sein Pferd aus der Scheune. Betham folgte ihm und stieg mit einem eleganten Schwung auf seinen Hengst. Noch einmal warf Delnara einen Blick auf das langsam erwachende Dorf. An diesem Flecken der Welt gab es nichts, das ihn noch hielt. Dennoch schwang eine Spur Wehmut in seinen Gedanken mit. Er war auf seltsame Weise dankbar für diese Zeit. Ohne sie hätte er sich wohl noch weiter belogen. Ohne sie hätte Betham ihn nicht gesucht und sie hätten sich wohl nie wirklich ausgesprochen. Er hätte nie erfahren, was er tatsächlich wollte.

Mit einem Lächeln schwang er sich auf seinen Schimmel und lenkte ihn auf den Weg zum Dorf hinaus. Der Ruf der Freiheit erklang in Form eines Hahnenschreis, als die ersten Sonnenstrahlen sanft über das Land glitten. Die Pferde liefen los und trugen ihre Reiter über die Grenzen des Dorfes. Mit bedächtigem Schritt folgten sie dem Pfad, der von reichlich behangenen Apfelbäumen gesäumt war. Betham zügelte sein Pferd und pflückte zwei der roten Früchte von einem tief hängenden Ast. Delnara stoppte ebenfalls und beobachtete das sich ihm bietende Schauspiel. Noch immer kam ihm diese Situation befremdlich vor. Vor zwei Tagen war dieser Mann in seinem Leben aufgetaucht und nun floh er mit ihm aus diesem Dorf. Etwas regte sich in seinem Inneren, als er überlegte, wie rührselig dieser Gedanke war. Leise schnalzte er mit der Zunge.

»Hier!«, wurde er aus dem Gedanken gerissen und sah auf. Er fing einen Apfel auf, als dieser auf ihn zuflog.

»Ich habe schon einmal gestohlen. Ich denke, ich kann uns auch ein Frühstück stehlen«, erklärte Betham, ehe er genüsslich in den saftigen Apfel biss. Seine Stimme trug einen amüsierten Unterton mit sich. Auch Delnara biss in den Apfel und genoss das süße Fruchtfleisch. Im Schritttempo ritten sie in das nächste Dorf. Sie hatten keine Eile. Delnara wollte sich die Zeit nehmen, um sein weiteres Handeln genau abzuwägen. Er wollte nichts tun, was er später bereuen könnte. Jedoch wollte er auch der Wut in seinem Inneren freien Lauf lassen. Sein Blick richtete sich auf den Rest des Apfels in seiner Hand.

»Vielleicht sollten wir die Kerne aufheben. Wenn wir Glück haben, erwächst daraus ein starker Baum.« Er blickte hinter sich. Betham nickte und steckte das Kerngehäuse des Apfels ein. Delnara ebenso. Er würde die Kerne herausholen, wenn sie etwas Zeit dafür hätten. Seine Gedanken kreisten lange um diese winzigen, dunklen Kerne.

Auf einem Hügel angekommen, stoppte Delnara sein Pferd und blickte in das Tal. Fest biss er die Zähne aufeinander. In seinem Augenwinkel erblickte er Betham, der sein Pferd ebenfalls zügelte.

»Wirst du mich aufhalten?«, fragte Delnara leise, doch war seine Stimme voller Dunkelheit.

Lange betrachtete Betham den Elfen. Dieser konnte seinen Blick nicht von der Stadt vor ihm nehmen. Er fixierte das Haus, das sein Ziel darstellte.

»Wirst du mich aufhalten?«, fragte Delnara drängender.

»Ich werde dich aufhalten, wenn es mir nötig erscheint«, erklärte er schließlich mit fester Stimme. »Ich werde dich nicht kalte Rache nehmen lassen, wenn es das ist, was du willst.« Kurz nickte Delnara und blickte erneut auf das Haus, das so viele Gefühle in ihm auslöste.

»Danke«, meinte er leise. Ohne ein weiteres Wort setzten sie ihren Weg langsam fort. Immer wieder beobachtete Betham, wie Delnaras Hand zu seinem Schwert glitt. Es schien ihm, als wolle der Elf sich versichern, dass seine Waffe noch an ihrem Platz war. Er wusste nicht, wie tief die Wunden in Delnaras Seele waren.

Sie kamen am Ufer des Flusses entlang. Frauen wuschen ihre Kleider und Delnara schlug seine Kapuze über den Kopf, zog sie tief in sein Gesicht. Er wollte nicht erkannt werden. Betham konnte sehen, wie die Spannung in dem Elfen stieg und er sich immer öfter in alle Richtungen umsah. Leicht presste er die Kiefer aufeinander. Für einen Moment überlegte er, ob es klug war, Delnara sein Schwert zu lassen. Er wusste von der Kraft, die dem kleinen Körper innewohnte. Nur ein einziges Mal hatte er sich von dem zierlichen Aussehen des Elfen täuschen lassen. Er erinnerte sich, wie beeindruckt er gewesen war, als einer der Mönche ihm Bericht erstattet hatte, dass die Truppe und ihr Hauptmann ohne Verluste zurückgekehrt waren. Diesen Fehler würde Betham kein zweites Mal begehen. Er würde das Temperament Delnaras nicht unterschätzen.

Sie hatten den Waldrand erreicht. Delnara zügelte sein Pferd, stieg ab und blickte auf die Siedlung. Die Stadtmauer schien zum Greifen nahe. Erinnerungen kamen in ihm hoch, wie verzweifelt er sich danach gesehnt hatte, diese Mauer hinter sich zu lassen und in die Freiheit zu fliehen.

Nun überkam ihn ein kaltes Gefühl. Er würde an diesen Ort zurückkehren, der ihn so viel Kraft gekostet hatte. Mit einem kurzen Blick versicherte Delnara sich, dass Betham noch an seiner Seite verweilte. Seine Muskeln zitterten. Ein Gefühl, dass er vor einem Kampf immer spürte. Er wusste, dass er nach außen hin ruhig und gelassen aussah.

Doch sein Innerstes stand in Flammen. Immer wieder gingen ihm verschiedenste Szenarien durch den Kopf. Er wusste nicht, wie er reagieren würde, wenn er das Haus betrat, konnte nicht vorhersehen, was er tun würde, wenn er diesem Mann gegenüberstand. Das Knirschen seiner Zähne holte ihn aus seinen Gedanken und er zog die Kapuze noch ein wenig tiefer ins Gesicht.

Ohne ein Wort zu verlieren setzte er einen Fuß vor den anderen und lauschte auf die Schritte seines Begleiters. Er spürte den Zwist in sich. Ein Teil in ihm lobte ihn, sich auf ein anderes Wesen als Marcellus einzulassen, doch der andere Teil schalt ihn einen schwachen Idioten. Schnell schüt- telte er diese Gedanken ab. Er konnte und wollte sich damit nicht auseinandersetzen. Zuerst musste er diesen Tag überstehen und sich mit Sonnenuntergang von diesem alten Leben und den dunklen Seiten seiner Kindheit verab- schieden. Zu lange hatte er sich von dieser Zeit einnehmen lassen. Nun wollte er diese Verbindung mit dem Westen kappen. Die Alpträume sollten ihn nie wieder heimsuchen können und das Gesicht des Mannes, das ihn noch heute verfolgte, sollte aus seinem Gedächtnis gestrichen werden.

Betham führte beide Pferde, hielt die Zügel fest in den Händen. Er sprach kein Wort, da er nicht glaubte, dass eines von ihnen bis zu Delnara durchdringen würde. Er musste ihn seinen Weg gehen lassen, bis sein eigenes Gewissen es nicht mehr ertragen konnte und er gezwungen war einzu- greifen. Er selbst war ein Mann, der keine Rache üben würde. Doch wusste er auch, dass sein Elf ein anderer war. Vielleicht brauchte er diese Rache, um seine Seele heilen lassen zu können. Er sah auf Delnara. Es erstaunte ihn, wie sicher und ruhig er durch die Straßen lief. Es war so viele Jahre her, dennoch schien sich der Weg zu dem Waisenhaus in seinem Gedächtnis eingebrannt zu haben.

Trotz Delnaras Tarnung fielen sie zwischen den Menschen auf. Einige Leute drehten sich um, da der Wind den braunen Umhang aufwehte und die Uniform eines Hauptmannes preisgab. Ein weiteres Mal war Betham von dem kleinen Elfen beeindruckt. Seine selbstsichere Art ließ seine geringe Körpergröße erneut verblassen. Die Leute der Stadt machten einen Bogen um ihn. Keiner von ihnen trat näher an ihn heran. Sie schienen diese kühle Mauer zu spüren. Die Gefahr, die von diesem erfahrenen Krieger ausging, umhüllte und schützte ihn. Auch Betham lief ein kalter Schauer über den Rücken. Er konnte Delnaras eisige Wut und die Süße der bevorstehenden Rache fast auf seiner Zunge schmecken. Alles in ihm zog sich zusammen. Er würde den Elfen wirklich genau im Auge behalten müssen, wenn er nicht wollte, dass dieser etwas Unüberlegtes tat. Betham schloss etwas dichter auf. Dennoch hielt er sich an diese unsichtbare Grenze, die Delnara umgab. Er würde nicht wagen in diesen Kreis zu treten.

Eine schneidende Stille beherrschte ihren Weg durch die Stadt. Delnara wurde weder schneller noch langsamer. Erst am Rand eines Feldes stoppte er. Lange stand er an seinem Platz und hörte, wie Betham die Pferde an einem Baum festband. Er spürte die Starre, die seinen Körper erfasste. Nie hatte er gedacht, dass er je wieder auf dieses Haus hinter dem Feld blicken würde. Dieses Haus mit dem dürftig geflickten Dach und dem heruntergekommenen Zaun.

Seine Zähne rieben aufeinander, als ihm die Friedlichkeit dieses Ortes bewusst wurde. Weiße, watteartige Wolken, die über den blauen Himmel glitten. Vögel, die ihre Bahnen zogen. Der Wind, der das Korn sich in weichen Wellen wiegen ließ. Trügerischer Frieden.

»Wir sind da«, erklärte Delnara. Seine Stimme war nicht
mehr als ein Flüstern. Sein Körper war zu starr für einen
lauteren Ton. Seine Muskeln begannen zu vibrieren und ein
kalter Schauer lief ihm schmerzhaft über den Rücken. Er
erinnerte sich gut an die ganzen Pläne, die er gefasst hatte.
Seine Vorstellungen waren geprägt von Präzision. Doch nun
stand er am Rand dieses Feldes und sein Kopf war leer.
Nicht einmal mehr Wut. Er stand nur starr und steif an
dieser Kante zwischen Stadt und Feld und wusste nicht
mehr, was er tun sollte. In all seinen Kämpfen war er nicht
so unbeweglich gewesen, wie er es jetzt war. Er hatte sich
über Jahre auf seine Erfahrung, seinen Körper und seine
Instinkte verlassen können.

Der Trotz in ihm nannte dieses aufsteigende Gefühl
Demütigung. Ein anderer Teil nannte es Angst. Er schnaubte und schloss seine Augen. Hatte er nicht immer wieder
behauptet, er wäre nicht mehr das schwache Kind von
früher? Doch stand er jetzt nicht genau wie ein solches hier
und traute sich nicht den ersten Schritt zwischen die Halme
des Weizens zu setzen?

»Der Weg von diesem Haus weg war wesentlich einfacher!«, sprach er seinen Gedanken aus und schluckte
hörbar. Der Kloß in seinem Hals wurde größer.

Seine Hand zuckte zum Schwert. Er war sicher. Er war
stark. Er war bewaffnet. In seinem Inneren rief er sich diese
Tatsachen immer wieder zu. Er war nicht hier, um zu verlieren. Erneut rieben seine Zähne aufeinander und die Wut
und der Wunsch nach Rache kamen zu ihm zurück. Er
würde diese Stadt nicht verlassen, solange er diesen Ab-
schluss nicht gefunden hatte.

Delnara setzte einen Schritt in das Feld und hielt inne.
Betham beobachtete ihn dabei. Er sprach ihn nicht an. Es
war nicht sein Weg. Doch würde er an Delnaras Seite
bleiben.

Quälend langsam folgte Delnaras zweiter Schritt. Betham erschien es, als ob er Angst hätte, dass die abbrechenden Halme ein zu lautes Geräusch von sich geben könnten. Er hörte das Brechen der Pflanzen jedenfalls nicht. Die Vögel zwitscherten zu laut und der Wind ließ die Ähren rauschen.

Betham verengte seine Augen zu Schlitzen. Das Gebäude lag in einer fast malerischen Umgebung. Das Feld vor ihm, der Wald hinter ihm. Einzig der marode, verwitterte Zaun gab dem Anblick etwas Falsches. Dies und das Fehlen von Kinderlachen. Betham erinnerte sich an seine Kindheit. Immer hatte es Geräusche gegeben. Nicht einmal die Winternächte mit dem dicksten Schneefall waren ruhig gewesen. Je mehr er darüber nachdachte und das sich ihm bietende Bild betrachtete, desto merkwürdiger erschien ihm dieses Gebäude. Sein erster Eindruck von diesem kleinen, friedlichen Haus am Waldrand wandelte sich. Eine Stimme in ihm wurde lauter, vorsichtig zu sein. Er begann die Anspannung Delnaras am eigenen Leib zu spüren. Seine Knie wurden steifer, seine Schritte langsamer.

»Das gefällt mir nicht«, meinte er.

»So war es immer«, kam es knapp von Delnara.

Delnara blieb in der Mitte des Feldes stehen und umgriff sein Schwert. Er wusste, er würde irgendwann auffallen. Ein Mann, der mitten im Feld stand, war kein gewöhnlicher Anblick. Durch seinen Kopf spukte die Vorstellung, wie er mit erhobenem Schwert in das Haus stürmte. Er schüttelte den Gedanken ab. Das war er nicht. Er würde die Kinder nicht erschrecken, die sich wahrscheinlich im Haus aufhielten.

Mit beiden Händen griff er bestimmt nach seiner Kapuze und legte sie ab. Es reichte ihm. Er würde sich nicht mehr verstecken. Er war, wer er war. Zur Not würde er sich mit seinem Schwert den Weg aus der Stadt freischlagen. Seine Gedanken wanderten zu seinem Bruder.

»Enurah hat sich nie verstecken wollen«, murmelte er und hob stolz sein Kinn. »Es gibt keinen Grund für mich damit weiterzumachen.« Ein kurzer Blick über die Schulter gab ihm die Bestätigung, die er brauchte.

Betham nickte ihm kurz zu, sein Blick war fest und entschlossen. Er war der gleichen Meinung. Delnara sollte sich nicht verstecken. Nie wieder.

»Ich bin genau hinter dir«, flüsterte er. Dieser Moment war entscheidend. Betham spürte diese Endgültigkeit. Hier würden sie den Weg bereiten, den sie für den Rest ihres Lebens gehen würden. Sein Blick glitt über den gestrafften Rücken seines Elfen. Nie hatte er mehr Stolz für ein anderes Wesen empfunden. Er war stolz auf Delnara. Er würde es ab jetzt immer sein, ganz gleich, was in diesen vier Wänden geschehen würde. Es war Delnaras Weg und er würde ihm zur Seite stehen. Dieser Weg, den der Elf ab diesem Tag beschreiten würde, wäre auch sein Weg. Das hatte er sich geschworen. Betham beobachtete, wie Delnara seinen Waffengürtel nachzog. Das Schwert bewegte sich nur minimal, doch er wusste, wie wichtig diese Bewegung, diese Tätigkeit für Delnara war. Er richtete seine Aufmerksamkeit auf einen eventuellen Kampf. Es gab ihm Sicherheit. Es gab ihm Schutz. Er war bereit.

Mit kräftigen und langen Schritten bahnte Delnara sich seinen Weg durch das Korn. Erst der Zaun hielt ihn zurück.

»Es ist noch da«, meinte er leise und heftete seinen Blick auf das Loch im Zaun. Erneute Wut kochte in ihm hoch. Bilder flammten vor seinen Augen auf. Bilder der Gleichgültigkeit. Er schüttelte den Kopf. Bilder des Hasses. Gewalt. Er schüttelte den Kopf. Seine Zähne mahlten wie Mühlsteine aufeinander. Sein Kopf ruckte hoch und sein Blick verfinsterte sich. Wegen Menschen wie diesem Mann war sein Bruder gestorben. Da war sie. Die Kraft, die er brauchte, um die letzten Meter zu durchschreiten. Die Kraft, die aus Wut und Verzweiflung gespeist wurde.

Mit einer geschmeidigen Bewegung sprang er über den Zaun und umgriff sein Schwert. Er hielt sich etwas geduckt und lief an die Hauswand. Eisige Schauer rannen durch seinen Körper. Seine Konzentration war auf dem Höhepunkt und seine Muskeln für jede Bewegung bereit. Er hörte Betham in seinem Rücken und die Kälte wurde erträglicher. Er schritt um eine Ecke des Gebäudes herum und richtete sich zu seiner vollen Größe auf. Bedächtig trat er auf die kleine Treppe vor dem Haus und umgriff die Klinke der Tür. Nun war der Moment gekommen.

Noch immer war sein Kopf wie leergefegt. Noch immer hatte er keine Vorstellung davon, was er tun würde, wenn er diese Schwelle übertrat. Doch die Angst war verschwunden. Einzig der Wunsch nach einem Ende trieb ihn voran. Er drückte die Klinke tief nach unten und schob die Tür auf. Ihr knarrendes Geräusch war ihm noch immer vertraut. Es hatte sich in sein Gedächtnis gebrannt. Eine Vielzahl von verwirrten Augen blickte auf ihn. Delnara zog sich der Magen zusammen.

Die Kinder saßen in diesem Raum und taten nichts. Sie sahen ihn nur stumm an. Ein kleines Mädchen presste sich an ein Älteres. Sie hatten Angst. Allesamt. Die Stille machte diesen Anblick für ihn fast unerträglich. Seine Hand legte sich auf sein Schwert und sein Blick wurde finster.

»Wo ist er?«, fragte er tonlos. Dennoch schwang Kälte und unterdrückte Wut in den drei kleinen Worten mit. Zitternd hob ein Löwenjunge seinen Arm und deutete auf eine Tür. Wortlos setzte er sich in Bewegung. Bei dem kleinen Löwen blieb er stehen. Sein Blick war auf die Tür gerichtet. Seine Kiefer spannten sich an, ehe sie weicher wurden. Mit einem sanften Blick sah er auf den Jungen herab und strich ihm über den Kopf.

»Das ist Betham. Er wird auf euch aufpassen«, flüsterte er und hob seinen Kopf. Noch in der Bewegung wurde sein freundlicher Ausdruck aus seinem Gesicht gewischt. Seine Schritte trugen ihn vor die Tür, er griff nach der Klinke und öffnete sie.

»Ihr sollt doch ...«, erklang die Stimme des Mannes, den Delnara gesucht hatte. Er unterbrach sich, als er ihn erblickte. In seinen Augen konnte Delnara die Überraschung aufblitzen sehen, ehe er scheinbar gelassen tiefer in seinen Sessel zurücksank, der von Kerzen umringt war.

»Lange habe ich darauf gewartet!«, sagte Delnara und zog sein Schwert. Sein Kinn hob sich stolz. Das war es, was er wollte. Diesen Mann vor sich haben und die Oberhand in dieser Situation nicht abgeben.

»Delnara!«, erklang die Stimme des Heimleiters unterkühlt. Er erhob sich und schritt bedächtig um den Sessel.

»Was willst du mit dem Schwert? Du willst doch vor den Kindern kein Blutbad anrichten.« Seine Stimme schnitt kalt in den Kopf des Elfen. Er spürte, wie seine Haut zu vibrieren begann. Die Erinnerungen drängten sich ihm auf und Furcht kroch in seine Knochen. Der Mann lächelte überlegen und leckte betont langsam über den Daumen, löschte eine Kerze. Die Helligkeit im Raum nahm spürbar ab. Wie hypnotisiert starrte Delnara auf den Mann, folgte seinen Bewegungen.

»Du bist wohl gekommen, um sie zu retten? Ganz allein?«, fragte er spöttisch und löschte eine zweite Kerze.

Delnara spürte, wie seine Finger anfingen, steif zu werden. Noch war sein Blick ruhig und kalt, doch mehr Dunkelheit würde er kaum ertragen.

»Ich bin immer hinter dir«, hörte er ein Flüstern hinter seinem Rücken. Er konnte Betham nicht sehen, doch er spürte, wie die Angst von ihm abfiel.

»Ich habe keine Angst vor der Dunkelheit. Und ich bin nicht allein!« Entschlossen reckte er sein Kinn vor, blickte den Mann finster an.

»Das werden wir sehen!« Der Mann lachte und löschte noch zwei weitere Kerzen. Nur eine einzelne, fast abgebrannte Kerze flackerte hilflos. Delnara konnte den Mann nur noch schemenhaft erkennen.

»Wir wissen doch beide, dass du den Kindern keinen blutigen Anblick liefern wirst«, drang es bedrohlich flüsternd an Delnaras Ohr, ehe auch die letzte Kerze ihren Dienst versagte. Dunkelheit umfing ihn und er hörte Schritte. Mit einem gezielten Schlag seines Schwertknaufes reagierte er. Er spürte den Widerstand und hörte den dumpfen Aufprall.

Betham trat in den Raum. In seiner Hand hielt er eine Kerze, entzündete damit ein paar der vorhandenen Kerzen. Nun konnte Delnara den Heimleiter sehen. Er saß auf dem Boden und hielt sich die blutende Nase. Die Spitze seines Schwertes glitt bestimmt unter das Kinn des Mannes.

»Delnara! Töte ihn nicht!«, rief Betham. Delnara veränderte seine Haltung nicht, bereit zuzustoßen mit seinem Schwert. Der Mann blickte geschockt zu ihm auf. Dicke, rote Rinnsale liefen zwischen seinen Fingern hindurch. Er war sich sicher, dass er ihm mit diesem Schlag die Nase gebrochen hatte. Ein seltsamer Geschmack legte sich pelzig auf seine Zunge. Er wollte seine Rache. Er hatte sich immer wieder geschworen diesem Menschen mit Freuden den Garaus zu machen. Doch nun saß dieser panisch vor ihm und starrte ihn aus weit aufgerissenen Augen an. Delnaras Blick war kalt. Er spürte kein Mitleid. Er wollte keine Gnade für diesen Mann.

»Lass ihn mit dieser Schande leben!«, drang Bethams Stimme an sein Ohr. Er spürte eine warme Hand auf seiner Schulter. Die andere legte sich auf Delnaras schwertführende Hand und schob sie gen Boden.

»Du hast ihn besiegt und gedemütigt«, erklang Bethams Stimme erneut. Delnara wägte die Entscheidungen ab. Sein Blick wurde ruhiger und er wandte sich von dem Mann ab. Schließlich schob er sein Schwert in die Scheide.

»Ihr werdet gehen. Dreht Euch nicht um und kommt nie wieder«, bestimmte er.

»Du elender ...!«, fluchte der Mann und sprang wütend auf. Ein einziger Blick Delnaras über seine Schulter reichte, um ihn zum Stehen zu zwingen.

»Lauft!«, drohte er eiskalt. »Lauft und dreht Euch nicht um. Lauft bis Eure Füße bluten und Ihr vor Erschöpfung sterben wollt. Lauft um Euer Leben und tretet mir nie wieder unter die Augen!«

Eisige Schauer liefen Betham über den Rücken. Delnara hatte seine Hand noch immer an seinem Schwert liegen. Doch bedrohlicher als diese Geste war seine Stimme. Noch nie hatte er diese Kälte an dem Elfen wahrgenommen. Langsam glaubte er, erst jetzt fassen zu können, wie viel Leid Delnara hier erlebt haben musste. Es herrschte Stille in den Räumen, bis der Heimleiter gepackt hatte und loslief. So schnell ihn seine Füße tragen konnten, rannte er durch das Getreide und verschwand im Wald. Ein tiefes Seufzen erregte Bethams Aufmerksamkeit.

»Es ist vorbei!«, erklang Delnaras Stimme ruhig, aber auch erschöpft. Auch sein Blick war müde. Delnara lehnte sich mit dem Rücken an die Wand. Er war frei. Frei wie diese Kinder es nun waren.

»Wir nehmen sie mit«, bestimmte Delnara, doch schwang in seiner Stimme etwas Fragendes mit.

Betham nickte nur knapp. Er würde seinem Elfen jetzt nicht widersprechen. Er würde in diesem Moment alles tun, was Delnara zu seiner inneren Ruhe verhalf. Dem Instinkt zu folgen, diese Kinder zu beschützen, brachte Delnara Ruhe. Davon war Betham überzeugt. Sein Elf hatte immer wieder bewiesen, wie wichtig ihm das Wohlergehen aller Wesen um ihn herum war.

»Ich hole die Pferde«, bemerkte Betham nur kurz und verließ das Gebäude. Er schritt durch das Feld und hing seinen Gedanken nach. Er musste zugeben, dass er neidisch auf Delnaras Stärke war. Dieser hatte in seinem Leben viel Leid erfahren und war nicht verbittert. Er löste die Pferde von dem Baum, an den er sie gebunden hatte und führte sie zum Haus.

Sie hatten keine Eile. Die Sonne neigte sich zum Horizont. Betham erlaubte sich diesen Moment zu genießen. Die Farben des abendlichen Himmels spielten vergnügt miteinander. Blau, Violett und sattes Rot verschmolzen und wurden dunkler. In dieser Nacht würden sie hier bleiben. Ein übereilter Aufbruch wäre nachlässig.

»Bei Morgengrauen werden wir aufbrechen«, erklärte er, als er über die Schwelle des Hauses trat. Er stutzte. Delnara saß mitten im Raum. Seine Beine im Schneidersitz verschränkt, sein Schwert auf dem Schoß. Die Kinder saßen im Halbkreis um ihn herum und schienen an seinen Lippen zu hängen, als er sprach. Seine Gesichtszüge waren entspannt und er lächelte. Betham verschränkte die Arme vor der Brust und lehnte sich mit einer Schulter an den Türrahmen. Delnara flüsterte geheimnisvoll. Er verstand nicht alles, doch er konnte aus den Fetzen, die er aufschnappte, heraushören, dass er von Belevim erzählte. Ein wohlwollendes Lächeln zog sich über Bethams Lippen. Die Augen der Kinder glänzten, als erzählte ihnen Delnara von einem Zauberland.

Später beschloss Delnara, dass es Zeit war, sich weiterer Dämonen seiner Vergangenheit zu stellen. Er erhob sich langsam, den Blick starr auf das Ende des Flures gerichtet.

»Komm mit!«, bat er tonlos und lief langsam auf die Tür zu. Er registrierte den Kerzenschein hinter sich. Ein schweres Schlucken quälte sich durch seine Kehle, als er die Klinke in die Hand nahm. Seine Finger begannen erneut zu zittern. Die Tür öffnete sich unter einem Knarzen und Delnara stellten sich die Nackenhaare auf.

Angst und Kälte schlugen ihm mit einem leicht modrigen Geruch entgegen. Mit steifen Knien trat er auf die erste Stufe, die in den Keller führte.

»Warte!«, hielt Betham ihn auf und reichte ihm eine Kerze. Zusammen schritten sie die alte Treppe hinunter. Delnara atmete tief. Seine Lunge schien sich verkrampfen zu wollen. So oft war er diesen Weg dem Mann hinterher gestolpert. Noch immer spürte er die kalte unbarmherzige Hand in seinem Nacken, die ihn in sein Unheil zerrte. Die Erinnerungen flammten in seinem Kopf auf und er zuckte zurück. Seine Augen waren weit. Sein Atem flach.

»Du bist nicht allein. Du bist kein Kind mehr!«, tropfte eine Stimme in seinen Kopf. Die Tropfen fielen schwer in sein Bewusstsein. Es dauerte, bis er ihren Inhalt verstehen konnte. Betham hatte recht. Tief atmete er ein und richtete sich auf. Es drohte ihm keine Gefahr mehr. Der Mann an seiner Seite würde ihn nicht verraten. Er würde nicht zulassen, dass Delnara ein weiteres Mal in einem Keller eingesperrt wurde.

Seine Füße setzten sich in Bewegung. Bei jedem Schritt fürchtete Delnara, seine Knie würden nachgeben und er auf dem Boden aufschlagen. Doch er hielt sich aufrecht. Es kostete ihn viel Kraft, doch er überbrückte den Weg zu dieser einen bestimmten Tür in diesem Keller. Er war sich darüber im Klaren, dass die vier Türen gleich aussahen, doch diese eine Tür erschien ihm dunkler als die anderen. Seine Finger zitterten, als er nach der Klinke griff. Er zuckte vor dem Metall zurück, als hätte ihn ein Schlag getroffen. Alles in ihm zog sich schmerzhaft zusammen.

Er hatte Angst vor diesem Raum. Es war eine drohende, schwere Angst, die sich in seinen Gliedern ausbreitete und das Zittern seiner Finger verstärkte. Ein dickes Band legte sich um seinen Brustkorb und machte ihm das Atmen schwer. Erst die ruhige Hand auf seinem Arm löste seine verkrampften Muskeln langsam. Er hielt seinen Blick auf die warme Hand gerichtet, die ihm Ruhe gab und die Angst

vertrieb. Nichts und niemand war hier unten, der ihm schaden würde. Er hatte sich von diesem Schicksal losgesagt.

Mit neuem Mut griff er nach der Klinke und atmete tief
durch. Atmete gegen das feste Band an. Langsam drückte er
die Klinke nieder und zog die Tür auf. Zischend sog er die
Luft tief in seine Lungen. Diese absolute Dunkelheit griff
ihn mit aller Macht an.

Das Schluchzen eines Kindes drang erst sehr spät an
seine Ohren. Und brauchte noch länger, um in seinen
Verstand zu sickern.

Er schüttelte die panischen Gedanken an Flucht und Zu-
sammenbruch ab. Seine Sinne schärften sich. Delnara hielt
die Kerze in den Raum und schluckte hart. Vor ihm kauerte
ein kleiner Elfenjunge in einem weißen Nachthemd. Der
Junge blickte ängstlich auf und rutschte panisch wimmernd
vor den beiden Fremden weg. Erst die Wand in seinem
Rücken gab ihm Halt. Delnaras Kopf zuckte zurück. Für
einen Augenblick sah er sich in dem Jungen. Er sah sein
eigenes Leid. Seine Angst. Seine Kindheit.

»Nie wieder wird dir etwas passieren. Die Zeit des Ver-
steckens ist vorbei!«, brachte er mit trockener Kehle hervor.
Der Schmerz in seiner Brust durchzog seinen ganzen
Körper. Er reichte Betham seine Kerze und trat auf den
Jungen zu, der sich fester gegen die Wand presste. Vor dem
Kind ging Delnara auf ein Knie. Er war dem Kind ganz
nahe und schenkte ihm einen warmen Blick.

»Nie wieder wird man uns einsperren«, versprach er. Der
Kleine musterte ihn misstrauisch. Tränen quollen aus den
Augen, die gerade noch vor Schreck geweitet waren. Gleichzeitig warf sich der Junge in Delnaras Arme. Er hielt ihn
fest, zog ihn an seine Brust und legte seine freie Hand über
den kleinen Kopf. Er versteckte den Jungen in seiner
Umarmung, wusste, dass es genau das war, was der Junge
brauchte. Ein sicheres Versteck, bis er sich beruhigt hatte.

Einst war es Marcellus gewesen, der ihn so gehalten hatte. Nun wollte er derjenige sein, der Schutz bot. Minuten

rannen vorbei. Kein Wort durchschnitt den Raum. Es war nicht nötig. Der Hauptmann verstand auch so. Er spürte, wie seine Beine anfingen zu kribbeln, doch er wagte nicht, sich auch nur ein Stück zu bewegen. Er würde ausharren, bis der Kleine ein Zeichen gab.

Sein Kopf hob sich, als fahles Licht den kleinen Raum erhellte. Vorsichtig blickte Delnara sich um. Er wollte diesem Raum seinen Schrecken nehmen. Er wollte wissen, wie groß er war. Immer mehr Licht erhellte den Raum und vertrieb die Dunkelheit. Der kleine Elf wurde ruhiger und blinzelte zwischen Delnaras Armen hindurch. Seine kleinen Hände waren noch immer krampfhaft in seiner Uniform vergraben. Ein Blick über die Schulter überraschte Delnara. Betham stand im Türrahmen und hielt eine Kerze. Hinter ihm traten die Kinder in den Raum. Jedes von ihnen hielt eine eigene Kerze und das Leid dieses Raumes wurde verbannt.

»Sieh nur. Wir sind nicht allein«, flüsterte er dem zitternden Bündel in seinen Armen zu. Betham kam zu den beiden Elfen und hockte sich neben Delnara. Der kleine Elf vergrub sich ängstlich, doch der Hauptmann lächelte. Ein dankender Blick wanderte zu dem Menschen an seiner Seite und das Lächeln wurde weicher, als er die Hand auf seiner Schulter spürte.

»Lass uns hochgehen. Ihr seht beide müde aus.« Bethams Stimme glich einer warmen Decke, die sich über die geschundenen Seelen legte.

»Ich danke dir. Für alles«, raunte Delnara nur. Sein Blick sank auf den Jungen in seinen Armen. Er würde nie wieder zulassen, dass so etwas noch einmal geschah. Langsam erhob er sich und nahm den Jungen auf die Arme. Es war ein Reflex. Der Hauptmann wusste nicht, wie lange das Kind schon hier war und wollte nicht riskieren, dass es sich bei einem Sturz verletzte. Er trat aus dem Raum und atmete durch, als Betham die Tür schloss und sie die Treppe hinaufstiegen.

~ * ~

Die Sonne hatte sich bereits von diesem Tag verabschiedet und dem Mond Platz gemacht. Es hatte seine Zeit gedauert, doch nun deckte Delnara das letzte Kind zu. Sie alle waren von diesem Tag erschöpft und sofort eingeschlafen. Er war sich sicher, dass diese Nacht zu kurz sein würde, um das Ausmaß des Umbruches in den kleinen Köpfen zu realisieren. Leise schloss Delnara die Tür zum Schlafraum und trat in die Küche. Betham saß am Tisch und blätterte in den Unterlagen des ehemaligen Heimleiters.

»Sie sind ein knappes Dutzend. Wir sollten sie mit etwas Glück morgen weit genug in den Osten bringen können, um dort zu nächtigen«, erklärte Delnara, ehe er sich am Tisch niederließ. Er schnaubte und legte den Kopf in den Nacken. Sein Kopf schmerzte. Dieser Tag war zu aufreibend gewesen. Er lauschte, wie Betham sich erhob und verfolgte seine Schritte. Eine Hand legte sich auf seine Augen und er lehnte den schweren Kopf an Bethams Bauch.

»Ich werde morgen in die Stadt reiten und einen Wagen organisieren. Dann sind wir schneller und die Kinder können nach diesem anstrengenden Tag zur Ruhe kommen«, erklärte Betham. Delnara sank tiefer in sich zusammen, brummte nur zustimmend. In diesem Moment war ihm alles recht.

»Auch du solltest dich etwas hinlegen und ausruhen«, mahnte Betham.

»Ich kann nicht. Egal welchen Ort ich mir vorstelle. Ich habe nicht das Gefühl in diesem Haus Schlaf zu finden.« Delnara seufzte.

»Dann schlaf hier!«, meinte Betham und begann, mit seiner freien Hand über Delnaras Kopf zu streichen. Er löste das Band in den Haaren und kämmte mit den Fingern durch die seidigen Haare.

»Lass dich fallen. Ich bin noch da, wenn du wach wirst«, versprach er im Flüsterton und spürte, wie Delnara immer tiefer in die weiten Arme des Schlafes glitt. Vorsichtig legte er den Elfen auf die Bank und setzte sich zu ihm. Delnaras Kopf platzierte er auf seinem Schoß. Er zog die Unterlagen über den Tisch heran und studierte sie weiter.

Das Tapsen von kleinen Füßen ließ ihn aufblicken. Im Türrahmen stand der kleine Elfenjunge, der nervös den Stoff seines Hemdes knetete.

»Ich ... ich kann nicht schlafen«, murmelte er und versteckte sich etwas hinter der Türzarge. Betham lächelte weich.

»Möchtest du etwas hier bleiben?«, fragte er ruhig und mit viel Wärme in der Stimme. Der Junge nickte verlegen und Betham klopfte auf seine freie Seite. Er beobachtete, wie das Kind zögerlich zu ihm kam und sich zu ihm setzte. Das Kind blickte überrascht auf den schlafenden Elfen und dann zu ihm.

»Er konnte auch nicht schlafen«, scherzte Betham und strich eine verirrte Strähne aus Delnaras Augen.

»Die anderen Kinder sagen, er wäre auch von hier«, sagte der kleine Elf und zuckte zusammen, als Betham seine Unterlagen von sich schob. Er war bemüht keine schnellen Bewegungen zu machen, dennoch spürte er die Angst des Kindes.

»Er hat hier gelebt«, bestätigte Betham.

»Ist er beim Militär?«, fragte der Junge nun.

»Er ist Hauptmann«, bestätigte Betham. »Das erkennt man an den Stickereien auf seiner Uniform«, erklärte er weiter und strich über die Goldfäden an Delnaras Kragen.

»Kann ich auch Hauptmann werden?«, fragte das Kind aufgeregt mit zitternder Stimme. Betham konnte sich ein sanftes Lachen nicht verkneifen. Die kindliche Freude in den blauen Augen ging ihm ans Herz. Er setzte seine Hand sanft auf den Schopf des Kindes, das erst zurückzucken wollte. Es hielt jedoch stand und blickte zu Betham auf.

»Du kannst alles werden, was du dir vornimmst. Lass dir von Niemandem etwas anderes einreden. Je höher du deine

Ziele steckst, desto mehr kannst du erreichen. Der Herr zeigt uns nicht immer den Weg, doch wir alle sind seine Kinder. Er liebt uns alle gleichermaßen und auch wir sollten jeden lieben, wie er ist«, gab er leise von sich und das Kind begann zu strahlen. Sein Blick wanderte erneut auf den Schlafenden, ehe sein Blick trüber wurde.

»Darf ich hier schlafen?«, fragte der kleine Elf leise und zog seinen Kopf zwischen die Schultern. Betham sah auf seine Beine und nickte. Für einen weiteren schlafenden Kopf hätte er schon noch Platz. Er zog seine Jacke aus und wartete, bis der Kleine es sich bequem gemacht hatte. Sanft deckte er das Kind mit der Jacke zu.

»Schlaf gut. Morgen beginnt ein neues Leben. Dafür solltest du dich ausruhen«, flüsterte er und strich dem Kind durch die Haare. Sein Blick wanderte zwischen dem Kind und Delnara hin und her. Er fand viele Ähnlichkeiten zwischen den beiden Elfen und konnte sich des Gedankens nicht erwehren, dass sein Elf als Kind ähnlich ausgesehen haben könnte.

Ein Lächeln stahl sich auf seine Lippen, als er den synchronen Atem der beiden Schlafenden vernahm. Er zog sich die Papiere wieder heran und blätterte weiter in den Aufzeichnungen. An Schlaf war für ihn in dieser Nacht nicht zu denken. Er wollte sich einen Überblick über die Bestände des Hauses machen. Erneut huschte sein Blick auf seinen Schoß. Er hatte den beiden Elfen ein stummes Versprechen gegeben, in dieser Nacht über sie zu wachen. Dies wollte er unter allen Umständen einhalten.

Siebzehn

Die Sonne ging auf. Delnara trat über die Schwelle des Waisenhauses und atmete die kühle Morgenluft tief ein. Er verschränkte die Arme vor der Brust und blickte in den Himmel. Sein Atem stieg in kleinen Nebelwolken auf und verschwand in der Weite des jungen Morgens. Es musste eine sternenklare Nacht gewesen sein. Noch waren ein paar wenige Gestirne am Himmel zu erkennen. Dieser Anblick schenkte ihm ein zartes Lächeln.

Er erinnerte sich an eine Zeit in diesem Haus, in der er mit Marcellus nachts heimlich auf das Dach geklettert war, um die Sterne zu bewundern. Es waren stille Nächte, in denen keiner der Jungen ein Wort sagte. Sie beide hielten sich an der Freiheit fest, die diese leuchtenden Punkte am Firmament versprachen. Der warme, sommerliche Wind hatte über ihre Haut gestrichen und ihnen ferne Geschichten ins Ohr gesäuselt.

Delnara schloss die Augen und zog die Schultern hoch. Auch wenn er es sich die letzten Jahre nicht hatte eingestehen wollen, waren nicht alle Zeiten in diesem Haus schlecht gewesen. Er hatte hier Freunde und Brüder im Herzen gewonnen, war mutiger geworden, war seinem sehnsuchtsvollen Herzen gefolgt und von diesem Ort geflüchtet. Dieses Mal jedoch, so versprach er sich, würde er nicht fliehen. Er würde erhobenen Hauptes dieses Haus verlassen und nur noch ein letztes Mal zurück sehen. Eine warme Hand legte sich auf seinen Rücken und er musste seine Augen nicht öffnen, um diese Hand zu erkennen. In so vielen Nächten hatte dieser Mann ihn gehalten und gewärmt. Er kannte diesen einladenden Geruch, der ihm nun in die Nase stieg. Er hörte, wie der Mann um ihn herumging. Seine Schultern lockerten sich und er öffnete seine Augen. Sein Blick fiel auf das warme Braun, das ihm so viel Ruhe schenkte.

»Die erste kühle Nacht«, erklärte Delnara leise, atmete tief ein und senkte seine Lider erneut. »Es riecht bereits nach Herbst.« Er reckte seine Nase in die Luft. Eine Mischung aus dem kühlen Morgen, dem beginnenden Herbst und Bethams Geruch. Eine Mischung, die sein Herz schneller schlagen und seinen Körper ruhiger werden ließ.

Wann hatte er angefangen, so auf diesen Mann zu reagieren? Er hatte den Moment nicht bemerkt, in dem aus diesem ersten verlangenden Prickeln unter seiner Haut ein tiefes Gefühl der Zuneigung geworden war.

»Ich werde eine Stunde weg sein«, begann Betham und sah Delnara prüfend an. Sein Elf öffnete ein Auge, als er aus seinen Gedanken zurückgefunden hatte. Er blickte auf und nickte. Ein spielerisches Lächeln legte sich auf seine Lippen.

»Schwöre mir, dass du zu mir zurückkommst«, flüsterte er und benutzte damit die gleichen Worte, wie bei ihrer letzten Verabschiedung. Schon damals hatten sie etwas Besonderes an sich. Betham lachte leise auf. Er griff ihm in den Nacken und überbrückte den Abstand zwischen ihnen. Sanft legte er seine Lippen auf Delnara. Es war ein Versprechen.

Betham löste sich und wandte sich zum Gehen. Wenn sein Elf in der Stimmung war eine solche Sanftheit zuzulassen, war er sich sicher, ihn allein in diesem Haus zurücklassen zu können. Diese unbestimmte und drohende Spannung schien von Delnara abgefallen zu sein. Ein Umstand, der Betham eine gewisse Ruhe gab. Schnell stieg er auf sein Pferd. Er wollte keine Zeit verlieren. Im Galopp ritt er auf die Stadt zu. Innig hoffte er, dass der ehemalige Heimleiter sich nicht an die Männer und Frauen der Stadt gewandt hatte. In einen Streit mit den Stadtbewohnern wollte er nicht geraten.

Delnara schloss die Tür hinter sich und sah sich in dem Raum vor ihm um. Die noch herrschende Ruhe würde bald von neugierigen und aufgeregten Kinderstimmen unterbrochen werden. Er schloss die Augen und lauschte in die Stille. Ein bekanntes Gefühl stieg in ihm auf. Fast war er der Meinung, das Fell seines Löwen riechen und die Stimme seines kleinen Bruders hören zu können. So oft hatten sie mit Enurah zusammen in einer versteckten Ecke des Raumes gesessen und sich gegenseitig Schutz geboten.

Er lächelte. Bald schon würde er wieder einen Fuß auf den Boden Belevims setzen. Schon bald würde er Marcellus und Aenlin wiedersehen und bald würde er seinen Bruder um Vergebung bitten können. Es wurde Zeit, mit dem Westen und mit diesem Haus abzuschließen.

Er öffnete seine Augen und begann die Vorräte des Waisenhauses in Taschen und Säcke zu packen. Sie hier zu lassen wäre reinste Verschwendung. Sie würden Nahrung und Decken auf ihrem Weg benötigen.

»Delnara?«, erklang eine schüchterne Stimme. Er unterbrach seine Tätigkeit und sah hinter sich. Er erblickte den kleinen Elfen und lächelte warm. Langsam ging er in die Hocke und schenkte dem kleinen Wesen vor sich seine ganze Aufmerksamkeit.

»Betham ist weg«, murmelte der Kleine und knetete nervös seine Finger. Delnaras Lächeln wurde weicher. Dieser kleine Junge erinnerte ihn sehr an sich selbst. Auch er war einst so schüchtern und unsicher gewesen. Erst als Marcellus in sein Leben getreten war, wurde er mutiger und selbstbewusster. Für einen Moment überlegte er, ob Betham diese Rolle für den kleinen Elfen übernehmen konnte. Die Rolle des Beschützers, des großen Bruders, des Freundes.

»Er kommt wieder. Dann verlassen wir dieses Haus und gehen an einen wunderschönen Ort«, versprach er und legte dem Kind seine Hand auf den Kopf.

»Niemand wird dir je wieder Leid antun. Solange ich bei dir bin, wird dir nichts Böses mehr widerfahren.« Bedächtig erhob er sich und beendete seine Arbeit. Sobald Betham mit einem Wagen hier angekommen war, würden sie aufbrechen. Er wollte nicht mehr Zeit als nötig verlieren. Er wollte diesem Ort den Rücken kehren und sich seiner Heimat zuwenden.

Sein Blick wanderte aus einem der schmutzigen Fenster. Dunkle Umrisse am Waldrand weckten sein Interesse. Mit einem Ärmel seines Hemdes wischte er eine der kleinen Scheiben sauber und blickte erneut in diese Richtung.

Rehe traten aus dem Wald hervor und begannen am Rand des Feldes das saftige Gras zu fressen. Immer wieder sahen die Ricken auf und die Kitze blieben eng bei ihren Müttern. Dieses Bild hatte etwas Friedliches. Es strahlte eine faszinierende Ruhe auf ihn aus. Die Mütter blickten sich immer wieder um. Sie würden ihre Kinder mit ihrem Leben beschützen.

Delnara rieb leise seine Zähne aufeinander. Ihm war bewusst, dass es bei dem Rotwild am Waldrand Instinkt war, die Nachkommen zu beschützen. Doch sollte dieser Instinkt nicht bei allen Wesen vorhanden sein? Ein schwerer, kalter Stein begann sich in seinem Magen zu bilden und zog seine Laune mit sich hinab.

Das erste Mal seit seiner Kindheit fragte der Elf sich, warum er in einem Waisenhaus aufgewachsen war. Seine Eltern konnten nach seiner Geburt nicht gestorben sein. Der Beweis dafür war Enurah. Doch warum hatte man ihn hier ausgesetzt? Warum hatte man einen Säugling auf die Schwelle eines Waisenhauses gelegt und Jahre später am selben Tag seinen Bruder?

Delnara schloss die Augen und senkte den Kopf. Wut stieg in ihm auf. Wut auf seine Eltern. Wut darüber, dass es ihn noch immer so tief berührte. Mit einer Hand strich er sich über den Nacken. Er wusste, dass diese Gedanken zu keiner Antwort führten. Er wusste, dass er den Grund wohl nie erfahren würde. Dennoch schmerzte es zu wissen, dass er möglicherweise ein ungewolltes Kind war.

Er legte den Kopf in den Nacken und atmete geräuschvoll durch. Er musste mit solchen Gedanken aufhören. Sie führten ihn zu keinem Ziel und schmerzten unnötig. Wichtig war doch nur, dass er am Leben war. Wichtig war, dass er Brüder hatte, die ihn ebenfalls als Bruder sahen. Wichtig war, dass er eine Person neben sich hatte, die ihn aufrichtig liebte.

»Betham«, flüsterte er. Sein Blick wanderte wieder zur Gruppe des Rotwilds. Noch immer fraßen sie genüsslich. Schnaubend wandte er sich ab. Warum sollte er alten Zeiten nachtrauern? Er hatte eine Familie. Er brauchte niemanden, der mit ihm im Blute verwandt war, wenn dessen Zuneigung geheuchelt war. Er brauchte, nein, er wollte keine Heuchler in seiner Nähe. Er war erwachsen. Er konnte mit Ablehnung und Missgunst umgehen. Besser, als mit ehrlich gemeinter Zuneigung. Dies musste er sich ein weiteres Mal eingestehen.

Die Rehe schreckten zusammen und flüchteten in den Wald. Betham zog den Wagen mit seinem Pferd zum Rand des Feldes. Ins Feld selbst würde er nicht fahren können. Der Feldweg war zu weich und sie würden die Räder nicht wieder frei bekommen. Mit einer flüssigen Bewegung stieg er aus dem Sattel und klopfte seinem Hengst den Hals. Er ließ sein Pferd mit dem Wagen zurück und schritt über das Feld zum Waisenhaus.

Als er eintrat, standen etliche Säcke und Taschen neben der Tür. Delnara half den Kleinsten sich in wärmende Mäntel zu hüllen. Der Raum war erfüllt von einer neugierigen Aufbruchsstimmung.

»Wir können sofort los«, erklärte Delnara und erhob sich. Sein Blick war entschlossen. Er würde keine weitere Verzögerung dulden. Betham nickte nur und machte den Weg für die Kinder frei. Unsicher gingen die Ersten an ihm vorbei und blickten auf das Feld. Die Furcht schien die Neugier zu überlagern.

»Der Wagen am Rande des Feldes ist unser erstes Ziel«, erklärte Betham und legte seine Hand ermutigend auf den Rücken eines Kindes.

»Habt keine Angst. Der Weg führt euch in ein neues Leben.« Betham spürte, wie Leben in das Kind vor ihm kam und es vorsichtig in das Feld trat. Andere Kinder begannen ihm zu folgen. Die größeren Kinder nahmen je eine Tasche mit Vorräten mit sich. Zuletzt trat Delnara mit den beiden Kleinsten auf den Armen neben Betham und hielt seinen Blick auf das Dutzend auf dem Feld. Betham nahm die letzte Tasche, die mit Decken gefüllt war, und trat den Weg zum Wagen an. In seinem Rücken spürte er den Elfen. Noch einmal blickten sie sich um und ließen den Anblick des verlassenen Hauses auf sich wirken. Zusammen nahmen sie Abschied von diesem Ort.

Delnara folgte Betham weiter zum Wagen. Er setzte die beiden letzten Kinder auf die überspannte Fläche und zählte die Kinder durch.

»Versucht euch noch etwas auszuruhen«, meinte er lächelnd und trat zu Betham nach vorn. Dieser hatte sich auf den Wagen gesetzt und griff nach den Zügeln seines Pferdes.

»Ich hole meinen Hengst und schließe zu dir auf«, erklärte Delnara und klopfte an den Rahmen des Wagens, der sich augenblicklich in Bewegung setzte. Ein allerletzter Blick fiel auf das nun leerstehende Haus und ein Seufzen entfuhr Delnara. Dieses Leben war vorbei. Endgültig. Er war endlich ganz und gar frei. Langsam wandte er sich ab, trat an seinen Schimmel heran und band ihn vom Baum. Er stieg auf.

»Lass uns nach Hause reiten«, flüsterte er dem Tier zu und der Hengst warf seinen Kopf hoch, sodass die Mähne aufwallte. Delnara folgte dem Wagen in schnellem Schritt und schloss zu ihm auf. Er ritt neben Betham und blickte zu den Kindern hinein. Sie hatten sich ihre Plätze gesucht und hielten sich Schutz suchend aneinander fest.

»Sie haben noch immer Angst«, sagte Betham leise.

»Wen wundert es. Wir reißen sie gerade aus dem einzigen Zuhause heraus, das sie kennen. Sie wissen nicht, dass wir ihnen die Wahrheit sagen. Sie sind nichts anderes als dieses Haus, dieses Leben gewöhnt.«

»Ging es dir damals genauso?« Delnara nickte.

»Ich hatte Marcellus und Enurah an meiner Seite. Doch keiner von uns wusste, wie es uns in Belevim ergehen würde. Wir hatten von der Hauptstadt nur gehört, sie nie gesehen. Als wir geflohen sind, wussten wir noch nicht einmal genau, wo Belevim liegt«, erklärte er. Ein amüsiertes Schnauben kam über seine Lippen.

»Wir sind einfach aufgebrochen. Marcellus hatte ein Pferd gestohlen und ist mit uns immer Richtung Sonnenaufgang geritten. Marcellus hatte entschieden zur kirchlichen Garde zu gehen und wir sind einfach mit ihm mitgegangen. Jedes Leben war für uns damals besser, als das, was wir hatten. Wir konnten nichts verlieren.«

Lange sah Betham seinen Elfen an. Delnara war nach dem Ende seiner Erzählung verstummt und blieb in sich gekehrt. So oft hatte er ihn mit diesem Ausdruck in den Augen gesehen, welcher der Welt entrückt zu sein schien. Er entschied, Delnara nicht zu stören. Zu oft hatte er die Verunsicherung in den blauen Augen gesehen, wenn Delnara aus seinen tiefen Gedanken gerissen wurde. Sein Elf sollte von sich aus in diese Welt zurückfinden.

Ein Blick in den Wagen ließ ihn lächeln. Die Gemeinschaft der Kinder war groß. Sie alle saßen eng zusammen und nahmen einander die Furcht vor dem Unbekannten. Die größeren Kinder flüsterten hin und wieder beruhigende Worte. Ihr Weg würde noch weit sein und ein guter Zusammenhalt war wichtig.

Die Sonne stand tief, als Delnara seinen Schimmel zum Stehen brachte. Sein Blick glitt über die Schulter. Die Stadt, die den Beginn ihrer Reise bezeichnete, war nur noch schemenhaft hinter dem Wald zu erkennen. Seine Augen verengten sich, während er überlegte. Gern hätte er mehr Abstand zwischen sich und diesen Ort gebracht.

»Mir wäre es lieber, wie könnten diese Nacht durch-reiten«, sagte er zu Betham und sah in den Wagen. Einige Kinder schliefen bereits. Betham hielt den Wagen an. Er sah zwischen den Kindern und dem Wald hin und her und begutachtete den Weg vor ihnen. »Wir werden in der Nacht langsamer«, sagte er. »Das ist nicht meine Sorge«, erklärte Delnara knapp und griff an sein Schwert.

»Ich begrüße den Schutz der Nacht in unserem Fall.« Betham sah hinter sich in den Wald. Jeden Meter, den sie mehr Distanz zwischen sich und der Stadt brachten, bedeutete auch einen zeitlichen Vorsprung vor eventuellen Verfolgern. Er war froh, einen Kaltblüter vor den Wagen gespannt zu haben. Dieses starke Tier würde die Nacht gut durchhalten. Er schnalzte mit der Zunge und trieb seinen Hengst voran.

Die Stunden zogen sich in der dunklen Nacht endlos hin. Einmal hielten sie kurz Rast, um etwas zu essen. Irgendwann stieg Betham zu den Kindern in den Wagen und vertrieb ihnen die Langeweile. Delnara hatte seinen Schimmel an den Wagen gebunden und führte den dunklen Hengst am Halfter. Er achtete konzentriert auf den Weg, doch gleichzeitig lauschte er Bethams Erzählungen mit einer solch großen Aufmerksamkeit, wie es die Kinder taten.

»Mein Vater erweckte mein Interesse an den Sternen. Ich hatte als Kind große Angst vor der Dunkelheit. Er nahm mich fast jede Nacht mit in den Garten des Klosters und begann mir alles über diese funkelnden Lichter zu erklären. Er lehrte mich die Sternbilder und ihre Bedeutungen. So verlor ich nach einiger Zeit meine Angst und mein Vater hatte später größere Schwierigkeiten mich ins Haus hinein zu bekommen, da ich die ganze Nacht über auf der Bank sitzen und in den Himmel sehen wollte«, erzählte er und blickte aus dem Wagen in den Himmel.

»Der Herr schenkt uns jede Nacht diesen Anblick. Vielleicht, um uns zu zeigen, dass wir alle Teil von etwas Größerem sind. Vielleicht auch, um uns zu sagen, dass wir nie allein sind. All die guten, reinen Seelen leben in diesen Sternen weiter. Sie erhellen uns den Himmel und wachen über unseren Schlaf.« Seine Stimme wurde ruhiger, leiser. Die Kinder glitten nach und nach in einen erholsamen Schlummer.

Bethams Blick fiel auf Delnaras Rücken. Er war dankbar. Dankbar dafür, dass Delnara noch lebte. Dankbar dafür, dass sein Elf in diesem Moment bei ihm war und er ihn ansehen konnte. Er registrierte die Aufmerksamkeit des Elfen. Delnaras Blick ruhte sicher auf dem Weg vor ihnen. Mit einer Hand hielt er die Zügel. Die andere lag auf dem Griff des Schwertes. Bethams Blicke strichen über die geraden Schultern und den schlanken Rücken des Elfen.

Einmal mehr musste er sich eingestehen, dass er diesen Mann als außerordentlich schön empfand. Seine stolze Art, sein Kampfgeist, sein schützender Pessimismus, die unsicheren Augen, wenn er Zärtlichkeiten erfuhr, seine liebevollen Blicke, wenn sie allein waren. All diese Kleinigkeiten ließen sein Herz schneller schlagen. Ein Lächeln zog sich über seine Lippen. Vielleicht war er doch rührseliger, als er dachte.

~ * ~

Delnara unterdrückte ein Gähnen, als er den Wagen aus einem kleinen Wäldchen heraus dirigierte. Er blinzelte gegen die aufsteigende Sonne, wandte sich dann um. Die Kinder und Betham schliefen noch ruhig. An einem Fluss hielt er das Pferd an und stieg vom Wagen. Er löste den Hengst vom Gespann und führte beide Tiere zum Fluss. Diese senkten ihre Köpfe und tranken gierig das kalte Wasser. Er kniete sich neben den Schimmel und ließ seine Finger durch die Kälte gleiten. Aufgrund der Strömung fing das Wasser zwischen seinen Fingern leise an zu rauschen. Delnara schloss die Augen. Er war müde und das seichte Plätschern ließ ihn nur noch schläfriger werden. Eilig formte er seine Hände zu einer kleinen Schale und warf sich das kalte Nass ins Gesicht. Er wusch auch den Nacken. Die Kälte tat ihm gut. Er wurde etwas wacher, aufmerksamer.

»Du hast uns weit gebracht«, erklang Bethams Stimme an seinem Ohr und rang ihm ein winziges Lächeln ab.

»Die Kinder essen etwas. Du solltest auch etwas zu dir nehmen und dich dann ausruhen. Heute Nacht werden wir deine wachsamen Augen benötigen«, erklärte Betham weiter und hockte sich neben ihn. Delnara sah zu ihm auf. Vermutlich war ihm die Erschöpfung deutlich anzusehen, denn Betham legte die Hand auf seine Schulter und lächelte weich.

»Ich werde uns näher an unser Zuhause bringen«, versprach er und nahm den Schimmel mit sich. Der braune Hengst sollte sich etwas ausruhen. Betham spannte den Weißen vor den Wagen und ließ ihn noch etwas grasen. Er stieg auf den Wagen und ließ sich Brot reichen. Delnara stieg ebenfalls auf, nahm sich einen Apfel und setzte sich mit dem Rücken zu Betham. Er biss ein paar Mal ins Obst, bis er am Kerngehäuse angekommen war. Lächelnd lehnte er seinen Kopf in den Nacken, um Betham von der Seite anblicken zu können.

»Wir werden wohl wirklich einen Apfelbaum pflanzen müssen. Ich habe noch die letzten Kerne«, scherzte er und erntete einen amüsierten Blick.

»Dann musst du mir beweisen, dass du ein Gespür für Pflanzen hast, denn bei mir gedeiht nichts Grünes«, gab Betham zu verstehen.

»Nicht einmal mit Unterstützung von oben?«, stichelte Delnara und zeigte in den Himmel.

»Ich glaube, in diesem einen Punkt hat er mich auf-gegeben«, sagte Betham und lachte. »Das wird deine Aufgabe sein, den Baum zum Wachsen zu bewegen. Ich kann nur dafür beten, dass es dir gelingt.« Delnara zog eine Braue Richtung Haaransatz.

»Wie gut, wenn man einen Sündenbock hat, nicht wahr?«, scherzte er mit kühlem Unterton. Ein wissendes Lächeln Bethams zeigte ihm, dass der Mensch es verstanden hatte. Müde rutschte Delnara etwas tiefer. Er lehnte seinen Kopf auf die Sitzfläche des Wagens und verschränkte die Arme vor der Brust.

»Gib mir einen traumlosen Schlaf«, bat er flüsternd und schloss die Augen.

Mit wachen Blicken führte Betham das Pferd und den Wagen um die größten Unebenheiten auf ihrem Weg. Ein blonder Schopf erschien in seinem Blickfeld und der kleine Elfenjunge kletterte neben ihn. Mit neugierigen Augen sah er nach vorn.

»Ist es das?«, fragte er leise und deutete in die Ferne. Die wohlbekannten Umrisse Belevims waren nach einigen Tagen endlich zu erkennen.

»Ja. Das ist es. Unsere Heimat. Euer neues Zuhause«, bestätigte er mit einem sehnsüchtigen Unterton. Er musste sich eingestehen, dass er Belevim vermisst hatte. Die Geräusche, die vielen verschiedenen Wesen und die Feste. Er schmunzelte. Die schöne Kirche hatte ihm gefehlt, die empörten Mönche und seine Leibwache. Marcellus war ihm ein guter Freund geworden. Auch ihn hatte er vermisst. Vorsichtig blickte er auf den schlafenden Elfen. Sein Gesicht war ganz entspannt. Er schien traumlos zu sein. Betham beschloss, ihn noch etwas schlafen zu lassen. Er sollte sich erholen und neue Kraft sammeln.

»Ich denke, wir sind morgen gegen Mittag dort«, erklärte er dem Kind und sah die aufsteigende Freude. Zu gern hätte der Mann diese kindliche Freude auch bei seinem Elfen einmal erlebt. Er wusste, dass dieses neugierige Kind noch irgendwo in dem Hauptmann zu finden war. Er würde sich die Zeit nehmen, um es zu suchen und zu locken. Vielleicht halfen ihm die Kinder dabei. Mit einem Lächeln auf den Lippen und seiner Heimat vor Augen erschien ihm der kommende Weg nicht mehr so weit.

Als die Nacht hereinbrach, schlugen sie ihr kleines Lager auf einem Hügel auf. Delnara war erwacht und versorgte die Kinder mit Essen, Trinken und Aufmerksamkeit. Langsam wurden die Kinder zutraulicher. Einige von ihnen fanden auch ihr Lächeln in den ganzen übermächtigen Gefühlen wieder. Delnara stieg vom Wagen, als er das letzte Kind sorgsam zugedeckt hatte und es wie die anderen in den Schlaf sank. Er setzte sich ins Gras mit Ausblick ins Tal.

»Sie ist wunderschön«, flüsterte er, als er Bethams Schritte vernahm. Betham ließ sich neben ihm nieder, blickte ebenfalls auf die Lichter der Stadt.

»Ich hätte nicht vermutet, dass ich Belevim so sehr vermissen würde«, erklärte er und stützte sich mit seinen Armen nach hinten ab.

»Ich habe sogar begonnen, die vielen Feste zu vermissen. Als ich in Belevim lebte, mochte ich sie nicht, war nur ein einziges Mal auf einem Fest. Doch nun freue ich mich sogar auf die ausgelassene Stimmung auf den Straßen, das Gedränge und das fröhliche Lachen der Besucher«, sagte Delnara und zog ein Bein an den Körper, um den Arm auf das Knie zu betten. Sein Rücken war gekrümmt. Mit der

Hand strich er über sein Kinn. Das leise Geräusch, das dabei entstand, klang nur in Delnaras Ohren und ließ in ihm die Sehnsucht nach Spiegel, Seife und einer Rasierklinge aufkommen. Er sehnte sich nach seinem Zuhause.

»Wir haben jetzt die Verantwortung für ein knappes Dutzend Kinder. Sie müssen unsere Kultur erleben. Sicher werden wir in den nächsten Jahren viele Feste besuchen«, erklärte Betham und beugte sich vor, um ihm von der Seite ins Gesicht sehen zu können. Delnara drehte den Kopf und blickte den Menschen neben sich forschend an.

»Du planst bereits die nächsten Jahre?«, fragte er flüsternd. Betham nickte. Ein verlegendes Lächeln zog sich über Delnaras Lippen und er versteckte es in seinem Ärmel. Seine Augen suchten sein Zuhause. Bethams Überlegung schmeichelte ihm. War es möglich, dass er mit diesem Mann bis an das Ende seines Leben zusammen sein konnte? Durfte er zur Ruhe finden? Durfte er sich in dieser wohligen Wärme fallen lassen? Ein kurzer Blick wanderte verstohlen zu Betham. Dieser Mann strahlte Wärme aus, die er begehrte. Er gab ihm auf eine seltsame Weise absolute Ruhe. Früher hatte ihn dieses Gefühl geängstigt, doch nun war er froh, einen solchen Ruhepol für sein Temperament gefunden zu haben.

Noch immer strömten einzelne Erinnerungen zu ihm zurück. An sanfte Gesten. Dieser Mensch war nie grob zu ihm gewesen. Er hatte ihm nie Leid angetan, hatte ihn immer mit Respekt und Vorsicht behandelt. Delnara schnaufte leise. Er war wirklich verliebt. Vielleicht sogar bis über beide Ohren.

Etwas in ihm schalt ihn einen Narren, dass er diese Erkenntnis nicht eher zugelassen hatte. Es amüsierte ihn, dass erst eine lange Trennung, ein Gedächtnisverlust und ein heftiger Streit nötig waren, um etwas zu erkennen, das sein Löwe schon nach Wochen bemerkt hatte. Marcellus und Enurah hatten dieses Band zwischen ihm und dem Vikar gesehen. Nur er selbst hatte es nicht wahrhaben wollen.

Eine sanfte Hand riss ihn aus den Gedanken. Sein Gesicht wurde zur Seite gezogen und raue Lippen legten sich auf seine. Er hatte die Augen schon bei der ersten Berührung geschlossen. Er vertraute dem Menschen an seiner Seite und wurde mit Wärme und einem Prickeln in seinen Lippen beschenkt. Seine eigene Hand wanderte in den Nacken Bethams, zog ihn näher an sich. Er würde sich nicht mehr gegen diese Zärtlichkeiten wehren. Zu sehr genoss er dieses Gefühl. Nur am Rande konnte er feststellen, wie leicht ihre Bewegungen ineinander über-flossen. Sein Herz schlug schneller, als er Bethams Atem schmecken konnte. Vorsichtig löste er sich von den begehrten Lippen und blickte in sehnsüchtiges Braun. Er vermutete, dass in seinen eigenen Augen nichts anderes stand als diese Sehnsucht. Er wollte bei diesem Mann sein. Jetzt, hier und bis zu seinem letzten Atemzug. Verlegen tastete er nach der goldenen Manschette an seinem Ohr und lehnte seine Stirn an die seines Gegenübers. Er wollte seine Verlegenheit für einen Moment verstecken. Dieses Stück Metall war ihm mehr wert, als alles, was man ihm hätte schenken können. Es war ein Versprechen verwahrt in ein-em Gegenstand.

Sie gehörten zusammen. Betham hatte ihn markiert. Lächelnd ließ er seine Hand von dem goldenen Stück in die braunen Haare wandern. Er strich über den warmen Nacken.

»Du bist furchtbar rührselig. Hoffentlich werde ich im Alter nicht auch so«, gab er leise von sich. Er erntete ein leises Lachen. Sein Mensch hatte ihn erneut verstanden. Wie beruhigend Delnara diesen Gedanken fand. Er konnte sich noch so sehr hinter seiner kühlen Mauer verstecken. Betham würde ihn wohl immer finden. Es war ein vertrautes Gefühl. Sein Löwe konnte ihn auch zu jeder Zeit durchschauen. Erneut küsste ihn Betham sanft. Nur kurz, doch es reichte, um ihn in das Hier und Jetzt zurückzuholen.

»Denk nicht so viel nach. Es wird sich alles fügen«, wisperte Betham an seine Lippen. Delnara zog seinen Kopf ein Stück zurück und sah den Mann skeptisch an.

»Hat dich dieser Gedanke vor deinen Zweifeln geschützt? Der Gedanke, dass sich alles fügen wird?«, fragte er misstrauisch. Das wissende Lächeln Bethams war ihm bereits Antwort genug.

»Ich bin mir sicher, dass wir zusammengeführt wurden. Ich habe gebetet, dass ich nicht allzu lange auf die Fügung warten muss. Und nun liegen wir einander in den Armen«, gab er zu verstehen. Delnara löste sich langsam und erhob sich. Dieses Bekenntnis ging ihm zu nahe. Er streckte seinen Rücken und legte seine Hand auf das Schwert.

Sein Blick war auf die Stadt vor ihnen gerichtet. Morgen würden sie zu Hause sein. Morgen würde ein neues Leben beginnen. Morgen könnte er sich über das Schicksal und seine eigene Bestimmung Gedanken machen.

»Wir sollten uns zur Ruhe legen«, beendete er seine eigenen Grübeleien. Er wartete, bis Betham sich erhoben hatte und gemeinsam gingen sie zum Wagen, um sich für ein paar Stunden zu erholen. Morgen würde einen aufreibender Tag für sie werden.

»Ich liebe dich«, hauchte Betham Delnara ins Ohr, ehe er sich zudeckte und seine Augen schloss.

»Ich weiß«, war die ebenso leise Antwort. Noch ein wenig beobachtete Delnara Bethams tiefer werdenden Schlaf, ehe er sich neben den Mann legte und seine Schulter an die des Menschen lehnte. Er nahm die Wärme des anderen Körpers tief in sich auf und sank in einen erholsamen Schlaf. In Bethams Nähe würde er keine Alpträume haben. Dessen war er sich sicher.

~ * ~

Langsam öffnete Delnara seine Augen. Das gleichmäßige Schaukeln des Wagens erschwerte das Erwachen erheblich. Zu gern hätte er seine Augen einfach wieder geschlossen. Der Traum dieser Nacht hing ihm nach. In diesem hatte Betham ihn die ganze Nacht gehalten. Sie hatten sich gegenseitig gewärmt und Zärtlichkeiten ausgetauscht. Die Wärme des Traumes steckte noch immer in seinen Knochen und machte ihn faul. Nur mühsam konnte er sich aus den Armen dieses Traumes reißen und sich aufrichten.

»Doch ein Alptraum«, murmelte er spöttisch. Er sah sich prüfend um. Die Kinder schliefen noch. Die Sonne hatte den Horizont gerade mit ihren ersten Strahlen wachgeküsst. Er erhob sich und stieg zu Betham auf die Bank. Müde rieb er sich mit beiden Händen durch das Gesicht und strich seine Haare nach hinten. Still band er den Zopf neu und blickte anschließend wacher zu dem Geistlichen.

»Vielleicht solltest du den Braunen nehmen und vorreiten. Ich glaube nicht, dass es gut wäre, wenn wir ohne ein echtes Ziel nach Belevim kommen«, überlegte er. Betham nickte.

»Ich habe eine Ahnung, wo wir unterkommen können, doch vielleicht hast du recht. Ich sollte zumindest fragen, bevor wir in diesem Haus einfallen«, scherzte er und brachte den Schimmel zum Stehen.

»Ich werde euch am Haupttor empfangen«, versprach Betham und stieg vom Wagen. Delnara nickte und beobachtete, wie er den Hengst vom Wagen löste und aufstieg. Ein letztes Mal tauschten sie vertraute Blicke aus, ehe Betham dem Tier seine Fersen in die Flanken stieß und im Galopp auf die Stadt zuritt. Unwirsch seufzte Delnara.

»Alles wird sich fügen«, murmelte er und schnaubte spöttisch. »Wehe dir, Betham, es wirkt nicht!«, drohte er leise und setzte sich mit dem Wagen erneut in Bewegung. Die Stunden flossen davon, wie Wasser, das durch Finger rann. Die Kinder wurden fröhlicher und die Aufregung auf die neue Heimat stieg. Delnara sprach den Kleinen immer wieder Mut zu, versuchte sich damit auch selbst zu stärken. Seine eigene Nervosität stieg, je näher sie dem Haupttor kamen.

Sie durchschritten das Tor und Delnara sog die Luft tief ein. Er wusste, dass es keinen Unterschied machte, doch er wollte als erstes einen tiefen Atemzug von seiner Heimat nehmen. Er roch die verschiedenen Düfte seiner Stadt und ein angenehmes Gefühl breitete sich aus.

»Willkommen Zuhause!«, erklang die vertraute Stimme, die dieses Gefühl nach Heimat in ihm abrundete.

»Ja. Zuhause!«, echote er und blickte auf. Er wusste, dass er jetzt schwach und verletzlich aussehen mochte, doch für diesen einen Augenblick würde er es zulassen. Dieses eine Mal würde er sich nicht vor Betham hinter seiner Kälte und seinem Temperament verstecken.

»Lasst mich euch unser neues Heim zeigen!«, sagte Betham und lächelte ihn an. Zusammen beschritten sie den Weg zu einem friedlich wirkenden Haus mit zwei Etagen. Der Zaun um das Gebäude deutete auf einen Garten hin.

»Muri hat es mir überlassen. Sie meinte, sie wäre sowieso nie hier«, flüsterte Betham.

»Deine Liebe aus Kindertagen tut viel für dich!«, bemerkte er und erhielt ein amüsiertes Lachen.

»Eifersüchtig?« Delnara schnalzte drohend mit der Zunge. Ohne ein weiteres Wort betrat er das Haus und sah sich um. Er lief den langen Gang entlang und blickte in die Zimmer, die zu beiden Seiten abgingen. Er erkannte unterschiedlich große Schlafräume. Eine große Küche mit einem Esstisch. Ein kleines Bad mit einem Bottich. Sein Weg endete in einem großzügigen Raum mit vielen Fenstern und einem guten Blick in den Garten.

Mit einigen Schritten war Delnara an der Tür und trat hinaus auf das Gras. Alles schien gut gepflegt zu sein. Sein Blick wanderte über die Fassade des Hauses. Der großzügige Raum war offensichtlich ein Anbau. In der oberen Etage würde somit viel weniger Platz sein.

»Was sagst du?«, wollte Betham wissen. Er trat ebenfalls in den Garten und trug die beiden Jüngsten auf den Armen. Die anderen Kinder begannen den Garten zu untersuchen. Delnara beobachtete sie und sein Gesicht wurde weicher.

»Sie haben sich schon entschieden«, meinte er und nahm eines der kleinen Kinder auf den Arm. »Es wird euch hier gut gehen!«, versprach er und setzte den kleinen Jungen auf das Gras.

Tapsig lief dieser zu seinen Freunden und begann mit ihnen zu spielen. Delnara spürte den Blick in seinem Rücken und drehte sich um.

»Geh schon«, meinte Betham leise. »Ich weiß doch, dass du sie beide sehen willst. Nun geh schon. Ich werde mich mit den Kindern einrichten.« Delnara biss die Zähne zusammen. Sollte er die Kinder, die er gerade aus ihrem Leben gerissen hatte, gleich wieder für Stunden allein lassen?

»Nun geh endlich!«, forderte Betham ihn auf. Delnara drehte sich und verließ die kleine Gruppe.

Sein Weg führte ihn durch die Gassen und Wege seiner Heimat. Je näher er seinem Ziel kam, desto schneller wurde er. Schließlich rannte er durch die Straßen und hielt erst vor der Tür seiner ehemaligen Heimstätte. Sein Herz schlug hart gegen die Brust und er musste sich erst beruhigen, bevor er an der Tür klopfen konnte. Angespannt schloss er die Augen. Wie würde sein Löwe wohl auf ihn reagieren? Hunderte Möglichkeiten gingen ihm durch den Kopf. Er hörte die schweren Schritte und schluckte trocken. Die Tür wurde geöffnet und Delnara sah in stechendes Gelb.

»Del«, huschte das überraschte Flüstern durch die Luft und Delnara nickte nur. Er biss sich leicht auf die Lippe, ehe er die zwei Schritte überbrückte und seinen Löwen umarmte. Fest presste er sich an den Hünen und spürte, wie sich dessen Starre löste. Schnell schlangen sich kräftige

Arme um seinen Körper und große Pranken lagen schützend auf ihm.

»Ich habe mir solche Sorgen gemacht, du Idiot!«, fluchte Marcellus und zog ihn fester an sich.

»Bitte! Marcellus!«, japste Delnara und rang nach Luft. Der Löwe ließ ihm mehr Platz zum Atmen, hielt ihn dennoch eng umschlungen und vergrub sein Gesicht in dem blonden Schopf.

~ * ~

Tief zog er den Duft des Elfen ein. Er hatte diesen stetigen Geruch um sich herum vermisst. Er hatte so viel aus diesem Duft lesen können.

»Ihr seid zusammen hier«, begann er leise und spürte, wie Delnara zuckte. Es amüsierte den Löwen, dass sein kleiner Bruder seine gute Nase immer wieder vergaß.

»Ich freue mich. Jetzt sind alle wieder zu Hause«, murmelte er und ließ den Elfen aus seinem schützenden Griff. Er blickte auf ihn hinunter. Delnaras Gesicht war erfüllt von Trauer und Schuld. Er rieb seine Zähne aufeinander. Ein kalter Stein bildete sich in Marcellus Magen und ließ ihn erschaudern.

»Ich muss ihn sehen«, erklärte Delnara leise.

»Ich bringe dich hin«, versprach er und schritt an dem Elfen vorbei aus dem Haus.

Zusammen traten sie den schweren Weg an. Delnaras Blick war auf die Kirche gerichtet. Dahinter befand sich der Friedhof. Immer fester spannte sich sein Kiefer an. Er fürchtete sich vor dem Augenblick. Er wusste, was er auf dem Stein lesen würde, doch schon jetzt zogen ihm die Worte die Brust zusammen.

Seine Schritte wurden langsamer, als er den Friedhof betrat. Die Trauer stieg immer weiter in ihm auf. Er erinnerte sich an Enurahs letzte Blicke, seine letzten Worte, das warme Blut zwischen seinen Fingern. Er erinnerte sich an das vor Schmerzen verzogene Gesicht und an die tödliche Entspannung bei seinem letzten Atemzug.

Eine warme Pranke legte sich auf seinen Rücken. Delnara brauchte keine tröstenden Worte. Sie würden ihm nicht helfen. Doch diese Wärme und das Gewicht der Pranke hielten ihn davon ab in seiner Trauer zu ertrinken. Das Schlucken wurde ihm immer schwerer. Mit tauben Beinen ließ er sich zu dem Ziel führen. Sein ganzer Körper zitterte. Er las die Zeilen auf dem schlichten Stein und sackte auf die Knie. Seine Schultern hingen tief und sein Blick war auf die Hände in seinem Schoß gerichtet. Seine Augen brannten. Noch nie hatte er einen solchen Schmerz in seinem Herzen gespürt. Sein Atem ging stoßweise, doch er verbat sich seinem Leid Luft zu machen. Ein weiteres Mal hielt Marcellus Pranke ihn davon ab, sich zu verlieren.

»Du warst bei ihm. Er war nicht allein«, flüsterte Marcellus und Delnara nickte.

»Dann war das Letzte, was er sah, sein Bruder, der ihn begleitete. Ich könnte mir kaum einen besseren Weg vorstellen«, murmelte der Hüne. Delnaras Blick hing an dem kalten Stein vor sich.

Sein Löwe hatte recht. Enurah hatte als letztes seinen Bruder gesehen. Sie waren nicht im Streit auseinandergegangen und hatten ihre Nähe bis zuletzt spüren können. Dieser Gedanke gefiel ihm und er nickte. Vorsichtig beugte er sich vor und strich über den Stein.

»Warte auf mich«, flüsterte er und setzte sich zurück auf seine Füße. Der hoffnungsvolle Satz von Betham ging ihm durch den Kopf.

»Alles wird sich fügen«, formten seine Lippen tonlos. Noch einige Zeit verbrachten sie schweigend vor dem Grab, ehe Delnara die notwendige Kraft in seinen Beinen fand, um sich zu erheben. Er wusste, dass sein Löwe ihm folgen würde, sodass er seinen Weg still beschritt. Er folgte den Straßen zu Marcellus Haus. Dort berichtete er zumindest in groben Zügen, was ihm widerfahren war und Marcellus erzählte ihm den Tratsch der Stadt.

»Ich muss zu den Kindern«, unterbrach Delnara irgendwann seine Erzählung. Marcellus nickte und schlang einen Arm um ihn.

»Du hast einen Partner für dich gefunden und hast auf einen Schlag viele Kinder.« Marcellus lachte und rieb ihm über den Kopf. »Pass bloß auf, dass du nicht in der Küche versauerst!«, stichelte er und entließ das sich windende Bündel aus seinem Griff. Delnara schnaufte ungehalten. Sein Temperament begann zu kochen. Er wollte sich nicht auf ein solches Spiel einlassen, doch es half zu gut gegen die noch übermächtige Trauer.

»Gib Ruhe!«, zischte er den Löwen an, der nur in lautes Gelächter ausbrach. Delnara verabschiedete sich von Marcellus und ging zu seinem neuen Zuhause. Er trat durch die Tür und hob die Nase in die Luft. Ein verstohlenes Lächeln zog sich über seine Lippen.

Jemand hatte gekocht. In der Küche brütete Betham mit dem kleinen Elfenjungen über einigen Papieren. Entspannt lehnte sich Delnara an den Türrahmen und beobachtete die beiden. Angestrengt schienen sie etwas zu suchen.

»Nyun? Was hältst du davon?«, fragte Betham und zog ein Papier hervor. Der Junge schüttelte schnell und heftig den Kopf.

»So will ich nicht heißen«, murrte er. Delnara hob eine Braue. Offensichtlich suchten Betham und der Junge einen Namen für den Kleinen. Kurz rieben seine Zähne aufeinander, ehe er stumm durchatmete.

»Enurah!«, unterbrach er die Suchenden, die erstaunt aufsahen. Delnara schluckte noch einmal. Er stieß sich vom Türrahmen ab und kam auf den Jungen zu. Langsam hockte er sich vor ihn und sah in das reine Blau der großen Kinderaugen.

»Enurah war ein starker und mutiger Elf. Er hat sich nie versteckt und kämpfte für das, was er wollte. Oft war er frech, doch alle mochten ihn. Er war mein Bruder.« Delnaras Stimme war leise, ehrfürchtig. Die Augen des Kindes weiteten sich immer mehr und er blickte fragend zu dem Menschen an seiner Seite. Betham sah forschend auf ihn nieder. Er schien sich nicht ganz sicher, ob es gut war, was Delnara vorhatte. Dennoch nickte er.

»Er war ein guter und fröhlicher junger Mann«, bestätigte er und lächelte den kleinen Elfen an. Der Junge blickte fragend zu Delnara.

»Darf ich?«, fragte er.

»Es wäre mir eine Ehre, wenn du das Andenken an ihn mit dir tragen würdest«, antwortete Delnara. Überwältigt warf sich der kleine Junge an Delnaras Hals.

»Danke«, flüsterte er. Sanft zog Delnara ihn in eine feste Umarmung und hielt das vor Freude zitternde Kind in seinen Armen.

»Gern geschehen, Enurah.« Schnell löste sich das Kind und rannte aus der Küche. Die beiden Männer konnten hören, wie Stimmen im Nachbarzimmer laut wurden. Für diese Nacht würde dieses Haus keine Ruhe mehr finden. Betham erhob sich und trat in den Flur hinaus.

»Ihr braucht euren Schlaf!«, erklärte er den Kindern mahnend, dennoch lächelte er. Die Stimmen wurden leiser und schon bald herrschte eine trügerische Stille. Betham blicke auf Delnara, der aufgestanden war und sich nun den Staub aus der Hose klopfte.

»Lass mich dir etwas zeigen«, bat er und nahm die Kerze vom Tisch.

Delnara folgte Betham in den oberen Stock. Hier gab es nur zwei Zimmer. Das eine war ein kleines Badezimmer. Das andere betrat Betham und wartete auf ihn. Delnara folgte und besah sich das Zimmer genauer. Helle Kerzen zeigten den Inhalt des Raumes. Ein Bett stand an der Wand und ragte in den Raum herein. Ein Schrank und ein Tisch mit zwei Stühlen machten den Raum komplett. Betham stellte die Kerze auf dem Tisch ab und beobachtete den müden Blick Delnaras.

»Lass uns etwas ausruhen«, meinte er leise und trat sich die Schuhe von den Füßen. Ohne auf eine Antwort zu warten legte Betham sich in das Bett und zog sich die Decke über die Schulter. Delnaras Wangen begannen zu brennen. Ruhe war etwas, an das er in diesem Moment am wenigsten dachte. Sein Körper war müde, doch der Wunsch nach Nähe und Zärtlichkeiten war stärker.

Verlegen zog er seine Stiefel aus und legte sich zu Betham, der ihn weich anlächelte. Delnara kam sich albern vor. Verlegen wie ein kleiner Junge lag er dem Mann gegenüber, der ihn besser kannte als jeder andere.

»Morgen ist Messe. Vielleicht kann ich dich locken mit uns zu gehen?«, fragte Betham. Er beobachtete, wie Delnara sich tiefer in die Decke schmiegte. Delnara legte den Kopf etwas enttäuscht schief und zog eine Augenbraue hinauf. Schnaufend verschränkte er die Arme vor der Brust und zog die Schultern trotzig nach oben.

»Nicht einmal, wenn ich in Flammen stünde und sich dort das einzige Wasser befinden würde!«, antwortete er, musste aber trotzdem lächeln.

»Es gibt wohl Dinge, die sich nie ändern werden«, flüsterte Betham und stützte sich auf einen Arm auf. Sanft strich er Delnara über die Wange und lächelte warm.

»Ja. Gibt es wohl«, hauchte Delnara und schmiegte sich in die Wärme.

Er löste seine verschränkten Arme, legte sie vorsichtig um den Nacken seines Mannes und zog Bethams Lippen auf seine eigenen. Fest pressten sich ihre Körper aufeinander. In dieser Nacht würden sich Delnaras Träume von Wärme, Liebe und Geborgenheit erfüllen. In dieser Nacht würden sie ihr Leben noch einmal beginnen. Zusammen.

Ende

Bisherige Veröffentlichungen

Nael

Nachdem sein Vater bei einem Erdrutsch verschwand, macht der sechsjährige David sich auf die Suche nach ihm. Als er kurz darauf mit einer Bisswunde gefunden wird, glaubt ihm niemand, was er in dem Erdloch gesehen hat und Jahre später, in einem Urlaub mit seiner Mutter auf der Trauminsel Kuba, scheint alles vergessen. Bis plötzlich auch Davids Mutter spurlos verschwindet. Erneut begibt sich David auf die Suche und trifft dabei auf den mysteriösen Nael Luna Fernandez, der ein dunkles Geheimnis hat. David ahnt, dass er sich von diesem Mann fernhalten sollte, doch eine unbekannte Kraft zieht ihn unweigerlich zu Nael.

Mystische Gayromance mit Herz in exotischer Kulisse

Der Freund meines Freundes

Christoph ist ein Romantiker und glaubt, mit seinen sechsundzwanzig Jahren, in James endlich den Richtigen für das erste Mal gefunden zu haben. Als dieser ihn jedoch immer häufiger bedrängt, mit ihm zu schlafen, sucht Christoph Rat bei seinem besten Freund Chris, der sich von einer Affäre in die nächste stürzt.

Dessen Angebot mischt schon bald Christophs Leben mächtig auf.

Alle Bücher sind sowohl als E-book und als Taschenbuch zu erhalten

Über die Autorin

Florence wurde im November 1986 in Bernau b. Berlin geboren. Nach etlichen Umzügen fand sie ihren Lebensmittelpunkt in Leipzig.

Bevor sie sich Florence Juares nannte, schrieb sie unter dem Pseudonym Lea Marie Cruse Bücher für verschiedene Verlage. Diese und neue Werke veröffentlicht sie nun im Selfpublish unter ihrem neuen Pseudonym. Die Idee dafür kam ihr im Urlaub auf der Trauminsel Kuba.